I0691259

Veröffentlicht von
DREAMSPINNER PRESS

5032 Capital Circle SW, Suite 2, PMB# 279, Tallahassee, FL 32305-7886 USA
www.dreamspinnerpress.com

lares Wasser
Urheberrecht der deutschen Ausgabe © 2016 Dreamspinner Press.
Originaltitel: Clear Water
Urheberrecht © 2011 Amy Lane
Original Erstausgabe. September 2011
Übersetzt von Frank Claudy.

Umschlagillustration
© 2011 DWS Photography
Umschlaggestaltung
© 2023 L.C. Chase
http://www.lcchase.com
Die Illustrationen auf dem Einband bzw. Titelseite werden nur für darstellerische Zwecke genutzt. Jede abgebildete Person ist ein Model.

Deutsche ISBN. 978-1-64108-552-6
Deutsche eBook Ausgabe. 978-1-63477-652-3
Deutsche Erstausgabe. Mai 2016
Deutsche Buchausgabe. Februar 2023
v 1.0

Gedruckt in den Vereinigten Staaten von Amerika.

Klares *Wasser*

AMY LANE

Für meine seltsame, kleine Ente.

VORWORT

DA SAẞ ich also mit meinem Mann in einer Beratungsgruppe für Eltern, deren Kinder ADHS haben. Ich hatte mein Strickzeug dabei – weil ich ansonsten einfach *nie* still sitzen kann –, beobachtete die *anderen* Leute mit ihrem Strickzeug und fing an, mir Geschichten über sie auszudenken. Waren es Großeltern? Eltern? Tanten? Onkel? Waren ihre Kinder auch sieben, wie unseres? Teenager? Waren sie selber der Grund, warum sie hier waren?

Sowohl die Socken, die ich strickte, als auch die vielversprechenden Geschichten in meinem Kopf entwickelten sich rasend schnell, als der Gruppenleiter sagte: „Aufmerksamkeitsdefizitprobleme sind meist genetisch bedingt. Wenn also jemand aus Ihrer Familie der Grund ist, warum Sie hier sind, ist es gut möglich, dass auch ein Erwachsener, den Sie kennen, mit diesen Problemen zu kämpfen hat."

Was für eine Ironie. Ich zupfte am Ärmel meines Mannes (der Vorträgen ohne Probleme und aufmerksam zuhören konnte) und sagte: „Was meinst du, Schatz, von wem unsere seltsame Ente das wohl hat?"

Mein Mann schaute mich geduldig an. „Von deinem Vater", sagte er ganz ernst.

Gott, ich liebe diesen Mann.

Und so erfuhr ich nicht nur *diese* Neuigkeit über uns, sondern auch, dass ADHS für Erwachsene meist nicht so ein Problem darstellt wie für Kinder. Wenn ein Erwachsener erst einmal gelernt hat, seine Umgebung zu kontrollieren, fängt er an, Situationen zu vermeiden, in denen seine Gedanken wild in alle Richtungen springen und ihn in Schwierigkeiten bringen könnten. Aber nicht alle Erwachsenen können das. Einige von ihnen brauchen weiterhin Medikamente und andere brauchen ein bisschen Hilfe. Doch wir *alle* müssen daran erinnert werden, dass die Dinge, die uns von anderen unterscheiden, Anomalien sein mögen, aber sie sind *nicht* abnormal.

Und so entstand die Idee für Patrick. Ich hoffe, dass meine eigene komische Ente genauso viel Glück haben wird, einen Partner zu finden, wie seine Mutter – oder der komische kleine Frosch im Buch seiner Mutter.

Amy

TRIX: NUR EIN SCHLUCK

„DAD, ICH bin schwul."

Patrick Cleary stand am Frühstückstisch in ihrem obszön großen Haus im reichen Vorort von Orangevale und riss an seinen Daumennägeln herum. Es war Ende Mai, deshalb war es auch um sechs Uhr morgens schon hell genug, um zu sehen, wie sein Vater die Augen zukniff, als er von seinen Cheerios mit zusätzlichem Süßstoff und seinem Laptop aufsah, auf dem er den neusten Finanzbericht las.

„Seit wann?"

Shawn Cleary war nicht immer ein Unternehmer gewesen. Er hatte als Facharbeiter in einer Computerfabrik in West Sacramento begonnen. Vor Patricks Geburt verdrängten Hewlett-Packard und Intel all die kleinen Unternehmen, aber Shawn Cleary – schlauer als ein Fuchs, wie er von sich selber behauptete – nahm einen Kredit auf und *recycelte* die alten Computer, anstatt neue zu bauen, und wurde dadurch reich. Unverschämt reich.

Zumindest erzählte Shawn das so.

Patrick *mochte* das Geld und sah nichts Schlechtes darin. Es hatte ihn während der gesamten Schulzeit mit hippen Klamotten und coolen Sonnenbrillen versorgt, und später sogar mit Frischfleisch. Aber es war eine Sache, seinem Vater zu erzählen, dass man einen Freund besuchte, obwohl man in Wirklichkeit zu seinem *festen* Freund ging und Sex mit ihm hatte. Eine ganz andere Sache war es, Shawn jeden Tag in die Augen zu sehen, während man sein Leben einfach nicht in den Griff bekam und sich nicht traute, ihm zu gestehen, was der Grund dafür war.

Tatsache war, dass er keine Lust hatte, sein Leben in den Griff zu bekommen, solange es sich nicht um sein *eigenes* Leben handelte. Er wollte seinem Vater sagen, dass er zu seinem festen Freund ging. Er wollte Cal zum Abendessen einladen. Im Grunde wollte Patrick nur, dass sie eine richtige Familie waren. Seit seine Mutter sich mit ihrem Fitnesstrainer aus dem Staub gemacht hatte, waren sie nur noch zu zweit. Patrick war jetzt so weit. Er war bereit, wieder zur Schule zu gehen, einen Abschluss zu machen, seine Zeit nicht mehr mit Partys zu verschwenden und offen und ehrlich zu seinem Vater zu sein.

Aber zunächst einmal musste er ihm in die Augen sehen und die gottverdammte Wahrheit sagen.

„Immer schon", krächzte Patrick und sah ängstlich zu Shawn.

Shawns rote Haare waren im Alter grau geworden. Obwohl seine helle Haut fast immer eine leichte Bräune hatte, stachen die Sommersprossen in seinem Gesicht genauso hervor wie seine strahlend blauen Augen. In den acht Jahren, seit Mom sie

1

verlassen hatte, waren die Fältchen unter seinen Augen und um seinen Mund tiefer geworden, aber er war immer noch stark, lebendig und furchteinflößend. Klar, Shawn liebte ihn – zumindest hoffte Patrick das –, aber er war immer schon ein Freund des elterlichen Erziehungskonzeptes „Lob und Tadel" gewesen, und Patrick hatte dieses Konzept mittlerweile verinnerlicht.

„Quatsch", schnaubte Shawn und schaute wieder auf seinen Laptop.

Patrick blinzelte. Quatsch? Quatsch?! *Quatsch?*

„Quatsch?"

„Ja, Quatsch. Du bist genauso schwul wie du ein Künstler bist oder ein Wissenschaftler oder ein Feuerwehrmann oder was auch immer du letzte Woche noch sein wolltest."

„Yogalehrer." Das Fitnesscenter hatte Patrick sogar einen Job angeboten. Daraufhin war er richtig aufgeregt gewesen – bis zu dem Zeitpunkt, an dem Shawn ihm ins Gesicht gelacht und gesagt hatte: „Ja, klar!"

„Genau, *das* meintest du doch nicht wirklich ernst, oder?"

„Ich dachte, ich könnte damit gut meine Schulbücher kaufen", murmelte Patrick benommen. Dies war tatsächlich sein Plan gewesen und Patrick hatte es für eine gute Idee gehalten – bis zu diesem geschnaubten „Ja, klar!". *Was wusste* er *denn schon*, dachte Patrick. Er hatte ja keine Ahnung gehabt, dass dieses „Ja, klar!" auf der elterlichen Richterskala anscheinend ein bis zwei Stufen oberhalb von „Quatsch" stand.

„Wofür zum Teufel willst du denn jetzt wieder zur Schule gehen?", schnaubte Shawn und Patrick wurde rot.

„Für einen Abschluss in Naturwissenschaften", sagte er leise. „Und danach Jura."

Shawn legte seinen Löffel ab. „Was zum Teufel willst du denn mit einem Jurastudium anfangen?"

„Anwalt für Umweltschutz werden – du weißt schon, um die Welt zu retten, so wie du?" Patrick hasste sich selber für den letzten Teil, egal, ob es stimmte oder nicht, er hasste sich einfach dafür.

Shawn verzog das Gesicht, als wäre er gerührt – oder als hätte er eine Magenverstimmung. Er grunzte und schaute auf sein Müsli. „Idiot, als würde ich die Welt verändern wollen. Ich will nur Geld verdienen."

Patrick biss die Zähne so fest aufeinander, dass es wehtat. „Hör zu, Dad, ich sage das nicht, um dich zu ärgern oder so. Es ist nur … Du ziehst mich immer wieder wegen meiner Jungfräulichkeit auf, nur weil ich noch keine Freundin hatte. Die Sache ist nur: Ich bin *keine* Jungfrau mehr, obwohl ich *immer noch* keine Freundin hatte."

Shawn Cleary spuckte die Cheerios über den Tisch. „Was zur Hölle?" Er blickte finster seinen Sohn an, aber Patrick blieb standhaft.

„Bitte sag mir, dass das nichts an deiner Einstellung zu mir ändert?"

Patrick beschloss später, dass alles an diesem Fragenzeichen am Ende des Satzes gelegen hatte. Später, nach viel zu viel Selbstmitleid und den Roofies, die Cal ihm untergejubelt hatte, bloß weil sich rausstellte, dass Cal doch nicht Patricks Traummann war, sondern nur ein Schwanzlutscher, der auf Patricks Geld und Körper scharf war. Es lag alles an diesem Fragezeichen am Ende des Satzes. Shawn Cleary mochte Menschen, die wussten, was sie wollten, die zu ihrer Meinung standen. Er verachtete diese weinerliche Stimme am Ende des Satzes, nicht die Tatsache, dass Patrick schwul war. Zumindest war es das, was Patrick den Leuten erzählte, nachdem Shawn aufgestanden war und angefangen hatte herumzuschreien.

„Meine Einstellung? Du willst wissen, was ich über dich denke? Ich sage dir, was ich von dir denke! Du bist ein Versager, Patrick! Dein größter Verdienst ist es, einen Schulabschluss zu machen und mein Geld zu verprassen. Was zum Teufel willst du von mir hören? ‚Hurra, du bist schwul!'? Mach schon! Fick jeden Mann, der dir über den Weg läuft! Das geht mir am Arsch vorbei! Aber erwarte bloß nicht, dass ich dir ein weiches Bett zur Verfügung stelle, nur weil du dich nicht entscheiden kannst, was du aus deinem Leben machen willst!"

Patrick war es gewohnt, so zu tun, als wäre alles in Ordnung. Der Tag, nachdem seine Mutter weggelaufen war, hatte sein Vater morgens am Frühstückstisch gesessen, hatte seine Cheerios mit extra Zucker gegessen und las den Wirtschaftsteil, als wäre nichts passiert. Patrick hatte ihm gegenüber gesessen, sein Toast gegessen, seinen Orangensaft getrunken und war zur Schule gegangen.

„Tschüss, Dad."

„Viel Spaß!"

Patrick hatte schon immer gedacht, dass er Glück gehabt hatte, dass seine Mutter erst gegangen war, nachdem er seinen Führerschein gemacht hatte. Ansonsten hätte Patrick womöglich Shawns Zeitplan gestört und sie hätten wahrscheinlich noch miteinander reden müssen.

Als Patrick nun so da stand und gegen das Zittern ankämpfte, stellte er fest, dass Reden völlig überbewertet wurde. Vielleicht legte Reden ja nur den Grundstein der Zerstörung. Vielleicht bedeutete Reden ja nur … Verdammt. Er musste so schnell wie möglich hier weg.

„Es tut mir leid, dass ich so eine Enttäuschung für dich bin", sagte Patrick leise, drehte sich um und ging.

Er hielt nicht an, um den Ausdruck im Gesicht seines Vaters zu sehen. Das war vermutlich auch besser so, denn Patrick hatte Angst, dass es Shawn Cleary überhaupt nicht leidtat, nicht einmal ein klein wenig.

CAL HATTE einen Job - Patrick hatte keine Ahnung, was er machte -, aber er hatte um sechs Uhr Feierabend und traf Patrick in ihrer Lieblingskneipe unten am Del Paso Height in Sacramento, dort, wo Männer mit Männern tanzten. Nachdem sein Vater das Haus verlassen hatte, war Patrick noch einmal nach Hause gegangen und hatte die nötigsten Sachen in eine Tasche gepackt. Jetzt hoffte er, dass er in Cals kleiner Einzimmerwohnung bleiben könne, bis Patrick wusste, ob die Stelle als Yogalehrer noch frei war. Vielleicht könnte er auch als Kellner arbeiten. Es würde schon alles gut gehen, sie waren schließlich *nicht* auf Shawn Clearys Geld angewiesen, stimmt's? Immerhin hatten sie ja sich, richtig? Und Patricks Pläne waren immer noch die gleichen. Studenten mussten ständig ihr Studium selber finanzieren und Patrick hatte gute Noten gehabt, schließlich hatte er 60 Lehreinheiten am Community College gesammelt, er war kein kompletter Versager, stimmt's? Sie würden das schon schaffen, sie liebten sich ja.

Cal hatte ein dünnes Gesicht, dunkle Haare und beginnende Geheimratsecken, obwohl er erst 25 war. Am schönsten waren seine strahlend blauen Augen mit dem dichten Wimpernkranz, die Patrick vor allem lachend kannte oder Pläne schmiedend oder voller Leidenschaft beim Sex.

Patrick wusste noch nicht, dass sie sich an den Seiten voller Verachtung zusammenziehen konnten. Die Ringe unter den Augen, die entstanden, wenn Cal sie zusammenkniff, waren ihm ebenso neu. Patrick wusste bisher nicht, dass man Cals Verachtung sehen, fühlen und sogar *riechen* konnte. Jetzt stellte er fest, dass man sie wie Schläge auf dem Körper fühlen konnte. Sie trafen Patrick wie Peitschenhiebe, sein ganzer Körper bestand nur aus einem großen Klumpen Schmerz.

„Cal?"

Cal schüttelte den Kopf und für einen Moment verschwand der Ausdruck von Missachtung aus seinem Gesicht. „Ja. Du, es tut mir leid, ich … Glaubst du wirklich, wir können ohne das Geld deines Vaters leben? Du hast doch nichts zu ihm gesagt, das du nicht mehr zurücknehmen kannst, oder?"

Patrick unterdrückte den Wunsch, wie ein Kleinkind zu schniefen. „Er hat gar nicht gesagt, dass ich kein Geld mehr bekomme. Ich will nur nicht mit ihm zusammenleben, wenn er mich nicht ernst nimmt."

Cal schnaubte. „Mensch, Patrick! Es ist ja nicht gerade so, als wärst du in der Lage, auf eigenen Füßen zu stehen. Du hast keinerlei Fähigkeiten – verdammt, ich glaube noch nicht mal, dass du jemals einen richtigen Job hattest."

Patrick zuckte zusammen. „Doch, hatte ich", sagte er traurig, weil Cal das anscheinend vergessen hatte. „Ich habe anderthalb Jahre als Kellner in dem Restaurant am anderen Ende der Stadt gearbeitet." Dieser Job hatte Patrick richtig Spaß gemacht. Er hatte hart gearbeitet, keiner behandelte ihn anders als die anderen, und er war dabei ausreichend zum Zuge gekommen. (Oder eher Ricky, der Koch, der regelmäßig seinen Schwanz in *Patricks* Hintern hatte stecken dürfen. Patrick hatte den Job hingeworfen, nachdem er herausgefunden hatte, dass Ricky die ganze Zeit *bareback* von Eduardo, dem Chefbarkeeper, rangenommen worden war. Das fand Patrick *nicht so* cool und es führte dazu, dass er nun dreimal mehr darauf achtete, immer ein Kondom zu benutzen, außerdem war er bei seiner Suche nach einem festen Freund doppelt so vorsichtig.)

4

„Stimmt", sagte Cal und Patrick musste genau hinsehen, um sicher sagen zu können, dass sein Freund nicht mit den Augen rollte. „War das nicht kurz bevor wir uns kennengelernt haben?"

Patrick nickte und Cal kaute auf seiner Unterlippe herum.

„Also … Diesen Wunsch nach Unabhängigkeit hast du schon eine ganze Weile, oder?"

„Ja", sagte Patrick leise und dachte daran, wie aufgeregt er gewesen war, dass er wieder zur Schule gehen würde. „Wenn ich meine Pillen genommen habe, war ich gut in der Schule – ich würde gerne wieder dorthin zurückgehen und danach etwas studieren, das mich interessiert."

„Aber … Ich weiß nicht, Patrick. Hast du jetzt nicht alles, was du willst? Ich meine, es ist doch völlig in Ordnung, vom Geld deines Vaters zu leben, oder?" Patrick wollte protestieren, doch dann machte Cal diese Geste, bei der er Patricks Gesicht in die Hände nahm und ihn auf die Stirn küsste. Dies sorgte dafür, dass Patrick sich wie ein kleines Kind fühlte, beschützt und geliebt und klein. „Außerdem, Baby, wer braucht schon diese blöden Pillen? Die vergiften dich sowieso nur."

Patrick verzog das Gesicht zu einer Grimasse. Cal hatte nie verstanden, warum er das Ritalin manchmal unbedingt brauchte. Genauso wenig wie sein Vater. Seine Mutter dagegen – seine Mutter hatte immer dafür gesorgt, dass er Ritalin hatte. Sie musste jedes Mal weinen, wenn die Wirkung nachließ. Die anderen gingen davon aus, dass die Medikamente eine Art Hilfestellung waren, die es ihm nur leichter machte, seine Gedanken in die richtige Richtung zu lenken. Viele dachten, dass er einfach nur zu faul war, um sich ordentlich zu konzentrieren. Sie konnten nicht verstehen, dass Patrick ohne die Pillen nicht in der Lage war, einfache Entscheidungen zu treffen. Soll er zuhören oder doch lieber herumzappeln, Anweisungen befolgen oder daran denken, was er morgen zum Frühstück essen würde. Mit den Medikamenten konnte Patrick diese einfachen Entscheidungen förmlich *sehen*, sie lagen vor ihm ausgebreitet wie Kleidungsstücke auf einem Bett. Alles, was er tun musste, war tief einzuatmen und eine Entscheidung zu treffen.

Ohne die Pillen war Patricks Kopf wie ein Dschungel oder ein großer, wirrer Flohmarkt. Er hatte keine Ahnung, wo er was finden sollte, und manchmal verwandelte ihn der Frust in ein heulendes, trotziges Baby, auch wenn er schon fast 24 war.

Wenn Cal seine Wange tätschelte, fühlte Patrick sich getröstet, geliebt und umsorgt. Wenn er völlig unfähig war, den Weg durch den Flohmarkt in seinem Kopf alleine zu finden, brauchte er das manchmal.

Aber heute hatte Patrick seine Pillen genommen. Er hatte sie die gesamten letzten zwei Monate genommen. Sie hatten ihm dabei geholfen, den Papierkram für seine Einschreibung zu erledigen und sich für ein Hauptfach zu entscheiden. Sie halfen sogar dabei, die Gründe hinter seiner eigenen Unreife zu verstehen. Patrick war, verdammt noch mal, in der Lage gewesen zu *denken*, und das *gefiel* ihm. Nur Cal wollte er davon nichts sagen, denn das würde in einem riesigen Streit enden.

Auch wenn er sich sicher war, dass Cal ihn liebte, wollte er es wegen so ein paar verschreibungspflichtiger Pillen nicht riskieren.

„Ich will doch bloß meinen eigenen Weg gehen", murmelte Patrick. „Das hat mein Vater doch auch gemacht, stimmt's?"

„Okay, Baby. Hier, trink ein Bier." Cal zeigte per Handbewegung ein gezapftes Bier an. Der Barkeeper nickte und schaute fragend zu Patrick, der in der letzten Stunde, in der er auf Cal gewartet hatte, nur Wasser getrunken hatte.

Zusammen mit den Pillen war Bier eine schlechte Idee, aber er wollte sich nicht mit Cal streiten. Patrick beschloss, nur daran herum zu nuckeln. Er würde nur einen kleinen Schluck trinken und den Rest stehenlassen - danach würden sie das Desaster, das Patrick gerade mit seinem Vater erlebt hatte, hinter sich lassen und konnten versuchen, ihre gemeinsame Zukunft zu planen.

Als das Bier serviert wurde, lächelte Cal ihn an und strich mit seiner Nase an Patricks. „Ist schon gut, Trix", versprach er liebevoll. „Ich sorge schon dafür, dass es dir gut geht."

Ein Schluck Bier. Patrick schwor, das war alles, was er trinken würde.

Whiskey: Eine bedauerliche Tat

Wesley Keenan konnte nicht schlafen, was ihn *richtig* sauer machte. Bisher war das kleine Hausboot im Delta der einzige Platz gewesen, an dem er *immer* hatte schlafen können. Und das war schon sehr erstaunlich, weil es vor allem aus einem wissenschaftlichen Labor bestand und das Bett in der hinteren Kabine ziemlich klein war. Doch in dieser warmen Mainacht kam er einfach nicht zur Ruhe, deswegen beschloss er, einen Spaziergang im Morast und Sumpf zwischen dem Hafen und dem Damm zu machen.

Irgendwie gefiel es ihm hier draußen.

Ursprünglich war Whiskey nur hier gelandet, weil seine Studien ihn hierher geführt hatten. Nachdem er die Forschungsunterlagen gesehen hatte, hatte er einen Fördermittelantrag gestellt, das Hausboot gemietet und beschlossen, mit dem Sumpfgestank, dem Lärm und dem Mief, den die anderen Hausboote ausstießen, zu leben. Anscheinend war Whiskey der einzige, der in der Lage war, einen Dieselmotor so einzustellen, dass er sauber mit Biodiesel lief. Aber am Ende störten ihn die Feuchtigkeit der Flussmündung und die merkwürdigen Mentalitäten - ein Mix aus Stadt- und Dorfbewohnern -, kaum noch. In Nächten wie dieser lauschte Whiskey dem Verkehr auf dem Damm sowie den Geräuschen vom Fluss, der gegen die Hausboote schwappte. Er schaute in den Himmel, der so weit weg von der Innenstadt erstaunlich dunkel war, und dachte, dass er vielleicht, wenn das Projekt vorbei war, das Hausboot behalten und seine nächste Forschungsarbeit hier schreiben würde.

Das war eigentlich gar keine schlechte Idee und überraschte niemanden mehr als ihn selber.

Whiskey war auf dem Weg durch die Grashügel und versuchte, nicht zu tief im Schlamm zu versinken. Gerade hatte er die Stelle erreicht, wo der Sumpf sich verengte und der Fluss direkt am Damm entlanglief, da hörte er das schreckliche, metallische Geräusch eines Autos, das die Leitplanke durchbrach.

Whiskey sah gerade noch rechtzeitig, wie ein hellgelber Honda Jazz in einem steilen Bogen hoch in die Luft flog und wie mit einem Kopfsprung mitten im Fluss landete.

Einen Moment lang war Whiskey starr vor Schreck, so wie es vielen Menschen ergehen würde, dieser „Oh mein Gott, das kann doch nicht wahr sein!"-Moment, doch dann fiel Whiskey etwas auf.

Als er zunächst beobachtete, wie das Fenster auf der Fahrerseite heruntergerollt wurde und jemand das Auto verließ, war Whiskey unglaublich erleichtert. Dann bemerkte er aber, dass die Person auf der Beifahrerseite keinen Versuch unternahm, sich zu befreien, und geriet in Panik. Das Wasser war an dieser Stelle tief und es gab auch eine Strömung. Wenn jemand den regungslosen Körper auf der Beifahrerseite retten wollte, dann musste es genau *jetzt* geschehen!

Whiskey nahm erst wahr, dass er sich in Bewegung gesetzt hatte, als er schon fast das sinkende Auto erreicht hatte.

Das Wasser war kalt genug, um jemanden in Schock zu versetzen, jedoch nicht lebensbedrohlich kalt, zum Glück. Whiskey war sich allerdings nicht so sicher, ob das Blut, das in seinen Ohren pochte, gut war. Er überlegte, wie tief das Wasser in diesem Bereich war und wie weit das Auto wohl sinken würde. Vermutlich waren es noch fast fünf Meter bis zum Grund, hinzu kam die Dunkelheit, die es nicht gerade leichter machte, etwas im Wasser zu sehen.

Das Auto füllte sich von der Fahrerseite her mit Wasser – das konnte Whiskey jetzt sehen. Der Wagen begann, sich auf die Seite zu legen, sodass die Luft auf der Beifahrerseite immer knapper wurde. Mist.

Whiskey trainierte wie ein Wahnsinniger, um seine Ü-35-Speckröllchen möglichst gering zu halten, wofür er jetzt sehr dankbar war, denn er schaffte es, gemeinsam mit dem Wasser durch das Fenster einzudringen. Im Inneren des Autos angekommen brauchte er einen Moment, um sich an eine Folge von *Mythbusters* zu erinnern. Darin war gezeigt worden, dass elektrische Fensterheber auch im Wasser noch funktionierten.

Das Wageninnere war noch nicht komplett durchflutet, das Wasser drang durch die Öffnung langsamer ein, was es Whiskey ermöglichte, sogar noch einmal Luft zu holen. Er griff über den Beifahrer – ein junger Mann, der noch atmete, wenn auch nur flach – und rollte das Fenster herunter. Dadurch glich sich das Auto glücklicherweise ein wenig aus und verlangsamte den Untergang.

Es waren die gruseligsten 30 Sekunden in Whiskeys Leben. Solange es ihm möglich war, hielt er sein Gesicht (und das des unbekannten Jungen) über dem steigenden Wasser und fummelte am Sicherheitsgurt herum. Super. Schlapper Junge im Arm, Sicherheitsgurt gelöst, keine Luft … keine Luft … keine Luft … *Kawumm*. Das Auto rumste gewaltig, als es zuerst mit den Vorderrädern und gleich darauf mit den Hinterrädern auf dem Boden aufschlug, und dann hatte Whiskey genug von diesem Mist und öffnete die Wagentür.

Gott schütze *Mythbusters,* Adam, Jamie und ihre gesamte verdammte Crew, denn die Wagentür ging wirklich auf und Whiskey konnte den unbekannten Jugendlichen an die Oberfläche ziehen.

Sobald Whiskey aus dem Wasser auftauchte, nahm er erst einmal einen tiefen Atemzug. Er war noch nie so froh über Sauerstoff gewesen. Er hielt sein Unfallopfer ganz fest umschlungen und … atmete er noch? Ah, Mist, Whiskey war sich nicht sicher, aber er konnte im Fluss auch schlecht eine Mund-zu-Mund-Beatmung machen.

Keuchend begann Whiskey zu schwimmen, kraftvoll und gleichmäßig, bis seine langen Beine Boden unter den Füßen fanden und er sich und den Körper des Jungen durch das Unkraut und den Morast zum Flussufer ziehen konnte. Whiskeys ausgelatschten Turnschuhe quietschten mit jedem Schritt, der Gestank von welkenden Sumpfpflanzen und Dieselöl war unerträglich. Am nächsten Tag würde Whiskey froh sein, dass er nicht an der Stelle des Flusses herausgekommen war, wo die spitzen Steine lagen – aber daran konnte er gerade keine Gedanken verschwenden.

Whiskey hielt den Jungen unter den Armen fest, legte ihn an der erstbesten flachen Stelle schnell ab und kniete sich hin, um ihn beatmen zu können, bevor er Hilfe rufen würde. (Es gab irgendwo eine Regel gegen Mund-zu-Mund-Beatmung ohne Zeugen, aber Whiskey hatte sich noch nie um Regeln geschert.)

Doch das konnte Whiskey sich sparen. Der Körper des Jungen klappte plötzlich zusammen und schnappte nach Luft. Immer noch ohnmächtig begann der junge Mann zu husten, und Whiskey legte ihn auf die Seite, wo er einige Minuten lang Flusswasser hochwürgte und sich dann ein bisschen beruhigte.

Die ganze Zeit über öffnete der Junge weder seine Augen noch gab er irgendein anderes Zeichen, dass er aufwachen würde.

Hilflos schaute Whiskey zuerst auf den Jungen und dann zum Fluss, wo das Auto vermutlich gerade vom Strom mitgerissen wurde. Er wusste, dass irgendwo stromabwärts, wo der Fluss in die Mündung lief, Wellenbrecher platziert und Stellen waren, wo normalerweise die Leichen, der Müll und versunkene Schiffe an Land gespült wurden, aber Whiskey war sich sicher, dass der Wagen eh Schrott war. Er sah sich um und rechnete damit, jeden Moment Sirenen zu hören, doch er stellte fest, dass der Kumpel des Jungen, der *Fahrer* des verfluchten Wagens, einfach abgehauen war.

Whiskey durchsuchte den Jungen und fand eine kleine Pillendose mit einem Namen und hielt sie ins Licht. „Patrick. Patrick Cleary." Whiskey blinzelte. Okay. Wenn *das* kein bekannter Name war … „Also, Patrick Cleary, was nehmen wir denn?" Er las das Etikett. „*Concerta*. Was zum Teufel ist *Concerta*? Und warum wirft es dich ins Koma? Sollte vielleicht lieber ‚Komarta' heißen, oh ja, das sollte es!" Whiskey war sich bewusst, dass sein Humor nicht immer ganz passend war, aber da die einzig anwesende Person, die ihn hören konnte, fest *am Schlafen* war, beschloss er, dass ihm das völlig egal war, und lachte über seinen eigenen Witz.

„Okay, Patrick Cleary, wer war dein beschissener Freund? Warum ist er weggelaufen? Und was zum Teufel machen wir mit dem Auto? Das würde ich wirklich gerne wissen."

In diesem Moment machte der Junge die erste, einigermaßen bewusste Bewegung, seit das Auto in den Sacramento River geflogen war – er zog seine Knie an und begann zu weinen, leise, als würde er etwas Trauriges träumen. Whiskey sah ihn in dem schwachen Licht an, das sowohl vom Mond als auch vom Damm kam, wo ein letzter Hauch von Natrium noch von der Hitze glühte, und seufzte.

Was aussah wie dunkelblondes Haar – ob natürlich oder gefärbt war schwer zu sagen – klebte am Kopf des jungen Mannes, aber seine Khakishorts und der Sommerblazer waren modisch und teuer. Der Junge hatte ein kleines Gesicht mit feinen, rundlichen Gesichtszügen, obwohl er unter dem Blazer ein bisschen dünn aussah. Whiskey konnte nicht sagen, ob der junge Mann wach war oder im Schlaf weinte, doch er wirkte wie ein verlassenes, kleines Kätzchen, oder nicht?

Whiskey seufzte, bückte sich und ließ seine Hände unter die Knie und Schultern des Jungen gleiten. Jetzt, wo er nicht mehr würgte, wurde es Zeit, ihn zu einem Ort zu bringen, wo er nicht mehr so verdammt traurig aussah.

Mit dem schlaksigen Bündel von Teenager im Arm richtete Whiskey sich mit einem Ruck, einem Grunzen und einem Fluch auf den Lippen auf und machte sich daran, den dünnen Hintern des Jungen zum Hausboot zu schleppen. Whiskeys nasse, kaputte Jeans machte beim Gehen plätschernde Geräusche. In regelmäßigem Abständen tropfte Schlamm und Dreck von seinem T-Shirt des Jungen auf Whiskeys Jeans, es schien fast so, als würde das Oberteil sichergehen wollen, dass die Hose keine Chance bekam, auf dem Weg zum Hausboot von alleine zu trocken.

Fly Bait würde diesen Jungen auf Anhieb hassen.

„WER ZUM Teufel ist das denn?"

Fly Bait zeigte nicht oft Gefühle, was auch der Grund war, weswegen Whiskey nicht mehr mit ihr Poker spielte. Das Hausboot hatte zwei Kabinen und sie belegte eine davon. Ja, auf einer anderen Exkursion hatten sie mal was miteinander gehabt, aber das war nur aus purer Langeweile passiert. Whiskey hatte seine Bettgesellen – weiblich *oder* männlich – lieber ein bisschen wortreicher. Fly Bait dagegen hatte ihre Bettgesellen lieber ein bisschen weiblicher. Na ja, die beiden hatten halt darauf gewartet, dass eine bestimmte Fischspezies sich vermehrte, obwohl die Viecher in Wirklichkeit alle steril waren. Langeweile? Whiskey schwor, dass sein Herzschlag, wenn er schlief, schneller war als bei diesem Auftrag – oder beim abgebrochenen Sex mit Fly Bait.

„Ein Messdiener", murmelte Whiskey nur und versuchte, nicht die Treppen vom Deck hinunterzufallen. Verdammt, er war doch nur ein paar hundert Meter vom Steg entfernt gewesen – wer hätte gedacht, dass der kleine Scheißer, den er trug, so viel wog? Am schlimmsten war es gewesen, auf seinen wackeligen Beinen über den schwankenden Steg zu laufen – verflucht, Whiskey hatte echt Angst gehabt, den armen Jungen über die Reling fallen zu lassen, um dann aus Scham gleich hinterher zu springen.

„Echt?" Fly Bait hatte gerade geschnittene, braune Haare, die kurz unter ihren Ohren endeten. Wenn die Strähnen kurz davor waren, über die struppigen Ränder hinauszuwachsen, die durch Jahre des Selbstschneidens entstanden waren, kürzte Fly Bait sich die Haare immer wieder auf diese Länge. Sie hatte ein dünnes, ovales Gesicht, und obwohl ihre braunen Augen oft emotionslos erschienen, strahlte sie eine Art versteckte Geduld aus. Wenn Fly Bait vermutete, dass jemand sie ausnutzte oder sich absichtlich dumm anstellte, konnte sie einem sprichwörtlich den Kopf abreißen, aber wenn sie wusste, dass jemand aus dem wissenschaftlichen Team sich anstrengte, war sie vermutlich eine der besten Lehrerinnen, die Whiskey je getroffen hatte.

„Jap", murmelte Whiskey und stolperte die Treppen hinunter, ging durch den winzigen Wohn- und Essbereich, der gleichzeitig auch zu einem zusätzlichen Bett umgewandelt werden konnte, bis zu seiner Kabine hindurch, wo er den Jungen bis auf die Unterhose von seiner nassen Kleidung befreite. Anschließend lehnte Whiskey den gleichmäßig atmenden Jungen gegen seine Schultern, legte ein übergroßes Handtuch auf die Koje und ein weiteres über den jungen Mann. Zwar hasste Whiskey es, zum Waschsalon zu gehen, aber er würde wohl einen Besuch in Kauf nehmen müssen, nachdem das hilflose Kätzchen irgendwann wieder dorthin zurückgegangen war, wo es hingehörte. Whiskey würde nämlich auf keinen Fall in diesem schmutzigen Durcheinander schlafen.

In sein typisches Schlafoutfit gekleidet - es bestand allein aus Boxershorts - verließ Whiskey das Schlafzimmer: Fly Bait hatte darauf bestanden, dass er mindestens dieses Kleidungsstück trug, wenn er durch das Hausboot lief, *keine Diskussionen* – und ging schnurstracks zum Kopf des Hausbootes, wo sich die kleine Nasszelle mit recyceltem Wasser befand.

Es war besser, die Gerüche und den Schmutz direkt loszuwerden. Das Boot roch sowieso schon eigenartig, da musste er nicht noch eine Duftnote hinzufügen.

Whiskey kam aus dem Badezimmer und trocknete seine Haare ab, die nach Fly Baits mädchenhaft duftendem Shampoo rochen. Das war eindeutig besser als Flusswasser und Dieselöl.

„Wenn er ein Messdiener ist", sagte Fly Bait und sah von ihrer *Scientific American* auf, als wäre die Unterhaltung nie unterbrochen worden, „an was glaubt er?"

Whiskey dachte mit hochgezogenen Augenbrauen nach. „Sauerstoff", sagte er und nickte. „Ich glaube, er ist ein großer Fan, seit ich ihn aus dem Wasser gezogen habe."

Fly Bait blinzelte. Das bedeutete bei ihr so viel wie aufzuspringen und laut „Willst du mich *verarschen*?!" zu kreischen.

„Müssen wir mit noch mehr Messdienern rechnen?", fragte sie vorsichtig nach. Sie wirkte gedankenverloren.

Whiskey hatte darüber schon nachgedacht. „Glaube ich nicht. Der Arsch, der vom Fahrersitz abgehauen ist, kommt bestimmt nicht zurück, auch wenn …" Whiskey holte eine Mülltüte heraus und steckte seine Hand ins Badezimmer, um seine nassen Sachen zu greifen, dann blieb er vor seiner Kabine stehen, bevor er Juniors Sachen herausholte.

„Auch wenn?"

„Auch wenn das bestimmt nicht das Auto von dem Arsch war."

„Wie kommst du darauf?"

„Weil es ein nettes, kleines Auto war und der Arsch abgehauen ist, ohne sich umzudrehen. Und … vermutlich lehne ich mich hier zu weit aus dem Fenster …"

„Und was ist daran neu?"

Whiskey zuckte mit den Schultern. Sie hatte ja recht. Nur wenn er Forschungsgelder beantragte, hielt er sich zurück. „Nichts. Aber ich glaube, dass der Junge unter Drogen stand, und ich spreche nicht von der guten Sorte."

Fly Baits Augen wurden *sehr* groß. „Also deswegen hat er sich nicht bewegt?"

„Jap. Und deswegen werde ich wach bleiben und ihn schütteln, falls er vergessen sollte zu atmen. Er hat eine Menge Flusswasser ausgespuckt und vermutlich auch alles andere, was er genommen hat. Da er nicht gestorben ist, als das Auto durch die Brüstung gekracht ist, glaube ich, dass alles in Ordnung ist, aber ich will lieber sichergehen. Irgendetwas an dieser ganzen Sache", knurrte Whiskey, „gefällt mir nicht."

Whiskey ging leise in seine kleine Kabine, holte die nassen Sachen aus dem Plastikkorb und warf sie in die Mülltüte. Sie waren nett – Stoffhose, Sommerblazer, ein Hemd, das vermutlich so viel kostete wie Whiskeys gesamter Kleidungsetat eines Jahres, Unterwäsche und Socken inbegriffen. (Das waren tatsächlich die Sachen, die er am meisten trug.) Whiskey wunderte sich über die Kleidung, sie war in Größe M, aber das Loch im Gürtel zeugte von einer unglaublich dünnen Taille und der Junge … Gott, er sah so zerbrechlich aus.

Whiskey brachte die Tüte an Deck, wo sie bis zum nächsten Tag niemanden stören würde. Morgen würde Whiskey dann zur einzigen Waschmaschine auf dem Pier gehen, doch nun kehrte er erst mal zurück in den kleinen Wohnbereich, der durch die ganzen Instrumente, die Fly Bait und er zurzeit benutzten, noch kleiner wirkte.

Fly Bait tat gar nicht mehr so, als würde sie ihre *Scientific American* lesen. Whiskey ging zu dem kleinen Kühlschrank, nahm sich Limo, Salami und Brot heraus und schmiss sich auf die Couch, um etwas zu essen.

„Er ist hübsch", sagte Fly Bait leise und Whiskey verdrehte die Augen.

„Und vermutlich minderjährig."

„Er liegt in deinem Bett."

„Eifersüchtig?"

Fly Bait blinzelte und schaute zur Seite, als würde sie ernsthaft darüber nachdenken. Dann sah sie ihn wieder an. „Nein, glaube ich nicht. Aber wir haben nicht viel Zeit für so etwas …"

„Ich habe ihn aus dem Fluss gezogen, Fly Bait …"

„Freya", korrigierte sie ihn grimmig, was sie nur tat, wenn sie die Geduld verlor.

„*Freya*", übertrieb Whiskey. „Es ist gut möglich, dass der Junge, wenn er wach wird, andere Dinge im Kopf haben wird. Auf jeden Fall wird er einen Kater haben, der gut und gerne einer Zwölf auf der Richterskala entspricht. Also könntest du vielleicht für einen Moment vergessen, den Weltuntergang vorherzusagen, damit ich dafür sorgen kann, dass der Junge nicht an seiner eigenen Spucke erstickt? Danach können wir ihn immer noch vor die Tür setzen?"

„Wir könnten die Polizei rufen", bemerkte sie spitz und Whiskey dachte ernsthaft darüber nach.

„Ich glaube nicht."

„Hast du einen guten Grund, warum nicht?"

„Er wird erst mal nicht wissen wohin." Whiskey zuckte mit den Schultern. „Ich habe ihn gefunden. Wenn er gehen will, dann soll er gehen, aber bis dahin können wir es uns leisten, ihn durchzufüttern."

„Das macht absolut keinen Sinn", grummelte sie.

Whiskey grübelte einen Moment lang nach und versuchte, Worte dafür zu finden, wie das stumme, leise Weinen in seine Seele gekrochen war und sich seitdem weigerte, wieder zu verschwinden. „Er hat geweint. Er hat etwas zu erzählen. Wenn die Polizei kommt, gibts keine Geschichte. Vielleicht bin ich neugierig." Abgesehen davon hatten sie beide genügend Gründe, der Polizei zu misstrauen.

Fly Bait zog die Nase hoch. „Gott, Whiskey, du bist manchmal so ein *Mädchen.*"

Whiskey verdrehte die Augen. Sie wussten beide, dass sie zu dem Zeitpunkt, als das Auto durchs Geländer gebrochen war, mit etwas vollkommen anderem beschäftigt gewesen wären, *wenn* er ein Mädchen wäre.

Das Bett in der Kabine war schmal, ja, aber zwei passten da schon hinein, also zog Whiskey eine Decke über seine Schultern und stellte sein Telefon so ein, dass es ihn jede Stunde wecken würde, damit er Patricks Atmung kontrollieren konnte. Gegen vier Uhr morgens seufzte der Junge, drehte sich im Schlaf auf die andere Seite und kuschelte sich wie ein Kind an ihn.

Whiskey schniefte. „Ist schon ganz gut so, Junge, dass ich manchmal zum eigenen Geschlecht tendiere."

Tatsächlich war es sehr schön. Der Junge war weich und vertrauensvoll. Whiskey vertraute sich *selber* nicht – er hatte viel zu lange im politischen Zirkus mitgemischt, um noch an Unschuld zu glauben. Mit einem Stöhnen strich Whiskey die verdreckten blonden Haare aus dem zierlichen, kleinen, runden, hübschen Gesicht und versuchte, die Gründe für diese Bewegung des Jungen in seinem tiefen, drogenbedingtem Schlaf herauszufinden.

„Es ist leicht zu vertrauen, oder nicht, Junge?", murmelte er. „Leicht zu vertrauen, wenn du so viel Geld hast, das dir Selbstvertrauen gibt, oder?"

13

Whiskey sagte die Worte und fühlte sich gleich darauf schuldig. Der Junge war so hilflos wie eine Kaulquappe in einem schrumpfenden Teich. Was auch immer mit ihm passiert war: Whiskey war sich sicher, dass der Junge hier gelandet war, in dieser winzigen Kabine und in Whiskeys Bett, weil er der falschen Person vertraut hatte.

Der Junge murmelte etwas im Schlaf. Es könnte alles sein, aber Whiskey hätte schwören können, er sagte „Dad".

Oh, verflucht, nein! Kein Vaterkomplex. Oh, Jesus, Junge, wie bist du nur hierher gekommen? Aber es war nun auch egal, denn je enger der Junge sich an ihm anschmiegte, desto mehr schien Whiskeys Schlaflosigkeit zu schwinden. Es war vier Uhr morgens, Whiskey hatte seine gute Tat für dieses Jahrzehnt erledigt und, Vaterkomplex hin oder her, er würde sich jetzt eine Mütze voll vom besten Twink-im-Arm-Schlaf holen.

Um acht Uhr morgens klingelte sein Wecker und Whiskey schälte sich aus dem Spalt, der zwischen der Wand und dem Jungen entstanden war, dabei wiederholt „verflucht noch mal" grunzend. Whiskey versuchte verzweifelt zu ignorieren, dass der Körper des Jungen, der sich an seine Brust geschmiegt hatte, es ihm verdammt schwer machte, mit seiner Morgenlatte klarzukommen.

Um alles noch schlimmer zu machen, blickte Whiskey – nachdem er am Ende des Bettes angekommen war und ein sauberes T-Shirt (mit Löchern) und eine saubere Jeans (ebenfalls mit Löchern) angezogen hatte – in ein Paar erschreckend blaue (blutunterlaufene) Augen. „Du bist nicht Cal", sagte der Junge völlig verwirrt.

„Nö", erwiderte Whiskey, fand seine Turnschuhe (mit Löchern) und zog sie ohne Socken an, denn diese hatten ebenfalls Löcher, und da zog Whiskey nun wirklich die Grenze.

„Wo ist Cal?", fragte der Junge wehleidig. „Und warum rieche ich so schlimm und wieso schmeckt mein Mund so übel?" Die blauen Augen schlossen sich und der Junge stöhnte. „Mist, es tut mir leid, es tut mir leid, warum fühlt sich mein Kopf an, als wäre eine Bombe eingeschlagen?"

Der letzte Satz wurde nur noch gewimmert und Whiskey sah zu, wie Tränen aus den Augen des Jungen liefen. Sie hinterließen ihre Spuren in dem Schmutz, der noch von seinem Ausflug in den Fluss in seinem Gesicht klebte.

„Verdammt", grunzte Whiskey und suchte dann in seiner Schublade nach einer Packung Ibuprofen. „Bin gleich wieder da."

Der Junge hatte sich nicht bewegt, als Whiskey mit einer großen Flasche Sprudelwasser zurückkam und sie öffnete. „Hier, Junge, ich gebe dir was gegen die Schmerzen, aber du musst die ganze Flasche trinken, okay?"

Der junge Mann winselte und versuchte, sich unter der Decke zu verstecken. Daraufhin legte Whiskey seine starken, gebräunten Finger unter dessen Kinn und zwang den Jungen so, ihn anzusehen.

„Wenn du willst, dass der Schmerz aufhört, setzt du dich besser hin und tust, was ich dir sage", knurrte Whiskey und der Junge gehorchte, er setzte sich so

14

langsam auf, als würde jeder Muskel seines Körpers schmerzen, und verlor dabei das übergroße Handtuch, mit dem Whiskey ihn zugedeckt hatte.

Der junge Mann war … na ja, gut gebaut. Aber dünn. Anscheinend ging er regelmäßig zum Training, jedoch nicht zum Muskelaufbau. Er hatte die Art von langen Muskeln, die besonders zu jungen Körpern passten. Whiskey unterdrückte einen Seufzer. Bitte, bitte, lass den Jungen volljährig sein, damit die ganze Sache weniger pervers war.

Whiskey legte die Pillen in seine Hand des Jungen und gab ihm das Wasser, während er zusah, wie der andere Mann pflichtbewusst den gesamten halben Liter trank.

„Jetzt möchte ich, dass du weiterschläfst", sagte Whiskey streng. „Ich stelle dir noch eine Flasche hierhin. Trink etwas, sobald du wieder wach bist, okay?"

Der Junge nickte – und da war es wieder, das Bild eines Kätzchens, eines kleinen weißen Kätzchens mit einem Fellbüschel auf dem Kopf und blauen Augen. „Warum tut mir alles weh?", fragte er, von den Schmerzen waren seine Augenlider so dunkel, dass sie wie Blutergüsse aussahen.

„Zwei Gründe", erzählte Whiskey ihm kurzerhand und nahm die leere Flasche zum Recyceln mit. „Der erste Grund ist, dass du einen Autounfall hattest." Während die Augen des Jungen richtig groß wurden, erzählte Whiskey weiter. „Und zusätzlich warst du bis zum Anschlag mit Drogen vollgepumpt. Hast du eine Idee, was du genommen hast?"

Der Junge fuhr mit seinen Händen über sein Gesicht, schloss seine Augen und machte ein Geräusch, als hätte Whiskey ihn geschlagen. „Oh, Mist, scheiße, scheiße, scheiße …" Der Junge fiel auf das Bett, stöhnte und drehte seinen Kopf zur Wand.

„Junge?"

„Bin ich gefahren?" Seine Stimme war dünn und gefühllos.

„Nein."

„Wo ist mein Auto?"

„Auf dem Grund des Flusses. Ich könnte mir vorstellen, dass inzwischen jemand das Loch im Geländer bemerkt hat und dass sie den Wagen jetzt aus dem Wasser ziehen."

„Wo ist der Fahrer?", fragte der junge Mann in derselben dünnen, tonlosen Stimme.

„Ich habe keine Ahnung, Junge. Er ist abgehauen. Ich habe dich rausgezogen und du … du hast noch nicht mal mitbekommen, dass wir im Wasser waren."

Der Junge atmete tief ein, bevor die Luft zitternd wieder entwich, wie ein wackliger, alter Tisch. Und noch einmal. Und noch einmal.

„Oh, verflucht noch mal … Junge, weinst du etwa?"

„Nein."

Schlechteste. Lüge. Aller. Zeiten.

„Hör mal, Junge. Willst du, dass ich der Polizei sage, dass du hier bist?"

Eine plötzliche Pause, fast schon optimistisch. „Muss das sein?", kam die leise Antwort und Whiskey zuckte mit den Schultern.

„Nein. Hast du Ärger mit der Polizei?"

„Nicht, dass ich wüsste."

„Hast du eine Idee, was für Drogen du genommen hast?"

Der Junge stöhnte auf. „Roofies, Ritalin und Bier."

Whiskey schloss vor Schmerzen die Augen. „Verdammt, Junge, was hattest du vor?"

Wieder dieses verräterische Schniefen. „Ich habe versucht, mein Leben auf die Reihe zu bekommen. Wenn es für dich in Ordnung ist, würde ich jetzt gerne ein bisschen in Selbstmitleid baden, weil das so gut gelaufen ist. Okay?"

Whiskey musste dem Jungen Respekt zollen. Er war nicht auf den Mund gefallen. Von allen Mündern auf der Welt, weiche weibliche, harte männliche, offen und bettelnd oder zögernd und verschlossen, Whiskeys liebste waren so wie diese hier, solche Scheiß-auf-die-Welt-Großmaul-Münder.

Whiskey legte eine Hand auf die Schulter des Jungen und drückte fest zu. „Okay. Dazu hast du alles Recht der Welt. Wenn du wieder aufwachst: Da sind Klamotten im Schrank und eine Dusche am Bug. Dies ist ein kleines Boot, du wirst dich hier schon zurechtfinden. Wir reden, wenn ich wiederkomme, okay?"

Es kam ein weiteres zurückhaltendes Schniefen. „Hast du mich aus dem Wagen gezogen?"

„Ja."

„Danke schön. Aber vielleicht hättest du dir die Mühe lieber sparen sollen."

„Das war keine Mühe", log Whiskey. „Ich habe eh nicht schlafen können."

Als Nächstes kam eines dieser furchtbaren Geräusche, wenn man trotz Tränen lachen musste. „Gut, dass ich helfen konnte", murmelte der Junge. „Kannst du jetzt bitte gehen?"

„Ja. Hey, Junge – deine Pillendose, der Name darauf war Patrick. Bist du das?"

„Ja."

„Du kannst mich Whiskey nennen."

Patrick drehte sich von der Wand weg, er sah so erbärmlich aus, wie nur ein Kind aussehen konnte. „Whiskey?"

„Ja."

„Du bist ein netter Kerl, aber ich bedeute nur Ärger. Ich versuche, so schnell wie möglich von hier wegzukommen, okay?"

Whiskey zauste die verdreckten Haare. „Kein Problem. Wir können immer Sklaven gebrauchen. Pack mit an, wenn's dir besser geht."

Und damit drehte er sich um und verließ die kleine, dunkelverkleidete Kabine. Whiskey hörte keine Schluchzer mehr, aber er ging davon aus, dass er auch kein Lachen hören würde. Doch das war jetzt auch egal. Er hatte noch genug zu tun.

TRIX: ZÄHLT KAULQUAPPEN

SCHLUSSENDLICH SCHAFFTE Patrick es doch, wieder einzuschlafen. Als er das nächste Mal wach wurde, wunderte er sich, dass seine Kopfschmerzen fast komplett verschwunden waren. Nur sein Mund schmeckte immer noch so übel, und er fühlte sich, als wäre er von einem Traktor überfahren worden.

Er roch auch ziemlich muffig.

Whiskey. Hieß der Typ wirklich so? Das gefiel Patrick. Es passte zu ihm. Er hatte lange, dunkle und gewellte Haare, seine Augen waren bernsteinfarben, seine Stimme rau, er hatte einen dunklen Dreitagebart und das meiste der Haut, die Patrick durch die löchrige Kleidung hatte sehen können, war braun gebrannt gewesen.

Er *sah aus* wie ein Whiskey, aber nicht wie das billige Zeug, das Cal herunterkippte. Er sah aus wie das gute Zeug von der dunklen, cremigen Sorte, die sein Vater in seiner Hausbar hatte und nur herausholte, wenn Kunden oder Mitarbeiter zu besonderen Anlässen zu Besuch kamen.

Seine raue Stimme allein sorgte dafür, dass Patrick sofort einen Ständer bekommen hatte, und wenn man bedachte, wie verflucht mies sich der Rest von seinem Körper gefühlt hatte, musste das schon eine *besondere* Stimme sein.

Aber jetzt war Whiskey weg. Patrick *musste* aufstehen und sich seinen Problemen stellen, wo auch immer er hier war und in was für eine Situation er sich da gebracht hatte. Juhu. Ob Patrick damit seine Reife unter Beweis stellen konnte? Denn irgendwie musste er das schließlich mal schaffen, verdammt noch mal.

Patrick rollte aus dem harten, hohen Bett auf einen schrecklichen orangefarbigen Teppich und fühlte ein leichtes Schaukeln. Jetzt fingen alle möglichen Dinge an, Sinn zu machen – das beunruhigende Gefühl im Magen, das Patrick seit dem Aufwachen hatte, das leise schwappende Geräusch, welches er im Schlaf wahrgenommen hatte, und die Tatsache, dass er nach Morast und Diesel stank. Cals Lieblingsclub lag am Garden Highway – direkt am Fluss. Sie waren irgendwo in der Nähe des Deltas und er befand sich auf einem dieser großen Hausboote.

Was hattest du vor, Cal?, fragte sich Patrick verbittert. *Wo wolltest du mich hinbringen, nachdem du mir die Roofies untergejubelt hast?*

Ein Bier. Das konnte er schwören – und nicht nur das, er konnte schwören, dass er das Bier noch nicht einmal ausgetrunken hatte. Oh ja, Patrick kannte Cal und seinen kleinen Drogenladen. Cal hatte eine Menge Freunde, die auf seine Rauschmittel standen, aber Patrick hatte immer gedacht, dass er etwas Besonderes war, weil er auf *Cal* stand.

17

Anscheinend war jedoch der einzige Grund, warum er so besonders war, dass er Cal mit Geld versorgte, ohne dass dieser seine Drogen dafür herausrücken musste.

Ah, Mist. Cal hatte vermutlich seine Brieftasche und sein Handy. Patrick hatte keine Ahnung, wie viel Zeit Cal im untergehenden Auto gehabt hatte, aber er bezweifelte, dass Cal ohne Patricks Kredit- und EC-Karte abgehauen war. Patrick hatte seine PINs auf einen Zettel geschrieben, damit irre, drogendealende Loser mit den Karten sein Konto leer räumen konnten. Verdammt, es war ungefähr zehn Uhr morgens. Es war ja nicht so, als könnte sein Dad es sich nicht leisten, aber allein die Vorstellung, wie Cal seine Konten leer räumte, um von Shawn Clearys Geld eine Weile lang gut leben zu können? Igitt. Patrick fasste sich an den Magen und war froh, dass ihm nicht so leicht übel wurde. Verdammt, das war die größte Sorge seines Vaters gewesen und Patrick hatte nicht einmal an diese Möglichkeit gedacht. Nicht sein Freund – nicht Cal!

Stimmt. Da haben wir's. Shawn Cleary: 1.000 richtige Vermutungen über das Leben. Sein Sohn Patrick: Null. Super.

Patrick seufzte und suchte im Schrank nach etwas, das ihm passen könnte. Oh. Mein. Gott. Das Wort *Kleidung* war irgendwie eine dicke Übertreibung. Zum Glück war es warm, bestimmt über 30 Grad, also nahm Patrick sich eine Boxershorts, eine abgeschnittene Jeans und dazu ein verschlissenes weißes Trägershirt, das einzige, das *keine* Löcher hatte.

Die Kabine war winzig – die Koje nahm den meisten Platz ein und der Schrank darunter war groß genug, um hineinkriechen zu können, im Gegensatz zum Rest der Plastik-Einbau-Schränke. Obwohl es noch recht früh war und die runden Fenster geöffnet waren, war die Luft erdrückend. Patrick nahm eins der Handtücher vom Bett und schüttelte es aus, danach klemmte er sich alles wie ein Päckchen unter den Arm und wagte sich aus dem Zimmer.

Der Rest des Bootes war erstaunlich groß. Es gab einen Ess- und Wohnbereich mit einem Tisch und Bänken auf jeder Seite, eine kleine Küche und zwei drehbare Sessel an einem Steuerrad. Die Sessel sahen verdammt bequem aus, außerdem waren sie die einzigen Gegenstände, die tatsächlich benutzt werden konnten, alle anderen Flächen waren vollgestellt mit Instrumenten.

Patrick war im Junior College mit seinem Professor auf eine Exkursion gewesen. Das von der Schule bezahlte Equipment hatte ein bisschen ausgesehen wie diese Sachen hier. Es gab mehrere Stapel mit sterilen Reagenzgläsern, einen Haufen Datenblättern, einen Berg an elektronischen Instrumenten sowie einen Stapel mit reaktionsfähigen Chemikalien, um den Inhalt der Reagenzgläser zu testen – also einen Riesenhaufen an Zeugs, das nur für die Bewohner des Schiffes einen Nutzen hatte.

Irgendwie erinnerte es Patrick daran, wie es manchmal in seinem Kopf aussah. Das kam ihm ziemlich bekannt vor.

18

Eine dünne, drahtige, gebräunte *Person* mit Sommersprossen bewegte sich durch all das Zeug mit einem elektronischen Clipboard in der Hand. Von Zeit zu Zeit machte sie Notizen. Patrick blieb einen Moment stehen und fragte sich, ob er sie ansprechen sollte.

„Verbrauch nicht das ganze Wasser im Badezimmer, Twink", sagte sie mit matter Stimme. Vielleicht war sie schlecht gelaunt, vielleicht wollte sie aber auch einfach nur, dass er nicht das gesamte Wasser verbrauchte. Der Twink-Kommentar war vermutlich nur dazu da, um ihn, oh!, vielleicht von dem Typ namens Whiskey mit der 50-Dollar-Scotch-Stimme zu unterscheiden.

„Okay", sagte Patrick und nahm sich fest vor, sich daran zu halten. Er ging ins Badezimmer und konnte nicht vermeiden, sein Gesicht zu einer Grimasse zu verziehen. *Igitt.* Patrick wusste, was Studenten mit einem Badezimmer anstellen konnten – er hatte während seiner Studienzeit mit ein paar von ihnen Sex gehabt. Natürlich nicht gleichzeitig, aber sie hatten in derselben WG gewohnt, wovon sich nur einer von ihnen geoutet hatte. Als Patrick mit diesem Schluss gemacht hatte, hatte der *andere*, der seine sexuellen Vorlieben noch verheimlichte, ihn getröstet und flachgelegt. Danach hatte Chad ihm versprochen, sich zu outen und der starke Mann in Patricks traurigen Träumen zu werden. Natürlich hatten sich diese Träume nach den paar Monaten zerschlagen, in denen er Chads kleines Geheimnis gewesen war. Trotzdem konnte sich Patrick noch daran erinnern, wie Chad das Chaos im Badezimmer damit begründet hatte, dass nur schwule Männer auf so etwas Wert legen würden. Das ganze Erlebnis hatte Patrick gelehrt, sich auf niemanden mehr einzulassen, der nicht geoutet war. Zudem war er verdammt froh, schwul zu sein, wenn das bedeutete, dass er eine Toilette reinigte, bevor sie anfing zu leben.

Oder zumindest war Patrick froh gewesen, bevor sein Vater entschieden hatte, dass schwul zu sein nur eine andere Art des Versagens war.

Patrick würde einfach nicht daran denken. Nicht jetzt. Trotz Whiskeys Ibuprofen tat sein gesamter Körper weh. Er würde sich einfach auf das Wasser konzentrieren, das seinen Körper herunterlief, so lange, bis …

Klopf, klopf, klopf! „Verdammt, Twink, was glaubst du eigentlich, wie viel Wasser wir haben?"

Mist. „Tut mir leid!" Verdammt … Ausgerechnet jetzt musste er trödeln. Patrick fragte sich, was Whiskey mit seinen Pillen gemacht hatte, die es ihm einfacher machten, sich an Zeiten zu halten und nicht abzuschweifen. Er stellte einen neuen 30-Sekunden-Rekord auf, um seine Haare, Achseln und Genitalien zu waschen, und war beinahe schneller aus der Dusche raus, als er Zeit hatte, die Seife abzuspülen.

„Tut mir leid!", rief Patrick noch einmal. „Entschuldigung! Ich wollte nicht … ich habe nur … verdammt, ist das hier eng! Wie soll ich an was denken, wenn meine Arme … scheiße, mein Zeh … au, mein Knie …"

„Verdammt, Mist, Junge – sei still! Du hast das Wasser abgedreht, es ist alles gut!"

19

Aber da war es schon zu spät. Patrick hatte sein Selbstvertrauen verloren und stieß sich die beschriebenen Körperteile an Klo, Waschbecken, Dusche, Spiegel, Wand und sogar an der Lampe. Als er herauskam, war er nicht nur knallrot, sondern auch am Boden zerstört und völlig durcheinander. Er brauchte jetzt Musik oder ein Videospiel oder seine KBPs (kleinen braunen Pillen) oder irgendetwas anderes, aber auf gar keinen Fall andere Menschen um sich herum.

Trotzdem kam Patrick aus dem Badezimmer und statt einer angepissten, ungeduldigen Frau, die in seiner Vorstellung mit den Füßen vor der Tür scharrte, stand da eine coole Wissenschaftlerin, die konzentriert die Daten vom Funkempfänger auf dem Tisch ablas.

Patrick wartete einige Minuten ab, ob sie ihn bemerken würde. Er hatte schon alle Hoffnung aufgegeben, als sie sich umdrehte und sagte: „Verdammt, Twink, soll ich dir eine Zielscheibe auf den Hintern malen?"

„Das war alles, was sauber war", murmelte er erklärend.

„Und warum hast du einen Knoten ins Shirt gemacht?"

„Weil es zu groß ist."

Ja, okay. Das Trägershirt mit dem Knoten in der Taille und die abgeschnittenen Shorts schrien nach Strand und Party, aber das war halt nicht zu ändern, oder?

Die Frau grunzte und Patrick erkannte sogar einen Hauch von Humor in dem Geräusch. Dann sagte sie: „Obst, Joghurt, Müsli, Brot, Wurst. Ganz egal."

Mehr sagte die Frau nicht mehr und Patrick überlegte einen Moment lang, was sie damit meinte. Dann kam ihm die Idee, dass sie ihn aufgefordert hatte, etwas zu essen, und Patrick sagte „Danke schön", bevor er zum Kühlschrank ging, der im einzigen Teil der Küche stand, der aussah, als wäre er für Menschen geschaffen.

Sie sagte nichts mehr und Patrick musste alleine nach etwas Essbarem suchen. Er entschied sich für Brot (trocken) und Salami (roch nicht fies) ohne Mayo (fraglich) und dachte dann, dass Joghurt vielleicht die sichere Variante gewesen wäre, trotz des abgelaufenen Mindesthaltbarkeitsdatums. Patrick versuchte gar nicht erst, an der Milch zu riechen. Es war aber auch egal, denn das Brot beruhigte seinen Magen und die Wurst gab ihm Proteine und eine Grundlage. Nachdem er eine Weile gegessen hatte, merkte Patrick, wie sich seine Nerven beruhigten und die schrecklichen flattrigen Gefühle, von denen er gedacht hatte, dass er sie in der Schule überwunden hatte, verschwanden.

Patrick beobachtete, was die Frau machte.

Gott, das hatte er immer gerne gemacht. Informationen einzuordnen und alles an seinem angestammten Platz einzusortieren. In Naturwissenschaften war es immer so einfach, solche Dinge zu machen, während es Patrick fast unmöglich erschien, seine eigenen wirren Gedanken zu sortieren.

Patrick stand auf und beobachtete die Frau eine Weile, bevor er fragte: „Kann ich helfen?"

Sie schaute ihn an. „Hast du nichts Besseres zu tun?"

Seinen Vater anrufen und ihm sagen, dass er immer noch schwul und nun der *weltgrößte* Versager war statt nur ein kleiner und unbedeutender? Cal anrufen und ihm sagen: „Hey, ich lebe! Hast du mir wirklich Drogen gegeben und mich dann in einem sinkenden Auto zurückgelassen? Und wo zum Teufel ist meine Brieftasche und wo steckt mein verfluchtes Handy?" Oder sollte er seine Mutter anrufen, die ihm jedes Jahr eine Geburtstagskarte schickte, und fragen: „Hey, kennst du mich noch? Ich habe nicht Geburtstag, aber ich stecke in der Patsche, kannst du mir helfen?"

„Nö", sagte er leise. „Mir fällt nichts ein, was ich lieber tun würde."

Die Frau zog ihre Augenbrauen hoch, knabberte an ihrer Unterlippe und legte ihren Kopf schief, dann sagte sie: „Kannst du zählen?"

„In ganzen Zahlen? Ja, ich bin im ersten Schuljahr versetzt worden."

Patrick sah es – das leichte Verziehen der Mundwinkel, das, wenn es ein bisschen stärker werden würde, durchaus als Lächeln durchgehen konnte. Alleine dafür hätte er gerne einen kleinen Siegestanz aufgeführt. „Toll. Dann komm mal her."

Sie ging mit ihm auf das Deck des Bootes, das aussah wie ein richtig verwahrlostes, schreckliches, flaches Hausboot mit einem leicht erhöhten Deck, einem unter Wasser liegenden Wohnbereich und einem zweiten Steuer auf dem Dach (Deck? Oberdeck? Was auch immer. Patrick kannte sich mit Booten nicht aus) des Wohnbereichs. Das Teil brauchte dringend einen Anstrich oder eine Lackierung oder was auch immer, außerdem benötigte es definitiv eine gründliche Reinigung. (oder hieß das hier „Schrubben"?) Im Vergleich zu all den anderen schönen Musterexemplaren an Ferienhausbooten, die an dem kleinen Kai nördlich von Sacramento vor Anker lagen, musste man sich für dieses Hausboot hier echt schämen.

Ohne die herumliegenden Stiefel, Angelausrüstungen, großen, leeren Eimer und dreckigen Boxen zu beachten, brachte die (immer noch namenlose) Frau Patrick zu der Seite des Bootes, die im Schatten lag. Hier gab es aufgrund einer Markise mit einem Vorhang, den man zusätzlich herunterlassen konnte, permanent Schatten, sodass der Bereich nie direktes Sonnenlicht abbekam. An der Wand des Schiffes standen drei große, durchsichtige und mit Wasser gefüllte Tanks. Darin waren kleine, schwimmende Tiere, von denen Patrick erst dachte, es wären Fische. Auf einem der größeren Tanks stand genau das gleiche Exemplar in klein, in dem etwas großes Braunes herum schwamm.

Die Frau hob den kleinen Tank von dem größeren herunter und öffnete diesen. Es befand sich Wasser darin. Das war es. Normales Flusswasser. Dann öffnete sie den Tank daneben.

In ihm waren, so wie es aussah, eine gefühlte Trillion Kaulquappen.

Patrick musste lächeln.

„Hey, ihr kleinen Kerle. Wie gehts?" Sie befanden sich in einer frühen Phase ihrer Entwicklung, sie hüpften noch nicht und hatten auch noch keine Beine, die von ihren flachschwänzigen braun-grünen Körpern abstehen konnten. Aber sie schwammen mit viel Energie durch das mit Algen und Bazillen gefüllte Wasser, sie mussten gar nicht hüpfen.

„Deine Aufgabe ist es, sie zu zählen", sagte die Frau und holte ihn aus seiner freudigen Betrachtung der Babyfrösche heraus. „Hier." Sie gab ihm einen normalen Notizblock und einen Stift sowie ein kleines Netz mit einem Griff.

„Hol sie aus dem einen Behälter heraus, setz sie in den anderen hinein und zähl sie dabei. Schau nach Anomalien und notiere dir, wie viele Kaulquappen mit Anomalien du findest. Wenn du mit dem ersten Behälter fertig bist, mach eine Pause, komm rein und zeig mir, was du gefunden hast."

Patrick blinzelte und guckte noch einmal in die Wanne. „Anomalien?"

Die Frau hob einfach den Deckel des kleinen Tanks und hielt ihn Patrick unter die Nase.

„Darf ich vorstellen? Caleb und Catherine. Sie sind die sogenannten Anomalien."

Patrick stand auf und sprang so plötzlich zurück, dass die Frau fast den Behälter mit Caleb und Catherine hätte fallen lassen. Sie zog amüsiert die Brauen hoch.

„Irgendwelche Probleme?"

„Was. Zum. Teufel. Ist. Das?"

„Das, mein Lieber, ist das Ergebnis aus Fabrikabfällen oder Pestiziden, wenn sie durch den Hinterhof der Frösche in ihr Inneres gelangen."

Patrick riss sich zusammen und schaute noch einmal in die Wanne. Der Frosch hatte sechs Beine – zwei hinten und vier vorne, zwei der vier hingen in der Mitte unnütz herunter. Der Körper war breiter, um Platz für die zusätzlichen Beine zu schaffen – und auch für den zweiten Kopf. Das oder die Lebewesen sah(en) sich dabei zu, wie es/sie atmete(n), und Patricks winzig kleines Hirn war komplett überfordert.

„Zählt das als einer oder sind das zwei Frösche, wenn ich so einen aus dem Netz ziehe?", fragte er völlig durcheinander.

Die Frau grinste und erschlug eine der Wattfliegen, die sich auf ihre braune, sommersprossige Schulter gesetzt hatte. „Einer", antwortete sie bestimmt. „Weitere Fragen?"

„Ja. Welche Seite ist Cal und welche Catherine?"

Ein weiteres Grinsen. „Links ist Cal. Warum? Ist das wichtig?"

„Weil so der Typ heißt, der mein Auto geschrottet hat und mich ertrinken lassen wollte. Ich möchte nur wissen, welche Seite des Frosches ich hassen muss."

Ein leichtes Lächeln erschien auf dem Gesicht der Frau. „Hast du einen Namen?"

„Patrick."

„Patrick, du kannst mich Fly Bait nennen. Wenn du rechtzeitig fertig bist, rufe ich Whiskey an, damit er uns was zu essen mitbringen kann. Was hältst du davon?"

Patrick schloss die Augen voller Vorfreude. „Ich finde, das klingt sehr gut. Kannst du ihm sagen, er soll Milch mitbringen, die noch nicht so fest ist, dass man bereits auf ihr kauen kann?"

„Er wird sein Bestes geben, schließlich handelt es sich um Whiskey. Und hier gehts um Kochen. Das ist nicht unbedingt etwas, das er gut kann. Und jetzt fang an. Wir haben nicht den ganzen Tag Zeit und ich habe Hunger."

PATRICK ZÄHLTE und fing 237 Kaulquappen. Er fand zwei mit zwei Schwänzen und eine mit zwei Köpfen.

„Ist das normal?", fragte er Fly Bait (was auch immer ihr richtiger Name war), als er die Treppe hinunterging.

„Nein, Patrick", antwortete sie. „Das ist es ganz bestimmt nicht." Sie kramte in ihrer Tasche herum und holte ein Handy mit Walkie-Talkie-Funktion heraus. „Whiskey, Arschloch, bist du da?"

„Ja. Ich habe die Proben in Sektor Acht aufgebaut. Wie weit bist du?"

„Sektor sechs hatte drei Anomalien in 237 Exemplaren."

„Verfluchte Froschinnereien – Fly Bait, bist du sicher?"

„Dein neuer Praktikant hat das herausgefunden – und er hat die Anomalien zur Seite gelegt, damit wir sie uns ansehen können."

Auf der anderen Seite der Leitung war es eine Weile still. „Unser neuer Praktikant?"

„Hey, du hast ihn angeschleppt. Der Junge kann bis zweihundertsiebenunddreißig zählen und er erkennt einen Frosch mit zwei Köpfen, wenn er einen findet. Das einzige Problem ist: Du musst ihn füttern – schaffst du das?"

Da war ein Grunzen am anderen Ende. „*Das* schaffe ich. Der kleine Stinker ist dünn wie eine Briefmarke. Irgendwer sollte ihn füttern."

Patrick öffnete den Mund, um zu protestieren, aber Fly Baits stoischer Blick stoppte ihn.

„Das gebe ich weiter", sagte sie mit monotoner Stimme ins Walkie-Talkie. „Wenn du die Proben aufgebaut hast, lass uns einige Daten abstimmen und bring uns danach was zu essen mit."

Daraufhin folgte eine Litanei von Zahlen – grundlegende Sauerstoffwerte, Chlorwerte, Natronwerte plus Algenzählungen, Planktonzählungen und die Werte unbenannter Schadstoffe.

Der letzte Punkt bereitete ihnen Sorgen.

„Wie viele Anteile auf einer Million?", fragte Whiskey, weil er es nicht glauben konnte, also wiederholte Fly Bait die Zahl.

„Das ist verdammt hoch. Lass mich die Probe neu einstellen." Etwa vier Minuten später fragte Whiskey erneut nach dem Wert und als Fly Bait ihm auch dieses Mal eine Zahl nannte, die ziemlich nah an der vorherigen lag, konnte Patrick sein Interesse durch das Walkie-Talkie hören.

„O-kay … Ich bringe ein paar Proben mit. Wir können sie morgen analysieren und ich werde eine Probe zur Uni bringen. Mal sehen, ob wir den Grund dafür finden, warum diese Zahl so merkwürdig ist. Ich meine, es ist ja nicht so, als würden sie Witze erzählen oder eine Fremdsprache sprechen, richtig?"

Fly Bait reagierte gar nicht darauf, aber Patrick kicherte, als er sich vorstellte, wie ein großes Pantoffeltierchen auf einer Bühne stand und Dinge sagte wie: „Es ist leicht, auf einen draufzutreten, wenn man die Form eines Schuhs hat!"

Whiskey hatte ihn anscheinend gehört, denn als Nächstes kam durch das Walkie-Talkie: „Frag unseren unbezahlten Praktikanten mal, was er essen möchte."

„Ich hätte gerne was von Chipotle", sagte Fly Bait eingeschnappt.

„Ja, aber er hat über meinen Witz gelacht. Was möchtest du, Junge?"

Patrick sah zu Fly Bait und beschloss, sich mit ihr gut zu stellen. Alles war besser, als wieder nach Hause gehen zu müssen. „Hühnchen-Burrito, aber nur mit Hühnchen und Reis …"

„Machst du Diät?"

„Nein."

„Hast du Allergien?"

„Nein."

„Würden dich Bohnen, Sauerrahm und Käse zum Spucken bringen?"

„Nein."

„Dann iss doch einfach mal etwas, das ein bisschen Fett hat."

Das war nicht wirklich eine Frage, aber Patrick antwortete trotzdem: „Es ist schlecht für die Haut."

„Deine Haut ist völlig in Ordnung. Was willst du wirklich auf deinem verfluchten Burrito? Und bring mich nicht dazu, noch mal zu fragen."

Na gut. Antibiotika und Laserbehandlungen waren schon sechs Jahre her, also konnte Patrick sich ruhig etwas gönnen. „Alles außer Bohnen, dafür aber mit extra Guacamole", erwiderte er bestimmt und Whiskeys zustimmendes Grunzen am anderen Ende des Walkie-Talkies fühlte sich an, als hätte Patrick etwas gewonnen.

„Fragst du gar nicht, was *ich* will?" Fly Bait hörte sich sauer an, allerdings nicht auf Patrick, also war das in Ordnung.

„Vegetarischer Eintopf mit Guacamole", antwortete Whiskey und Fly Bait grunzte in ihr Handy und legte auf.

Patrick war ausnahmsweise einmal cool und grinste nicht oder machte etwas von den Dingen, die er sonst gerne tat. Stattdessen sah er auf den Behälter mit Cal und Catherine in seinen Händen und fragte: „Und was geben wir den Zwillingen zu essen?"

Fly Bait schaute auf die Frösche und murmelte: „Normalerweise legen wir ein Stück Salami in den Behälter und warten auf die Fliegen. Deswegen sind sie so dick geworden."

Patrick tat genau das und stellte danach den zweiköpfigen Frosch zurück in den Schatten, nachdem er sichergestellt hatte, dass noch genug Wasser im Behälter war.

Er starrte eine Weile auf die Cal-Seite des Frosches und seufzte.

„Es ist nicht fair, dir das anzulasten, großer Junge", meinte Patrick nach einer Weile und wünschte sich, den Frosch streicheln zu können, aber er war sich nicht sicher, ob ihm das gefallen würde. „Abgesehen davon siehst du eh besser aus als er."

Cal blinzelte langsam und Catherine wiegte ihren Kopf hin und her. Patrick fragte sich, wie es wohl wäre, einen zweiten Kopf auf seiner Schulter zu haben. Würde einer der organisierte, kluge Patrick unter dem Einfluss von Ritalin sein und der andere der Versager-Trix ohne Ritalin? Würde der Kluge ihn in die eine Richtung lenken, während der Idiot ihn zum nächsten Lover leiten würde? Oder würde er zweiköpfig zur Starre verdammt sein, weil er zwischen der guten und der schlechten Seite hin- und hergerissen wäre?

Patrick seufzte und sein Atem strich über den Frosch, der mit beiden Augenpaaren blinzelte.

„Vielleicht ist Cal ja eine Abkürzung für ‚Calhoun' und nicht für ‚Caleb'", überlegte Patrick nach einer Weile und blinzelte auch. „Ich kann dich immer noch Caleb nennen, wenn du versuchst, mir Drogen zu geben und mich auszunutzen."

Darüber wollte er gar nicht nachdenken. Ebenso wenig wollte Patrick an sein Auto denken oder an seine Zukunft, die auf ihn wartete. Er wollte sich auch um seine Kreditkarten keine Gedanken machen, die gerade benutzt wurden, um seinen Vater auszunehmen …

Scheiße.

Na gut, das Letzte *konnte* er ändern.

Patrick stand schwermütig auf und ging hinein, um Fly Bait zu fragen, ob er ihr Handy benutzen durfte.

WHISKEY: EINEN DÜNNEN ZUM MITNEHMEN, BITTE

WHISKEY FÜHLTE sich großartig, als er mit seinem Essen zum Hausboot zurückkehrte. Er kam sich vor wie der Ernährer – er hatte einen Burrito erlegt und für diesen dünnen, kleinen Jungen mit Fett belegt – und jetzt würde er seinen Findling füttern, so wie er auch einem Kätzchen etwas zu essen bringen oder einem Frosch ein paar Fliegen besorgen würde, stimmt's?

Whiskey hatte allerdings nicht damit gerechnet, die Stimme des Jungen von der anderen Seite des Schiffes zu hören, wie er in hohen, lauten Tönen in das Handy hinein schimpfte.

„Hören Sie, es tut mir leid, aber ich erinnere mich nicht an die Passwörter", sagte er, und Whiskey verzog den Mund. Gott, er klang wie ein Kind. „Nein, warten Sie. Ich gebe Ihnen meinen Namen und mein Geburtsdatum, und dann stellen Sie mir die Frage, okay? Sie wissen schon, nach dem Geburtsnamen meiner Mutter oder so. Es ist nur … Ich glaube, mein Arschloch-Freund – Ex-Freund – ist da draußen und gibt das ganze Geld meines Vaters aus und, Mist, können wir bitte auf die Frage verzichten, ob ich meine PIN kenne, damit mein Ex aufgehalten werden kann?"

Es entstand eine kleine Pause und Whiskey hörte, wie der Junge alles versuchte, um sich zusammenzureißen.

„Ja. Mein Geburtstag ist der zwölfte September, ich bin 23 und der Mädchenname meiner Mutter ist Eames."

Es gab eine weitere Pause und Whiskey fiel ein Stein vom Herzen. Es war ja nicht so, als hätte er irgendeinen Anspruch auf den Jungen, aber Gott-sei-Dank, er war *volljährig*. Gott, alleine die Tatsache, dass Patrick volljährig war, sorgte dafür, dass Whiskey sich einfach besser fühlte.

Dann kreischte der Junge wieder los, zitternd, wütend und voller Panik, und Whiskey hatte andere Gründe, sich Sorgen zu machen. „Nein! Ich kenne meine PIN nicht, ich kann mir *nie* meine PIN-Codes merken. Ich habe sie in meinem Handy gespeichert, aber mein Handy ist auch weg, und ich möchte nie wieder mit meinem Vater reden. *Fuck!*"

Whiskey musste sich ducken, als vom anderen Ende des Decks etwas über seinen Kopf hinwegflog, das verdächtig nach Fly Baits Handy aussah und mit einem lauten Knall gegen den Bug krachte. Dann wurde es plötzlich ruhig und Whiskey hörte nur noch tiefes, schmerzverzerrtes, verzweifeltes Atmen und das langsame, gleichmäßige Geräusch von jemandem, der seine Faust gegen die Wand des Schiffes hämmerte.

Zumindest ging Whiskey davon aus, dass es sich um eine Faust handelte. Er kam um die Ecke und wollte gerade mit einer Standpredigt ansetzen, als er sah, wie der Junge seinen Kopf *mit voller Wucht* gegen die Außenwand des Schiffes schlug und dabei vor und zurück wippte.

„Hey, hey, hey, hey!" Whiskey eilte zu Patrick und legte ihm eine Hand auf die Schulter und die andere gegen seine Stirn, damit er sich nicht weiter wehtun konnte.

„Entschuldigung", flüsterte der Junge. „Es tut mir soooo leid. Ich bin ein Idiot. Gott, ich bin so ein verdammter Trottel. Es tut mir leid. Entschuldigung. Das wollte ich nicht. Fuck ... Das wollte ich echt nicht."

Er machte ein zerknirschtes Gesicht und zog die Schultern hoch, sein ganzer Körper zitterte wie Espenlaub und Whiskey wusste selber nicht, wie ihm geschah. Es war nämlich eine Sache, einen Doktortitel zu haben und zu wissen, wie man jemanden beruhigt, eine völlig andere Sache war es, diese Person in den Arm zu nehmen und dafür zu sorgen, dass er wieder ruhig atmete.

„Ganz ruhig, Junge", murmelte Whiskey. „Ganz ruhig, tief einatmen. Das war nur ein billiges Handy. Tief einatmen, okay?"

Whiskey wartete eine *ganze* Weile, bis er ein zurückhaltendes Nicken an seiner Schulter spürte.

„Entschuldigung", sagte der Junge nach einigen Sekunden. Seine Stimme war verhalten und kontrolliert, und somit fast das genaue Gegenteil von dem, was Whiskey vor ein paar Minuten noch gehört hatte. „Ich werde mich zusammenreißen, okay? Ich ..." Es war heiß und Patricks eigentlich bleiches Gesicht war ganz rot von der Anstrengung, der Aufregung und davon, unschuldige Handys gegen Hausbootwände zu werfen – aber jetzt bekam sein Gesicht eine völlig andere Farbe.

Whiskey trat einen Schritt zurück, um ihn besser beobachten zu können. Der Junge schaute ihn wütend an. „Ich mache Yoga, okay? Kannst du bitte weggucken? Ich komme in einer Minute runter und entschuldige mich bei Fly Bait, ich werde ihr das Handy ersetzen ..." Er verzog sein Gesicht zu dem gleichen Ausdruck, den er gehabt hatte, als er seinen Kopf gegen die Wand geschlagen hatte.

„Das mache ich schon", erklärte Whiskey. „Sag ihr nichts. Es war mein Fehler. Ehrlich." Was für einen Mist redete er denn da? Meinte er das wirklich ernst? Wenn ihn seine Studenten jetzt sehen würden, würden sie alle Putzlappen rausholen müssen, um die Scheiße aufzuputzen, die er hier gerade verzapfte.

Der Junge blinzelte ihn an und schüttelte den Kopf. „Ich finde einen Weg, es zu ersetzen", sagte Patrick leise und sah ihn dann mit einem schiefen Grinsen. „Es gibt bestimmt noch mehr komische Frösche zu zählen, oder?"

Whiskey nickte. „Ja, Junge. Wir haben genug für dich zu tun." Hatten sie nicht. Aber ehrlich, was machte es schon aus, einen dünnen Jungen durchzufüttern,

27

wenn man dafür diesen Ausdruck von purer Freude und Erleichterung auf seinem Gesicht sehen konnte. Und das nur, weil Whiskey ihm sagte, dass sie einen Platz für ihn hatten. Whiskey würde schon etwas *finden*, um Patrick zu beschäftigen. Verflucht, er würde etwas *erfinden*, um dem Jungen eine Aufgabe geben zu können.

Whiskey ließ Patrick alleine und holte die Tüte von Chipotle. Er ging die Treppe in den Wohnbereich hinunter und warf das Essen auf den Tisch, danach ging Whiskey zum Kühlschrank, holte eine Flasche Wasser heraus und trank so schnell er konnte, ohne sich zu verschlucken.

„Probleme?", fragte Fly Bait und kramte in der Tüte herum.

„Ja, ich glaube, ich bekomme einen Hitzschlag", antwortete Whiskey. Das war die einzig mögliche Erklärung.

„Braucht der Junge noch mein Handy?"

Whiskey verzog das Gesicht. „Schlechte Nachrichten, Fly Bait. Ich habe aus Versehen dein Handy aus seiner Hand geschlagen und jetzt ist es hinüber."

Fly Bait hatte ihre Bestellung gefunden und fing an, Essen in ihren Mund zu schaufeln. „Du hast es aus Versehen aus seiner Hand geschlagen?", fragte sie, nachdem sie geschluckt hatte. Allein die Tatsache, dass sie seinen Satz wiederholte, sprach Bände über ihre Zweifel.

Whiskey wog mehrere Möglichkeiten ab, dann entschied er sich für: „Mmh, ja, genau so ist das passiert."

Er stand mit dem Rücken zum Fenster und Fly Bait blickte in seine Richtung. Als ihre Augen plötzlich groß wurden, dachte er, sie würde ihm jetzt sagen, was für einen Blödsinn er da erzählte. Was er ja auch tat. Aber dann merkte Whiskey, dass sie gar nicht ihr ansah, sondern über seine Schulter hinweg zum Fenster hinausblickte, also drehte Whiskey sich um und verschluckte sich an seiner eigenen Spucke.

„Heilige Göttin, unser aller Mutter", murmelte Fly Bait und Whiskey konnte sie noch nicht einmal ansehen.

„Ich dachte, du stehst nicht auf Männer."

„Ich steh nicht auf Sex mit Männern", antwortete sie abwesend. „Das heißt aber nicht, dass ich den hier nicht hübsch finde."

Gott. Jesus. Göttin. Heiliger Ned, Lebenspartner von Geoff, Gott der Kekse, war dieser Junge (Mann, er war ein Mann, danke dir, Ned!) hübsch anzusehen. Patrick stand aufrecht, ein Bein hinter sich hochgezogen und *hielt seinen Fuß in der Hand und über seinem Kopf gestreckt!*

Whiskey musste schlucken und leerte seine Flasche Wasser, aber das reichte nicht. Sein gesamter Körper, von Kopf bis Fuß, brach in Schweiß aus, der von seinen Lippen herunter tropfte und seine Eier anschwellen ließ. Der Junge senkte langsam seinen Fuß und begab sich in die Position, die sogar Whiskey als die Position des Kriegers kannte. Whiskey sah ihm zu, wie sich seine Muskeln anspannten. Die Linie von seinen Schultern hinunter über seinen Rücken, zu seinem Hintern, über seine Ober- und Unterschenkel bis zu seinen langen, nackten Füßen verwandelte diesen zerstreuten Jungen in eine perfekte, flüssige Bewegung. Patrick hob die Hand, folgte ihr mit seinen Augen, legte seinen Kopf zurück und konzentrierte sich auf die perfekte Haltung seines langen, zähen Körpers. Trotz des beschränkten Blicks durch das kleine Fenster konnte Whiskey sehen, wie seine Brust sich weich bewegte und sein Gesicht sich entspannte. Er hatte einen gelassenen Ausdruck.

Was eine gute Sache für den Jungen war, doch Whiskey stellte sich vor, wie dieser bewegliche Körper sich um seinen eigenen schlingen würde, wie diese langen Beine seinen Hintern umklammern würden, während er in den Jungen hineinstieß und mit einer Hand seinen Schwanz umfasste, den er bisher noch nicht gesehen hatte. Whiskey würde dafür sorgen, dass der Junge seinen Kopf zurückwarf, den Mund öffnete und seine Gelassenheit verlor, er würde ihn zum Schreien bringen.

Whiskey stöhnte aus tiefster Kehle und merkte, dass er seinen Schwanz gegen die Arbeitsplatte rieb, um den Druck ein wenig zu lindern.

Fly Baits Stimme war rau und kehlig. „Wir *müssen* ihn hier wegbringen."

Mist, Mist. „Ich habe ihm versprochen, dass er bleiben darf."

Für einen Moment war es still und Whiskey konnte ihren Blick im Rücken spüren. „Warum zum Teufel machst du so was?"

Ehrlich, war das nicht klar? Whiskey gab ihr die Antwort, die eigentlich die Richtige war, obwohl er gerade an einen vollkommen anderen Grund dachte. „Weil er ein Zuhause braucht."

„Warum *hier*?"

Zumindest das war die volle Wahrheit: „Ich glaube, er hat sonst keinen Ort, wo er hin kann."

Der Junge beendete seine Yogaübung, schüttelte sich und ging über das Deck. Whiskey kramte wortlos in der Tüte herum und holte seine eigene Bestellung heraus, zusammen mit den Pommes und der Guacamole, die er immer zusätzlich bestellte. Als der Junge die Treppe herunterkam, versuchte Whiskey, wie ein normaler Mensch auszusehen – und nicht wie ein Sexualstraftäter.

Whiskey grunzte und zeigte auf das Essen auf dem Tisch. Während der Junge sich bediente, waren seine Bewegungen weich und fließend. Patrick guckte sich um und stellte fest, dass die Couch und die Sessel voll mit Instrumenten waren, deshalb ging er zu der Arbeitsplatte mit dem Waschbecken (ja, alles ganz klassisch eingerichtet), ließ sich dort gegenüber von Whiskey zu Boden sinken und setzte sich im Schneidersitz hin.

Whiskey sah sich im Küchen-, Ess- und Wohnbereich um und begann, Instrumente zu verschieben, sodass der Junge Platz auf einer der Bänke am Tisch hatte. Er schaute sich die Stelle an, grunzte in Patricks Richtung und zeigte mit seinem Kinn darauf.

„Danke, Whiskey. Nett von dir, dass du hier einen auf *Planet der Affen* mit *Martha Stewart* machst, aber echt, ich kann hier sitzen. Das ist dein Wissenschaftszeug – lass stecken."

Whiskey wurde rot. „Junge …"

„Patrick."

Ja, klar. Aber „Patrick" war ein Name, von dem Whiskey sich gut vorstellen konnte, ihn zu rufen, während er kam, während „Junge" jemand war, den er wirklich niemals mit seinen schwieligen, verzweifelten, zitternden Händen anfassen würde.

„Junge …"

„Du kannst mich auch Trix nennen."

Das lenkte Whiskey von seinen Gedanken ab. „Trix? Was zur Hölle soll das denn für ein Name sein?"

Patrick (Heiliger Ned, hilf mir!) wurde rot. „So haben mich meine Ex-Freunde genannt. Ich weiß nicht, wie sie darauf gekommen sind – aber wenn dir Patrick nicht gefällt …"

Iss, Wesley. Iss. Und versuche dir vorzustellen, dass deine Hände nicht vor Wut zitterten. „Trix ist jemand, den man nicht ernst nehmen kann", sagte Whiskey. Trix war jemand, den man an seine Freunde weiterreichte, weil er leicht rumzukriegen, der immer bereit war und einen verführerischen Mund hatte. Ob dieser Junge tatsächlich diese Art von Trix gewesen war oder nur jemand, den die anderen gerne ausnutzten, war völlig egal. Irgendjemand hätte auf diesen Jungen aufpassen sollen – und diese Person hatte kläglich versagt.

„Tja", sagte der Junge mit vollem Mund, „vielleicht kann man das auch nicht."

Whiskey nahm noch einen Bissen. „Hier sieht es aus wie bei Hempels unterm Sofa. Fly Bait und ich werden morgen draußen im Forschungsgebiet sein. Räum auf. Mach sauber. Ich lasse dir das Auto hier und etwas Geld. Kauf Putzzeug und was zu essen. Gott. Hol uns Joghurt, von dem einem nicht schlecht wird. Alles klar?"

Patrick nahm einen Bissen und nickte. „Kann ich das aufschreiben?", fragte er mit leiser Stimme. „Ich bin schnell abgelenkt. Wenn wir mit dem Essen fertig sind, muss ich eine Liste machen."

Whiskey wollte gerade eine Bemerkung machen, dass jeder Idiot ein Haus reinigen und Essen kaufen könne, aber da war er wieder, dieser Blick, der bedeutete, dass Patrick gleich ein Handy durch die Gegend schmeißen und seinen Kopf gegen eine Wand knallen würde. Whiskey stellte fest, dass dieser Blick ihm den Magen umdrehen ließ, und entschied sich gegen die Bemerkung. „Ja, Junge, kein Problem. Sobald wir fertig sind, okay?"

„Trix", erwiderte Patrick hoffnungsvoll und Whiskey schüttelte wütend seinen Kopf.

„Du bist kein One-Night-Stand, Junge. Du bist kein Party-Spielzeug."

„Ich bin kein Junge."

Der Teufel soll mich holen, wenn das tatsächlich so ist. „Gut. Patrick."

„Danke schön." Der Ausdruck im Gesicht des Jungen? Pure Freude. Whiskeys Magen drehte sich wieder um.

Whiskey grunzte zurück. Bei dem Versuch, ein ehrliches „Gern geschehen" herauszubringen, wäre ihm womöglich sein Essen wieder hochgekommen.

WHISKEY UND Fly Bait verbrachten den Rest des Tages damit, über die Froschanomalien und die chemischen Zusätze im Wasser zu sprechen. Patrick, der nach dem Essen aufgeräumt und dann die Wäsche gemacht hatte, fand Sprühreiniger und eins von Whiskeys besseren Hemden (das für ihn ein Putzlappen war) und begann damit, das Badezimmer zu reinigen.

Das Badezimmer war furchtbar. Der Junge (Mist! Patrick!) stieß sich ständig die Ellbogen und Knie und sonstigen Körperteile am Klo und an der winzigen Dusche. Das konstante Ausrufen von Flüchen, das aus der Toilette drang, hätte jedem Seemann Ehre gemacht.

Whiskey und Fly Bait unterhielten sich in kurzen, abgehackten Sätzen:

„Chlorwerte?"

„Unter X."

„Echt?"

„Das kanns nicht sein."

„Quecksilber?"

„Hoch, aber nicht unnormal."

„Andere Chemikalien?"

„Nichts zu finden."

Und plötzlich wurde ihr Code, das Hin und Her, das sie fast zwei Jahrzehnte lang im Rahmen ihrer Umweltstudien praktiziert hatten, von Patricks profanen Flüchen unterbrochen.

„Welche Fabriken?"

„Die Recyclinganlage oder ..."

„Verfickter ..."

Bumm!

„... die Papierfabrik ..."

Klatsch!

„... schwanzlutschender ..."

Krach!

„... oder die Lagerhallen von ..."

Wumms!

„Au! Arschfickender, wichsender ..."

Whiskey und Fly Bait hielten komplett inne.

„... Sohn einer blutpissenden Hafenhure ..." *Krach! Bumm! Peng!* „Au! Fuck! Aua!"

Als es plötzlich leise wurde, zogen sich Fly Baits Augenbrauen zusammen und Whiskey zuckte mit den Schultern.

„Was?"

„Er hat sich wehgetan."

Whiskeys Augen wurden groß und rund und glänzend. „Du machst dir Sorgen?"

„Er hat das Badezimmer sauber gemacht."

„Und?"

„Wenn mir langweilig war, habe ich Proben vom Bad ins Labor geschickt. Sie wurden bisher noch nicht identifiziert. Es ist mir nie in den Sinn gekommen, das Ding sauber zu machen."

Whiskey schluckte und rieb sich über den Nasenrücken. „Ich weiß, ist schon klar – jetzt wo das Badezimmer endlich mal sauber ist, willst du nur nicht, dass es mit Blut von möglichen Schnittwunden des Jungen sofort wieder dreckig gemacht wird."

Fly Bait zuckte entschuldigend mit den Schultern, so als wäre ihr vielleicht zum ersten Mal die Idee gekommen, dass sie ein Mädchen war. Während der Stille kamen ein paar tiefe, unterbrochene Atemzüge aus dem Bad, von denen Whiskey sich sicher war, dass sie gleich das ganze Boot zum Schaukeln bringen würden.

„Warum bin ich immer derjenige, der sich um seine Wehwehchen kümmern muss?"

Fly Bait sah ihn an und Whiskey wurde klar, dass er diese Frage lieber nicht beantwortet haben wollte.

„Na gut. Mist." Whiskey ging zum Badezimmer und öffnete zaghaft die Tür. Wie er sich gedacht hatte, versuchte Patrick gerade, einen Schnitt in seiner Hand mit einer Mullbinde und Klebeband zu verarzten. In Gedanken schrieb Whiskey noch ein paar weitere Artikel auf die Einkaufsliste.

„Komm her", befahl er mürrisch und Patrick zog seine Hand schützend an seinen Körper.

„Das schaffe ich schon."

„Tust du nicht. Gib mir deine verfluchte Hand."

„Ich kann mir selber helfen."

„Das sagst du ständig. Gib mir deine verfluchte Hand."

Patrick guckte ihn finster an. „Ich bin keine Last oder Klette."

„Wenn das so wäre, hätte Fly Bait dich hier verbluten lassen. Oder verhungern. Jetzt gib mir deine verfluchte Hand."

Patrick streckte die Hand aus und Whiskey seufzte. „Das musst du auswaschen." Er nahm die dünne, knochige, weiße Hand und hielt sie unter den Wasserhahn. Der kleine Schnitt auf der Außenseite seiner Knöchel öffnete sich im Wasser und das Blut lief in den Abfluss. Whiskey blickte zur Seite und sah, wie Patrick auf seine Hand schaute und die Zähne zusammenbiss.

„Guck nicht hin", schlug er vor, und Patrick zuckte mit den Schultern.

„Das ist der merkwürdigste Tag überhaupt", sagte er plötzlich und Whiskey konnte ihm nur zustimmen.

„Gibts hier ein sauberes Handtuch?"

Patrick gab ihm ein kleines Handtuch, das wohl gerade frisch aus dem kleinen Trockner auf dem Kai gekommen war. Whiskey sah es sich an und seufzte.

„Nicht, dass ich mich beschweren würde, aber du hättest nicht gleich loslegen müssen." Whiskey tupfte am Schnitt herum, um das überschüssige Wasser abzutrocknen, und riskierte es, in Patricks Gesicht zu schauen.

Er hatte einen weichen Schmollmund, der eher etwas breiter war als gewöhnlich, ein Mund, der schnell lachte und bestimmt sehr lebhaft sein konnte, wenn er nicht gerade vor Schmerzen und Anspannung zusammengezogen war – oder wenn er versuchte, nicht darüber zu sprechen, wie er aus einem sinkenden Auto gezogen worden war.

„Ich hab sonst nichts zu tun", murmelte Patrick. Whiskey schnalzte mit der Zunge und begann, die Mullbinde um die Wunde zu wickeln.

„Weißt du, du hattest eine ziemlich miese Nacht und du hast es irgendwie geschafft, deinen Tag nicht komplett zu vergeuden. Vielleicht solltest du dich einfach für eine Weile hinsetzen, eine Flasche Wasser trinken, dich noch mal hinlegen und ein Nickerchen machen."

„Ich kann mich …"

„… um dich selbst kümmern." Whiskey seufzte und zog an der Mullbinde, bevor er aus dem Schränkchen das sterile Klebeband holte. „Ich weiß. Hör mal, Jun… *Patrick*, ich habe keine Ahnung, was in deiner kleinen, verdrehten Birne vorgeht, aber niemand hier wirft dir vor, ein Versager zu sein. Also solltest du vielleicht warten, bis du eine Aufgabe hast, bevor du versuchst zu beweisen, dass du sie bewältigen kannst."

„Tut mir leid."

„Sollte es nicht." Whiskey war fertig mit dem Verband und merkte, dass er immer noch Patricks Hand hielt. Er ließ sie nicht los.

„Wer hat dich einen Versager genannt?", fragte er nach einer Weile.

Patrick hatte hübsche Augen – blau. Blau wie ein kristallklarer See, und seine Wimpern waren braun. Jetzt, wo seine Haare trocken waren, hatten sie die Farbe von sonnengebleichtem Karamell und Whiskey konnte keine Zeichen dafür finden, dass es nicht seine natürliche Haarfarbe war.

„Bitte", flüsterte Patrick. „Bitte. Bring mich nicht zum Heulen. Du warst echt nett zu mir. Vielleicht kann ich für eine Weile hierbleiben und nicht mehr heulen, okay?"

„Du bist ein netter Junge." Whiskey fuhr ihm durchs Haar. Verstanden? Er war ein Junge, richtig? „Mach mal eine Pause und entspann dich. Wenn du weiter versuchst, das Badezimmer zu reinigen, so angespannt wie du bist, wird das nicht das letzte Mal gewesen sein, dass Blut fließt."

Patrick nickte und lächelte leicht. Es sah aus, als wäre Lächeln das Beste, was dieser breite, bewegliche Mund tun konnte. Whiskey beschloss, dass er mehr davon sehen wollte.

„Warum heißt du Whiskey?", fragte Patrick ernsthaft und Whiskey seufzte.

„Weil Wesley Keenan nach einem Fachidioten klingt, der nie jemanden abbekommen würde", teilte er dem Jungen ehrlich mit. „Fly Bait hat während unserer Studienzeit damit begonnen, mich Whiskey zu nennen, und ich nenne sie Fly Bait, seit wir uns kennen. Die Namen sind irgendwie geblieben."

Patrick nickte. „Ihr beiden …?"

Whiskeys Mund verzog sich. „Nicht mehr. Wir sind nur hier, um unseren Job zu machen."

Die Erleichterung, die sich auf dem kleinen, runden und leicht zu durchschauendem Gesicht abzeichnete, traf Whiskey wie ein Schlag. *Mist, Mist, Mist, Mist. Ich hätte Ja sagen sollen.*

„Welchen Job?"

„Herauszufinden, was die Frösche verkorkst."

Die Hände des Jungen waren komisch geformt. Die Finger waren lang und gespreizt, wie Froschfinger oder Spinnenbeine, und diese Hand mit den langen Fingern lag immer noch in seiner eigenen. Whiskey atmete flach, so als wüsste er, dass jeder Atemzug den Augenblick zerstören könnte. Es war eine gute Idee, an Frösche oder Spinnen zu denken, das würde ihn vielleicht von der blassen Haut auf dem Arm des Jungen ablenken.

Der Junge blinzelte, verlor seine Befangenheit und zog seine Hand zurück. „So wie Cal und Catherine?", fragte er. „Oder die kleinen anomalen Frosch-Babys? Was ist deiner Meinung nach der Grund dafür?"

Whiskey konnte es nicht ändern. Das war eine ehrliche, neugierige Frage und der Junge hatte sie ganz harmlos gestellt, ohne akademischen Hintergrund, einfach nur, weil er neugierig war. Das und die Tatsache, dass er die Frösche beim Namen genannt hatte – ein Ausdruck von Empathie –, sorgten dafür, dass Whiskey ihn noch mehr mochte.

„Genau das versuchen wir herauszufinden. Froschanomalien tauchen immer dann auf, wenn die Wasserverschmutzung zunimmt. Normalerweise werden sie durch ein bestimmtes Pestizid verursacht, das inzwischen aber verdammt noch mal verboten ist. Die Haut der Frösche dient ihnen zum Atmen, deshalb ist sie durchlässiger als bei den meisten anderen Lebewesen. Aber das heißt auch, dass sie allen möglichen Mist reinlässt, der den genetischen Fingerabdruck durcheinander bringen kann, deswegen …"

„Frösche mit zwei Köpfen. Können sie sich untereinander vermehren? Ich weiß, dass Frösche manchmal ihr Geschlecht wechseln, wenn es zu viele männliche und zu wenig weibliche Frösche gibt, und wenn Cal Catherine schwängern könnte, wäre das echt geil, so wie Masturbation, nur besser, weißt du, so wie die komischen Yoga-Gurus, die sich selber einen blasen können?"

Whiskeys Hose wurde verdammt eng. Er konnte die nächste Frage einfach nicht zurückhalten. „Kannst *du* das?", erkundigte er sich und wusste, dass seine

Stimme dabei quiekte, aber das war ihm egal. „Ich habe nämlich eben gesehen, wie du Yoga gemacht hast."

Patricks Gesicht fiel in sich zusammen. „Noch nicht." Er strahlte wieder. „Aber ich arbeite daran." Und dann kam wieder dieser sichtbare, offene Stimmungswechsel. „Vor allem jetzt, wo ich wieder Single bin. Ich muss unbedingt herausbekommen, wie das geht."

Whiskey konnte einfach nicht anders: Er stellte sich vor, wie dieser unglaublich dünne, bewegliche Körper sich verrenkte und wie Patricks breiter, weicher Mund seinen eigenen Schwanz umschloss, und Whiskey musste seinen Kopf gegen den Türrahmen abstützen. Was er als Nächstes sagte, machte absolut keinen Sinn – es war, als ob ein anderer, ein besserer Mann, sich seines Gehirns bemächtigt hatte. „Single zu sein kann auch etwas Gutes sein", murmelte er. „Vielleicht solltest du das für eine Weile versuchen."

Ein Seufzen, das alle Sorgen der Welt zu tragen schien. „Tja, ist ja nicht so, als könnte ich was Besseres als Cal finden."

„Quatsch", erwiderte Whiskey. Der Gedanke an das Arschloch, das aus dem Auto gekrochen war und Patrick zum Sterben zurückgelassen hatte, sorgte dafür, dass sein Schwanz in seiner Jeans zusammenschrumpfte. „Ein glatzköpfiger Gorilla wäre besser als das Arschloch", erklärte Whiskey schnippisch und drehte sich herum, um den Raum zu verlassen, bevor irgendetwas, das der Junge sagte, seinen Schwanz zum Explodieren bringen konnte.

„Selbst ein glatzköpfiger Gorilla würde mich nicht nehmen", antwortete der Junge ebenso schnippisch und Whiskey schloss die Augen.

„Würde er, Junge – er würde deinen Oberkörper nach unten drücken und dich so lange nehmen, bis dir der Saft aus den Augen läuft. Aber nur, weil er *dich* haben will. Und selbst wenn er der einzige ist, der dich will, heißt das noch lange nicht, dass du nichts Besseres verdient hättest."

Whiskey konnte das Gespräch nicht mehr ertragen, also drehte er sich um und sagte: „Hör auf, das verdammte Badezimmer zu putzen, komm raus und setz dich hin. Wir haben Bücher. Lies. Guck dir einen Film auf meinem Handy an. Geh schwimmen, wenn du willst. Aber hör damit auf, daran zu glauben, dass du deinen Aufenthalt hier verdienen musst. Es ist Zeit für deinen Feierabend."

Whiskey ging zurück in den Küchen- und Essbereich, wo Fly Bait saß, und sah auf die Uhr. Es war 16 Uhr und Fly Bait und er mussten vermutlich noch zwei oder drei Stunden lang Testergebnisse analysieren. Mist. Aber er hatte gemeint, was er dem Jungen (Patrick!) gesagt hatte. Der Junge musste sich entspannen und ein bisschen zurücklehnen.

Er hörte eine Bewegung hinter sich und sah zu Fly Bait. Einen Moment und eine geschlossene Tür später sagte sie: „Er ist in deine Kabine gegangen – vermutlich, um sich hinzulegen. Gut so. Junior braucht seinen Schlaf."

„Jesus, Fly Bait, das war ja fast schon mütterlich."

Fly Bait zuckte mit den Schultern. „Tja, weißt du, da sind Eizellen drin. Sie kommen einmal im Monat raus – das musstest du schon mal miterleben."

Whiskey grunzte. Nach seiner Rechnung hatten Patrick und er ganze sechs Tage, bis er den Jungen an den Ohren mit ins Testgebiet zerren und Fly Bait alleine lassen würde, damit sie in Ruhe die Zerstörung aller von Testosteron gesteuerten Landsäugetiere planen konnte. „Ja." Er hätte es dabei belassen sollen, aber da war noch etwas anderes … Mist, so *viele* Dinge machten ihm Sorgen. „Fly Bait, funktioniert das Internet?"

„Ja. Ich habe schon allen möglichen Kram *mit meinem Handy* gemacht."

Whiskey sah sie säuerlich an. „Dazu brauchst du kein Internet. Alles, was du dazu brauchst, ist ein Vertragshandy, das nicht vom Lkw gefallen ist. Ich meinte, auf dem Computer. Aber ist egal, du hast recht, ich kann auch auf meinem Handy nachsehen."

Er holte sein Handy raus – eines seiner wenigen richtigen Spielzeuge – und googelte nach Ritalin, dann setzte er sich auf die kleine Bank und begann zu lesen.

EINE HALBE Stunde später nahm er sein Handy und ging den Jungen wecken.

Er lag ausgestreckt auf der Liege, sein Kinn auf die Hände gelegt, sein Gesicht schützend in die Schultern versunken, und Whiskey konnte einfach nicht anders: Er setzte sich neben den Jungen (Patrick!) und strich ihm sanft über den Rücken, bis seine Schultern sich entspannten und der Junge im Schlaf seufzte.

„Junge? Junge – Patrick, komm schon, Kumpel, du musst aufwachen, okay?"

„Warum?"

Whiskey sah zur Seite und stellte fest, dass die schönen blauen Augen geöffnet waren und ihn traurig ansahen.

„Mehrere Gründe. Erst einmal dachte ich, dass du noch einmal versuchen könntest, deine Kreditkarten zu sperren. Als Zweites habe ich mich gefragt, ob du daran gedacht hast, deine Medikamente heute Morgen zu nehmen, ansonsten könntest du sie vielleicht morgen früh nehmen, damit unsere Handys ganz bleiben können."

„Die Medikamente sind nur eine Ausrede", murmelte Patrick hölzern. „Wäre ich ein richtiger Mann, könnte ich mich zusammenreißen und bräuchte keine chemische Hilfe."

„Tja, richtig, wenn du wie achtundneunzig Prozent der Menschheit wärst, klar! Aber Ärzte verschreiben das Zeug nicht, weil sie glauben, dass die Patienten sich daran klammern, sondern weil die Chemie deines Hirns nicht fürs 21. Jahrhundert konzipiert ist und du deswegen ein bisschen Hilfe brauchst."

„Super. Ich passe nicht in die Zeit, in der ich geboren wurde. Hast du da draußen irgendwelche Instrumente, die messen können, wie froh mich das macht?"

Whiskey musste lachen. Patrick sprach in seine gekreuzten Arme hinein, aber er zeigte immer noch, wie vorlaut er sein konnte.

„Komm schon, Junge. Mir ist es lieber, wenn du dich nicht selber K. O. haust, okay? Wir haben nur beschränkte Forschungsgelder und keine hohe Versicherung und …" Whiskey fühlte mit seiner Hand Patricks Stirn. Da waren eine kleine Beule und ein dunkler Fleck auf der weißen Haut. „Und ich möchte einfach nicht, dass du dir weiter selber wehtust."

Patrick war lange still und nickte dann. „Danke."

„Tja, genau, was solls. Jetzt setz dich hin. Du hattest den richtigen Einfall, deine Kreditkarten sperren zu lassen. Willst du das noch mal versuchen?"

Patrick seufzte. „Ich sollte einfach meinen Vater anrufen und ihm sagen, dass sie geklaut wurden."

„Ich dachte, du wolltest nichts mit deinem Vater zu tun haben?"

Patrick schloss die Augen. „Ich bin ein feiger Versager", erklärte er und Whiskey zuckte zusammen, auch wenn der Junge das anscheinend einfach so wegzustecken schien. Patrick Cleary, 1,72 m, schöne blaue Augen, feiger Versager.

„Wird er sich keine Sorgen machen?"

Patrick schien darüber nachzudenken. „Nein", meinte er nach einer Weile. „Das glaube ich kaum."

Whiskey schon. Er konnte sich nicht vorstellen, dass so ein Junge mit seiner Ernsthaftigkeit und seiner Zerbrechlichkeit niemanden hatte, der sich Sorgen um ihn machte. Aber Whiskey war auch nicht bereit, diese Stelle einzunehmen und den Vater zu spielen, also hielt er sich zurück.

„Also dann. Hier. Ich habe die Infos aller bekannten Kreditkartenunternehmen, und alles, was du tun musst, ist die anzurufen, bei denen du deine Karten hattest. Ich bleibe bei dir. Sobald du merkst, dass du durchdrehst, gibst du mir das Handy und ich helfe dir weiter, okay?"

Patrick nickte und strich mit dem Handrücken über seine Augen. „Das ist echt nett von dir. Es tut mir …"

„Vergiss es. Ich will nicht hören, dass es dir leidtut. Ich will auch kein ‚Danke' hören. Ich will einfach nur, dass du deine Sachen regelst, okay?"

Patrick nickte. „Okay."

Er wählte die entsprechende Nummer, starrte Whiskey mit seinen klaren, verletzlichen, blauen Augen an und begann einen scheinbar unmöglichen Kampf gegen die Bürokratie. Als er endlich fertig war, brauchte Whiskey etwas zu trinken, einen Baseball-Schläger und etwas zum Draufhauen. Aber vor allem brauchte er jemanden, dem er die Schuld geben konnte, weil Patrick verletzt worden war und es sehr danach aussah, als würde niemand dafür zur Rechenschaft gezogen werden.

PATRICK: JEMAND ANDERES

NIEMALS ZUVOR hatte Patrick sich so sehr gewünscht, jemand anderes zu sein.

Whiskey – sexy, dunkeläugiger Dreitagebart-Whiskey – behandelte ihn wie ein Kind, wie einen kleinen Bruder, einen Siebtklässler, meinte es aber gut mit ihm, und Patrick konnte nicht anders, als ihn mit den Augen eines Erwachsenen zu sehen.

Patrick konnte es ihm jedoch nicht einmal verübeln, kein bisschen.

Die Anrufe zu machen war schmerzhaft.

„Sechstausend Dollar?", fragte Patrick voller Erstaunen. Damit wäre er pleite. „Sechstausend Dollar? Das waren doch noch nicht einmal vierundzwanzig Stunden. Wie konnte er denn sechstausend Dollar abheben?"

Patrick war sich bewusst, dass er Whiskeys Hand zerquetschte, und er kämpfte gegen den Wunsch an, alles hinzuschmeißen. Verdammt, selbst die Frau am anderen Ende der Leitung klang, als täte er ihr leid.

„Können Sie bestätigen, dass diese Abhebungen nicht autorisiert waren?"

„Alles nach 18 Uhr gestern war nicht autorisiert."

„Wissen Sie, dass Sie vollen Versicherungsschutz auf Ihre Karten haben? Wenn Sie mir den Mädchennamen Ihrer Mutter sagen, kann ich sämtliche Ihrer Karten prüfen und sperren."

Das hatte Patrick nicht gewusst, das muss sein Vater veranlasst haben. Tja, wieder einmal hatte sein Vater alles unter Kontrolle, während sein Sohn eindeutig nichts im Griff hatte.

Nachdem das Telefonat beendet war, war die ermittelte Schadenshöhe niederschmetternd.

„Dreiundzwanzigtausend Dollar", murmelte Patrick und sah Whiskey erschrocken an. In der kleinen Kabine waren die Fenster offen, aber die Luft stand trotzdem und Whiskeys dunkle Haut glänzte und klebte vor Schweiß. „Er hat ein Auto angezahlt."

„Cleverer, kleiner Mistkerl." In Whiskeys Stimme schwang ein Hauch von Anerkennung mit und Patrick sah ihn streng an.

„Was denn?", meinte Whiskey mit einem Schulterzucken. „Er war zwar ein Abzocker, aber zumindest hat er es durchgezogen."

Nicht wie Patrick, der es noch nicht einmal alleine schaffte, am Leben zu bleiben.

„Ich hasse ihn", murmelte Patrick mit einer flachen, gepressten Stimme.

„Tust du nicht", widersprach Whiskey und schüttelte den Kopf.

„Und ob ich das tue!"

„Ich meine es ernst." Whiskey tätschelte liebevoll seine Hand. „Um ihn zu hassen, müsstest du ihn geliebt haben, und ich glaube nicht, dass dies der Fall war."

Patrick blinzelte. „Ich dachte, das täte ich …"

„Klar, aber denk mal darüber nach, Patrick. Du wusstest es. Als du aufgewacht bist und deine Brieftasche nicht da war, wusstest du es. Du hast gefragt, wo er ist, und ich habe dir gesagt, dass er abgehauen ist, und du wusstest es. Du hast nicht daran geglaubt, dass er dich retten würde. Außerdem warst du dir sofort sicher, dass Cal dich unter Drogen gesetzt hat – du kannst nicht in jemanden verliebt sein, dem du nicht vertraust. Du hast ihm nicht vertraut, also hast du ihn nicht geliebt, es kann also nicht sein, dass du ihn hasst."

Patrick starrte ihn an. „Und warum will ich ihm dann eine reinhauen?"

Whiskey grinste. „Prima. Absolut logische Reaktion. Du willst ihm eine reinhauen, weil er ein Arschloch ist, sein Kopf sollte einmal kräftig auf einen Felsen geschlagen werden. Das ist ganz natürlich. Sorgt sogar dafür, dass du in meiner Achtung steigst."

Patrick fiel in sich zusammen. „Ich dachte, das wäre kindisch und unreif."

Während Whiskey darüber nachdachte, wurden seine dunklen Augen schmal und abwesend. „Mmh, das wäre es nur, wenn zwei Eier und ein Holzschläger aufeinandertreffen würden."

Patrick lachte und rieb sich den Schweiß aus dem Nacken. „Verdammt, ist das heiß. Hast du nicht was von Schwimmen gesagt?"

Mit dem Vorsatz, genau dies zu tun, schickte Whiskey Patrick aufs Deck; Fly Bait lichtete die Anker und startete den Motor des Bootes, und Whiskey fuhr sie zu einem Badeplatz flussaufwärts.

„Soweit wir wissen, liegt er abseits von dem ganzen Dreck, der ins Wasser gepumpt wird, und er ist eigentlich nicht öffentlich." Whiskey schien die Idee von dem nicht-öffentlichen Bereich zu gefallen, und Patrick, der bisher fast ausschließlich den Pool seines Fitnessstudios zum Schwimmen genutzt hatte – vorwiegend, um sich selbst zu präsentieren und um Kerle aufzureißen – gefiel der Plan plötzlich auch.

Patrick stand am Bug und lehnte gegen die hüfthohe Reling, während das Schiff langsam seine Bahn durch das grüne Wasser des Sacramento Rivers zog. Er war fasziniert von dem dunklen Wasser unter ihm und lehnte sich über die Brüstung, um einen Blick in die versteckte Welt unterhalb der Wasseroberfläche zu erspähen. Er konnte die größeren Felsen sehen, die vermutlich drei bis vier Meter tief im Wasser lagen, einige versunkene Baumwurzeln und sogar den ein oder anderen Fisch, der gemächlich vor dem Lärm des Biodieselmotors davon schwamm. Die Maschine tuckerte langsamer und Patrick erblickte ein kleines Dock mit einer verlassenen Tankstelle und einem hölzernen Kai, der nicht sehr stabil aussah. Whiskey kam aus der Kabine, von wo aus er das Schiff gesteuert hatte, und sprang vom Deck aufs Dock, um das Boot mit geschickten und sicheren Bewegungen an den Haken zu befestigen. Patrick schaute ihm neidisch zu.

Sein ganzes Leben lang hatte Patrick sich nicht gefühlt, als würde ihm etwas gehören. Sein Vater schien die Welt zu besitzen, aber Patrick hatte noch nicht einmal das Gefühl, als gehöre ihm sein Auto.

Aber Whiskey – Whiskey bewegte sich, als würde ihm die Welt, die Sonne, der Mond und die Sterne gehören. Als wäre dies alles, was er zum Leben bräuchte, und er würde sie beherrschen, ganz einfach, weil sie ihm gehörten.

Als Patrick sich gerade fragte, was *er* wohl beherrschen könnte, wenn er nur wollte, wurde er von Whiskey abgelenkt, der seine Turnschuhe und seine Jeans auszog. Nur in Boxershorts gekleidet sprang er geschickt vom Kai ins Wasser und tauchte bestimmt fünfzehn Meter, bevor er wieder auftauchte und Patrick zuwinkte.

„Spring rein, Junge."

Patrick hatte nicht vor, sich bis auf die Unterhose auszuziehen, aber verdammt, seine Beine waren eh nur von einer löchrigen, abgeschnittenen Jeans bedeckt – er lief schon den ganzen Tag barfuß herum. Ohne zu zögern, zog er das verschlissene Trägershirt über den Kopf und sprang ins Wasser.

Es war *herrlich*. Kein Geruch von Öl oder Diesel, keine verrottenden Sumpfpflanzen, nur sauberes Wasser, das langsam floss und die Kühle der Berge in sich trug. Es gab keine beängstigende Strömung, so wie man sie in einigen der Flüsse fand, die näher an den *Sierras* lagen, beispielsweise dem American River.

Patrick machte eine Rolle unter Wasser, kam hoch, schüttelte die Tropfen aus seinen Haaren und hielt sein Gesicht in die Sonne.

„Wooooohhuuuu!" Er schrie es voller Freude hinaus, absolut spontan, und als er seine Augen öffnete, grinste Whiskey ihn aus ungefähr drei Meter Entfernung an.

Patrick hörte ein weiteres Platschen und sie sahen gerade noch, wie Fly Bait ins Wasser eintauchte. Sie trug tatsächlich einen richtigen Bikini und ihr schmaler, gebräunter Körper tauchte gekonnt und sanft ins Wasser ein. Patrick hatte nicht viel Erfahrung mit Frauen, auf welchem Gebiet auch immer, aber er bewunderte ihre Anmut. Auch sie hatte diese selbstsichere Art, die Whiskey ausstrahlte, als würde ihr die Luft gehören, die sie atmete, sowie der Boden, auf dem sie ging, und mehr brauchte sie gar nicht zum Leben. Das gefiel ihm an ihr.

Keiner sprach und Patrick merkte, dass die leichte Strömung sie zur Mitte des Flusses zog. Patrick fühlte plötzlich ein überwältigendes Gefühl der *Freiheit*, frei von *allem anderen*. Ohne ein weiteres Wort peilte er den Horizont flussaufwärts an, legte los und schwamm einfach nur. Seine Arme schossen durchs Wasser, seine Beine paddelten und sein Atem wurde gleichmäßig, und alles – sein Vater, sein Auto, sein Arschloch-Freund – einfach alles verschwand in dem wunderbaren, muskel-intensiven Gefühl, das kalte Wasser zu bezwingen. Patrick schwamm, bis

40

seine Arme wehtaten und er keine Luft mehr bekam. Dann drehte er sich um und sah zurück.

Er war ganz schön weit hinaus geschwommen, mindestens 200 Meter, und Whiskey und Fly Bait waren weit weg. Er stoppte, bewegte leicht seine Beine, um den Kopf über Wasser zu halten, und ließ sich vom Strom zu seinem Ausgangspunkt zurücktragen. Zum ersten Mal seit dem Gespräch mit seinem Vater fühlte es sich an, als könnte er wieder richtig durchatmen.

Patrick war ein Niemand hier. Keiner hielt ihn für schwach. Keiner urteilte über ihn wegen seiner Medikamente oder seinem Arschloch-Freund oder … oder hatte sonst irgendeine Meinung über ihn. Sie erwarteten nur von ihm, dass er sich bemühte. Gott, wann hatte das letzte Mal jemand von ihm erwartet, dass er sich Mühe gab – und wann wurde seine Anstrengung das letzte Mal anerkannt?

Er breitete seine Arme aus und ließ sich von der Strömung wie von einem starken Windstrom zurücktragen. Zum ersten Mal im Leben fühlte Patrick sich, als könnte er fliegen.

IN DIESER Nacht war er zunächst alleine in der Koje – Whiskey hatte einen Schlafsack genommen, ihn aufs Deck geworfen und ihm gesagt, er solle sich keine Gedanken machen: am nächsten Tag könne Patrick damit beginnen, die Instrumente auf dem umklappbaren Esstisch neu zu organisieren, damit Whiskey dann auf dem ausklappbaren Bett schlafen könne.

„Aber das ist dein Zimmer!", lamentierte Patrick, „Wenn einer auf dem Deck schlafen sollte, dann bin ich das." Doch der Gedanke ließ ihn erschaudern. Es war nicht das Schlafen an der frischen Luft, das fand Patrick ganz cool. Er war niemals zelten gewesen oder hatte ähnliches gemacht. Nein, was ihm Angst machte, war die Tatsache, dass die Bugwand in der Mitte des Schiffs sich auf die Höhe des Decks absenkte. Und auch wenn es eine hüfthohe Reling gab, bestand doch die geringe Chance, dass jemand, der auf dem abgerundeten Teil des Bugs schlief, nachts dort hinunterrollen und vom Boot fallen konnte. Patrick würde dann entweder ins Wasser fallen oder auf dem Kai landen. Vermutlich würde ihm nicht viel passieren außer ein paar blauen Flecken und einem Riesenschock, aber das war nicht der Punkt. Der Punkt war, dass Patrick allein bei dem Gedanken daran, ohne schützende Brüstung zu schlafen, in kalten Schweiß ausbrach.

Whiskey zuckte mit den Schultern. „Vielleicht irgendwann mal, wenn der bloße Gedanke daran dich nicht in die Hose machen lässt. Aber heute Nacht schläfst du in meiner Koje."

Es war eine Vollmondnacht, die lange Schatten durch die Luken warf. Mit dem Schaukeln des Bootes bewegten sich die Schatten, Patrick lag mit dem Kopf auf seinen Händen und stellte sich vor, was diese Schatten alles darstellen könnten. Nach dem anstrengenden Tag war er erschöpft – sie hatte eine Stunde im Wasser verbracht, danach war Patrick über die Reste von Chipotle hergefallen und hatte anschließend Whiskey und Fly Bait zugehört, wie sie sich in Abkürzungen über die Wasserqualität und die chemische Zusammensetzung unterhielten. Patrick war schon fast am Einschlafen, als seine Vorstellungskraft, die ziemlich groß war, begann, kleine imaginäre *.gifs* aus dem Zusammenspiel von Dunkelheit und Licht zu erfinden.

Patrick sah Frösche in den Schatten, die sich miteinander unterhielten, und dunkles Wasser, das durch offene Luken strömte. Er sah einen unglaublich breit gebauten Mann, der die gesamte Welt auf seinen Schultern trug und sie dann auf seinem Fuß und seinem Knie balancierte wie einen Fußball. Er sah Vögel mit ölverklebten Federn, die einen Kopfsprung in einen Pool aus zerknitterten Klamotten machten.

Er sah Whiskey, seine lange, breite Brust, die mit dunklen Haaren bedeckt war, welche durch die Löcher seines T-Shirts hervorlugten; seine Boxershorts war ganz nass und erschien durch das Wasser fast schon durchsichtig.

Whiskey war bestückt wie ein verdammtes Pferd und nicht beschnitten, das war Patrick vorhin im Wasser aufgefallen, aber er hatte so getan, als hätte er nichts gesehen. Es erschien ihm irgendwie respektlos, jemandem hinterher zu sabbern, in den man sich bereits hoffnungslos verliebt hatte.

Aber jetzt zog er Whiskey in Gedanken aus, strich langsam die nassen Boxershorts herunter und machte sich bereit, diesen schönen Schwanz in den Mund zu nehmen.

Patrick fing nicht nur vor Erregung an, hin und her zu rutschen, sondern auch, weil dieses Verlangen absolut untypisch für ihn war. Bisher hatten ihm Blowjobs noch nie richtig Spaß gemacht.

Er gab sie – das war irgendwie seine Aufgabe. Einen Freund zu haben bedeutete nun mal, auf die Knie zu gehen und den Mund weit aufzumachen. Aber Patrick hatte dieses Gefühl der Hände auf seinem Hinterkopf und die Erwartung, dass er noch *mehr* schlucken sollte, immer verabscheut. Immer wieder musste Patrick seine Freunde daran erinnern, ohne Kondom nicht in seinem Mund zu kommen. Ohne Attest, das bezeugte, dass sie frei von Herpes oder Tripper oder anderen Geschlechtskrankheiten waren, kamen sie gar nicht erst in die Nähe seines Mundes (ehrlich, war er eigentlich der *Einzige*, der im Sexualkundeunterricht aufgepasst hatte?).

Deswegen war Patrick jetzt überrascht, mehr als überrascht, dass sein erster Gedanke an Whiskeys nackten Körper der war, dass er ihn gerne mit seinem Mund berühren wollte. Und Patrick wollte sogar mehr als das, er wollte ihn *verschlingen*. Er schloss seine Augen und in seinem Kopf entstand ein Bild von Whiskey, einem geduldigen, ihm zugewandten Whiskey, der auf Patricks Lippen und auf seine Berührung wartete.

Seine Hände zitterten sogar in seiner Fantasie.

Patrick schlief ein, als seine Lippen gerade von den harten Muskeln in Whiskeys Brust über den muskulösen, harten Nacken und seinem kantigen Kiefer zu einem geilen, unterwürfigen, offenen Kuss ansetzten.

Patrick wachte auf, als sein Traum sich veränderte und Traum-Wasser durch die Luken eindrang und Traum-Whiskey war nicht da, um ihn aus dem Wasser zu ziehen.

Es WAR noch dunkel. Die Luft draußen war kalt geworden, sie bestand nun aus einer kühlen Brise, die vom Fluss her wehte und durch das Handtuch drang, das Patrick auf dem Bug des Schiffes als Decke ausgelegt hatte. Als Whiskey an Patricks Schultern schüttelte, wachte dieser sofort auf, wohl wissend, dass seine Gedanken – anders als seine offenen Augen – etwas länger brauchten, um sich aus dem Schlafzustand zu lösen.

„Junge, es ist drei Uhr morgens. Was machst du hier draußen?"

„Gibt es im Himmel Frösche?", fragte Patrick und wusste zugleich selber, dass dies absolut keinen Sinn machte. Er fing an, seine Finger zu zählen, um zu sehen, ob er bis zehn kam. Vielleicht würde Patrick dann den Zusammenhang zwischen Sternen, Fröschen und seinem Aufenthalt draußen um drei Uhr morgens verstehen.

„Vermutlich", antwortete Whiskey. „Amphibien sind mit die ersten Lebensformen in der Evolutionskette. Deswegen sind sie so empfindlich für genetische Veränderungen. Ist das der Grund, warum du hier sitzt und schläfst, obwohl unten eine perfekte Koje auf dich wartet?"

„Da kam Wasser durch die Luken", grummelte Patrick. Er *wusste*, dass es ein Traum gewesen war. Vermutlich sogar ein logischer Traum – etwas, das jeder träumen würde, wenn er vor weniger als vierundzwanzig Stunden aus einem sinkenden Auto gezogen worden war. Aber seine Sätze hinkten immer noch zurück und hingen in dem Loch zwischen Schlaf- und Wachgedanken. Er war nicht in der Lage, das Wort „Traum" damit zu verbinden, dass er aufs Deck gegangen war, um sich dort sicherer zu fühlen.

Whiskey war gar nicht überrascht. Er nickte nur mit dem Kopf. „Ja? Tja, wenn da Wasser durch die Luken gekommen ist, vielleicht sollten wir runtergehen und nachschauen, ob es wieder abgeflossen ist, was meinst du?"

„Sind die Frösche noch da?" Er hatte keine Ahnung, wo das jetzt herkam.

Whiskey zuckte mit den Schultern. „Vermutlich, ja. Wenn du nur die geringste Ähnlichkeit mit Fly Bait und mir hast, wirst du wohl ein paar Monate lang von ihnen träumen. Komm, Junge, gib mir deine Hand."

Das machte Patrick und er wurde von Whiskey hochgezogen und landete in seinen warmen, festen Armen.

Mmm … Patrick umarmte Whiskey und schloss seine Augen. „Du riechst nach Schweiß und Fluss", sagte er und das stimmte. Keine Seife, kein teures

Rasierwasser, nur Schweiß und Fluss. Ein angenehmer Geruch. Kein Geruch, von dem Patrick je gedacht hatte, dass er ihm gefallen würde, aber er fing an, seine Nase tiefer in Whiskeys Haut zu verstecken, um dem Geruch näher zu sein.

„Das liegt daran, dass ich auf dem Fluss geschwitzt habe", erklärte Whiskey ihm und führte Patrick dann übers Deck, die Treppe hinunter und durch den Wohnbereich in die Kajüte.

Patrick zögerte an der Koje. „Wasser?"

„Keine Sorge, ich bleibe bei dir, um sicherzustellen, dass das Wasser draußen bleibt, okay?"

„Ja?"

„Ja. Ich werde womöglich eine Morgenlatte haben, okay, Junge? Versteh das nicht falsch, wir werden es nicht tun."

„Verdammt." Was für eine Enttäuschung. Nach all den Mist-Freunden, die immer einfach davon ausgegangen waren, dass Patrick zu allem bereit war, sagte ihm jetzt dieser hier, der nach Schweiß und Fluss roch, dass er es gar nicht erst versuchen sollte. Aber das war schon in Ordnung, denn anscheinend würden sich Schweiß und Fluss zu ihm legen und das gefiel ihm.

Er konnte sich kaum daran erinnern, sich hingelegt zu haben, da wurde er von dem angenehmen Geruch umfangen und schlief wieder ein.

ALS PATRICK aufwachte, war Whiskey nicht mehr da. Während er durch die Küche tapste, stellte er fest, dass Fly Bait auch weg war. Auf der Arbeitsplatte lag ein Zettel, daneben ein Schlüsselbund.

1994 Celica, dunkelrot mit Rostflecken. Tank am Dock. Wir haben da ein Konto.

Folge der Straße bis zum Damm, fahr rechts, bis du Walmart erreichst.

Kaufe ein: Milch (1,5 %), Joghurt – deine Wahl; Pasta und Sauce; Hotdogs, Mac & Cheese; Wurst, frisches Brot, 3 Kanister Trinkwasser, Obst, das etwas länger hält; alles, was du gerne kochen möchtest; Sandalen und Turnschuhe in deiner Größe (trag Whiskeys Sandalen zum Einkaufen), Socken, Unterwäsche, zwei Paar Cargo-Shorts, drei T-Shirts, Pflaster, desinfizierende Salbe und was auch immer du von dem übrigen Geld noch kaufen willst.

Sei um zwei Uhr zurück, du kannst uns dabei helfen, die Küche aufzuräumen, damit du auf dem Klappbett schlafen kannst.

Selbst wenn du was falsch machst, ist das kein Problem. Wir werden dir nicht den Kopf abreißen. Falls du dich entscheiden solltest, nicht zurückzukommen: Lass die Schlüssel in der Zündung stecken und ruf uns unter dieser Nummer an, damit wir den Wagen abholen können.

W & FB

Unter dem Wagenschlüssel lagen 160 Dollar.

Patrick sah sich eine Weile das Geld an und grübelte. Er hatte nicht vor, die 160 Dollar zu nehmen und abzuhauen, er hatte nur noch nie so eine einfache Aufgabe bekommen. Als er in einem Restaurant gearbeitet hatte, hatte er ständig solche Sachen gemacht, aber das war aus eigenem Antrieb gewesen. Patrick mochte den Job, also machte er, was sein Chef ihm auftrug. Patrick konnte sich nicht daran erinnern, dass seine Mutter ihn jemals zum Milch holen geschickt hatte oder ihn etwas kochen ließ. Wenn Patrick auf dem Heimweg von der Schule war, sollte er nie etwas einkaufen. Sein Vater hatte Personal, eine Köchin und eine Putzfrau. Die Sachen waren einfach da. Patrick wurde älter und konnte seine eigene Kleidung kaufen, und die Kreditkarten waren auf einmal ebenfalls da.

Und jetzt stand er hier mit 160 Dollar und der Anweisung, Sachen zu kaufen, um den Haushalt am Laufen zu halten. Patrick war ein Teil von etwas. Und nun sollte er sich entschließen, nicht zurückzukommen? Gott, er war sich nicht sicher, ob er jemals weggehen wollte.

Patrick ging sofort los, was sich als Fehler herausstellte. Kein Frühstück, kein Yoga, keine Tabletten – den Weg durch den Dschungel in seinem Hirn zu schlagen war so gut wie unmöglich. Im Supermarkt angekommen schaute er mindestens sechs Dutzend Mal auf seine Liste, um sicher zu sein, dass er nur nichts vergessen hatte. Er kaufte als erstes die Klamotten ein, danach die Lebensmittel und Dinge, die er zum Putzen benötigte, damit er von dem restlichen Geld zusätzliche Lebensmittel kaufen konnte. Patrick wählte sorgfältig aus – zum einen wollte er, dass ihm endlich wieder jemand vertraute, und zum anderen wollte er so schnell nicht wieder von den widerlichen Sachen leben müssen, die sich im Moment in ihrem Kühlschrank befand. Patrick war sich bewusst, dass das, was er jetzt kaufen würde, später ebenfalls Ekelzeug werden könnte. Patrick war stolz auf sich und das Gefühl, eine gute Tat getan zu haben, hielt an, bis er den Einkaufswagen auf dem Weg zur Kasse durch die Elektronikabteilung lenkte.

Dort, auf mindestens 40 Fernsehgeräten, wovon die Hälfte von ihnen Großbildfernseher waren, war ein Auto zu sehen, das aus dem Wasser gezogen wurde.

Der Ton war ausgestellt, aber der Untertitel sagte: „Unternehmersohn vermisst, ein Verbrechen wird nicht ausgeschlossen."

Mist. Mist, Mist, Mist, Mist, Mist. Sein Vater dachte, er wäre *tot*?

Patricks Haut fühlte sich wie Eis an und sein Magen zog sich zusammen. Shit. Er wusste es doch. Hier war er und spielte Hausfrau, statt sich um seinen Kram zu kümmern. Patrick musste seinen Vater anrufen.

Selbst wenn du was falsch machst, ist das kein Problem.

Blöde Worte, aber trotzdem beruhigten sie ihn. Er konnte mit den Einkäufen zu Fly Bait und Whiskey zurückgehen und eine Nachricht auf dem Anrufbeantworter seines Vaters hinterlassen. Er musste sich jetzt noch nicht dem Leben stellen. Das war okay.

Das war Patricks Mantra, sowohl an der Kasse, beim Einpacken der Einkäufe in den Celica, als auch während der Rückfahrt über den Damm zum Kai (Patrick wusste jetzt, wo er sich befand, etwa 45 Minuten über die I-5 von Cals Kneipe entfernt. *Jesus, Cal – wo wolltest du mich hinbringen?).* Alles würde in Ordnung kommen. Das war okay. Alles war gut. Patrick würde seinem Vater sagen, dass es ihm gut ginge und dass Shawn Cleary sich keine Sorgen mehr um ihn machen solle. Shawn wäre bestimmt erleichtert. Alles war gut.

Patrick konnte nicht aufhören, an die Zukunft zu denken, er würde nicht für immer bei Whiskey und Fly Bait bleiben können, andererseits war es nie Patricks Stärke gewesen, Pläne für die Zukunft zu schmieden. Er stellte das Auto auf dem Parkplatz des Bootsanlegers ab und ging mit seinen umweltfreundlichen Walmart-Tüten den Kai hinunter.

Als Patrick sich dem Boot näherte, sah er Whiskey und Fly Bait auf dem Deck stehen, die mit jemanden redeten, den er nicht kannte.

Der Mann trug dunkle Stoffhosen, ausgetretene Lederschuhe und ein kurzärmeliges Polyester-Hemd mit einer billigen Krawatte. Er unterhielt sich angeregt mit Fly Bait und machte Notizen auf einem kleinen Block, dadurch sah er nicht den warnenden Blick von Whiskey, den dieser Patrick zuwarf. Aber Patrick sah ihn, und als Whiskey mit seinen Augen auf den kleinen Laden am anderen Ende des Piers zeigte, zögerte Patrick keinen Moment und ging geradewegs darauf zu.

Patrick hatte noch genug Geld, um eine Limo und eine Packung Eis zu kaufen. Als er die kleine Tüte zu seinen anderen Einkäufen gepackt hatte, war der Mann weiter den Pier entlang gezogen. Patrick eilte zu Fly Bait und Whiskey, schwer bepackt mit Walmart-Einkäufen und Essen im Wert von 160 Dollar.

„Werwarndas?", fragte Patrick und nahm die Stufen vom Pier auf das Boot so eilig, dass er ausrutschte. Er wäre hingefallen, wenn Fly Bait ihn nicht an den Schultern festgehalten und Whiskey ihn nicht an der Taille aufgefangen hätte. Patrick merkte noch nicht einmal, dass er beinahe ins Wasser gefallen wäre. Die beiden nahmen ihm vorsichtig die Tüten aus den Händen, während Patrick anfing, mit Händen und Füßen zu reden.

„Werwarndas? Kam der von meinem Vater? Ich bin nämlich in den Nachrichten. Sogar mit Foto!" Es war ein Foto aus seinem Senior-Jahr gewesen. Vor sechs Jahren hatte er noch Babyspeck gehabt und seine Haare waren *wirklich* schrecklich gewesen, aber es könnte trotzdem sein, dass man ihn erkannte. „Ich bin in den Nachrichten und mein Vater glaubt, dass ich tot bin, und werverdammtwarndas?"

Whiskey und Fly Bait sahen sich an, als Patrick so wild gestikulierte, dass das Boot beinahe anfing zu schaukeln, so stark waren die Bewegungen.

„Mein Vater glaubt, dass ich tot bin! Tut mir leid, ich … es ist nur, … mein Vater glaubt, dass ich tot bin, und vermutlich muss ich für das Geländer aufkommen und die Bergung. Ich wollte doch niemandem Angst machen, ich wollte doch nur verschwinden. Oh Gott … Es ist ja nicht so, als würde mein Vater sich Sorgen machen, warum zum Teufel musste er mich überall in den Nachrichten zeigen?"

Whiskey war plötzlich da – Fluss und Schweiß (es waren heute etwa 40 Grad und eine hohe Luftfeuchtigkeit, also lag die Betonung auf Schweiß) und Wärme. Er legte seine Hände auf Patricks Schultern und hielt ihn fest, als Patrick anfing zu vibrieren, weil er am liebsten auf- und abgesprungen wäre.

„Patrick", sagte Whiskey ruhig, als würde er über das Wetter reden, „hast du vielleicht vergessen, deine Pillen zu nehmen? Und Yoga zu machen? Du bist verdammt früh zurück – hast du vielleicht einen kleinen Teil deiner Morgenrituale vergessen?"

„Ich darf sie nicht auf nüchternen Magen nehmen und es gab nichts zu essen. Tut mir leid. Entschuldigung. Wer war das? Ich muss meinen Vater anrufen – wer war das?"

Whiskey nickte. „Okay. Hier. Was hältst du hiervon?" Er streckte seinen Arm aus, schob seine Hüfte hervor und versuchte sich an einer Yogaposition, während Patrick sich das Ganze ansah. Es war furchtbar.

„Okay", sagte Patrick und legte seine Hände selbstsicher an Whiskeys Seite. „So musst du das machen. Bewege deine Hüfte *hierhin* …" – er korrigierte die Haltung – „… und stelle deine Füße so auf, dass sie *hier* sind" – und dann stützte Patrick den erstaunlich festen, muskulösen Körper. „Oh ja – und sieh auf deine Hände. Nein, halte deinen Kopf gerade, sodass dein Kinn parallel zum Boden ist, okay? Geht das?"

Whiskey knirschte mit den Zähnen und seine nächsten Worte brachte er nur unter großer Anstrengung hervor. „Das ist komplizierter, als es aussieht, Patrick. Was hältst du davon, wenn du mir zeigst, wie es geht?"

Patrick stand auf und stellte seine Füße korrekt hin. Sein Gewicht war auf dem vorderen Fuß verteilt. Er streckte seine Arme aus und beugte sich vor, er hielt dabei sein Kinn parallel zum Deck und seine Augen auf das Ende seiner Finger gerichtet.

„Okay", erklärte Patrick und seine Stimme wurde entspannter. „Jetzt hebe deine Hand über deinen Kopf und folge ihr mit den Augen."

Whiskey machte es ihm nach. Patrick drehte sich ein bisschen und half ihm, seine Haltung zu verbessern.

„Hör auf, dich um mich zu kümmern, Junge – mach dein eigenes Work-out, okay?"

Patrick seufzte. „Ich hatte die Möglichkeit, als Yogalehrer zu arbeiten", sagte er entschuldigend. „Vielleicht halten sie mir die Stelle frei, wenn ich mit ihnen rede."

„Du könntest sie anrufen", schlug Whiskey vor. Er entspannte seine Arme und lehnte sich gegen die Wand. Patrick hielt seine Position, bückte sich dann in die Dreiecksposition und spürte, wie ein Teil seiner Aufregung während der Bewegungen in die feuchte Luft entwich.

„Mach ich. Aber erst muss ich eine Nachricht für meinen Vater hinterlassen. Er sollte wissen, dass er nicht mehr nach mir suchen muss."

„Das können wir machen. Warum hast du den Yoga-Job nicht gleich angenommen?"

Patrick schnaubte. „Ja, klar!"

„Was? Bist du dir zu fein zum Arbeiten?"

Patrick seufzte, ließ etwas von seiner Anspannung heraus und nahm die Position eines kompletten Dreiecks ein. „Nein", atmete er und ließ die Sonne auf seine Haut, Muskeln und Knochen scheinen. „Das hat mein Vater gesagt, als ich ihm erzählt habe, dass ich als Yogalehrer arbeiten möchte, um das Geld für die Uni zu verdienen."

Whiskey grunzte. „Warum sollte er so reagieren?"

Patrick verlagerte sein Gewicht, nahm die gespiegelte Position des vollendeten Dreiecks ein, hielt seinen Atem an und antwortete: „Weil ich einen Abschluss als Versager habe. Warum sollte es dieses Mal anders sein?"

Es war still und Patricks Herz sank, bevor es dann seinen normalen Rhythmus wieder aufnahm. *Warum sollte es anders sein? Das ist mein Problem, nicht seins.*

„Weil du gut bist", erwiderte Whiskey und Patricks Herz sprang Seil wie kleine Mädchen auf dem Spielplatz. „Du bist gut. Und du bist kein Versager. Finde deine Mitte, beruhige dich und stelle deinen Frieden wieder her, was auch immer. Hast du Wasser gekauft?"

Patrick war wieder in der Krieger-III-Position. „Die Kanister sind noch im Auto."

„Ich hole sie. Wenn ich zurück bin, werden du, Fly Bait und ich einen kleinen Kriegsrat halten, okay? Keine Angst, Patrick. Wir werden dich nicht verraten."

Patrick richtete sich auf, stellte beide Füße auf den Boden und machte eine Sonnenanbetung. „Ich weiß nicht, warum", gab Patrick zu, ruhig und ohne Selbstmitleid. „Ich meine, ich muss unglaublich nerven, aber ich bin euch wirklich dankbar. Ich mache alles, was ihr wollt, weil ich euch niemals als selbstverständlich hinnehmen möchte."

„Wir werden dich daran erinnern, Patrick", sagte Whiskey, ging um Patrick herum, der sich streckte und ein- und ausatmete, und trat dann auf den Steg. Whiskey klang nicht so, als würde er das Versprechen ernst nehmen, aber Patrick war nicht eingeschnappt. Als er eine andere Sonnengrußposition einnahm, dachte er selbstbewusster als sonst, dass er einfach nur beweisen müsse, dass er es auch so meinte.

WHISKEY: EIN KOMPLETTER VERSAGER

PATRICK BEKAM nicht mit, wie Whiskey die Wasserkanister an ihm vorbeitrug und die Treppen hinunter in den einigermaßen kühlen Wohnbereich des Boots ging. Darüber war Whiskey ganz froh, denn er hatte auch so schon Mühe genug, seine Hände unter Kontrolle zu halten.

Irgendetwas an der Art des Jungen, als er seine Hüfte berührt hatte, seine Taille, seine Arme – verdammt, sein Kinn – brachte Whiskey zum Schwitzen, und das Schlimmste daran? Patrick hatte keine Ahnung davon. Für einen Jungen mit einem Mund, der zum Blasen wie geschaffen war, war Patrick einfach ... Gott ...

Whiskey setzte das Wasser ab, sah hungrig aus dem kleinen Fenster und beobachtete, wie der feste, biegsame Körper sich einfach so in eine andere, eigentlich unmögliche Position verbog. Patrick vibrierte vor Kraft und drehte sich wie weiches Karamell. Whiskey dachte an den vorherigen Tag, als Patrick sein Trägershirt ausgezogen hatte und ins Wasser gesprungen war, dabei so frei und leicht und glücklich aussehend.

Der Junge sprudelte über vor Dankbarkeit und Whiskey würde alles für ihn tun – verdammt, er würde sich dem Idioten-Vater stellen, dem Arschloch-Freund, dem privaten Schnüffler, einfach allen –, nur damit Patrick lächelte und irgendetwas Klugscheißeriges sagte und glücklich war.

„Jesses, er ist so durcheinander", sagte Fly Bait neben ihm und Whiskey bemühte sich, nicht erschrocken zusammenzuzucken. Er hatte gar nicht bemerkt, dass sie da war.

"Ist er." Wenn das mal nicht stimmte. *Entschuldigung! Tut mir leid!* Es sorgte dafür, dass Whiskey sich auf die Zunge beißen musste. Er hätte den Jungen am liebsten geschüttelt. Whiskey tat das nur aus einem Grund nicht: weil er das Gefühl hatte, dass der Junge in seinem Leben schon genug geschüttelt worden war.

„Warum nimmt er nicht seine Pillen?"

Whiskey seufzte. Dumm. Er fühlte sich so dumm. Fly Bait und er arbeiteten mit super-intelligenten, super-unsozialen Leuten zusammen. Patrick war nicht der erste, mit dem sie es zu tun hatten, der irgendeine Art von Psychopharmaka nahm. Sie wussten beide, dass es bestimmte Notwendigkeiten gab – Whiskey konnte kaum glauben, dass Fly Bait und er das vergessen hatten.

„Das Essen erschien dringender. Er hats vergessen. Weiß nicht, warum er kein Yoga gemacht hat – ich glaube, er war aufgeregt."

„Aufgeregt?"

„Er möchte helfen."

Fly Bait grunzte. „Ich bin so blöd."

„Ich auch." Sie sahen beide zu, wie Patrick etwas Unmögliches hinbekam, und Whiskeys Mitte zog sich so sehr zusammen, dass es wehtat. Ein kleiner Schweißtropfen rollte ihm den Rücken hinunter und zwischen seinen Pobacken entlang. Plötzlich fiel Whiskey wieder ein, wann er das letzte Mal Sex gehabt hatte. So ungefähr. Es war schon eine Weile her.

„Erinnerst du dich an Richie Winston?"

Whiskey grunzte. Verdammt, da war schon etwas Verruchtes an einem Biochemie-Mediziner, der aussah wie ein Model und alles fickte – männlich *und* weiblich –, was nicht bei drei auf den Bäumen war. „Schwer zu vergessen."

„Hattest du was mit ihm?"

Noch ein Grunzen, dieses Mal verneinend.

„Ich auch nicht. Was ist mit Loretta Kinsey?"

Dieses Mal kam ein glückliches Seufzen. „Verflucht. Sie war schon was, oder?" 1,80 Meter groß, eine amazonenhafte Blondine, die mit Pfeil und Bogen schoss und ritt, um ihre außergewöhnlich gute Form zu halten.

„Ja, ich hatte den Genuss."

„Ich weiß." Soweit Whiskey wusste, trafen sie sich immer noch miteinander.

„Sie hatte es erst auf dich abgesehen."

„Ich weiß", bereute Whiskey. Sie war eine Studentin gewesen und er war kein Arschloch.

„Du hast all diese Prinzipien, weißt du?"

„Quatsch."

Fly Bait zeigte mit ihrem Kinn in seine Richtung, verdrehte die Augen und beobachtete Patrick wieder. Whiskey fragte sich, ob Patrick wohl eng anliegende Yogahosen besäße, das wäre bestimmt interessant. Sie sollten weiß sein. Und richtig eng. Und Patrick sollte keine Unterwäsche darunter tragen.

„Sie waren beide hübsch", antwortete Fly Bait und Whiskey seufzte.

„Was willst du damit sagen?"

„Sie haben dich nicht zum Schwitzen gebracht."

„Das ist ein Beschützerinstinkt", log Whiskey. „Ich möchte ihn wie einen Welpen mitnehmen, ihn füttern und bürsten - dafür sorgen, dass es ihm gut geht."

„Verarsch mich nicht", fauchte Fly Bait ihn an und Whiskey sah sie überrascht an.

„Hatte ich nicht vor", sagte er besänftigend.

„Du willst ihn."

„Ich wollte auch Richie und Loretta", meinte Whiskey ernsthaft und sie schnaubte.

„Du warst mit Richie zwei Monate lang in einer Hütte eingesperrt. Er hat mir erzählt, dass er hören konnte, wie du dir nachts einen runtergeholt hast, aber du hast es nicht einmal bei ihm versucht."

Richie hatte alles probiert, aber er hatte es einfach zu sehr gewollt.

„Es hätte zu viel für ihn bedeutet", sagte Whiskey mit einem Seufzen.

„Es bedeutet auch jetzt schon zu viel für diesen Jungen, aber du willst ihn trotzdem."

Whiskey heiterte einen kurzen Moment lang auf. „Was bedeutet, dass ich die Kraft haben werde, das Richtige für ihn zu tun", sagte er und dachte daran, wie sehr er Richie gewollt hatte und wie sehr er dem Jungen keine falschen Hoffnungen machen wollte. Außerdem wäre es ein unglaublicher Missbrauch seiner Macht.

„Vielleicht ist aber das Richtige für Patrick, dass du dieses Mal nachgibst – hast du mal daran gedacht?"

„Ich kenne ihn seit zwei Tagen, Fly Bait – vielleicht solltest du damit aufhören, mich zu einem Jungen ins Bett zu schubsen, der vielleicht gar keinen alten, hinter ihn her sabbernden Sack will." Doch Patrick wollte ihn. Das wusste er. Jeder Blick aus diesen traurigen Kaninchenaugen zeigte ihm das.

„Zwei Tage mit ihm und sie bedeuten dir schon mehr als zwei Monate mit Richie."

„Verdammt noch mal, Freya, warum willst du mich unbedingt mit einem zufällig geretteten Kätzchen verkuppeln?"

„Loretta Kinsey wartet in Seattle mit offenem Mund und vorgewärmtem Strap-On auf mich. Ich habe sie zurückgelassen, um diesen Job mit dir zu machen, aber ich habe ihr versprochen, dass es das letzte Mal ist."

„Wirst du sesshaft?" Whiskey sah sie mit einem ehrlichen Lächeln an. „Was für eine tolle Nachricht! Hast du schon einen Job?"

„Die Uni dort. Sie haben angefragt. Ich überlege, ob ich zusagen soll. Ganz egal, denn ich mache das nur, wenn du es auch machst."

Whiskey sah sie ein bisschen entsetzt an. „Das ist eine der dümmsten Sachen, die ich je gehört habe."

Fly Bait zuckte mit den Schultern. „Du bist derjenige, der Schweißausbrüche bekommt und nichts dagegen macht. Es ist nur etwas, worüber du nachdenken solltest, wenn du dir all den noblen, aufopferungsvollen Quatsch erzählst, der dich zu dem macht, der du bist."

Normalerweise hätte Whiskey jetzt die Augen geschlossen und sich über den Nasenrücken gestrichen, aber Patrick hatte sich gerade vornübergebeugt, um mit der Nase seine Knie zu berühren, und die perfekte Haltung seines Rückens hielt Whiskeys Aufmerksamkeit gefangen. „Er ist völlig kaputt, das weißt du, oder?"

Fly Bait zuckte mit den Schultern. „Kaputter als du?"

Whiskeys Eltern waren gestorben, kurz nachdem er zusammen mit Fly Bait den Bachelor-Abschluss gemacht hatte. Überstürzt war Whiskey weggelaufen, nur um von Fly Bait in einem Imbiss wiedergefunden zu werden, wo er gearbeitet hatte. Sie überredete ihn, zurückzukommen, und besorgte ihm sogar ein Stipendium für seinen Master. Das war zwei Abschlüsse und einen Haufen Papierkram und Forschungsgelder her, und am dankbarsten war Whiskey ihr dafür, dass sie drei

Stunden lang zugehört hatte, wie er sich bei ihr ausgeheult hatte, bevor er in dieser ersten Nacht auf ihrer Couch eingeschlafen war. Es war eine Sache, dir selber einzureden, dass du erwachsen bist und alleine klarkommst. Etwas ganz anderes war es, von deinem geliebten Elternhaus Abschied zu nehmen – und das alles nur wegen eines Autos, das die Kontrolle verloren hatte. Also ja, Whiskey war kaputt gewesen, aber er war der Überzeugung, dass er diese Phase überwunden hatte. Nun lebte er mit dem normalen Seelen-Wahnsinn eines erwachsenen Mannes, inklusive dem Mist, der immer schmerzen würde, aber mit dem man zu leben lernte, um in der Gesellschaft funktionieren zu können.

Bei Patrick war das ein bisschen anders.

„Er ist viel kaputter, als ich es je war", gab Whiskey zu und fühlte sich gemein und ungerecht. Aber es war die Wahrheit – Verletzungen wie Patricks entstanden nicht über Nacht und sie verschwanden auch nicht wieder nach ein paar Nettigkeiten. Aber das Ergebnis … Whiskey beobachtete sehnsuchtsvoll, wie Patrick beide Hände auf dem Boden stemmte, ein Bein über seinen Körper ausstreckte und den senkrechten Spagat perfekt hinbekam. Verdammt, diese Disziplin, diese Hingabe. Der Junge hatte es in sich – er war sich dessen nur nicht bewusst. Keiner hatte Patrick je gesagt, dass die Dinge, die ihm etwas bedeuteten, wichtig waren. Keiner hatte ihm gesagt, dass *er* wichtig war. *Entschuldigung! Es tut mir leid!* Hatte er sich sein ganzes Leben lang für seine bloße Existenz entschuldigt?

„Zu kaputt, um ihn in Ordnung zu bringen?", fragte Fly Bait zynisch. Whiskey dachte an diese Augen, farblos in der Nacht, wie sie ihn völlig verwirrt angesehen hatten.

Gibt es im Himmel Frösche? Blödsinn, absoluter, kompletter Blödsinn, aber Whiskey hatte gewusst, warum er das fragte. Es war Patricks Art, sich auf seinem plötzlichen Weg in eine andere Welt wiederzufinden, so wie ein Frosch im Himmel. Whiskey konnte einen Mann schätzen, der sich mit Fröschen identifizierte.

„Nein", sagte Whiskey leise. „Kein Totalschaden. Solange er die meisten Reparaturen selber macht."

Fly Bait summte. Patrick stand auf und schüttelte sich, anscheinend war er fertig mit seinen Übungen.

„Ich werde Loretta anrufen. Versuch, ihn mit dem Privatdetektiv nicht zu sehr zu verschrecken."

Whiskey seufzte und öffnete erst den Kühlschrank und dann die Schränke. *Hotdogs und Makkaroni mit Käse*, dachte er und erstellte ohne Probleme die Speisekarte. Patrick aß noch wie ein kleiner Junge. Aber machten sie das nicht alle? Whiskey hoffte, dass Patrick seine Balance wiedergefunden hatte; mit diesem Gedanken füllte er Wasser in einen Topf, um Mac & Cheese für das Mittagessen vorzubereiten.

Patrick kam herein und Whiskey sah ihn über seine Schulter hinweg an. „Wasch dich vor dem Essen, ja?"

Patrick nickte. Der Ausflug zum Badezimmer schien diesmal weder Patricks Leben noch seine Körperteile in Gefahr zu bringen. Als er später den Tisch deckte und aufräumte, wurde auch dies nicht zur Gefährdung. Wenn Patrick nicht gestresst war, waren die Bewegungen des Jungen grazil und anmutig.

„Willst du deine Tabletten nehmen?", fragte Whiskey, als sie sich an den Tisch setzten, und Patrick sah ihn schuldbewusst an.

„Sie sind irgendwie stimulierend, ich kann nicht schlafen, wenn ich sie zu spät nehme." Er seufzte. „Als ich noch ein Kind war, war das unser Ritual. Jeden Morgen gab es Saft, Vitamine und meine KBP."

„KBP?"

„Kleine braune Pillen. Meine Mutter zog aus und mein Vater meinte, ich würde sie nicht mehr brauchen, und prompt gingen meine Noten in den Keller. Ich habe dann am Junior College wieder angefangen, sie zu nehmen. Das war das einzige College, das mich angenommen hat, und dann ..." Patrick fing an, mit seinem Essen zu spielen. Seine unglaublich langen Finger spreizten sich wie Froschzehen. Er fing an, unsichtbare Muster auf dem Tisch zu zeichnen, als würden seine Hände tanzen. „Das war meine Schuld, ich verliere schnell den Mut."

„Was ist passiert?"

„Ich habe meinen Abschluss in Kunst gemacht – du weißt schon, der Abschluss, der innerhalb von zwei Jahren gemacht werden kann."

„Und was ist schlecht daran?"

Patrick seufzte. „Niemand ist gekommen."

Whiskey machte ein leises, zurückhaltendes Geräusch. Er wollte kein Mitleid mit Patrick haben, denn er schien sich selber nicht zu bemitleiden. Patrick schien sich für eine Menge an Sachen die *Schuld* zu geben, aber er versuchte so verdammt hart, alles in Ordnung zu bringen und wie ein Erwachsener zu leben. Es war klar, dass er auf keinen Fall bemitleidet werden wollte.

Aber niemand ist gekommen.

„Warum nicht?"

„Mein Vater meinte, das sei kein richtiger Abschluss, es würde nicht zählen. Meine Mutter war im Ausland. Aber das ist schon in Ordnung. Ich sollte mich davon nicht abhalten lassen, zur Uni zu gehen, aber das habe ich. Danach habe ich in einem Restaurant gearbeitet, weil mein derzeitiger Freund dort ebenfalls gearbeitet hat. Als ich herausgefunden habe, dass dieser die ganze Zeit etwas mit jemand anderem gehabt hatte, fing ich an, zusätzlich Yogakurse zu besuchen, weil die Medikamente es nicht geschafft haben, mich davon abzuhalten, Löcher in meine Wand zu hauen. Außerdem hatte ich das Gefühl, dass ich mich damit leichter in den Griff bekam."

Whiskey nickte. Es klang so, als hätte der Junge nichts anderes gemacht, als zu versuchen, sich in den Griff zu bekommen.

„Und dann hatte ich diese Idee, Yoga zu unterrichten und damit meine Studiengebühren zu bezahlen. Ich habe mich beworben und bin sogar an einer Uni angenommen worden. Cal hätte das nicht gefallen, aber ich habe ihm einfach nichts davon erzählt, so wie ich auch niemand anderem gesagt habe, dass ich die Pillen wieder nehme. Ich war der Meinung, der Plan würde ziemlich gut klingen, aber dann sagte mein Vater „Ja, klar!", und ich dachte …"

Patrick schob seinen Teller weg.

„Iss."

„Ich habe keinen Hunger."

„Dann beende deinen Satz."

„Es tut mir leid, dass ich dich mit meinem Blödsinn langweile. Können wir jetzt das Bett ausklappen?"

„Beende deinen verdammten Satz, Patrick."

„Ich dachte, wenn mein Vater alles über mich wüsste – wenn ich ihm erzählen würde, dass ich schwul bin und dass es mir schwerfällt, ihm von meinen Plänen zu erzählen, weil ich das unheilvolle S-Wort so lange verschwiegen habe –, dass er dann vielleicht verstehen würde, dass es mir ernst war mit dem Yoga und dem Studium und einem Abschluss in Biologie. Dass ich Anwalt werden will, um die Welt zu retten, so wie er es tut, und …" Patrick zuckte mit den Schultern. „Ich kann mich ja selbst nicht retten, stimmt's?"

Shawn Cleary rettete die Welt? Interessant. Er war in Whiskeys Top 3 der möglichen Wasserverschmutzer in seinen Versuchsreihen mit den Fröschen – und sein Sohn dachte, er wäre ein Held. Was für ein Mist.

Aber nicht so interessant wie Patricks Zurückweisung.

„Was ist passiert?", fragte Whiskey, auch wenn er sich dies bereits denken konnte.

Er behielt recht, zumindest teilweise.

„Mein Vater hat mir nicht geglaubt, als ich ihm gesagt habe, dass ich schwul bin, vielmehr dachte er, dass die Tatsache, dass ich mit Männern schlafe, etwas damit zu tun hat, dass ich so eine geringe Aufmerksamkeitsspanne habe."

Whiskey zog die Augen zusammen. „Wenn du also eine längere Aufmerksamkeitsspanne hättest, würdest du auf Brüste stehen?"

Patrick schnaubte. „Ja …"

Whiskey schmunzelte. „Mmh. Weißt du, mit dieser Logik würde die Menschheit vermutlich aussterben, oder nicht? Keiner von uns kann einen Gedanken länger halten, als nötig ist, diesen auszuformulieren. Verdammt, was das Gehirn angeht, sind echte Brüste absolut unnötig, solange ein Kerl Handcreme und einen Computer hat."

Patrick lachte so laut und so plötzlich, dass er sein Wasser ausspuckte. „Als Spezies sind wir nicht besonders intelligent, oder?" kicherte er und Whiskey lachte mit ihm.

„Nö. Ich schwöre, auch Heteros nehmen sich manchmal nicht die Zeit, auf Brüste zu achten. Wir sind wirklich *nicht besonders* intelligent."

„Deswegen sind Lesben die Besten", murmelte Fly Bait, die gerade rechtzeitig vom Deck hereingekommen war, um den letzten Satz zu hören.

Whiskey sah zu Patrick, der wie ein Schulkind gluckste, und war Fly Bait auf einmal unendlich dankbar. Er schaufelte ihr eine Portion Mac & Cheese auf seinen eigenen Teller (sie ekelten sich nicht gegenseitig an, warum sollten sie also einen weiteren Teller dreckig machen?) und bedeutete ihr, dass sie sich setzen solle.

„Wie weit bist du gekommen?", fragte Fly Bait und Whiskey zuckte mit den Schultern und trank einen weiteren Schluck Wasser.

„Nicht so weit, wie ich wollte", gab er zu. „Willst du es ihm sagen?"

Fly Bait machte ein Geräusch in ihrer Kehle, das zu damenhaft war, um als Grunzen durchgehen zu lassen, und zu kehlig, um irgendetwas anderes zu sein. „Mach du", sagte sie. „Du hast diesen Anti-Durchdreh-Trick raus."

Patrick nickte ihm zu. „Das stimmt. Hast du. Weswegen sollte ich durchdrehen?"

Ah, Mist. „Dein Ex-Freund hat einen Privatdetektiv damit beauftragt, dich zu finden."

Fly Bait machte wieder dieses Geräusch. „Mann, Whiskey, geht es nicht noch direkter?"

„Er hat *was*? Oh Gott. Verdammter Gott. Warum macht er das denn? Er hat mein Geld und meine Kreditkarten und mein ... Shit. Warum will er mich finden?"

Patrick stand auf, woraufhin Whiskey zusammenzuckte, weil es so anhörte, als hätte Patrick sich das Knie mal wieder am Tischbein gestoßen. Mensch, der Kerl war gar nicht so groß, vielleicht 1,70 Meter auf Socken. Wenn er jedoch nicht in seiner Yogaphase war, bestand er nur aus Kanten, Knochen und Ecken, und Whiskey hatte Angst, dass jede andere Phase eine Gefahr für sein Leben bedeuten könnte.

„Ohmeingott, ohmeingott, ohmeingott, wasmacheichdennbloß?! Was, wenn er mich findet? Was, wenn er glaubt, ich würde zur Polizei gehen? Vielleicht versucht er ja auch, noch mehr aus meinem alten Herrn herauszuholen. Vielleicht will er mich ja auch umbringen, weil ich weiß, dass er ein absoluter Bastard ist – und das meine ich nicht hyperbolisch." Patrick sah Whiskey mit großen Augen an. „Hyperbolisch heißt völlig übertrieben - wenn er mich also nicht auf übertriebene Art töten will, bedeutet das, dass er mich *wirklich* umbringen will! Ohmeingott, Whiskey, was wollte er, was mache ich bloß ..."

Whiskey stand auf und legte seine Hände auf Patricks Schultern und fühlte die dünnen Knochen unter seinem Trägershirt. Gott, war er tatsächlich so nach draußen gegangen? Wie viele Leute, Männer und Frauen, hatten Whiskeys armes, wehrloses, trauriges Kätzchen hinterher geschmachtet, während er mit einem Einkaufswagen durch Walmart geschlendert war und dabei versucht hatte, sein Froschhirn davon abzuhalten, durch den ganzen Supermarkt zu hüpfen?

„Beruhige dich", blaffte Whiskey ihn an, vermutlich schärfer, als er es vorgehabt hatte. Patrick fing unter Whiskeys Händen an zu zittern wie der Herzschlag eines Eichhörnchens.

„Entschuldigung, Entschuldigung, Ent..."

Whiskey hielt Patricks breiten, sich bewegenden und zum Küssen gemachten Mund zu. „Du musst dich nicht entschuldigen", sagte er in die plötzliche (und unfreiwillige) Stille hinein.

Patrick nickte ruhig und Whiskey bemerkte seinen warmen Atem auf seiner schwieligen Hand. Whiskey schluckte tief, dann schluckte er noch einmal und sagte: „Ich werde jetzt meine Hand wegnehmen. Ich möchte, dass du dich beruhigst. Nicke, wenn das in Ordnung geht."

Patrick nickte und dann, verflucht noch mal, bekamen seine Augen Fältchen und Whiskey fühlte es: Patricks kleine, spitze Zunge kam heraus, um die Mitte seiner Hand zu berühren und abzuschlecken. Danach, als Whiskey noch vor Schreck erstarrt war – und, um ehrlich zu sein, auch ein wenig verzaubert –, bewegte Patrick seine Lippen und knabberte leicht an der Hand herum.

Whiskeys gesamter Körper erstarrte. Er stieß einen langen, tiefen Atemzug hinaus, der sich in seinem Körper wie eine tiefe Welle anfühlte, und machte das gleiche Geräusch wie Fly Bait, nur dass es bei ihm mit Sex und Verlangen zu tun hatte.

Whiskey schüttelte grimmig seinen Kopf, aber Patricks Augen hörten nicht auf, schelmisch zu glänzen, auch dann nicht, als Whiskey seine Hand wegnahm und versuchte, sich zusammenzureißen.

„Seid ihr fertig?" Fly Baits sarkastische Stimme durchschnitt die Stille und Whiskey warf ihr einen vorwurfsvollen Blick zu. Fertig? Solange Patrick und er nicht in die Koje springen und sich wie die Kaninchen bespringen würden, waren sie weit entfernt von fertig, und nach Fly Baits Einschätzung seiner Prinzipien würde es dazu bestimmt nicht kommen.

„Schmeckt nach Pfirsich", sagte Patrick mit einem engelsgleichen Lächeln.

„Super", schnappte Whiskey zurück. „Dann lass uns darüber reden, was du nun machen wirst."

Der Glanz erstarb in Patricks Augen und Whiskey wurde bewusst, dass er lieber wieder geil und frustriert war, wenn das bedeutete, dass Patrick nicht so niedergeschlagen aussah.

„Was?", fragte Patrick, schnell schluckend, und Whiskey sah zu Fly Bait hinüber, die mit den Schultern zuckte.

„Nichts", erwiderte Whiskey nüchtern. „Du wirst deinen Vater anrufen und ihm sagen, dass du noch lebst, du wirst bei deiner Arbeit anrufen und denen sagen, dass du den Job annimmst, wenn sie ihn bis zum Semesterbeginn für dich freihalten können, und danach wirst du hier bei uns bleiben. Bis zum Ende des Sommers haben wir jede Menge für dich zu tun ..."

„Haben wir?", fragte Fly Bait überrascht.

„*Haben* wir", bestätigte Whiskey, auch wenn er wusste, dass es an Wahnsinn grenzte, weil es ein kleines Projekt war und sie in Wirklichkeit nichts für ihn zu tun hatten. „Ich ..." *Gut gemacht, Whiskey, so kannst du dich in etwas reinreiten, ohne vorher nachzudenken.* „Ich werde das Hausboot in Ordnung bringen. Nach der Greenpeace-Sache, die im September beginnt und der ich zugesagt habe, will ich wieder hierhin zurückkommen. Ein Zuhause haben. Du und ich, wir können das wissenschaftliche Zeugs machen, während der Junge aufräumt, renoviert und andere Dinge erledigt, die anfallen."

Patrick sah sich in dem kleinen, zugestellten Raum mit dem dreckigen Teppich, der billigen, abblätternden Vertäfelung und den zerfetzten Vinylmöbeln um. „Ich glaube, du überschätzt die Fähigkeiten, die ich jemals in irgendeinem Bereich gehabt habe", sagte er absolut ernsthaft.

Whiskeys Skepsis war eindeutig zu sehen. „Süßer, ich bin mir sicher, es gibt ein paar Bereiche, in denen du mich vom Hocker bläst."

Patrick grinste, absolut ohne falsche Scham. „Ich könnte dir zeigen, was ich kann", erwiderte er hoffnungsvoll und Whiskey schüttelte den Kopf, weil er nicht flirten wollte und sich sicher war, dass der Junge es nicht so meinte, also wechselte er lieber das Thema.

„Okay. Patrick wird uns also bei dem wissenschaftlichen Zeug helfen und anschließend kann er diese Bruchbude renovieren. In der Zwischenzeit werden wir niemandem sagen, wer er ist und was er hier macht. Ganz einfach. Das ist unser Plan. Fly Bait und ich müssen jetzt Daten sammeln, irgendwelche verfickten Einwände?"

Fly Bait hatte offensichtlich einen: „Ich habe nie Einwände gegen's Ficken, niemals."

„Verdammt ..."

„Kann ich aufräumen und die Makkaroni wegräumen und so?", fragte Patrick. Whiskey und Fly Bait zogen die Augenbrauen hoch; normalerweise hätten sie die Essensreste einfach stehen gelassen und so lange aus dem Topf gegessen, bis es nicht mehr schmeckte, dann hätten sie gewartet, bis die Käsesauce sich von alleine vom Teflonboden lösen würde, und hätten anschließend den Topf ausgekratzt. Auf die gleiche Art, wie Ärzte und Schwestern oft sorglos rauchten, waren Whiskey und Fly Bait die Art von Wissenschaftlern, die glaubten, dass nur andere Leute Salmonellen bekamen, und bisher hatten sie recht behalten.

„Hmm, okay", meinte Fly Bait, zufrieden aussehend. „Das wäre super. Lass dich von uns nicht aufhalten."

Patricks Grinsen war gefährlich, aber Whiskey sah trotzdem zu lange hin und verbrannte damit vermutlich alle Gehirnzellen, die nicht auf Patrick reagierten - zumindest würde er das für den Rest seines Lebens anderen Leuten so erzählen.

„Chlor?"
    „Unter normal."

„Wie bitte?"

„Stottere ich?"

„Warum sollte Chlor unter normal sein?"

„Woher soll ich das wissen? Vielleicht gibts in der Nähe eine Backpulverfabrik." Fly Baits Stimme war scharf und stechend und Whiskey starrte sie an. Die Zahlen seines letzten Abschnitts – *nicht* der Abschnitt, in dem die Recyclinganlage von Patricks Vater stand, und auch nicht flussabwärts – waren wirklich seltsam.

„Backpulver?", fragte Patrick und sah über die Arbeitsplatte. Er hatte die Platte gereinigt und die meisten Instrumente auf ihr gestapelt, um so Platz auf dem Tisch frei zu machen. Als Whiskey ihn gefragt hatte, wo er das Essen zubereiten wollte, hatte Patrick ein kleines Schneidebrett aus Plastik hervorgeholt, das genau über das kleine Waschbecken passte, und Whiskey war beeindruckt gewesen. Patrick hatte es bei Walmart gekauft, was bedeutete, dass sein Hasenhirn anscheinend öfter in die richtige Richtung dachte, als er glaubte.

„Ja, wie das Zeug, mit dem du die Arbeitsplatte gereinigt hast." Patricks Wahl an Reinigungsmitteln war erstaunlich ökologisch gewesen. Er hatte Essig und Backpulver sowie biologisch abbaubares Spülmittel benutzt – wieder einmal war Whiskey beeindruckt gewesen. Patrick mochte ein Hasenhirn haben – und ein verletzliches, kleines Herzchen –, aber jeder, der glaubte, dass Patrick dumm war, hatte nicht aufgepasst.

Gott, die Aufmerksamkeitsspanne der Leute war manchmal echt mies.

„Ja, mein Vater kauft das Zeug in Massen", erzählte Patrick ihm. „Sie brauchen es zur Neutralisierung von Sachen, deren Namen ich vergessen habe."

„Gut zu wissen", sagte Whiskey nachdenklich. „Das könnte es sein – aber ich habe keine Ahnung, was es flussaufwärts von der Fabrik deines Vaters macht, und ebenso wenig weiß ich, warum es die Frösche zu Monstern machen sollte."

„Sie sind keine Monster!", rief Patrick erstaunlich wütend. „Sie können doch nichts dafür! Sie sind so geboren worden. Irgendetwas ist nicht so gelaufen, wie es sollte, wodurch sie verkorkst wurden, aber das macht sie nicht zu Monstern!"

Und damit stolzierte Patrick davon. Whiskey sah ihm nach und strich sich über den Nasenrücken. „Oh Gott. Was habe ich getan?"

„Ich glaube, du hast ihn gerade ein Monster genannt", sagte Fly Bait, nachdem sie über die Frage nachgedacht hatte.

„Doch nicht das, obwohl … Fuck. Das habe ich. Shit. Was mache ich nur mit *ihm*?"

„Ja, er ist niedlich. Es muss echt nerven, dass er total auf deinen bisexuellen Hintern steht."

„Wenn's nur so wäre", sagte Whiskey mürrisch. Er hatte nichts als sexuelle Fantasien in den letzten beiden Stunden. Wenn Patrick nicht durchdrehte, bewegte er sich mit der Leichtigkeit eines Tänzers und Whiskey konnte nicht aufhören, daran zu denken, wie es wohl wäre, diese Anmut in seinen Armen zu halten.

Oh Gott, was für ein verdammtes Klischee. Konnte er das irgendwie noch schlimmer machen?

„Du könntest ihm folgen und etwas Wärme mit ihm teilen", schlug Fly Bait vor. Whiskey grummelte und legte seinen Kopf auf die Arme.

„Gott, wie gerne ich das tun würde."

Fly Baits Hand auf seiner Schulter war vermutlich die erste Berührung zwischen ihnen seit dem schlecht gelaufenen Wochenende, an dem sie darauf gewartet hatten, dass die Fische sich vermehrten.

„Mach es, Whiskey. Du musst ihn ja nicht vögeln – du kennst ihn erst seit zwei Tagen. So ein Typ bist du nicht. Aber ich mag dich, wenn du mit ihm zusammen bist."

Whiskey sah sie sauer an. „Und warum das?"

„Weil du in seiner Gegenwart ein Held bist. Und jetzt geh und sei ein Held."

„Gott, du bist komisch", grummelte Whiskey, aber er legte sein Klappbrett hin und machte eine längst fällige Pause, um sich in der frischen und unglaublich heißen Luft des Sacramento Deltas zu strecken.

„Ich will nicht reden", nuschelte Patrick, als Whiskey oben auf dem Deck ankam und fast über ihn gestolpert wäre.

„Was zum Teufel machst du da?"

„Ich schau zu, wie ein Frosch mit sich selber spricht", murmelte Patrick. Er lag tatsächlich auf seinem Bauch vor dem Tank und starrte in Cals und Catherines Behälter.

„Wie kommst du darauf, dass es nicht zwei Frösche sind, die sich miteinander unterhalten?", fragte Whiskey neugierig.

„Keine Ahnung. Das macht es ja so interessant." Da war nicht ein Hauch von Sarkasmus in Patricks Stimme.

„Du bist kein zweiköpfiger Frosch", sagte ihm Whiskey geradeheraus. Patrick warf ihm einen Blick über seine Schulter zu, bevor er wieder die Frösche beobachtete.

„Ich bin kein normaler Mensch", erwiderte er logischerweise und Whiskey nutzte die Position des festen, yoga-geformten Hinterns aus, der sich direkt vor seinem Gesicht befand, und gab ihm einen Klaps.

„Und ob du das bist."

„ADHS ist eine Verhaltensstörung, die sich in einer verkürzten Aufmerksamkeitsspanne und schlechter Impulssteuerung äußert. Wenn ich nicht hören will, was du sagst, ignoriere ich dich einfach. Wenn ich wütend werde, schmeiße ich Handys durch die Gegend, obwohl ich weiß, dass das nicht okay ist. Ich bin nicht normal."

Super. Eine weitere, ausgezeichnete Erklärung aus Patricks „unnormalem" Gehirn. Warum konnte er nicht einmal seine guten Seiten so definieren?

„Du bist absolut und völlig normal. Du bist ein anstrengender Tollpatsch, aber so bist du nun mal."

Der Blick, den Patrick ihm dieses Mal zuwarf, war deutlich weniger erstaunt. „Was für ein Glück, dass du nicht versuchst, mich flachzulegen", sagte er sanft. „Deine Technik ist grottenschlecht."

„Meine Technik ist völlig in Ordnung." Zumindest im Bett war sie das. „Aber ich wollte nicht, dass du dich selbst bemitleidest, nachdem Fly Bait sich ein bisschen in die Idee verliebt hat, dass du alles sauber hältst. Das ist sogar verdammt sexy, irgendwie. Wäre eine Schande, wenn das alles hier für die Katz' gewesen wäre."

Patricks Lächeln war jetzt wieder wunderschön. Er stand auf und umarmte Whiskey so überraschend, dass dieser fast vom Boot und auf den Anleger gefallen wäre.

Whiskey legte seine Arme um Patrick und redete sich ein, dass ihm ja nichts anderes übrig blieb, wenn sie nicht hinfallen wollten, aber der wirkliche Grund war, endlich diesen dünnen, lebendigen Körper festhalten zu können. Gott, Patrick fühlte sich gut an. Seine schmale Brust, seine dünnen Hüften, sein steifer Schwanz … Shit.

„Hey", schnaubte Whiskey und trat zurück. „Schluss damit, du kleiner Perversling. Wir sind hier Profis."

Patrick verzog das Gesicht. „Jesus, als ich gekellnert habe, wurde ich wenigstens im Kühlraum flachgelegt."

Whiskey schüttelte verloren den Kopf. „Hab mehr Respekt vor dir selber", sagte er ernsthaft. „Verdammt, versuche wenigstens es bis zum Wagen zu schaffen. Sex im Auto, das hat noch Klasse."

Patricks Mund verzog sich. „Nicht in einem Honda Jazz." Er sah ihm mit einem absolut offenen Blick in die Augen. „Außerdem bist du total heiß, aber wir wissen beide, dass ich alles, was ich anpacke, eh nur kaputtmache. Also lassen wir lieber die Finger davon." Dann seufzte Patrick.

Whiskey seufzte zurück, weil das bestimmt eine gute Idee war, aber es klang dumm und frustrierend, auch wenn er immer noch versuchte, Verantwortung zu übernehmen und Patrick nicht anzumachen. Frustriert zog er sein Handy aus der Tasche.

„Hier. Es wird dir nicht besser gehen, bevor du deinen Vater angerufen hast."

„Ja. Und wenn ich mich beeile, ist er noch arbeiten und ich kann eine Nachricht hinterlassen."

Aua. „Glaubst du wirklich, dass er arbeitet?"

Patricks kleines, rundes Gesicht hatte einen so ernsthaften Ausdruck, dass es wehtat. „Was sollte er denn sonst tun?" Er fing an zu wählen, sah dann aber etwas verschämt aus.

„Mmh. Ich bin nur ein gewöhnlicher Typ, aber … ja. Hau nicht ab, okay?"

„Käme mir nicht in den Sinn."

Der lebhafte Mund öffnete sich zu einem Lächeln. „Okay. Danke." Es folgte ein schnelles Eintippen von Zahlen ins Handy und dann: „Oh. Shit.

Dad? Ich wollte eine Nachricht hinterlassen. Shit. Entschuldigung. Tut mir leid. Mir gehts gut. Mach dir keine Sorgen um mich. Mir gehts gut. Ich bin nicht gefahren. Ich schwöre, ich bin nicht gefahren." Patrick fing an, auf seinen Zehen auf und ab zu wippen, sein Körper setzte all seine Emotionen in Bewegungen um – vermutlich als Antwort auf das Geschrei, das Whiskey vom anderen Ende der Leitung hören konnte. „Tut mir leid. Entschuldigung. Ich wollte dir keine Angst einjagen. Mach dir keine Sorgen um mich. Keine Sorge. Tut mir leid. Entschuldigung. Ich habe meine Kreditkarten sperren lassen, okay? Ich habe nichts von dem Geld ausgegeben, hörst du? Cal hat es geklaut. Tut mir leid. Entschuldigung. Entschuldigung. Entschuldigung. Du musst dir nie wieder Sorgen um mich machen."

Das Handy hing halb hinter Patricks Ohr und Whiskey nahm es ihm aus der Hand, drückte auf „Anruf beenden" und verstaute das Handy sicher in seiner Tasche.

Patrick sah ihn nicht an, stattdessen starrte er nur verletzt auf Whiskeys alte Flip-Flops, die er trug, und wackelte mit den Zehen, um etwas beobachten zu können. „Tut mir leid", sagte er aus Gewohnheit und Whiskey seufzte.

„Schon gut. Versuch nur, nichts durch die Gegend zu werfen, was wir noch brauchen, okay? Als Alternative könnten wir ein paar Steine aus dem Fluss aufsammeln und sie hierhin legen oder so."

Das brachte ihm ein kleines, dankbares Lächeln ein. „Ich, ähm, werde ein bisschen mit den Fröschen sprechen", entschuldigte Patrick sich und Whiskey legte einen Arm kumpelhaft um seine Schultern.

„Nein, wirst du nicht. Komm runter und hilf Fly Bait und mir, diesen Bereich fertig zu machen. Und danach können wir das Boot an dem verlassenen Dock parken und schwimmen gehen. Wir können es sogar eine Weile dort liegen lassen. Was hältst du davon?"

„Hört sich gut an", antwortete Patrick und nahm bereitwillig das Angebot von Whiskey an, sich aufheitern zu lassen. Dann kam Patrick ein anderer Einfall in seinem Hasenhirn. „Kann ich das Yogastudio anrufen? Vielleicht haben sie bessere Nachrichten für mich und ich kann aufhören, das letzte Gespräch immer wieder in meinem Kopf abzuspielen. Das mache ich nämlich mit Zombie-Filmen so, und dann gehe ich ins Bett und träume davon und wache völlig verängstigt auf, weil die Zombies mich fast gefangen hätten. Und falls wir doch wieder zusammen in einem Bett schlafen, will ich nicht, dass das wieder passiert. Ich schlage dann nämlich schon mal um mich und könnte dich treffen."

Von Yoga zu Zombies zu Sex zu Gewalt. Whiskey wurde ein bisschen schwindelig. „Ja, klar, Junge. Aber ich bleibe bei dir. Außerdem müssen wir Fly Bait noch ein neues Handy kaufen und wir haben nicht mehr so viele Forschungsgelder. Okay?"

Patrick nickte ernsthaft. „Ja, ja, okay." Und dann nahm er das Handy und bereitete sich auf gute Nachrichten vor.

Sie legten mit dem Boot am alten Dock an und beschlossen, Feierabend zu machen. Wieder einmal hatte Whiskey das Vergnügen, Patrick dabei zuzusehen, wie er mit seiner blassen Haut ins Wasser sprang. Sie holten Glycerinseife heraus und seiften ihre Haare damit ein, sodass sie nicht das Duschwasser dafür vergeuden mussten, aber größtenteils schwammen sie einfach nur herum. Es war fast schon ein meditatives Erlebnis unter Freunden, auch wenn Whiskey feststellte, dass es Patrick Spaß machte, so weit wie möglich hinauszuschwimmen, um sich von der Strömung wieder zurücktragen zu lassen.

„Wenn du nicht aufpasst", rief Whiskey, „wird dich die Strömung flussabwärts tragen. Das ist dir schon klar, oder?"

„Nicht, solange ich weiß, wo zu Hause ist!", rief Patrick und schwamm zurück zum Wirbel auf der flussaufwärts gelegenen Seite des Boots.

Dagegen konnte Whiskey nichts sagen, aber es hielt ihn nicht davon ab, sich um den blassen, dünnen Körper, der von ihm wegschwamm, Sorgen zu machen. Ein Körper, der langsam rot wurde, wie Whiskey mit einer Grimasse feststellte. Er rief Fly Bait zu, dass sie die Sonnencreme suchen sollte, weil sie die letzte gewesen war, die sie benutzt hatte.

„Wirst du ihn eincremen?", fragte Fly Bait, als sie zu ihm schwamm. Von der Vorstellung bekam Whiskey eine Gänsehaut, er fühlte sich trotz des kalten Wassers erhitzt.

„Ist besser, wenn du das machst", murmelte er. „Das ist mir zu gefährlich."

„Feigling", rief sie sanft, paddelte allerdings weiter mit den Füßen.

Whiskey sah ihr zu, wie sie in ihrer forschen, geradlinigen Art die Sonnencreme auf Patricks Schultern und Rücken verrieb. Patrick verhielt sich ruhig, nur ein gelegentliches Zucken seiner Hände oder seines Kinns zeigten, dass er es kaum erwarten konnte, sich wieder bewegen zu können. Und alles, woran Whiskey denken konnte, war, wie Patrick aufgeblüht war, als die Frau am anderen Ende der Leitung ihm gesagt hatte, dass sie die Stelle als Yogalehrer ohne Probleme bis Ende August freihalten konnten.

Mit diesen großen blauen Bambi-Augen hatte er Whiskey angesehen und voller Dankbarkeit gesagt: „Ja! Da will mich jemand!" Dann hatte er breit gegrinst und Whiskey das Handy zurückgegeben. Als Patrick sofort hinuntergelaufen war, um es Fly Bait zu erzählen (die – und das musste man ihr zugutehalten – nicht gefragt hatte, warum es sie interessieren sollte), hatte er Whiskey mit einer erstaunlichen Feststellung alleine gelassen.

„Ich will dich", sagte Whiskey und überraschte sich selber. „Das will ich wirklich."

GEMEINSAM SAHEN sie sich zuerst einen Film auf Fly Baits Laptop an (was definitiv ein Gemeinschaftserlebnis war, weil sie sich wie Neandertaler am Feuer zusammenkauern mussten, um den Bildschirm sehen zu können) und gaben sich dann dem komplizierten Manöver hin, aus dem Küchentisch ein Klappbett zu machen. Sie fingen beide an zu husten, als der Staub aus den Kissen hochwirbelte. Whiskey nahm seinen aufgerollten Schlafsack aus der Koje und breitete ihn aus, damit Patrick darauf schlafen konnte.

Patrick sah ihn enttäuscht an und nickte. „Du bist bestimmt froh, mich los zu sein", stellte er ernsthaft fest und Whiskey zuckte entschuldigend mit den Schultern.

„Nicht so einfach, zu zweit in einem so kleinen Bett zu schlafen." Damit ging Whiskey zu seiner Koje, drehte sich eine halbe Stunde lang hin und her und dachte an die absolut vertrauensvolle Art, in der Patrick zwei Nächte lang neben ihm gelegen hatte.

Eine Stunde später wachte Whiskey auf und schüttelte sich aus seinem Traum frei. Er hatte geträumt, er wäre ein Flummi, der von den Wänden der Koje abprallte und dabei mit jedem Sprung einen besonders rauen Ton von sich gab. Als Whiskey zu sich kam und feststellte, dass er *kein* Flummi war, fiel ihm das Geräusch auf.

Patrick schluchzte.

Mist.

Nur in Boxershorts gekleidet ging Whiskey in die Küche. „Steh auf", schnaubte er.

Patrick rollte aus dem Bett und sah ihn mit tränenden Augen an.

„Mein Zimmer."

Und mehr brauchte es nicht. Patrick war ihm dicht auf den Fersen, als Whiskey sich umdrehte und in seine Kabine zurückging. Patricks Füße machten leise Platschgeräusche auf dem Küchenboden, bevor er schließlich neben Whiskey ins Bett glitt.

„Tschuliung", nuschelte Patrick. Whiskey seufzte und legte seine warme Hand auf Patricks kühlen, blassen Arm und streichelte mit seinen Fingern über die gesamte Länge, nur einmal, weil man das so machte, wenn man ein Kaninchen oder ein Eichhörnchen oder ein Kätzchen beruhigen wollte, richtig?

„Ich bin erleichtert", sagte Whiskey ihm ehrlich. „So kann ich auf dich aufpassen."

„Isch kann auichelber aupssn", nuschelte Patrick.

„Natürlich kannst du das. Aber ich mache das gerne," gab Whiskey zu. „Es ist reiner Selbstzweck. Du solltest mich hassen, ich fühle mich so selbstgefällig und nobel – es ist nicht auszuhalten."

Patrick kicherte durch seine Tränen und stieß mit seinem Ellbogen in Whiskeys Solar Plexus. Whiskey machte ein Uff-Geräusch und gab dann seinen tieferen Gefühlen nach und legte einen Arm um Patrick.

„Denk daran", warnte Whiskey. „Ich könnte einen Ständer bekommen. Das hat nichts mit dir zu tun."

Patrick kicherte noch ein letztes Mal und sagte: „Okay. Ich denk dran."

Whiskey lauschte seinen schweren Atemzügen in der dunklen Enge der Koje und war froh darüber, dass er nicht so leicht zu durchschauen war wie Patrick, sonst hätte er sich schon längst zum Affen gemacht und würde den ersten Schritt machen.

PATRICK: ECKT ÜBERALL AN

WENN PATRICK am Abend zuvor`1r nicht unter Drogen gesetzt wurde oder nachts schlafwandeln war oder zitternd und verängstigt auf dem Deck eines Schiffes gelegen hatte, neigte er dazu aufzuwachen, als wäre auf ihn geschossen worden.

Für etwa zweieinhalb Millisekunden dachte Patrick: *Da stößt eine Erektion gegen meinen Rücken und wenn ich schlau wäre, würde ich mit meiner Hand nach hinten greifen und ihn anfassen, nur um zu hören, wie Whiskey stöhnt.* Dann aber bekam sein einfaches *Patrick-Sein* die Überhand und er setzte sich im Bett auf und fragte: „Was soll ich zum Frühstück machen?"

„Oh, Mist", stöhnte Whiskey, drehte sich um, versenkte das Gesicht im Kissen und zog das Laken über seinen Kopf. „Warum zum Teufel fragst du mich das?"

Patrick blinzelte und erlaubte seinem Mund, weiterzureden, weil dieser anscheinend direkt *nach* seiner Morgenlatte und deutlich *vor* dem Rest seines Gehirns aufgewacht war. „Was soll ich zum Frühstück machen?"

„Mist. Yoga, Eier und deine kleine braune Pille, washältstdudavon?"

„Okay. Wann stehst du auf?"

„Irgendwann zwischen den Eiern und deiner kleinen braunen Pille."

„Prima." Patrick beugte sich automatisch hinunter und küsste Whiskey auf die Wange, denn das machte man nun mal so, wenn man einen Mann im Bett hatte und morgens aufstand. Danach wühlte er in der Schublade herum, die Whiskey ihm zugeteilt hatte, und nahm Cargo-Shorts sowie ein sauberes T-Shirt heraus, letzteres in hellblau. Eigentlich mochte er Whiskeys kaputte weiße Muskelshirts, auch wenn er einen Knoten hineinmachen musste, aber seine Schultern wurden langsam wirklich rot von der Sommersonne Sacramentos, also war ein T-Shirt die bessere Wahl. Fly Bait hatte ihm die Sonnencreme für sein Gesicht da gelassen, worüber er sehr dankbar war. Patricks Ohren neigten nämlich dazu, Blasen zu bekommen, zudem machte er sich ein bisschen Sorgen über Ohrenkrebs und dass ihm seine Ohren abfallen könnten.

Es war nicht unbedingt die typische Yoga-Kleidung, aber Patrick mochte irgendwie diese Art des „sauberen Lebens", an das Fly Bait und Whiskey sich im Boot hielten. Es war einfach. Patricks Gehirn kam durcheinander mit zu viel, zu laut, zu hell, zu wild. Einfache Kleidung, ein einfacher Tag, einfacher Spaß – Patrick begann, den Reiz darin zu sehen. Selbst zu Hause, wo er die Wahl hatte zwischen tausend verschiedener Videospiele/Partys/Filme/Ausflüge/Ablenkungen, hatte Patrick die einfachen Dinge gemocht, die ruhigen, sauberen und günstigen.

Eine ruhige Ecke mit einem Buch war für ihn manchmal pures Glück gewesen. Natürlich konnte das Leben nicht immer so sein. Sobald der Lärm begann, war Patrick wie ein Tischtennisball, der von Licht und Lärm hin und her geschlagen wurde, aber auch das hatte Spaß gemacht.

Patrick mochte es, ein ruhig daliegender Tischtennisball zu sein. Hier war es ruhig und friedlich, und er brauchte keine 100 Dollar teuren Yogahosen dafür.

Als Patrick mit der Hälfte seiner Yogaübungen durch war, stellte er allerdings fest, dass die teuren Hosen an diesem besonderen Morgen deutlich bequemer gewesen wären.

Normalerweise wären die Cargo-Shorts völlig in Ordnung gewesen – sie rutschten ihm fast von den Hüften und Patrick hatte genug Platz darin. Eigentlich konnte er sich beim Yoga prima konzentrieren, doch das klappte an diesem Morgen einfach nicht. Viel schlimmer war jedoch, dass *die* Sache, auf die er sich konzentrieren *konnte*, ihm eine mächtige Latte zauberte.

Verdammt, Whiskey hatte sich gut angefühlt. Er war hart und stark und fest. Er roch nach Fluss und der Glycerinseife mit Zitronenduft, und weil es noch bis kurz vor Mitternacht heiß gewesen war, auch nach Schweiß. Selbst der Schweißgeruch war gut, menschlich, erdig. Patrick war mit Männern zusammen gewesen, die nach Aftershave und Haargel gerochen hatten. Cal hatte diesen merkwürdigen, minzigen und sauren Geruch an sich gehabt, der Patrick immer an Haarentferner erinnert hatte, obwohl er nicht davon kam. Bei dem Typen aus dem Restaurant war es genauso seltsam gewesen – am Ende des Tages hätte er nach Essen und Fett riechen müssen, so wie Patrick nach einem Tag in der Küche vermutlich selber roch, aber nicht Ricky. Ricky hatte nach Vanille und Lavendel gerochen. Patrick hatte sich immer gefragt, wie viel Weichspüler er wohl im Monat verbrauchte. Patrick hatte die Erfahrung gemacht, dass die Haut der Männer bitter und chemisch schmeckte, ihre Hoden waren rasiert oder rochen nach Haarspülung und … na ja, es war ja eh nicht so, als wäre Patrick immer begeistert gewesen vom Sex mit ihnen. Der leicht künstliche Geruch seiner Lover passte da irgendwie ganz gut – wie ein nagelneuer Tischtennisschläger, der bereit war, Patrick mal wieder in eine andere Richtung zu schlagen.

Aber nicht Whiskey. Whiskey roch menschlich und warm, natürlich und echt. Patrick fragte sich, warum Whiskey sich so sehr darum bemühte, damit Patrick sich wohlfühlte, obwohl Whiskey weder Sex mit ihm haben wollte noch es auf die Dinge abgesehen hatte, die Patrick für andere Leute interessant machten. Whiskey brauchte nicht Patricks Ergebenheit, damit er sich besser fühlte, er wollte nicht Patricks Geld – auch wenn er anscheinend selber nicht viel hatte – und Whiskey schien ihn auch nicht für seine Sklavenarbeit zu brauchen, obwohl Patrick das schon von sich aus getan hätte, einfach nur, weil er ein höflicher Mensch war.

Whiskey hielt ihn im Schlaf fest. Er erinnerte Patrick daran, seine Eier zu essen und seine kleinen braunen Pillen zu nehmen. Er schrie ihn nicht an und brachte ihn nicht noch zusätzlich durcheinander, wenn Patrick seinen Puls wieder einmal so intensiv spürte, als würde dieser jeden Moment aus der Haut fahren.

Patrick bewegte sich flüssig von der Position des sitzenden Hundes in die Stellung des Kindes. Während er da ausgestreckt hockte wie ein Dreijähriger, der auf seinen Knien und seinem Gesicht eingeschlafen war, erinnerte er sich an den Moment zwischen Schlafen und Wachen, als Whiskey sich an seinen Hintern gedrückt und Patrick ihn plötzlich mit einer unbändigen Leidenschaft gewollt hatte. Er wusste von all den Dingen, die Männer gerne machten – besonders die Sachen, die *er* bei den Männern machen sollte – und plötzlich empfand Patrick es nicht mehr als lästige Aufgabe, als etwas, das er tun musste, um seinen Freund zu halten, so wie sich die Haare schneiden zu lassen oder die Brust zu wachsen. Er hatte plötzlich Lust, Whiskeys Schwanz oder seine Eier oder sogar seinen Hintern zu lecken (und zum Glück hatten die Männer, bei denen Patrick das bisher gemacht hatte, nicht sein Gesicht dabei gesehen, denn dann hätten sie nie mehr mit Patrick schlafen wollen). Das alles klang auf einmal … wunderbar. Wie eine Möglichkeit, Whiskey näher zu sein, in die innere Hülle des von außen eher rätselhaften Whiskeys vorzudringen. Und allein der Gedanke daran ließ Patricks Schwanz vor Verlangen hart werden und schmerzen.

„Mist!" Seine Weichteile wurden hart und schmerzten in der Enge seiner Cargo-Shorts und … „Mist. Aua. Au!"

Patrick hockte auf allen Vieren, auf Händen und Knien, und holte seine Eier aus seiner Unterhose, als er Fly Bait hinter sich sagen hörte: „*Die* Stellung kenne ich auch noch nicht." Sie erschreckte Patrick so dermaßen, dass die Hand, auf der er sich aufgestützt hatte, wegrutschte, und er auf seine Schulter stürzte, weil seine andere Hand noch in seiner blöden Unterhose steckte und versuchte, seinen Penis zu befreien.

Fly Bait machte ein unbestimmtes Geräusch, während Patrick zunächst einmal seine Weichteile in eine bequeme Lage brachte, weil *das* wirklich erst einmal das Wichtigste war, dann krächzte er: „Ist für Fortgeschrittene."

Und dann war da wieder dieses eigenartige Geräusch, das lauter wurde und wie ein „grrrr-waahhh" klang. Patrick setzte sich auf seine Knie, während Fly Bait sich schüttelte und sich mit knallrotem Gesicht den Magen hielt, als würde sie sich gleich übergeben.

„Alles in Ordnung?", fragte Patrick und das Geräusch wurde immer lauter.

Whiskey kam aus dem Wohnbereich hoch und schaute Fly Bait vergnügt an. „Was zum Teufel?"

„Ich habe keine Ahnung!", antwortete Patrick ein bisschen panisch. „Sie kam genau in dem Moment, als ich meine Eier aus meiner Shorts herausgezogen habe, dann fing sie an, dieses Geräusch zu machen. Ist das normal?"

Fly Bait sah ihn an, Tränen liefen ihr die Wangen hinunter und sie machte weiterhin das Geräusch.

Whiskey hielt sich die Hand über den Mund, aber die Augen, die Patrick ansahen, leuchteten und hatten kleine Fältchen. „Mmmh", sagte Whiskey durch seine Hand hindurch. „Sie ist am, mmhh, Lachen."

Patrick sah sie erstaunt wieder an. „Bist du sicher?"

Whiskey nickte. „Oh, ja. Wie könnte ich das letzte Mal vergessen, als ich dieses Geräusch gehört habe?"

Fly Bait hörte plötzlich auf und sah Whiskey mit großen Augen an, dann fing sie an, einzuatmen und ein und ein, wie ein Baby, das gleich anfangen würde zu weinen. Und als sie den Atem wieder raus ließ, war es wie …

„Oh Gott!", rief Patrick und war froh darüber, dass sie an diesem Morgen auf dem verlassenen Dock lagen und nicht an dem großen Kai mit all den anderen Booten. Das war die Art von Geräusch, die neugierige Leute in Massen anlockte. „Das ist ja noch lauter. Was zum Teufel habe ich gemacht?"

Whiskey hielt sich weiter die Hand vor dem Mund und schüttelte den Kopf. „Tja, normalerweise hat es was mit einem Mann zu tun und seinen Eiern."

„Giiiiiiiirrrrrrrrkkkkkkkkk-wwwwaaaaaaauuuuuuuugggggggghhhhhhh!"

„Wie können wir sie stoppen?" Oh Jesus, Patrick stand kurz davor zu weinen!

„Gar nicht." Whiskey nahm seine Hand vom Mund, während Fly Bait sich den Bauch hielt und weiter dieses glaszerspringende Geräusch machte. „Komm runter, Patrick. Lass uns frühstücken. Soll sie selber damit fertig werden."

Unten im Boot war es kühl und der Geruch von Eiern und Knoblauchsalz verstreute ein heimeliges Gefühl.

„Setz dich und iss", sagte Whiskey. „Wir lassen Fly Bait heute hier, um die Messdaten zu erfassen, und du begleitest mich nach draußen ins Feld."

Patrick setzte sich hin und verteilte etwas Rührei auf eine Scheibe Toast und nickte. „Aber sollte ich nicht eigentlich am Boot arbeiten?"

„Junge, wir haben zwei Monate Zeit. Nur keine Eile. Aber im Moment können wir gut einen dritten Mann gebrauchen. Wenn wir also schon mal direkt neben dem Sumpf liegen, wo wir sowieso unsere nächsten Versuchsreihen machen wollten, dachte ich mir, dass du diese dritte Person sein könntest."

Patrick strahlte – Fly Baits fürchterliche Lache klang immer noch über das Schiff, aber diese andere Sache klang, als würde sie Spaß machen.

„Echt? Ich kann mitkommen und dir helfen? Das wäre *so cool*." Patrick nahm einen großen Bissen von den Eiern und suchte dann in seiner Tasche nach der kleinen braunen Dose mit seinen kleinen braunen Pillen. „Na ihr", murmelte er. „Habt ihr mich vermisst?"

Nachdem Patrick seine Medizin eingenommen hatte, nahm er einen großen Schluck Milch ein und biss von dem Toast ab, er kaute schnell und schluckte hektisch. Als Patrick hochsah, bemerkte er, dass Whiskey ihn fragend ansah.

„Was?", fragte er mit vollem Mund. Patrick schluckte hastig und wartete auf eine Antwort.

Whiskey schüttelte den Kopf. „Hmm. Was wird sich bei dir verändern?"

„Mit den KBP?"

„Ja. Was passiert mit dir?"

Patrick tat so, als würde er nachdenken. „Tja, erst werde ich verdammt geil und dann fange ich an, die Möbel zu rammeln."

Whiskey warf etwas Toast nach ihm und Patrick schaute ihn grinsend an. „Echt lustig, Arschloch. Ich hatte schon mit einigen ziemlich verrückten Typen zu tun, die Antidepressiva oder irgendwelchen anderen Scheiß genommen haben. Ich bin nur neugierig, okay?"

Patrick sah ihn überrascht an. „Kommt so etwas unter Hippie-Hausboot-Forschern oft vor?"

Whiskey verdrehte die Augen. „Ich habe einen Doktortitel, Süßer. Hochrangige Wissenschaftler sind sehr schlau, davon sind einige sehr autistisch und andere sehr sensibel. Nicht alle, aber ein hoher IQ bringt oft seine eigenen Probleme mit, okay? Also erzähl mir doch einfach, was mit dir passieren wird, damit ich Bescheid weiß."

Whiskey schien das ziemlich ernst zu nehmen, und Patrick zuckte mit den Schultern. „Passiert nicht wirklich was. Ich werde ein bisschen ruhiger. Es mag sein, dass ich manchmal wie ein Zombie wirke, aber für mich fühlt es sich nicht so an."

Whiskey legte den Kopf schief. „Was passiert in deinem Kopf?"

Oh. Bisher hatte ihm noch niemand diese Frage gestellt. Patrick musste eine Minute darüber nachdenken und dann fiel ihm wieder das Bett ein, auf dem die Wäsche ordentlich sortiert lag.

„Weißt du, wie es ist, wenn du morgens aufstehst und in deinem Schrank nach Klamotten suchst, sie rausholst und anziehst?"

Whiskeys Augenbrauen waren genau so dunkel wie seine Augen und sein dickes, schulterlanges Haar, sie bildeten einen kleinen Bogen, wenn er sein Zuhörer-Gesicht aufsetzte. Patrick nahm das als gutes Zeichen und redete weiter.

„Tja, manchmal, wenn ich Zeit hatte und organisiert war, machte ich meine Wäsche, faltete sie auf meinem Bett und räumte sie anschließend ein. So in etwa ist das. Wenn ich keine Medikamente genommen habe, bin ich völlig wirr. Ich springe herum und haue mir die Ellbogen und Knie an, während ich versuche, meine Gedanken zu sortieren. Mit den Medikamenten liegt alles ordentlich vor mir und ich kann mich entscheiden, welches Shirt ich zu welcher Hose tragen möchte." Er hielt eine Minute inne. „Was mir irgendwie Spaß gemacht hat, als ich noch was zum Anziehen hatte." Patrick grinste Whiskey etwas verschämt an, weil er wollte, dass Whiskey das von ihm wusste. „Ich konnte mich tatsächlich richtig hübsch zurechtmachen, weißt du. Als ich was zum Anziehen hatte und meine Haare stylen konnte und so. Ich bin nur im echten Leben ein Versager. Im Spiegel sehe ich ganz gut aus."

Whiskey machte nicht mehr das Zuhörer-Gesicht. Er hatte jetzt seinen „Patrick hat etwas gesagt und ich habe keine Ahnung, wie ich darauf reagieren soll"-Ausdruck.

Whiskey schluckte ein paar Mal und sah dann auf seine Eier. „Du siehst wirklich gut aus", sagte er und seine Stimme klang komisch. Wenn Whiskey auch nur einen Versuch unternommen hätte, Patrick herumzukriegen, hätte dieser tatsächlich gedacht, dass Whiskey ihn gerade ebenso wollte wie umgekehrt. So aber hatte Patrick einige Gründe gesammelt, um sich ziemlich sicher zu sein, dass er für Whiskey und Fly Bait eine richtige Nervensäge darstellte – er war ein Wohltätigkeitsfall, den die beiden adoptiert hatten. Vielleicht kannten sie ja Leute wie ihn – nur mit dem Unterschied, dass es sich dabei um verrückte Genies handelte – und hatten deshalb Mitleid oder so. Patrick wusste nicht, warum ausgerechnet diese beiden beschlossen hatten, ihn zu adoptieren, aber Patrick hatte sein ganzes Leben damit verbracht, nicht zu hinterfragen, warum die Haushaltshilfen, die Shawn eingestellt hatte, eine Woche lang Oliven in den Kühlschrank legten und in der nächsten Spargel. Patrick ging davon aus, dass, wenn er die kleinen Dinge in seinem Leben schon nicht anzweifelte, er erst recht nicht die großen Dinge hinterfragen sollte.

„Ich bin ganz okay", sagte Patrick schließlich selbstkritisch. „Ich bin klein. Ich habe versucht, mich aufzupumpen, aber ich habe mir ständig was gezerrt, und dann meinte einer der Fitnesstrainer, ich solle es doch mal mit Yoga versuchen."

Whiskey hatte wieder diesen „Ich weiß nicht, was ich darauf sagen soll"-Ausdruck im Gesicht. „Warum wolltest du dich aufpumpen?"

Patrick wurde rot. „Nur so."

„Ich könnte dein rotes Gesicht aus dem Weltall erkennen."

Er seufzte. „Weil ich es leid war, dass ich immer betrogen wurde. Ich dachte, dass wenigstens einer bei mir bleiben würde, wenn ich eine bessere Figur hätte." Ein bitterer Seufzer. „Ich bin wirklich gut geworden im Yoga und dann habe ich Cal kennengelernt."

Aus Whiskeys Kehle kam ein knurrendes Geräusch und Patrick war überrascht, als auf einmal eine warme, schwielige, gebräunte Hand auf seinem Knie lag, das die ganze Zeit unter dem kleinen Tisch gegen Whiskeys gestoßen war.

„Patrick, Mann … Mann, ich höre dir jetzt schon seit drei Tagen zu. Und ich will dir ja nicht sagen, wie du zu leben hast, aber …" Die Hand drückte leicht zu und Patrick fing fast an zu zittern. Verdammt, all die Typen, die ihn flachgelegt und dann betrogen hatten, und jetzt diese Hand auf seinem Knie … Sie war so viel mehr als nur eine Berührung an einer empfindlichen Stelle. Es fühlte sich einfach … einfach …

Sicher. Sie fühlte sich einfach sicher an. Das wars. Sicher. Wie eine dicke, fette Hauskatze. Whiskeys Hand fühlte sich beschützend und warm und echt an, und Patrick fühlte sich wie auf Wolken, ein langsames Hineinsinken, ähnlich wie die Wirkung seiner Medikamente, aber das hier war mehr Fleisch und weniger Fiktion. Es war so, wie auf eine wirklich weiche Matratze zu sinken. Patrick hatte Angst, das Gefühl würde verschwinden, wenn er daraus zu viel machte.

„Aber was?", fragte Patrick mit trockener Kehle.

„Aber hör auf damit. Hör auf, dich an Kerle zu verkaufen, die dich nicht verdient haben. Du bist toll. Bist du wirklich. Es ist alles in Ordnung mit Patrick. Patrick ist ein …"

„Tollpatsch." Patrick stand ruckartig auf. Er wollte kein Mitleid von Whiskey. Er nahm die Teller und trug sie zum Waschbecken, ließ jedoch einen Teller für Fly Bait stehen und fühlte eine große Stille in seinem Rücken.

Whiskeys Hände auf seinen Schultern kamen so überraschend, dass ihm der Teller mit einem Knall aus der Hand fiel. Als Whiskeys Lippen sein Ohr berührten, ließ er auch den Rest fallen.

„Patrick ist ein guter Kerl", sagte Whiskey leise, direkt an Patricks kitzeliger Haut, aber er lachte nicht. „Patrick hat sich mehr im Griff, als er glaubt. Patrick ist lustig und klug, und wenn ich Patrick in einer Kneipe treffen würde, würde ich ihn sofort ansprechen."

„Patrick ist ein Loser, der sich den nettesten Menschen der Welt ausgesucht hat, um direkt vor seinen Augen beinahe zu ertrinken", nuschelte Patrick. Whiskeys Hände fühlten sich auf seinen Schultern so gut an und er stand so dicht bei ihm. „Und ich habe keine Lust mehr, über mich in der dritten Person zu reden." Patrick lehnte sich zurück, weil er nichts sehnlichster wollte, als sich anzulehnen. „Was soll ich für später einpacken?"

Whiskey seufzte und fuhr sich mit der Hand durch die Haare, aber er wich nicht zurück. „Wasser, ein paar Brote, vielleicht ein bisschen Nervennahrung. Und Sonnencreme. Und trag deine Mütze."

Patrick fühlte, wie ein Lachen in ihm aufstieg. „Und Patrick ist entflammbar", fügte er hinzu und lachte über seinen eigenen Witz.

Whiskey nickte und sah weg. „Und Patrick ist entflammbar", fügte er hinzu, aber bei ihm klang es eher traurig.

Patrick drehte sein Lachen gefühlte drei Stufen auf und sagte: „Ja, lass mich eben den Abwasch machen, dann packe ich alles ein. Hol Fly Bait und macht euer Wissenschaftler-Zeugs. Ich werde so weit sein, wenn du fertig bist."

Whiskey sah immer noch über Patricks Schulter, bis seine braunen Augen ihn plötzlich ganz tief und direkt ansahen. „Patrick, das ist noch nicht vorbei, okay? Du und ich? Du willst hierbleiben und in meinem Bett schlafen und das ist in Ordnung. Ich mag dich da. Du bist warm und freundlich und es ist kuschelig mit dir im Bett. Aber ich werde mehr wollen, so wie du mehr wollen wirst, und wenn du es nicht tun möchtest, dann ist das auch in Ordnung. Aber du musst dich entscheiden, was du willst. Und dann musst du es klipp und klar sagen, wenn dieser Zeitpunkt erreicht ist. Ich bin zwölf Jahre älter als du und ich schlafe nicht herum. Ich werde dich nicht anbaggern, bloß weil du niedlich und gerade zur Stelle bist. Ich muss wissen, ob die Sache zwischen uns etwas ist, was du willst und brauchst, und dass du das nicht tust, weil du denkst, du müsstest mir jetzt zur Verfügung stehen, weil ich nett zu dir bin. Musst du nicht. Sei einfach du, das ist alles, was du tun musst."

Patrick konnte Whiskey nicht mehr angucken, stattdessen sah er auf seine Hände. „Ich dachte, wir hätten schon festgestellt, dass ich ein Tollpatsch bin", murmelte er.

Whiskeys halb spöttisches Lachen war weniger heftig als die lange Rede, der Patrick dank der KBP mit jedem schmerzvollen und peinlichen Wort hatte folgen können. „Alles, was wir wirklich sicher sagen können, ist, dass du mit den falschen Männern geschlafen hast."

Patrick dachte an Cal, dachte daran, wie er halbtot aufgewacht war, ohne Kreditkarten, Geld und Handy, sogar sein Auto war weg. „Dem kann ich nicht widersprechen", nuschelte Patrick. „Ich bin mir nur nicht sicher, ob ich mit dem einen Mann schlafen will, der mich nicht ausnutzt", fügte er entschuldigend hinzu.

Whiskey nickte. „Tja, lass es mich einfach wissen, wenn du deine Meinung geändert hast." Bevor Patrick noch etwas sagen konnte, drehte Whiskey sich um und Patrick sah ihm hinterher. Gott, Whiskey sah gut aus. Und nett war er. Und ohne Erwartungen. Und er versuchte weder an Patricks Geld noch in sein Bett zu kommen.

Whiskey war, kurz gesagt, all das, von dem Patrick nicht wusste, was er damit anstellen sollte. Patrick fühlte sich vermutlich deutlich wohler bei dem zweiköpfigen Frosch.

WHISKEY DABEI zu helfen, die Teströhrchen aufzustellen, hätte eigentlich schrecklich sein müssen. Es war heiß und das Sumpfgras schnitt in Patricks Beine. Mit jedem Schritt versank er im Morast und es roch unangenehm und war widerlich. Außerdem gab es Mücken, die Patrick überall zerstachen. Aber zuzuhören, wie Whiskey sich abwechselnd mit Fly Bait kabbelte oder über die Welt im Allgemeinen meckerte, war einfach nur lustig. Patrick schaffte es sogar, die meiste Zeit nicht zu reden, weil Whiskey so unterhaltsam war.

„Ja, ich stelle das verdammte Teströhrchen auf. Nein, ich habe keine Ahnung, was für eins. Sollte ich? Verdammte Scheiße, Fly Bait, nein, ich werde nicht die Schwefelprobe an eine Stelle setzen, wo es zu viele Pflanzen gibt. Ich habe verdammt noch mal genauso viele Buchstaben vor meinem Namen wie du, Fly Bait. Warum erinnerst du mich nicht daran, dass ich die Methanprobe nicht in einen Kuhfladen stecken darf, wenn du schon dabei bist?"

Fly Bait flog trotz ihres komischen Spitznamens nicht zu oft über ihr Ziel hinaus. Meistens bestanden ihre Antwort nur aus „Fick dich, Whiskey", bevor sie einfach zum nächsten Punkt überging. Das machte Fly Bait so oft, dass Patrick ihr Timing perfekt vorhersagen konnte.

„Verdammt, funktioniert das hier noch? Es sieht kaputt aus. Ich hab's kaputtgemacht, als ich es beim letzten Mal benutzt habe. Fuck. Es heißt doch, die Dinger halten alles aus. Fly Bait? Hast du das jetzt aufgenommen? Fly Bait? Verdammt, Fly Bait, wie verflucht lange brauchst du denn, um eine verdammte Probe zu registrieren?"

„Fick dich, Whiskey. Ich hab's ja."

Und so weiter und so fort. Bis Whiskey auf einmal etwas zur Sprache brachte, das keiner von ihnen ignorieren konnte.

„Ah, Scheiße. Haben wir etwas von dem Mücken-Spray dabei? Die Mücken fressen mich bei lebendigem Leib auf. Patrick ist ein laufender Blutspender. Das ist hier eine verdammte West-Nil-Zone, oder? Gottverdammt …"

„Scheiße." Fly Baits Stimme war knapp. „Gott, Whiskey, da habe ich überhaupt nicht dran gedacht, als ihr aufgebrochen seid. Die Mücken haben sich an den stehenden Gewässern ziemlich zurückgehalten – verdammt, die Buchstaben vor dem Namen sind manchmal … du kennst ja den Rest."

„… nur dazu da, das Wort *Dumpfbacke* zu bilden", beendete Whiskey den Satz für sie. Er sah über seine Schulter zu Patrick, der sich den Rücken kratzte.

„Werde ich jetzt an Vogelgrippe sterben?", fragte dieser desinteressiert.

„Vermutlich nicht. Aber wenn doch, wirst du es nicht merken, bis du plötzlich nichts mehr sehen kannst oder eine andere Nebenwirkung hast, von der bisher noch niemand etwas gehört hat."

„Super. Sind wir langsam fertig? Wenn ich schon sterben werde, will ich vorher noch mal schwimmen gehen."

Whiskey grinste ihn an, die erste absichtlich freundliche Geste, die Patrick an ihm bemerkte, seit sie die kleine Straße am verlassenen Dock hinunter gegangen und rechts ins Moor abgebogen waren. „Ich auch. Aber lass uns früh zurückfahren, dann können wir noch in die Stadt und Mückenspray kaufen."

Patrick seufzte. „Ja, super. Verfluchte Mücken – sie verderben einem wirklich den schönsten Teil des Tages, oder?"

Und wieder dieses unwiderstehliche, so verdammt scharfe, selbstsichere Grinsen von Whiskey. Das Beste daran war, dass Patrick Wesley Keenan darin erkennen konnte, den Studenten, den niemand flachlegen wollte. Das Schlimmste war, dass es Patricks Puls zum Rasen brachte, sein Magen sich zusammenzog und sein Atem so flach wurde, dass ihm schwindelig wurde. „Du meinst, mir zuzuhören, wie ich über Instrumente fluche, war kein Vergnügen?"

Ah, verdammter Mist, Patrick grinste zurück. „Okay, der zweitbeste Teil des Tages."

Whiskey schmunzelte und fragte nach dem nächsten ordentlich beschrifteten Teströhrchen. Patrick gab es ihm. Whiskey berichtete, wo er es anbrachte, und Fly Bait registrierte, dass es Daten aussandte.

„Du weißt schon, dass wir in zwei Tagen zurückkommen und sie alle wieder einsammeln müssen, oder?", fragte Whiskey und Patrick nickte.

„Warum zwei Tage?"

„Weil die Werte des letzten Bereichs wirklich merkwürdig waren. Wir haben ein paar Teströhrchen dort gelassen, da dieser Bereich hier flussaufwärts ist. Wir wollen sehen, ob die Zahlen hier auch merkwürdig sind oder ob, was auch immer mit dem Backpulver und den illegalen Pestiziden passiert, irgendwo dazwischen etwas vor sich geht." Whiskey hielt einen Moment inne. „Du weißt schon, was zwischen diesem Dock und dem anderen liegt, oder, Patrick?"

„Die Fabrik meines Vaters, eine Papierfabrik und ein verlassenes Lagerhaus, das meinem Vater gehört, er aber nicht benutzt", antwortete Patrick sofort und Whiskey war so erstaunt, dass er das Reagenzglas in seinen Händen fast fallen ließ.

Patrick zuckte mit den Schultern. „Ich kenne die Gegend hier. Und? Aber es ist mit Sicherheit nicht die Recyclinganlage meines Vaters, die schuld ist."

Whiskey blickte ihn an und schien wirklich interessiert zu sein. Patrick zuckte zusammen und schaute sich das hüfthohe Sumpfgras an. In diesem unbewohnten Landstrich am Sacramento River hatten sie Fasane, Frösche und Kaninchen gesehen, etwas weiter entfernt war sogar ein Kojote gewesen. Der Bereich war alles andere als verlassen. Patrick konnte verstehen, warum Whiskey und Fly Bait – und für wen auch immer sie arbeiteten – sauer waren, dass irgendetwas die Frösche veränderte. Die Chance bestand, dass auch Menschen von den Pestiziden beeinflusst werden könnten, aber das war für die beiden Forscher nur zweitrangig. Arme Frösche, sie saßen nur herum und aßen und hatten Sex, und plötzlich wurden ihre Babys wie Patrick – zu seltsam, um dafür Worte zu finden. Aber es gab zwei Dinge, die Patrick wusste, und bei einer Sache war er sich ganz sicher.

„Zwei Sachen", sagte Patrick. „Als Erstes das mit den Pestiziden. Ich habe gehört, wie Fly Bait und du darüber gesprochen habt – die Chemikalie, die ihr sucht … azhra-wasauchimmer? Ja. Du hast gesagt, das ist ein Pestizid. Also, die Firma meines Vaters hat mit einer Menge fiesem Zeugs zu tun – Quecksilber, Kadmium, Blei, Brom, PVC und anderem Dreck, an den ich mich nicht erinnern kann. Der ganze Dreck würde eine Stelle wie diese hier völlig ruinieren. Ich weiß das. Du weißt das. Wenn mein Vater das alles nicht so entsorgen würde, wie es vorgeschrieben ist, dann wäre das hier alles verseucht. Aber nichts von dieser Scheiße verkorkst die Frösche so. Ich habe zugehört. Du machst dir Sorgen um Pestizide, aber das ist nicht der gleiche Dreck, der in der Computer-Recycling-Anlage anfällt. Also ist es vermutlich nicht er."

Whiskey nickte. „Das haben wir auch gedacht. Aber wir vermuten, dass dein Vater – oder vielleicht die Papierfabrik – sich vielleicht nicht an die Regeln hält. Oder, ich weiß nicht, vielleicht ist irgendwas völlig anderes passiert und wir haben absolut keine Ahnung. Das war nur so eine Idee. Diese Fabriken sind nicht immer so sauber, wie sie es nach außen zugeben. Aber was ist die zweite Sache?"

Patrick brauchte nicht einmal nachzufragen – er konnte tatsächlich ihrem Gespräch folgen, was für ihn eine große Sache war und eine seiner Lieblingswirkungen der KBP. „Mein Vater ist kein Versager. Er lässt fünf nicht gerade sein. Er nimmt die ganze Sache nicht auf die leichte Schulter. Vielleicht noch nicht mal, weil er die Welt retten will, sondern nur, weil er immer alles richtig macht. Und das ist alles."

Whiskey blinzelte langsam und schüttelte den Kopf.

„Ich meine das vollkommen ernst!", fauchte Patrick, weil er das ein für alle Mal klarstellen wollte.

„Ich weiß, dass du das ernst meinst", fauchte Whiskey zurück. „Und du magst ja sogar recht haben, auch wenn ich noch nicht darauf wetten würde. Aber selbst wenn du richtig liegst und er absolut unschuldig ist, würde es mich nicht davon abhalten, mir zu wünschen, dass er der Verursacher ist, okay?"

Patrick fühlte sich, als hätte er eine Ohrfeige verpasst bekommen. „Warum sagst du so etwas?"

„Darum." Whiskey sah weg und schaute ihn kurz darauf wieder an. „Darum. Wenn du wüsstest, dass er über so etwas nicht die Wahrheit gesagt hat, dann würdest du vielleicht glauben, dass auch der ganze andere Mist, den er gesagt hat, nicht stimmt."

Patrick atmete tief ein und es tat weh, so wie wenn man den Atem zu lange unter Wasser anhält oder wie Einatmen in einem Sturm aus Glas schmerzen würde. „Was für einen Mist?"

„Der Mist, der dich glauben lässt, dass du ein Versager bist, dass du nie etwas zustande bringen wirst. Der Mist, der dafür sorgt, dass du dich andauernd entschuldigst, auch wenn du gar nichts falsch gemacht hast."

Patrick starrte ihn wortlos an. Whiskey drehte sich um und stapfte weiter durch das grau-braun-irgendwie-grüne Gras und den weichen Dreck, der wie Babykacke aussah.

„Mach den Mund zu, Patrick. Sonst fliegt dir noch eine Mücke rein. Welche verdammte Probe müssen wir als Nächstes aufstellen?"

Patrick holte sie aus dem Rucksack heraus, den er trug, und wusste nicht, was er noch sagen sollte. „Quecksilber."

„Super. Fly Bait, jetzt kommt Quecksilber. Ich versuche, sie nicht durch mein Handy zu rammen, wenn ich sie aufstelle, okay?"

Patrick reichte Whiskey vorsichtig das Reagenzglas und Whiskey riss es ihm aus der Hand und stieß es mit unnötigem Kraftaufwand in den Boden. Der neongelbe Kopf in dem schwarzen Röhrchen lag flach auf dem Boden, doch Whiskey fluchte noch nicht einmal.

„Patrick. Kannst du mir bitte eine der orangenen Fahnen geben? Die werden wir verdammt noch mal brauchen."

Das machte Patrick. Sie setzten ihre Arbeit fort, stellten die Proben in dem ruhigen, verlassenen Sumpfland auf, während die Mücken sich glücklich an ihrem Blut labten.

WHISKEY: NAGEL ES FLACH AUF DEN BODEN

DIE DREI verbrachten den späten Nachmittag damit, die Testergebnisse auszuwerten, wobei sich Patrick als sehr nützlich erwies. Whiskey wollte ihn loben, so wie er es auch mit einem Stipendiaten getan hätte, aber jedes Mal, wenn er „Gut gemacht" sagen wollte, wies Patrick ihn zurück, als hätte jedes Kind das schaffen können und Whiskey würde ihn nur bei Laune halten wollen. Whiskey hätte ihm am liebsten das Klemmbrett über den Kopf gehauen. Während Whiskey jedoch noch darüber nachdachte, ob er jetzt eine Münze werfen solle, um zu entscheiden, ob er das wirklich tun oder sich lieber Patrick schnappen und ihn küssen sollte, ließ die Wirkung von Patricks Medikamenten nach.

Man konnte sofort merken, als es passierte. In einer Minute las Fly Bait die Daten vor und Patrick schrieb sie auf und alles war prima. Und in der nächsten Minute schlug Patricks Ellbogen in dem engen Raum aus und warf ein wertvolles Instrument zu Boden. Patrick ließ seinen Block und Stift fallen, beugte sich hinunter, um es aufzuheben, und schlug dabei mit seinem Kopf auf dem Tisch auf, ließ das Instrument noch einmal fallen (aber dieses Mal war Whiskey zur Stelle, um es zu fangen) und zuckte dann so schnell zurück, dass er auf seinen Hintern fiel und mit seinem Kopf gegen die Schränke knallte.

Whiskey und Fly Bait sahen ihn an, während er auf den Block zu seinen Füßen starrte und sich den Hinterkopf rieb.

Whiskey sagte: „Na gut. Zeit fürs Abendessen und eine Runde schwimmen. Patrick, du schwimmst, ich mache das Essen."

In Patricks Gesicht war zu sehen, dass er sich schuldig fühlte. Whiskey seufzte und reichte ihm die Hand, um ihm aufzuhelfen.

„Tut mir leid", murmelte Patrick. „Entschuldigung."

Whiskey zog ihn schnell hoch, wodurch Patrick in seine Arme fiel. Whiskey zuckte zusammen und hielt ihn dann aber ganz fest. Patrick wehrte sich einen kurzen Moment. Als er jedoch merkte, wie gut sich Whiskeys Arme anfühlten, entspannte Patrick sich und lehnte seinen Kopf an Whiskeys Schulter.

„Geh schwimmen, Patrick", sagte Whiskey sanft. „Ist schon in Ordnung. Kein Grund, sich schuldig zu fühlen."

Patrick holte tief Atem und löste sich aus Whiskeys Armen. Er nickte Fly Bait zu und ging nach oben, wo es die Handtücher gab und er sein T-Shirt und seine Flip-Flops einfach in eine Ecke werfen konnte. Whiskey seufzte und drehte sich zu Fly Bait.

„Könntest du dich darum kümmern, dass …"

„Ja, ja. Ich creme ihn schon ein. Aber das ist eine verdammte Verschwendung, wenn ich das tue, denn es macht ihn nicht weniger schwul und mich nicht weniger lesbisch."

Whiskey knurrte. „Und deswegen bist du genau die Richtige dafür."

Fly Bait verdrehte die Augen und ging.

Whiskey stellte das Instrument weg und beendete die letzten Aufzeichnungen. Sie waren eh fast fertig gewesen – durch Patricks Hilfe war es deutlich schneller gegangen. Bestimmt wäre er auch nach seinem Anfall von Tollpatschigkeit noch eine große Hilfe gewesen, aber Patrick konnte seine Schusseligkeit einfach nicht ignorieren. *Tut mir leid! Tut mir leid!* Es sollte nicht so sein. Es sollte Patrick nicht leidtun. Aber Whiskey fing an zu denken, dass es jemand *anderem* leidtun sollte.

Whiskey legte alles wieder dahin, wo es nach Patricks neuer Ordnung hingehörte.

Patrick sah im Wasser so glücklich aus wie ein großer rosa Otter. Dort war er frei und seine Arme und Beine konnten nicht überall anstoßen. Hier war Patrick grazil und anmutig, und Whiskey brachte es einfach nicht übers Herz, ihn aus dem Wasser zu holen, um Mückenspray zu kaufen.

Sie verbrachten eine weitere Nacht an dem verlassenen Dock, schwammen in der Morgendämmerung im (kalten!) Fluss und waren vor zehn Uhr an ihrem Auto, das am Dock parkte.

Whiskey fühlte sich, als hätte er so gut wie keinen Schlaf bekommen.

Patrick war demütig zu Whiskey in die Koje gekrochen – so wie in den Nächten zuvor – und hatte sich neben ihn gelegt. Es war kühl geworden; die Luft, die durch das offene Fenster herein wehte, sorgte dafür, dass sie dankbar über ein Laken waren. Whiskey legte einen Arm um den anderen Mann, zog ihn näher heran und Patrick schmiegte sich an ihn.

Sie waren morgens gewandert, hatten nachmittags gearbeitet und waren abends schwimmen gewesen – Patricks fester Körper mit den Muskeln und Knochen, die manchmal einfach gegeneinander arbeiteten, entspannte sich schnell und Whiskey erschauderte, bevor er ihn fester an sich zog und mit seinem Kinn an der nackten Schulter rieb, die trotz des Flussgeruchs süß, blumig und fast schon feminin roch.

Patricks raue Stimme in der Dunkelheit überraschte ihn: „Das wird langsam zur Gewohnheit."

„Man braucht sechs Wochen, um sich an etwas zu gewöhnen", erwiderte Whiskey ebenso rau. „Es waren gerade mal vier Tage."

Patrick lachte leise. „In sechs Wochen wirst du jemanden bezahlen wollen, damit er mich dir abnimmt."

„Glaube ich kaum." *In sechs Wochen wird der Gedanke, dass du nicht da sein könntest, mich umbringen.*

„Vielleicht solltest du nicht immer so nett zu mir sein", meinte Patrick. Selbst Whiskey konnte merken, dass es ihm wehtat, dies auszusprechen.

„So bin ich nun mal."

„Aber …"

Whiskey wollte nichts davon hören. „Patrick, eines Tages legten ein paar Frösche ein paar Eier und ein paar andere Frösche onanierten und kamen auf genau diese Eier. Irgendetwas war im Wasser, was die Babyfrösche durcheinanderbrachte, und ein Haufen Leute sahen Frösche wie Cal und Catherine und schrien nach der Apokalypse.

Ein Typ mit einem Doktortitel und einer Menge Abenteuerlust schrieb einen Forschungsantrag, damit er mit seiner Kollegin Zeit am Fluss verbringen und sich mit zweiköpfigen Fröschen unterhalten konnte. Vielleicht könnte er auch dafür sorgen, dass es nicht noch mehr verunstaltete Frösche gab. Dieser Typ lief eines Abends draußen herum, weil ihm aufgefallen war, dass es ihm irgendwie hier gefiel – trotz des beschissenen politischen Klimas und der Tatsache, dass es hier absolut nichts zu tun gab; selbst seine Befürchtung, dass die Umweltverschmutzung die DNA des Störs irgendwann so verändern würde, dass er sich in ein mitfühlendes Lebewesen verwandeln würde, hielt den Typen nicht von dem Traum ab, hier zu bleiben.

Und da war er also, dieser arme Forscher, schaute zu den Sternen und fragte sich, ob er genug gespart hatte, um ein echt heruntergekommenes Hausboot zu kaufen, sodass er, wenn er von seiner nächsten Expedition zurückkäme, vielleicht sein erstes eigenes Zuhause haben würde, seit seine Eltern gestorben waren. Und dann hörte er auf einmal dieses verfluchte, unglaubliche Geräusch. Und den Rest kennst du ja."

Patrick stieß einen halb belustigten, halb erstaunten Ton aus. „Das ist eine wirklich super Nachtgeschichte, Whiskey. Warum hast du sie mir erzählt?"

„Weil das Leben verdammt merkwürdig ist. Vor vier Tagen habe ich gedacht, dass das Beste an meinem Sommer sein würde, mich mit Fly Bait zu kabbeln und mir Frösche mit zwei Köpfen anzusehen. Und dann habe ich dich, einen halbtoten Albino-Frosch, in mein Bett gezogen und muss sagen, es wird einfach immer besser. Frag nicht, Mann. Schließ die Augen und schlaf."

Patricks Schultern zuckten noch eine Weile, aber Whiskey war sich ziemlich sicher, dass er lachte. Whiskey schloss die Augen und war gerade dabei einzudösen, als Patrick sich umdrehte und ihm einen schnellen, feuchten Kuss auf die Lippen gab, bevor er sich wieder hinlegte.

„Danke, dass du mich aus dem Wasser gezogen hast, Whiskey."

„Danke, dass du ein so netter Mensch bist und es absolut wert warst, Patrick."

Und wieder zuckten seine Schultern. „Glaub mir, das war das Mindeste, was ich tun konnte."

„Nee, Mann. So bist du nun mal."

„Halt den Mund, Whiskey. Mir gehts gerade gut. Ich will jetzt nicht mit dir darüber diskutieren, was für ein Versager ich bin."

„Was auch immer, Mann."

„Ja, klar." Aber das war alles. Patricks Körper blieb entspannt, entspannte sich sogar noch mehr und sein Atem wurde gleichmäßig; Whiskey schloss die Augen und träumte, dass er schon seit Jahren mit Patrick in seinen Armen schlief.

AM NÄCHSTEN Morgen gingen sie gemeinsam in die Stadt, um Mückenspray und etwas essigsaure Tonerde zu kaufen, damit sie die vielen Bisse behandeln konnten, die Patrick schon hatte. Whiskey stellte fest, dass Patrick sein „Twink-Shirt", wie Fly Bait es nannte, ausgezogen hatte und stattdessen ein einfaches blaues T-Shirt trug. Whiskey fragte sich, ob es diese kleinen Veränderungen waren, die Patricks Vater so sicher machte, dass sein „Schwulsein" nur eine Phase war. Verdammt, sah der Mann nicht, dass Patrick einem abgedrehten Chamäleon glich? Dass er alles tun würde, um sich anzupassen?

Sie gingen durch Walmart und Patrick lief von einem Regal zum nächsten – von Wassereis zu Toasties, von den Küchensieben zu den Farben, und dann plötzlich …

„Was willst du denn damit?", fragte Whiskey verwirrt. Beigefarbene Latexfarbe und Pinsel hatten *nicht* auf der Liste gestanden.

„Du hast gesagt, ich soll das Boot in Ordnung bringen. Die Wände sind scheußlich."

„Ich meinte aufräumen und putzen und so", erwiderte Whiskey amüsiert.

Patrick zuckte mit den Schultern. „Dafür brauche ich keine zwei Tage. Willst du nicht, dass ich streiche?"

„Ja, okay, Junge, was auch immer. Hier – zwanzig Dollar. Geh zu McDonald's und kauf uns was mit jeder Menge Fett. Und einen Milchshake."

„Auch für Fly Bait?"

„Ja. Hol ihr einen McChicken ohne Mayo. Ich kauf die Farbe."

Patrick ging gehorsam los. Seine unbewusste Anmut, die er nur hatte, wenn er nicht über seine Bewegungen nachdachte, hätte besser in eine Boutique gepasst als in einem verdammten Supermarkt. Whiskey legte noch ein paar Eimer Farbe in den Wagen, anschließend noch Teppichnägel und einen Hammer, und schob dann den Wagen hastig – so als wäre er in einem Geile-Kerle-von-Walmart-Rennen – wieder in die Drogerieabteilung, wo er eine große Packung völlig normaler, durchschnittlicher, latexfreier Kondome und eine große Flasche vom teuren Gleitgel in den Wagen legte. Er versteckte die Artikel unter den 5-er Packungen T-Shirts, der Unterwäsche und den Socken, die Whiskey nur kaufte, weil Patrick darüber gelästert hatte, dass er nur Klamotten mit Löchern trug.

Whiskey konnte sich nicht erklären, warum – und er wollte auch nicht darüber nachdenken –, aber irgendetwas an Patricks Art, wie er sich um das Hausboot kümmerte und es in ein Zuhause verwandeln wollte, hatte ihm einen enormen Ständer verpasst. Und auch wenn die Kondome in seinem Schrank verrotten und nie wieder zum Vorschein kommen würden, reichte es, wenn Whiskey wusste, dass sie da waren, um die Sache mit Patrick zu einer Möglichkeit werden zu lassen. Obwohl Patrick, je näher er Whiskey kam, immer weniger Anstalten machte, tatsächlich etwas mit ihm anfangen zu wollen, aber Whiskey verdrängte diesen Gedanken lieber.

Er ließ die Kasse schnell hinter sich, sodass der sehr konservative, kleine Mann, der mit dem ihm gegenüber sitzenden Kassierer über die Kirche sprach, nicht die Chance bekam, eine Augenbraue zu heben. Whiskey machte sich mit dem vollen Einkaufswagen (der viel voller war, als er hätte sein sollen, da nur Mückenspray, Milch und Unterwäsche auf der Einkaufsliste gestanden hatten) auf den Weg zu dem kleinen McDonald's gegenüber. Was Whiskey dort sah, ließ ihm das Blut gefrieren, auch wenn der Wissenschaftler in ihm wusste, dass dies physikalisch unmöglich war.

„Nein", sagte Patrick. Seine Stimme war dünn und grell, als würde er keine Luft mehr bekommen, so wie sein Körper festgehalten wurde. „Ich komme nicht mit. Warum sollte ich mitkommen? Das letzte Mal, als ich mit dir mitgekommen bin, hast du mir heimlich Drogen gegeben und wolltest mich sterben lassen."

Während Whiskey sich beeilte, den Wagen durch den Laden zu schieben, beobachtete er den jungen Mann, der vor Patrick stand. Na ja, der Mann war schon *irgendwie* jung. Seine Haut hatte die bleiche, fleckige Farbe, die für Whiskey ein Zeichen auf Drogenmissbrauch war, außerdem waren die Falten um seine Augen und seinen Mund *sehr* tief, und wenn sich Whiskey nicht täuschte, waren seine Haare vampirschwarz gefärbt. *Oh Gott, Patrick, bitte sag mir, dass du ein Kondom benutzt hast!*

„Ich hab's dir doch gesagt, Baby", sagte das Arschloch. Seine schmierige Stimme war über dem Lärm des Einkaufswagens zu hören, obwohl er nicht zu merken schien, wie laut er in Wirklichkeit redete. „Ich hatte keine Ahnung, dass das Bier dich so umhauen würde ..."

„Du hast mir Drogen gegeben, Cal", sagte Patrick flach, als Whiskey bei ihm ankam. „Ich habe Ritalin genommen – ich hätte aufgedreht und durchgeknallt sein sollen, stattdessen bin ich in Ohnmacht gefallen. Das war meine Schuld – das ist mir schon klar. Ich wusste, dass du Roofies hattest. Ich wusste, dass du sie verkaufst, und trotzdem bin ich bei dir geblieben. Das einzige, was ich gedacht habe, war: ,Hey, zumindest ist er treu'. Das war also mein Fehler. Aber ich habe das Recht, meine Meinung zu ändern. Und jetzt zisch ab."

„Hör zu, du kleines Arschloch, ich habe deinen Vater fast davon überzeugt ..." Cal schnappte sich seinen Arm und Patrick versuchte, sich zu befreien. Dabei schlug er dem Kerl mit der anderen Hand ins Gesicht, doch Cal zuckte noch nicht einmal zurück, woraus Whiskey schloss, dass er vermutlich high war. Doch das spielte jetzt auch keine Rolle mehr, denn Whiskey ging genau in diesem Moment dazwischen und haute dem Kerl eine rein, mitten im Supermarkt.

„Whiskey!" Patrick hob eine Hand vor dem Mund, wich zurück und sah dabei mit Bewunderung zu Whiskey auf.

„Was zum *Teufel*?" Cal lag auf dem Boden, rieb sich die Wange und sah überrascht zu dem Mann auf, der ihn ohne Vorwarnung angegriffen hatte.

„Fass ihn nicht an", schnaubte Whiskey. „Niemals. Patrick, willst du noch zu McDonald's?"

Patrick blinzelte ihn mit riesig großen, blauen Augen an. „Ähm. Nein, lieber zu Jack in the Box."

Whiskey nickte. „Super. Machen wir. Dann lass uns gehen."

Eine kleine Traube von Menschen hatte sich um sie herum gebildet und Whiskey schaute den Sicherheitsmann an, der in diesem Moment aufgetaucht war, als Cal aufstand und sich den Staub von der Kleidung klopfte. Der Sicherheitsmann blickte überrascht zurück, Whiskey nickte und zeigte zur Tür.

Der Mann war nicht dumm. Er schaute Whiskey an und bedeutete ihm, er solle weitergehen, und Whiskey schob den Einkaufswagen an Cal vorbei, der immer noch an sich herum klopfte. Patrick folgte ihm mit dem größtmöglichen Abstand zu Cal.

Sie erreichten das Auto und luden die blauen Walmart-Recyclingtüten so schnell wie möglich ein.

„Tut mir leid", sagte Patrick aus Gewohnheit und Whiskey murmelte vor sich hin.

„Tut dir leid? Warum sollte es dir leidtun? Lass dich nie wieder von dem Typen anfassen, weil das einfach widerlich wäre, aber entschuldige dich nicht. Gott, verdammt, eklig. Er war einfach nur eklig. Ich verstehe das nicht. Tu ich einfach nicht. Du siehst gut aus, bist schlau und man kann sich mit dir unterhalten. Und du glaubst tatsächlich, das wäre das Beste, was du abbekommen könntest? Was zum Teufel? Was geht nur in deinem Kopf vor, dass du glaubst, der Typ sei in Ordnung? Ich, okay, ich weiß, dass ich nicht gut genug bin, aber der Typ? Ihn hast du in dein Bett gelassen? Ich verstehe das einfach nicht." Nachdem sie beide eingestiegen waren, verlieh Whiskey seinen Worten Nachdruck, indem er seine Tür zuschlug.

„Du bist zu gut", sagte Patrick zu leise, um Whiskeys Hasstirade zu unterbrechen. Und nur weil Whiskey gerade überprüfte, ob Patrick sich anschnallte, konnte er die Worte hören.

Whiskey zitterte vor Wut. „Was bin ich?"

„Du bist viel zu gut für jemanden wie mich", murmelte Patrick und Whiskey trat aufs Gaspedal, setzte zurück und raste dann vom Walmart-Parkplatz, wobei er einen lauten Schrei ausstieß.

„Aaaarrrrrggggggghhhhhhh!!!"

Patrick kauerte neben ihm und hielt sich die Arme über den Kopf, während Whiskey halbblind durch die Straßen des kleinen Damms fuhr, wo sich die Geschäfte befanden, in denen vor allem die Hausbootbesitzer einkauften.

Whiskey fuhr auf den Parkplatz von Jack in the Box, parkte ein und zog die Handbremse an. Er machte den Motor nicht aus, weil es so verdammt heiß und die Klimaanlage das einzige war, was ihn davon abhielt, mit der Faust das Fenster einzuschlagen. Doch jetzt, wo das Auto stand, konnte Whiskey sich einen Augenblick Zeit nehmen, seinen Frust an dem Lenkrad abzureagieren.

Kaum war Whiskey damit fertig, atmete er einige Male tief durch und sah dann in Patricks Augen.

„Tut mir leid", murmelte dieser, den Tränen nahe, und Whiskey konnte sich nicht mehr zurückhalten.

Er griff nach dem runden, zierlich kleinen Kinn und küsste ihn.

Patrick stöhnte leise und öffnete seinen Mund für Whiskey.

Patrick zu küssen war genauso, wie mit Patrick zu reden. Alles war greifbar, auf der Oberfläche, sodass Whiskey jede Gefühlsregung spüren konnte. Er hob eine Hand und legte sie an Patricks Gesicht. Dieser stöhnte auf, daraufhin ließ Whiskey das Kinn ganz los und umfasste auch mit seiner anderen Hand das Gesicht. Patricks gesamter Körper entspannte sich und wartete darauf, berührt zu werden. Whiskey streichelte über Patricks Hals, woraufhin der andere Mann sich an ihm rieb wie eine Katze. Whiskey hörte nicht auf, ihn zu küssen, behielt jedoch seine Hand weiterhin an Patricks Hals. Er spürte, wie der Puls schlug, dabei dachte Whiskey, dass Patrick sich genau so anfühlte, wie er es geahnt hatte – wild und unvorhersehbar, verletzlich und stark.

Whiskey verstärkte seine Küsse und Patrick stöhnte wieder auf. Er lehnte seinen Kopf gegen den Sitz und saugte an Whiskeys Zunge. Whiskey bewegte sich mit seiner Zunge nach vorne und zog sich gleich darauf wieder zurück, und Patrick wimmerte.

Es war dieses Wimmern – dieses Betteln nach mehr –, das dafür sorgte, dass Whiskey wieder zu sich kam. Er hörte auf, Patrick zu küssen, aber behielt seine Hände da, wo sie waren. Er lehnte seine Stirn gegen Patricks und atmete schwer.

„Du schmeckst lecker", murmelte Whiskey. „Du hast meine Zahnbürste benutzt."

Von Nahem bestand Patricks Augenfarbe aus einem wunderschönen Blau und als er lächelte, sah Whiskey, dass seine Zähne ein kleines bisschen schief standen. Sie waren vermutlich zu gerade gewesen, um eine Klammer zu tragen, oder die Weisheitszähne hatten sie nach vorne gedrückt. Vielleicht hatte Patrick auch vergessen, seine Spange zu tragen – was solls. Es hatte etwas. Es war nicht perfekt. So wie Patrick selber.

„Nur deine Zahnpasta. Ich habe mir bei meinem letzten Supermarkt-Besuch eine Zahnbürste gekauft."

Whiskey atmete tief ein und versuchte, seine Hormone unter Kontrolle zu bekommen. „Versuch nicht, gut genug zu sein, Patrick. Versuch nur, glücklich zu sein. Was auch immer dich glücklich macht, ist gut genug für dich."

Patrick nickte. „Cal ist echt ein Arschloch."

„Lass dich nicht von ihm anfassen, nie wieder." Gott. Allein der Gedanke an diese bleiche Hand auf Patricks Haut sorgte dafür, dass es Whiskey schlecht wurde. Es könnte auch daran liegen, dass er hungrig war, aber das war ja auch egal.

Patrick legte seine Hand auf Whiskeys Wange und lehnte sich an ihn. „Tut mir l..."

„Sag's nicht." Whiskey hielt seine Augen geschlossen. „Alles, was mit ‚Tut mir leid' beginnt oder endet, ist unnötig."

Whiskey drehte sich dann weg und fuhr aus der Parklücke heraus zum Drive-Through-Schalter. „Was willst du?", fragte er und ging davon aus, dass Fly Bait die Hühnchen-Burger hier mögen würde.

„Ich will nicht mehr so verwirrt sein", murmelte Patrick.

„Ich glaube nicht, dass du das hier bekommst."

„Dann will ich was mit jeder Menge rotem Fleisch. Und Pilzen."

„Das sollte möglich sein."

„Und einen Oreo Shake."

„Auch das."

Und das war irgendwie alles, was sie für den Rest des Tages zueinander sagten.

ALS PATRICK in dieser Nacht in Whiskeys Armen lag, fing er doch an zu reden – allerdings nicht über die Themen, die Whiskey gerne gehört hätte.

„Ich glaube, ich muss meinen Vater noch mal anrufen."

„Warum?"

„Wegen dem, was Cal gesagt hat, bevor du ihm eine reingehauen hast – darüber, dass er meinen Vater fast überzeugt hat. Ich habe keine Ahnung, wovon er ihn überzeugen wollte, aber es war bestimmt irgendein Mist. So was wie, dass ich operiert werden muss oder mit Drogen deale oder so. Ich muss ihm eine Nachricht hinterlassen, dass es mir gut geht und dass Cal ein Arschloch ist. Nur damit er weiß, wem er glauben soll."

Whiskey seufzte und wagte es, Patrick über den Arm zu streichen. „Glaubst du, dein Vater ist nicht in der Lage, einen Idioten zu erkennen?"

Patrick machte eine dieser kleinen Bewegungen, so eine Bewegung, die dafür sorgte, dass Whiskey wieder mit einem Ständer aufwachen würde – nur dieses Mal würde die Erektion vermutlich schwieriger weggehen als die letzten vier Mal.

„Ich denke, er wird eher Cal glauben, bevor er in mir keinen Versager mehr sieht."

Whiskey seufzte und streichelte wieder über den Arm. Patrick drückte sich gegen seine Hand, wie ein Kaninchen mit seiner Nase gegen einen Finger drücken würde. „Du bist kein Versager."

„Vielleicht werde ich es irgendwann selber glauben."

Whiskey legte seinen Arm um Patricks Hüfte und senkte seine Nase in dessen Nacken. Beide trugen kein Shirt und das Gefühl von Haut auf Haut machte sie schwindelig. Aber der Kuss im Nacken war etwas zu intim – das musste der Grund sein, denn Patrick rückte ganz leicht von ihm weg. Whiskey seufzte.

„Nimm dir Zeit, um an uns zu glauben, Junge. Aber nur damit du Bescheid weißt: Wenn ich morgen früh einen Ständer habe …"

„Ja, ja, dann nehme ich das nicht persönlich."

Whiskey beugte sich vor und flüsterte in sein Ohr. „Quatsch. Wenn ich dich im Arm halte und einen Ständer bekomme, dann ist das verdammt persönlich und hat nur was damit zu tun, wer in meinem Bett liegt und wie sehr ich ihn will."

Whiskey wandte sich ab, bevor Patrick sich noch entschloss, das staubige Couch/Tisch/Bett-Teil zu testen. Er stellte sich auf eine lange Nacht ein.

AM NÄCHSTEN Morgen stand Whiskey nach Patricks Yoga-Übungen neben ihm und hörte einem weiteren Anruf zu, der völlig daneben ging.

„Dad, er ist ein Arschloch. Ja, sicher, das ist eine Feststellung. Was auch immer. Er hat das Auto versenkt und das Geld ausgegeben, und ich habe ihn nicht mehr gesehen, seit er mich unter Drogen gesetzt und zum Sterben zurückgelassen hat. Er hat *was* gesagt?" Patrick sah wütend zu Whiskey. „Cal hat ihm erzählt, dass ich *entführt* wurde. Von *Drogendealern*. Was für ein *verdammtes Arschloch*."

Patricks Stimme überschlug sich, während sie auf dem öffentlichen Dock standen. Whiskey verzog das Gesicht, als er sah, wie die netten, älteren Leute, die ihre Freizeit auf ihrem Hausboot verbrachten, sie anstarrten, doch dann blendete Whiskey sie aus und konzentrierte sich nur noch auf Patrick.

„Dad, nein. Ich habe nichts damit zu tun. Warum ich dann nicht nach Hause komme? Ich weiß nicht. Vielleicht, weil es dir völlig egal ist, ob ich da bin. Vielleicht brauche ich auch noch Zeit, um mein Leben in den Griff zu bekommen. Ja, Dad. Ich packe mein Leben an. Vielleicht wiege ich aber auch gerade Tütchen ab. Was gehts dich an? Das schert dich doch einen Scheißdreck und so liege ich dir wenigstens nicht mehr auf der Tasche. Wie, ich liege dir nicht auf der Tasche? Und warum sagst du das dann? *Wenn du das nicht so gemeint hast, hättest du es auch nicht sagen sollen!* Ich leg jetzt auf. Mir gehts gut, ich bin glücklich. Das ist alles, was du wissen musst. *Und nein, ich habe keinen Sex mit einem Drogendealer, verflucht noch mal! Tschüss, verdammt!"*

Whiskey konnte das Handy gerade noch retten.

Patrick schüttelte den Kopf und drehte ihm den Rücken zu, aber Whiskey konnte ihn jetzt nicht einfach in Ruhe lassen. Er legte seine Arme um Patricks

Taille und zog den zitternden Körper an sich und murmelte beruhigend auf ihn ein, bis Patrick aufhörte zu zittern.

„Das hast du gut gemacht", meinte Whiskey nach einer Weile.

„Danke. Ich glaube, deine Nachbarn mögen mich nicht. Tut mir l…"

„Scheiß auf die Nachbarn. Ich mag dich."

Patrick zuckte zusammen, schmiegte sich in Whiskeys Arme, und Whiskey dachte: *Endlich. Endlich kommen wir weiter. Endlich vertraut er mir so weit, dass er sich an mich lehnt. Was für eine Scheiße, dass sein Vater so ein Mistkerl ist oder dass ich ein schwacher, alter Perversling bin, der seine Finger nicht von ihm lassen kann, aber endlich können wir was daraus machen … Aus dem, was zwischen uns ist, und vielleicht können wir das in Ordnung bringen, bevor ich für Greenpeace in das Flugzeug steige und nach Alaska fliege.*

Eine Weile lang hatte Whiskey also Frieden und einen ergebenen Patrick im Arm. Für einen Moment hoffte er, dass Patrick eines Nachts von alleine im Bett zu ihm kommen, ihn küssen und mehr tun würde.

Zwei Wochen später war Whiskey bereit, die Wände hochzugehen.

Sie hatten so etwas wie eine Routine entwickelt und für Whiskey und Fly Bait, die schon seit achtzehn Jahren zusammen arbeiteten, war Patricks Anwesenheit schnell unverzichtbar geworden. Natürlich war das leicht – Patrick war schlau, er arbeitete hart und es gefiel ihm, dass er sich nützlich machen konnte. Während Whiskey und Fly Bait Daten analysierten, war Patrick auf dem Deck und putzte, räumte auf, entrümpelte oder strich an. Nach einer Woche war das Deck des Bootes nicht nur was fürs Auge: Patrick hatte sie auch dazu überredet, eine weitere Markise anzuschaffen, um die Frösche besser zu schützen und fing außerdem an, Eis und frisches Flusswasser zu den Tanks zu bringen.

Seit Patrick die Eisblöcke in die Sonne legte, die unter der Markise hervorlugten, stieg die Überlebensrate der Kaulquappen enorm und Whiskey schämte sich, dass nicht *er* auf diese Idee gekommen war, um mehr von ihnen zu retten. Aber es passte, dass Patrick sich mit den Fröschen identifizierte – Cal und Catherine waren seine Haustiere geworden. Wenn Patrick sich über etwas aufregte, wenn die Wirkung seiner Medikamente nachließ oder manchmal auch nur, wenn ihm langweilig war und Yoga ihn nicht ablenken konnte, dann saß er bei den Fröschen und beobachtete sie. Er hatte Cal und Catherine in einen größeren Behälter zusammen mit einigen von den anderen zweiköpfigen Fröschen umquartiert. Nach zwei Wochen gab es dort drei Frösche (oder waren es sechs?) und Patrick unterhielt sich nicht nur mit ihnen, er hatte ihnen auch Namen gegeben. Cal und Catherine bekamen Gesellschaft von Chastity und Conrad sowie Courtney und Christopher. (Patrick wusste natürlich nicht, ob es alles Männlein/Weiblein-Paare waren – genauso wenig wie Whiskey und Fly Bait. Aber er dachte sich, dass es ihnen vermutlich egal wäre, und so war es definitiv eine bessere Lösung, als wenn er sie Grüner oder Warzie genannt hätte.) Whiskey war einverstanden mit den neuen Bewohnern. Er lachte auch nicht, als er genaue Instruktionen bekam, welcher zweiköpfige Frosch wer war. Patrick war glücklich und Whiskey stellte fest, dass es kaum etwas gab, was er nicht tun würde, um den jungen Mann glücklich zu machen.

An den Tagen, an denen sie Patrick für den „wissenschaftlichen Quatsch" brauchten, wie er es nannte, sprang er bereitwillig ein und half – und diese Tage waren die qualvollsten für Whiskey.

Whiskey wollte ihn so sehr, dass es schon reichte, wenn Patrick hinter ihm stand und ihm ein Teströhrchen reichte, um ihm das Leben zur Hölle zu machen. Whiskey wollte Patricks Hand halten, wenn er ihm das Röhrchen abnahm, oder ihn in die Arme nehmen, wenn er sich auf die Werte, die er von Fly Bait durchgesagt bekam, konzentrieren sollte. Er wollte Patrick festhalten, während sie sich einen Film ansahen oder sie im Wasser waren und schwammen.

Whiskey, der es geschafft hatte, sich monatelang Stipendiaten vom Hals zu halten, hatte echte Probleme, einem ganz bestimmten, mit Fröschen sprechenden Yogalehrer *nicht* hinterherzulaufen, und das machte ihn verrückt.

Und was *ihn* verrückt machte, machte *Fly Bait* verrückt, und das machte die Sache schwierig.

„Scheiß Zahlen. Sie machen verdammt noch mal keinen Sinn. Wir sind über das gesamte Sumpfland und das verdammte Ufer von hier bis zum verfluchten Redding gestapft und ... *Was zum Teufel machst du da?"*, schnaubte Whiskey und Fly Bait sprang zurück und starrte ihn an.

„Mein Klappbrett in die Halterung stellen", antwortete sie verwirrt und Whiskey grunzte sie an, drehte sich um und trat gegen einen der kaputten Schränke unter dem Waschbecken.

„Patrick wird das reparieren wollen", sagte Fly Bait mit trockener und kritischer Stimme, wodurch sich Whiskey erst recht mies fühlte.

„Ich weiß. Gott, ich weiß. Er ist gerade oben und poliert das verdammte Chrom, während ich die verfluchten Schränke missbrauche. Ich bin ein verdammtes Arschloch. *Shit!"*

Und dann sank Whiskey auf die Knie, fuhr sich mit der Hand durch die Haare und versuchte, seine Gefühle in den Griff zu bekommen.

Das war völlig untypisch für ihn.

Fly Bait und er, sie hatten ihre Gewohnheiten. Sie waren nichts Besonderes. Sie waren unbedeutend. Sie bestanden aus Grunzen und stiller Vertrautheit, aus Teamwork und Kameraderie, und zur gleichen Zeit gab es eine nette, emotionale Distanz, die dafür sorgte, dass sie sich zwar gegenseitig den Rücken freihielten, aber nicht zu nahe kamen. Sie redeten nicht über ihre Gefühle und verbrüderten sich nicht, weder über Ex-Freunde noch durch Diskussionen über weltbewegende Themen.

Und es gab bei ihnen keine ausufernden Gefühle oder das Zertreten von Küchenschränken oder das Bedürfnis, einen anderen Menschen zu berühren, das so stark war, dass es wehtat.

„Shiiiiiiiiiiiiitttttttt!"

Fly Bait kniete plötzlich neben ihm auf dem Boden. Sie verlagerte ihr Gewicht, setzte sich mit gekreuzten Beinen vor ihm hin und bedeutete ihm, sich auch so hinzusetzen. Kurz darauf saßen beide mitten auf dem Boden, wo es kaum Platz gab und es wegen dem fiesen orange-braun gesprenkelten Teppich auch noch kratzig war. „Mensch, du musst dich zusammenreißen."

„Die Werte machen mich fertig", sagte Whiskey ernsthaft und Fly Bait machte ein Geräusch, das zeigte, wie wenig sie ihm glaubte.

„Deine Geilheit macht dich fertig. Wann stellst du dich endlich der Tatsache, dass du nicht nur auf ihn stehst? Du warst auch schon auf andere scharf. Loretta glaubt, du stehst auf Selbstverleugnung."

Whiskey starrte sie an. „Das stimmt nicht. Loretta ist total heiß – das hat sich nur nicht richtig angefühlt. Sie war meine Stipendiatin. Das war falsch."

Fly Bait wurde rot. „Das hat mich auch nicht abgehalten."

„Tja, das ist eben der Unterschied zwischen Flachlegen und wahrer Liebe."

Fly Bait hielt den Atem an und plötzlich entspannte sich ihr zusammengepresster Mund, ihr hartes Kinn und die Falte zwischen ihren Augen, einfach ihr komplettes Gesicht. Zum ersten Mal seit Langem erinnerte sich Whiskey daran, wie sie ein tapsiges, unsicheres Mädchen namens Freya gewesen war, das immer nur gehänselt wurde, sei es wegen ihres Namens oder wegen ihrer sexuellen Orientierung. Whiskey war ein bisschen beliebter gewesen, aber nicht weniger verloren im Dschungel der Universität von Santa Barbara, und Fly Bait war dankbar gewesen für ihre ruhige, unkomplizierte Freundschaft.

Sie hatten es geschafft, im Wohnheim zusammenzuleben. Whiskeys Mitbewohner war vor seiner Bisexualität geflohen und Fly Bait war einfach mit allem einverstanden gewesen, was Whiskey machte – ihr Wohnheimleiter war davon ausgegangen, dass sie miteinander schliefen – und sie wurden Studienfreunde fürs Leben.

Aber in den fast siebzehn Jahren ihrer Freundschaft hatte Whiskey nie diesen Ausdruck auf ihrem Gesicht gesehen.

„Es *ist* wahre Liebe", sagte Fly Bait jetzt, irgendwie rau. „Wir leben so gut wie zusammen. Ich vermisse sie. Ich habe diese Exkursion angenommen, weil ich nicht gedacht hätte, dass ich sie vermissen würde. Weil ich einfach *nie jemanden* vermisst habe. Wenn wir beide mal nicht zusammen gearbeitet haben, hast du mir nie gefehlt, aber *sie* vermisse ich. Ich bin so dumm. Ich habe echt Probleme mit anderen Menschen. Natürlich habe ich zwei Jahre gebraucht, um zu merken, dass ich sie vermisse." Fly Bait sah ihn ernsthaft an, ihr schmales, sommersprossiges Gesicht entspannte sich und wurde das Gesicht einer hübschen Frau, die verliebt war. „Du kannst besser mit Menschen umgehen als ich, Whiskey. Ehrlich. Kannst du. Du musst es nur zulassen."

Whiskey stöhnte und legte die Ellbogen auf die Knie und das Gesicht in seine Hände. „Glaubst du, das weiß ich nicht? Es geht hier nicht um mich, Fly Bait, sondern um ihn. Er will mich nicht. Ich meine ... Ich denke schon, dass er mich will, aber ich glaube, dass er es nicht zulässt, mich zu wollen."

Fly Baits Ausdruck hatte sich geändert und sie war wieder Fly Bait, nicht mehr die sanfte, süße, kleine Freya Bitner. „Du willst mich verarschen."

„Will ich nicht."

„Nein, nein, nein. Das muss daran liegen, dass er so kaputt ist. Ich weiß, dass Patrick dich will. Man kann ... Gott, hast du gesehen, wie er dich anguckt, wenn du nicht hinsiehst?"

Whiskey zog eine Augenbraue hoch. „Augenscheinlich nicht."

Fly Bait fluchte. „Okay. Okay. Kein Wunder, dass du so ein Super-Arschloch geworden bist. Ich sag dir was. Wir machen am Wochenende frei. Ich rufe Loretta an, sie kann nach Sacramento kommen und ein total schönes Hotelzimmer für uns reservieren. Dann werden wir so viel Sex haben, dass das Ordnungsamt versuchen wird, uns einzuschließen, weil wir sonst die gesamte Stadt zu Lesben machen würden. Das schwöre ich dir. Und du und Patrick werdet ein bisschen Zeit miteinander verbringen, und ihr werdet das unter euch klären, womit ich meine, du wirst ihn so lange nageln, bis er flach wie ein Brett ist."

Fly Bait nickte und stand auf. Whiskey sah sie an, als wäre ihr ein zweiter Kopf gewachsen.

„Fly Bait, ich denke nicht, ..."

Sie schüttelte den Kopf. „Hör auf zu denken. Es ist nicht gut für Männer, zu viel nachzudenken. Das hat mit ihren Hirnwindungen und so zu tun. Denke einfach nur mit dem kleinen Kerl zwischen deinen Beinen. Der kann das besser als du. Ich kümmere mich um den Rest."

Und damit trottete sie nach oben aufs Deck in die Sonne und Hitze. Whiskey hörte noch, wie sie rief: „Hey, Patrick. Whiskey hat den Schrank kaputt gemacht. Wie gut bist du im Schreinern?" Und damit war sie vom Boot runter. Whiskey hatte, bevor sie die Treppen hoch gegangen war, noch gesehen, wie sie ihr neues Handy aus der Tasche geholt hatte, also vermutete er, dass sie nun in Ruhe mit Loretta telefonieren würde.

Patrick kam herunter getrampelt und sah Whiskey traurig an.

„Ich habe keine Ahnung vom Schreinern", sagte er. „Tut mir ..."

„Sag es nicht", unterbrach Whiskey ihn mit einem Seufzen. „Lass uns Holz kaufen gehen und das Loch einfach zunageln, okay?"

„Ja, klar. Können wir auch ein Kirschsorbet holen? Aus irgendeinem Grund habe ich da total Hunger drauf."

„Ja, klar."

„Wo ist Fly Bait hin?"

„Woher soll ich das wissen? Komm schon, wir wollen vor dem Wochenende fertig werden."

„Warum? Was ist denn am Wochenende?"

„Woher soll ich das wissen? Aber Fly Bait glaubt, dass es extrem toll werden wird. Komm schon."

Sie gingen los und kauften Holz und Scharniere. Anschließend kamen sie zurück und reparierten die Schranktür. Und die ganze Zeit konnte Whiskey Fly Baits Stimme in seinem Kopf hören, die wie Kirchenglocken wiederholte: *Nagel ihn, bis er flach ist.*

Na gut, das war nicht gerade hohe Dichtkunst, aber es hob seine Laune doch erheblich.

PATRICK: HIBBELIG

„WO GEHST du hin?"

Patrick wollte sich nicht fühlen, als wäre er hintergangen worden, aber er tat es doch. In den letzten vier Wochen hatten die drei einen netten, kleinen Tagesablauf entwickelt. Sie waren wie eine kleine Familie. Fly Bait war, na ja, die große Schwester, Patrick verkörperte den kleinen Bruder und Whiskey war … verdammt. Okay, sie waren eine Familie, aber Patrick würde bestimmt nicht sagen, dass Whiskey so etwas wie ein Blutsverwandter war, das wäre einfach so was von falsch. Das konnte er einfach nicht sagen.

Wenn der Kerl Patrick mit diesen ruhigen braunen Augen auch nur ansah, wurden seine Beine zu Wackelpudding und er bekam einen Ständer. Patrick konnte einfach nichts an ihm finden, das ihn nicht dahinschmelzen ließ. Whiskey war scharf, er war geduldig, er gab Patrick seinen Freiraum und war zur gleichen Zeit einfach nur nett zu ihm, was war da nicht zum Dahinschmelzen?

Es war nur, dass Patrick noch nie jemanden gehabt hatte, der so nett zu ihm gewesen war. Und er war sich ziemlich sicher, dass dies alles vorbei wäre, sobald sie Sex haben würden.

Und deswegen war er über Fly Baits Ankündigung nach dem Frühstück (und nachdem er eine seiner letzten KBPs genommen hatte) nicht gerade erfreut.

„Meine Freundin kommt aus Seattle vorbei, wir werden ein Zimmer mieten und mehr Sex haben, als die Polizei erlaubt. Welchen Teil hast du nicht verstanden?"

Patricks Hand machte eine hektische Bewegung, die Whiskey mitten in den Bauch traf, weil er hinter ihm stand. „Den Teil, in dem du Whiskey und mich alleine lässt. Zusammen!" Seine Stimme brach mit dem letzten Wort, aber das war ihm egal.

„Jesus, Patrick. Ich bin doch kein Vergewaltiger. Und du bist keine Heldin in einem Arztroman! Wenn du nicht mit mir schlafen willst, dann sag es doch einfach! Das hat die letzten drei Wochen doch auch geklappt!" Damit stampfte Whiskey davon und Patrick sah ihm nach.

„Scheiße!", sagte er und fühlte sich mies.

„Ja."

„Jetzt habe ich seine Gefühle verletzt."

„Ich habe bisher nicht gedacht, dass das möglich wäre."

„Das wollte ich nicht."

„Das weiß Whiskey."

Patrick stöhnte auf und versteckte sein Gesicht in seinen Händen. „Warum musst du unbedingt Sex haben, Fly Bait? Ich meine … können Mädchen nicht länger ohne Sex auskommen als Jungs? Bist du nicht deswegen mit einem Kerl auf dem Boot, von dem du nichts willst?"

Fly Bait grunzte und stand auf, um den Tisch abzuräumen. Etwas verspätet erinnerte Patrick sich noch daran, dass dies eigentlich sein Job war, und stand auf, um ihr zu helfen, doch Fly Bait sorgte mit einem Blick dafür, dass er sich gleich wieder hinsetzte. Zufrieden nickte sie einmal und entsorgte dann die Essensreste im Mülleimer.

„Ich frage mich nur", murmelte Fly Bait und verzog das Gesicht, weil Patricks Haferflocken durch die ganze Butter und den Zucker förmlich aus der Schale flutschten, „warum du keinen Sex haben willst?"

„Ich bin gerade erst einen Ex losgeworden", murmelte Patrick und wurde rot. „Er war ein drogendealendes Arschloch und war damit immer noch besser als die ganzen Serienbetrüger, mit denen ich vorher zusammen war. Vielleicht sollte ich einfach komplett auf Sex verzichten."

„Das war kein Freund", sagte Fly Bait und sah Patrick an, als wäre er verrückt. „Das war ein Autounfall. Im wahrsten Sinne des Wortes – das war ein mit-dem-Auto-durchs-Geländer-Unfall. Das zählt nicht."

„Ist eh egal." Patrick konnte nicht still sitzen. Er war dazu *einfach nicht* in der Lage. „Es ist ja nicht gerade so, als wäre Sex so toll! Er ist klebrig und der Typ will *nie* ein Kondom benutzen. Ich muss den Kerlen jedes Mal eine Sicherheits- und Gesundheitslektion erteilen, wenn ich jemandem einen blasen soll. Die denken, ich sei doof, dabei *weiß* ich ganz genau, dass man sich vom Blasen sonst was holen kann. Ich nehme deren Teil *nicht* in den Mund, solange ich keine schriftliche Bestätigung bekomme, dass es nicht im nächsten Moment abfällt oder in die Luft fliegt oder mir irgendeine tödliche Krankheit verpasst oder einen Antibiotika-resistenten Tripper!"

Patrick zog sich während seiner Rede blaue Flecken an den Händen zu, weil er nicht aufhören konnte, auf den Couchrücken oder gegen die Arbeitsplatte zu schlagen. Fly Bait bekam Angst um ihr Leben, deswegen drückte sie sich gegen das Waschbecken, aber Patrick war noch nicht fertig.

„Und sie wollen mir niemals einen blasen – sie sagen, mein Mund wäre einfach zum Ficken geschaffen, aber verdammt! Nur ein einziges Mal wäre es schön, wenn mir mal einer einen blasen würde. Aber das kannst du ja nicht sagen, oh nein, bloß nicht, der Kerl wäre sonst ganz schnell weg und würde dich mit deinem Ständer und deiner Hand stehen lassen, aber verflucht, letzteres kann ich auch alleine im Bad machen! Ich meine, nicht in diesem Bad, weil ich mir vermutlich die Halsschlagader aufreißen und mich beim Runterholen umbringen würde – und dann hätten die ganzen Republikaner doch recht gehabt, oder?"

„Kommst du irgendwann zum Punkt?", fragte Fly Bait ihn, doch Patrick machte einfach weiter.

„Und wenn du keinen Blowjob bekommst oder selber jemanden bläst, wenn du noch nicht mal einen Handjob bekommst – sei es nun im Darkroom eines Clubs oder auf der Rückbank eines Autos oder im Bad eines Kerls, dessen schwuler Mitbewohner nebenan schläft und den er vermutlich gerade mit mir betrügt – was bleibt dann noch übrig?"

„Ritueller Selbstmord?", fragte Fly Bait ernsthaft und Patrick schüttelte energisch seinen Kopf.

„Ich sag dir, was übrig bleibt! *Analverkehr*! Und das ist bei Weitem nicht so toll, wie sie es in Pornos immer aussehen lassen! In den Filmen oder Magazinen verwenden sie eine halbe Flasche Gleitmittel und brauchen sie eine Ewigkeit für das Vorspiel. Und sie benutzen jedes Mal Kondome, aber sie zeigen nie, wie die Typen sie überziehen, oh nein, das lassen sie weg! Der Kerl wird erst gezeigt, wenn das Kondom bereits über seinen Schwanz gestülpt wurde! Aber das Ding überzuziehen dauert eine gefühlte Ewigkeit, und währenddessen bettelt der Typ die ganze Zeit: ‚Ich bin gesund, Patrick, ich würde dich doch nicht anlügen, Baby, warum glaubst du mir nicht? Sehe ich etwa krank aus?' Und ich sage immer: ‚Es ist mir egal, ob du den Schwanz eines Elefanten hast, ich werde ihn nicht anfassen ohne ein Gesundheitszeugnis oder ein Kondom, und im Moment ist alles, was wir haben, ein Kondom, stimmts?' Und wenn das Gummi endlich am richtigen Platz ist, sind die Kerle immer total sauer. Sie sind dann nicht mehr vorsichtig und sanft. Es gibt keinerlei Vorbereitung mehr und sie nehmen grundsätzlich nie genug Gleitgel! Ich meine, warum wird Gleitgel in diesen großen Tuben verkauft, wenn man nur so winzig kleine Mengen davon nehmen soll, oder?"

„Ich habe keine Ahnung", murmelte Fly Bait. Sie sah ein bisschen blass aus und ihre Augen blickten ihn ausdruckslos an, aber Patrick war mit seiner Rede fast fertig, also konnte sie den Rest auch noch hören.

„Ich meine, es ist nicht etwa *Haargel*, also verdammt noch mal, schmier Gleitgel auf deinen Schwanz! Aber das machen die Typen nicht. Was bleibt also? Ein Kondom und dein Hintern. Und es tut weh und es ist schrecklich. Also habe ich die Wahl zwischen dem Blowjob, bei dem der Typ immer das Spiel spielt: ‚Rate mal, wann ich in deinem Mund komme?', und dem schrecklichen Analverkehr, der einfach nur wehtut und beschämend ist, während der Typ dir dabei an den Haaren zieht und ruft: ‚Ja, Baby, besorgs mir!' Und ich will einfach nicht mehr! Ich will es ihm nicht besorgen! Ich will es ihm nie besorgen! Ich will nur gehalten werden und vielleicht einen Kuss bekommen, verflucht, eine Hand im Nacken ist auch okay, aber *neeiiiiiinnnnn*, es war immer nur ein Rate-wann-ich-in-deinem-Mund-komme-Spiel, gefolgt von schrecklichem Analverkehr. Und ich hasse es. Es ist einfach schlimm. Und das Letzte, was ich auf dieser verdammten Welt will, ist, so etwas mit Whiskey zu erleben. Dadurch wird er sowieso nur merken, wie schlecht ich im Bett bin, sodass er das nie wieder mit mir tun will!"

Fly Bait hatte in der Zwischenzeit ihr Gesicht in ihren Händen verborgen. Patrick setzte sich hastig wieder hin.

„Ich habe noch Hunger", sagte er traurig. „Ich hätte die restlichen Haferflocken essen sollen."

„Patrick?", brachte Fly Bait hinter ihren Händen hervor.

„Ja?"

„Wenn ich jetzt in die Stadt fahre und dir was zu essen hole, das vor Fett nur so trieft, würdest du mir dann einen Gefallen tun?"

„Ja, Fly Bait, alles, was du willst."

„Hmm. Erstens, würdest du mir glauben, dass Whiskey sogar an seinem schlechtesten Tag ein besserer Liebhaber wäre als die Typen, die du da gerade beschrieben hast – selbst mit einer schlecht gelaunten Lesbe, die ihn nie dazu hätte überreden sollen. Und zweitens, würdest du bitte nie wieder darüber reden?"

Patrick zuckte mit den Schultern. „Kann ich einen großen Oreo-Milchshake haben?"

„Klar." Sie hielt die Hände immer noch vors Gesicht.

„Super. Ich gehe hoch und hole das Werkzeug. Ich will dieses Wochenende den Teppich aus deiner Kabine reißen, weil du ja eh nicht da bist und mich hier mit Whiskey allein lässt."

„Fick dich, Patrick."

„Ja, nur nicht ohne Gleitmittel." Und dann ging Patrick hoch aufs Deck, um mit den Fröschen zu reden.

Er legte sich auf den Bauch, um Cal und Catherine beobachten zu können. Manchmal bewegte einer von ihnen ein hinteres Bein, während der andere versuchte, die Balance zu halten, und das war irgendwie aufregend, aber in neun von zehn Fällen passierte einfach gar nichts. Meist schaute Patrick sie einfach nur an. Sie sahen zurück und atmeten. Sie quakten nicht, echt nicht – vielleicht war ihre Stimme kaputt gegangen, als sie sich von dem Kaulquappen-Dasein getrennt hatten, er hatte keine Ahnung. Aber sie atmeten und blinkten, und das war so friedlich. Damit konnte er leben.

Patrick lag im Schatten unter der Markise im fast schon kühlen Bereich, den er gebaut hatte, um die Forschungsfrösche und -kaulquappen in der drückenden Junihitze kühl zu halten. Trotzdem konnte Patrick spüren, wie sich ein Schatten über ihn legte. Kurz darauf kniete sich Whiskey neben ihn hin.

Patricks Beine (Cal – nicht der Frosch – hatte sie dünne Hühnerbeine genannt, Mistkerl!) guckten aus seinen Cargo-Shorts hervor und Patrick hatte nicht mit Whiskeys Hand gerechnet, die sich unter den Shorts auf die Rückseite seines Beins legte.

Patrick lag auf dem harten Boden und hatte plötzlich einen harten, prallen Ständer. Er stöhnte und stieß seine Stirn durch das Dreieck seiner Arme gegen den Boden.

„Patrick?"

„Geh weg."

Die Hand streichelte – ehrlich, sie streichelte – über die Rückseite des Beins und Patrick bekam eine Gänsehaut.

„Patrick, du weißt schon, dass alle Luken geöffnet waren, um kühle Luft reinzulassen, oder? Ich habe hier oben komische kleine Kaulquappen gezählt und konnte jedes Wort verstehen."

Oh, shit!

„Okay. Ich hab's mir überlegt: Bring mich erst um und hau dann ab."

Patrick konnte das leise Geräusch hören, das Whiskey machte, wenn er lächelte. Kein richtiges Lachen, eher ein lächelndes Atmen. „Ich lass dich gleich allein. Aber darf ich erst etwas sagen?"

Whiskeys Hand lag noch immer auf der Rückseite seines Beins, während der Daumen über den Rand der Boxershorts strich. Patrick machte ein wimmerndes Geräusch, das sich wie ein „Mach schon" anhören musste, und bewegte seine Hüfte, woraufhin die Hand ihn weiter auf die süßeste Art und Weise quälte.

„Ich würde niemals irgendwas davon einem Sexpartner antun, okay? Ich lasse mich alle sechs Monate testen und ich benutze immer Kondome, es sei denn, ich bin mit jemandem in einer festen Beziehung, der *ebenfalls* negativ ist. Und ich habe noch nie jemanden betrogen. Außerdem ist Sex erst dann gut für mich, wenn der andere auch Gefallen daran hat. Wenn das also der einzige Grund ist, dann könntest du mir vielleicht in diesem Punkt vertrauen. Was meinst du?"

Patrick seufzte und reagierte ziemlich ungeniert auf Whiskeys Hand, die jetzt seinen Hintern durch die Unterwäsche hindurch umfasste.

„Du bist so nett zu mir", sagte Patrick nach einem ruhigen Moment in der Sonne. „Du bist so nett zu mir und ich mag dich so sehr. Ich könnte es nicht ertragen, wenn der Sex das ändern würde. Wie kann ich dich als guten Menschen sehen, wenn du … ich weiß nicht genau … nur mit mir spielst und … das andere Zeug machst." Patrick konnte nicht mit Whiskey darüber reden, nicht so wie mit Fly Bait. Als er sich bei ihr ausgesprochen hatte, fühlte es sich so an, als würde er sein Herz ausschütten. Bei Whiskey hatte er das Gefühl, er würde ihm die Schuld geben, und das war einfach nicht richtig, weil Whiskey ihn nie schlecht behandelt hatte.

Die Hand zog sich aus Patricks Shorts heraus und streichelte dann über die weiche Haut seines unteren Rückens. „Patrick, du hältst mich für einen guten Menschen. Glaubst du wirklich, das würde ich riskieren, indem ich mich wie ein Arsch verhalte, nur um dich einmal rumzukriegen? Habe ich mir in den letzten drei Wochen nicht mehr Vertrauen verdient?"

Oh, diese Hand. Sie war wirklich fantastisch. Sie strich seine Wirbelsäule rauf zu seinen Schultern und rieb dann unter seinem knittrigen T-Shirt zu seinem Nacken hoch. Patrick begann, sich hin und her zu winden, genau hier, auf dem Deck unter der Markise mit den Fröschen.

„Drei Wochen sind nicht besonders lang", murmelte Patrick, doch mit jedem Streicheln über seine Schultern schimpfte sein Körper ihn einen Lügner. „Ich meine, ich habe noch nicht mal all meine Pillen genommen …"

Die Hand hörte auf und zog sich zurück. „Wie viele hast du noch?"

„Fünf. Ich wollte dich schon fragen, ob ich bei der Praxis anrufen kann, um ein neues Rezept zu bekommen. Aber dann müsste ich zum Arzt und es abholen, weil sie da so ein großes Ding draus machen, da sich jeder mit Ritalin aufputschen will und deswegen wird die Ausgabe streng kontrolliert und so …"

Patrick setzte sich auf, drehte sich dann um, nahm auf dem Boden Platz und zog ein Knie an die Brust. Er sah Whiskey ernst an und Whiskey nickte in seiner eigenen Art, die zeigte, dass er überrascht, aber nicht schockiert war, und damit klar kam.

„Kein Problem. Vielleicht können wir das dieses Wochenende erledigen, wenn Fly Bait weg ist. Wir lassen das Rezept ausstellen und gehen in die Stadt, um es abzuholen. Dann könnten wir irgendwo zu Abend essen, wo richtige Schuhe ein Muss sind. Anschließend gehen wir vielleicht ins Kino oder so."

Patrick wurde rot. „Eine richtige Verabredung?"

Whiskey lächelte und nickte. „Ja. Wie eine richtige Verabredung. Und wenn es dunkel ist, kommen wir wieder zum Hausboot zurück und vielleicht darf ich dich wieder küssen. Aber dieses Mal werde ich nicht wütend sein, sondern liebevoll. Und sanft. Und vielleicht küsst du mich sogar zurück."

Patrick sah ihn an und fühlte, wie mit jedem Wort von Whiskey seine Augen immer größer wurden. „Was, wenn nicht? Wenn ich das nicht kann? Oder total schlecht bin?"

Whiskey hob eine Hand und legte sie auf Patricks Wange. Patrick lehnte sich vor und schmiegte sich glücklich an, während ein gebräunter, knochiger Daumen über seine Wange strich. „Wie wäre es, wenn du mir einfach erlaubst, dich zu küssen, und wir sehen, was daraus wird? Wie ich gesagt habe, Patrick, ich mag es, wie du mich ansiehst. So als wäre ich ein netter Kerl. Das ist mir wichtig. Glaubst du wirklich, ich will das durch irgendwas gefährden?"

Patrick legte sein Kinn auf sein Knie. „So wichtig ist dir das?"

„Wichtiger als die Frösche."

Patrick sah nach hinten, wo Cal und Catherine, Courtney und Christopher sowie Conrad und Chastity in ihren Wannen saßen und atmeten.

„Ich hoffe, es ist zumindest aufregender!", kommentierte er säuerlich und war erleichtert, als Whiskeys Augen kleine Fältchen bildeten.

„Verflucht, ja." Whiskey lehnte sich nach vorne und Patrick schloss die Augen. Er war überrascht, als sich ihre Lippen nur leicht berührten. Patrick wimmerte und öffnete seine Augen.

„Also Patrick, vertraust du mir genug, um mit mir auszugehen? Ich verspreche dir, Baby, ich werde dich nicht enttäuschen."

Patrick nickte, woraufhin Whiskey ihn richtig küsste, er presste seine Lippen gegen Patricks. Dieser öffnete den Mund und ließ ihn hinein. Und Whiskey schmeckte wundervoll, seine Zunge tastete sich vor und fühlte herum, und Patrick wollte einfach alles auf einmal von ihm.

Whiskey zog sich ein Stück zurück und grinste. „Willst du mir mit dem wissenschaftlichen Zeugs helfen?", fragte er. Patrick blinzelte und versuchte, seinen Puls unter Kontrolle zu bekommen, der gerade in die Höhe geschnellt war.

„Ich wollte ... Weißt du, der Teppich? Der ist ruiniert. Wirklich eklig. Ich wollte ihn herausreißen."

Whiskey schüttelte den Kopf und zog seine Augenbrauen zusammen. „Hilf mir bei dem wissenschaftlichen Zeugs. Miteinander zu arbeiten wird Spaß machen. Wir können uns nächste Woche um den Teppich kümmern. Okay?"

Gott, es machte wirklich Spaß mit Whiskey zusammenzuarbeiten. Kein Anschreien, keine Enttäuschung, nur jede Menge „Danke, Patrick" und „Du hast recht, Patrick, das hatte ich gar nicht gesehen!". Das alles sorgte dafür, dass Patrick sich besser fühlte und sich nicht dumm vorkam, er war in der Lage, Whiskey bei wichtigen Dingen zu helfen – *das* machte Patrick unglaublich an.

Patrick nickte neben ihm, er roch Whiskey und den Fluss und Schweiß. „Vielleicht können wir gleich schwimmen gehen", sagte er hoffnungsvoll, aber Whiskey schüttelte den Kopf und verdrehte die Augen.

„Schwimmen? Machst du Witze? Wir werden duschen und Sachen ohne Löcher anziehen – du weißt schon, uns schick machen wie Kerle, die eine Verabredung haben. Wir können heute Nacht schwimmen gehen, wenn du möchtest."

„Hier?" Patrick war sich nicht sicher, ob das Hausboot nachts fahren durfte.

„Wir fahren raus, wenn wir zurückkommen. Das wird nett, Patrick." Whiskeys Mundwinkel zog sich an einer Seite hoch. „Fast schon romantisch. Bist du dabei?"

Oh, ja. Ja, ich bin dabei, was immer du auch vorschlägst. Ich bin Wackelpudding mit einem Ständer. Noch schlimmer. Ich bin dummer Wackelpudding mit einem Ständer, weil mir bewusst ist, auf wie viele verschiedene Arten das schiefgehen kann, und ich weiß, wie sehr ein Lover dafür sorgen kann, dass es dir schlecht geht, und trotzdem will ich nur dich.

„Ja", sagte Patrick unbekümmert. Auf eine weitere verkorkste Beziehung kam es jetzt auch nicht mehr an. „Ich bin dabei."

Whiskey lächelte. Patricks Herz schlug einen kompletten Salto, der teilweise aus Panik bestand.

Was machte denn schon eine weitere verkorkste Beziehung? Verdammt. Wen wollte er denn davon überzeugen? Dies war nicht „eine weitere verkorkste Beziehung". Dies war *die* Beziehung, die eine, die, wenn sie schief ging, dafür sorgen würde, dass er sich schuldig fühlen würde, weil er alles versaut hatte. Er musste einfach fragen.

„Whiskey, glaubst du wirklich, dass ich kein Versager bin?"

Whiskey schluckte einmal und gab Patrick einen kleinen Kuss auf die Stirn. Patrick schloss die Augen und ließ das zu.

„Darauf würde ich meinem Leben verwetten. Warum?"

„Weil das echt wichtig ist und ich es einfach nicht versauen will."

Whiskey schmiegte sich an Patricks Kopf, sodass Patrick den Duft seiner Haare riechen konnte. Sie rochen nach Sonne und Fluss, und Patrick war dabei, sich in den dicken, weichen Locken zu verlieren.

„Patrick. Liebemachen ist nicht wie Autofahren oder eine Arbeit schreiben oder Abwaschen", sagte Whiskey und ging ein Stück zurück. „Es ist so wie … ein Gespräch. Du kannst ein gutes Gespräch nicht versauen. Selbst wenn du was unglaublich Blödes sagst, wird der andere dir verzeihen, und du redest einfach weiter. Vertrau mir. Gespräche gehören zu den Dingen, die du kannst."

Patrick fühlte ein Lächeln aufsteigen und einen Anflug von Selbstbewusstsein. „Echt? Ich *kann* wirklich reden, oder?"

Whiskeys Lächeln war ein bisschen schief, aber immer noch schön. „So gut, dass es ein Verbrechen wäre, dich zu stoppen", bestätigte er.

Patrick lächelte verträumt. Whiskey küsste ihn kurz auf den Mund und zog dann den Kopf weg. Er stand auf und hielt Patrick seine Hand hin.

„Komm schon, lass uns die Daten einsammeln. Wenn Loretta Fly Bait abholt, können wir uns gleich fertig machen und unser Wochenende einläuten, was meinst du?"

Patrick nickte glücklich, nahm seine Hand und ließ sich in Whiskeys Arme ziehen. Dieses Mal umarmte er ihn zurück, mit dem Kopf an Whiskeys Schulter gelehnt und alles andere, was dazugehörte.

Es war unbeschreiblich – tausend Mal besser als Sex je gewesen war. Patrick dachte, dass der Sex es vielleicht wert wäre, wenn er dafür solche Umarmungen bekommen würde, selbst wenn dieses „Sex mit mir ist besser" nicht stimmen würde. Whiskey trat ein Stück zurück und beugte sich nach unten, um ihn zu küssen, und für einen Moment vergaß Patrick alles um sich herum, selbst die Nachbarn, die das Schiff neben ihnen verließen und sie ansahen wie zweiköpfige Frösche.

Fly Bait kam mit einem Riesen-Oreo-Shake und einem Hamburger mit Pilzen und Käse zurück, genau so, wie Patrick ihn mochte, und gab ihm ohne Kommentar sein Essen. Patrick nahm es entgegen und sah ihr nach, wie sie in ihre eigene Kabine hastete, danach blickte er Whiskey unglücklich an.

„Habe ich sie jetzt verletzt?"

Whiskey sah zuerst ihn an und blickte dann in die Richtung, in der Fly Bait verschwunden war. Sie hatte Whiskey ein Hühnchen-Sandwich mitgebracht, davon nahm er einen Bissen, kaute und schluckte, bevor er antwortete. „Vermutlich nicht." Er wischte sich den Mund an seiner Schulter ab. „Sie ist es nur gewohnt, auf

Abstand zu gehen. Ich glaube, sie hat endlich gemerkt, dass du ihr was bedeutest, und das macht ihr Angst."

Patrick zog die Augenbrauen hoch. „Hmm? Wer hätte das gedacht." Dann holte er Luft und schrie, damit sie es durch die Tür hören konnte: „Ich mag dich auch, Fly Bait."

„Fick dich, Patrick!"

Patrick konnte sie tatsächlich hören, die Zuneigung, die Whiskey angesprochen hatte. Patrick hatte nicht wirklich daran geglaubt. Er lächelte, nahm einen großen Schluck von seinem Shake und machte damit weiter, Whiskeys Zahlen zu registrieren. Dabei dachte er glücklich an Oreos und Vanille-Eis.

Gegen sechzehn Uhr kam Fly Bait aus ihrer Kabine und sah gar nicht wie die Frau aus, die Patrick kennengelernt hatte.

Whiskey pfiff leise durch die Zähne. „Hübsch!", säuselte er. „Seeehr hübsch!"

Fly Bait hörte sein Kompliment und wurde rot. Es war Patrick vorher gar nicht aufgefallen, aber sie musste das Vogelnest auf ihrem Kopf in Ordnung gebracht haben, als sie in der Stadt war. Ihr Haar war jetzt ordentlich geschnitten und gestylt. Sie hatte sich sogar ein bisschen geschminkt – genug, um die Aufmerksamkeit von ihren Sommersprossen weg und auf ihre großen Haselnussaugen hin zu lenken. Außerdem trug sie weder ihre abgeschnittenen Jeans noch ihr typisches, einfaches Top.

„Ohmeingott!" Patrick keuchte. „Das ist ein Kleid. Ein Sommerkleid. Das ist hübsch." Das war es wirklich. Es war ein grünes Kleid mit einer Art Batikmuster, es saß eng an Fly Baits schlankem Körper und ließ sie nicht dünn, sondern schlank und anmutig aussehen. Sie hatte etwas Glänzendes auf den Lippen, keine Farbe, nur ein sanfter Schimmer, und ihre Lippen waren nicht so dünn und zusammengepresst, wie Patrick und Whiskey es von ihr gewohnt waren.

„Fly Bait!", sagte Patrick voller Erstaunen. „Du bist wunderschön. Und das will was heißen, normalerweise registriere ich nichts mit Titten!"

Fly Bait sah auf ihre Brust und wurde rot. „Dann hättest du mich eigentlich bemerken müssen, sie stechen nicht gerade heraus."

Whiskey war in zwei Sekunden an ihrer Seite und zog sie in eine dicke, warme, weiche Umarmung. Fly Bait versuchte vergeblich, ihn wegzustoßen, gab dann aber doch nach. Patrick fiel auf, dass er vielleicht nicht der einzige war, der Probleme damit hatte, wenn andere nett zu ihm waren, und mit dieser Erkenntnis, fühlte Patrick sich komischerweise besser.

„Du siehst wirklich gut aus, Freya", sagte Whiskey sanft. Und Patrick bekam ein wenig Panik, weil ihre Augen anfingen zu glänzen.

„Danke, Wes."

Bevor es wirklich sentimental oder irgendwie schrecklich werden konnte, hörte man in diesem Moment (glücklicherweise) das Geräusch von Schritten auf dem Deck, bevor jemand nach unten rief: „Hallo! Hallo! Freya, bist du da?"

„Hier unten, Letty!", rief Fly Bait. Und was da die Treppen herunterkam (sicheren Schrittes – trotz der hohen Absätze) war vermutlich das Letzte, was Patrick erwartet hätte.

Fly Bait sah verdammt gut aus, wenn sie so als Mädchen zurechtgemacht war. Aber dieses Mädchen war … tja, eine *Schönheit*. Sie war nicht nur *gekleidet* wie ein Mädchen, sie war eine *Frau*, von Kopf bis Fuß – von ihrem hüftlangen, wallenden blonden Pferdeschwanz, der von einer kleinen Haarsträhne umschlungen wurde, bis zu ihren Fußnägeln, die in einem hellrosafarbenen Ton lackiert waren. Selbst Patrick, der in seinem ganzen Leben noch nie einer Frau hinterher gesehen hatte, war angetan von diesem Gesamtpaket an Schönheit, das ihre kleine, verfallene Treppe auf Stiletto-Pumps hinunterschritt wie eine Sexbombe.

Fly Baits Reaktion war völlig unvorhersehbar. „Letty!" Sie warf ihr dünnes Fliegengewicht an ihre Freundin, gerade eben noch leicht genug, um diese nicht umzuwerfen, und „Letty" umarmte sie so liebevoll, dass es wehtat zuzusehen. Patrick schaute stattdessen Whiskey an. Die beiden teilten einen absolut unangenehmen Augenblick, als Fly Bait und ihre Traumfrau sich so küssten, dass die Temperatur im Hausboot bestimmt um fünf Grad anstieg.

Und sie küssten sich und küssten sich und …

Whiskey schaute die ganze Zeit Patrick an, und als Patrick rot wurde, wurde Whiskeys Blick noch intensiver. Patrick errötete noch mehr, als er erkannte, dass der Kuss der beiden Frauen – zusammen mit den streichelnden Händen und dem gemurmelten „Ich habe dich vermisst … Oh Gott, was habe ich dich vermisst!" – Whiskey anscheinend auf dumme Gedanken brachte.

Patrick war noch nicht bereit für diese Gedanken. Er räusperte sich laut und ungeschickt, wodurch die beiden Turteltäubchen endlich nach Luft schnappten.

„Tut mir leid", entschuldigte sich Loretta, jetzt mit einer tieferen Stimme als noch bei der Begrüßung. Ihr Lippenstift war verschmiert und ein paar Strähnen hatten sich aus dem Zopf gelöst. Patrick war es peinlich, mit ihr in einem Raum zu sein.

„Nett, dich kennenzulernen", sagte Patrick, ging ein paar Schritte auf Fly Baits Freundin zu und hielt ihr die Hand zur Begrüßung hin.

Loretta lächelte, sowohl amüsiert als auch freundlich, und trat einen Schritt vor (Fly Bait hielt sie währenddessen immer noch mit einem ihrer Arme umschlungen) und schüttelte seine Hand. „Hallo. Du bist bestimmt Patrick."

Patrick grinste. „Ja, ich bin Patrick. Ich bin so was wie das Findelkind, das sie nicht losgeworden sind."

Loretta schüttelte den Kopf und zwinkerte Whiskey zu, der die Geste erwiderte. „Da habe ich andere Informationen. Ich habe gehört, dass sie dich als Praktikanten ausnutzen und wie einen Sklaven schuften lassen, und ich kenne mich aus: Ich war ihre letzte Versuchsratte – das war ein spaßiger Sommer!"

Whiskey schüttelte den Kopf. „Vorletzte Versuchsratte – wir hatten ein armes …"

„Arschloch", schnaubte Fly Bait. „Er war dumm und ein Mistkerl. Der blödeste Arsch, mit dem ich je gearbeitet habe. Patrick ist viel besser. Ich weigere mich, den Namen des Arschlochs auszusprechen."

Patrick rollte mit den Augen. „Er kann gar nicht so schrecklich gewesen sein", murmelte er. „Sonst wäre ich mit ihm zusammen gewesen."

Loretta hatte ein tiefes, kehliges Lachen, wie es meist nur Männer hatten, aber sie gluckste dabei wie eine Frau. *Gott*, dachte Patrick, wenn er eine Frau wäre, würde er sie schon aus Prinzip hassen, aber als schwuler Mann war er einfach nur angetan.

„Tja, dann bin ich froh, dass du nicht so bist." Sie lächelte und ging zu Whiskey, der sie auf die gleiche Art umarmte wie Fly Bait zuvor. Diese Position hielten sie ein, während sie sich gegenseitig flüsternd unterhielten.

Patrick stellte fest, dass er die zwei anstarrte. Im Gegensatz zu Whiskeys Umarmung mit Fly Bait war diese Umarmung anders, irgendwie sexuell oder anmachend, und er hätte fast etwas Dummes getan, geknurrt oder so, aber Fly Bait berührte ihn und flüsterte: „Keine Sorge – wir lagen drei Monate vor der Küste Floridas mit unserem Boot und ich bin diejenige, die gewonnen und Loretta flachgelegt hat. Zwischen den beiden wird nichts laufen, okay?"

„Ja." Patrick nickte und sah dann zu, wie die beiden lachten und grinsten und sich weiterhin berührten. Er wusste, dass Fly Bait Whiskey vertraute. Sie kannten sich seit siebzehn Jahren, das war eine verdammt lange Zeit, und wenn sie ihm vertraute, würde Patrick das auch tun.

Keiner von ihnen machte sich etwas aus Small Talk, sodass die zwei Frauen kurze Zeit später mit Lorettas Mietwagen auf dem Weg in die Stadt waren. Patrick und Whiskey gingen hinunter in ihre Kabine und sahen sich dabei an wie zweiköpfige Frösche.

„Ich …", fing Patrick an und wurde dann rot. „Ich … Ähm. Willst du zuerst ins Bad? Oder soll ich?"

Whiskey lächelte. „Warum gehst du nicht zuerst? Dann fühlst du dich nicht unter Druck gesetzt."

Patrick schüttelte den Kopf und nickte dann, anschließend ging er los und stieß mit dem Knie gegen den Tisch, danach fiel er nach hinten in die Instrumente, die er seit fast zwei Wochen nicht mehr umgeworfen hatte.

Whiskey wartete darauf, dass Patrick nicht mehr wie eine Flipperkugel hin und her sprang, nickte dann mit dem Kopf und sagte: „Warum gehst du nicht zuerst? Dann fühlst du dich nicht unter Druck gesetzt."

Patrick schluckte. „Nur weil du das wiederholst, fühle ich mich nicht weniger ängstlich."

„Ich weiß. Ich dachte nur, wir könnten den ersten Versuch ignorieren und es noch einmal versuchen."

„Ja, ist gut. Ich dusche zuerst. Glaubst du, Fly Bait hat Haargel? In dieser Feuchtigkeit wellen sich meine Haare wie die Schamhaare eines Yetis. So langsam verstehe ich, warum das Zeug erfunden wurde!"

Whiskey zuckte mit den Schultern und sagte, dass er nachsehen würde. Patrick schaffte es ohne weitere Vorkommnisse zu seiner Kabine und schnappte sich dort ein paar Klamotten. Danach erreichte er das Badezimmer, ohne hinzufallen oder sich auf einer Teppichklammer aufzuspießen oder machte etwas anderes Dramatisches. Während er sich fertigmachte, stieß Patrick sich nur zwei Mal an einer Ecke. Er benutzte Whiskeys Rasierapparat, vielleicht zum fünften Mal, seit er auf dem Boot war. Als er seine sieben Barthaare abschnitt, schaffte Patrick es sogar, sich nicht zu schneiden. Whiskey hatte tatsächlich irgendwo Haargel gefunden und Patrick freute sich, dass er mit ein wenig Gel und einem Kamm wieder ein bisschen mehr wie der hübsche Kerl aussah, der in Clubs aufgerissen wurde, und ein bisschen weniger wie der hart arbeitende (aber glückliche!) Griesgram, den Whiskey in den letzten vier Wochen kennengelernt hatte.

Es war ja nicht so, als würde Patrick wieder dieser andere Kerl sein wollen, aber er wollte auf jeden Fall, dass Whiskey ihn hübsch fand.

Patrick trat aus dem Badezimmer heraus. Whiskey sah ihn an und sagte: „Wow!" So leise und mit so viel Erstaunen, dass Patrick keine andere Wahl blieb, als ihm zu glauben.

Patrick wurde rot und sah weg. „Ich, ähm, habe etwas heißes Wasser übrig gelassen."

„Danke. Dann nutze ich das mal." Und damit war Whiskey weg und machte sich selber schick. Patrick fragte sich, ob er wohl auch so viel Zeit verwenden würde, um seine intimen Stellen einzuseifen und abzuspülen und sich dann auch von innen zu säubern, um sicher zu sein, dass alles absolut sauber und rein war, so wie Patrick es gerade getan hatte. *Vertrauen*, dachte Patrick und wand sich unbehaglich in seiner frisch geschrubbten Haut. Er *vertraute* darauf, dass die Stellen mit besonderer Aufmerksamkeit begutachtet werden würden und nicht nur ein bisschen betatscht und getätschelt. Patrick wollte sicher sein, dass sie bereit wären, wenn sie Besuch bekamen.

Patrick wollte nicht zu viel darüber nachdenken, deswegen ging er nach oben und tankte frische Luft. Er stoppte eine Weile bei den Fröschen, begrüßte sie und erfreute sich an der Art, wie ihre Brust sich hob und senkte, während die zusätzlichen Beine unnütz in der Gegend herumhingen. Im Gegensatz zu Patrick, dessen Leben sich gerade deutlich verwandelte, änderte sich einfach nichts für Cal und Catherine.

„Na ihr", murmelte Patrick. „Macht ihr euch manchmal Sorgen um Sex? Vermutlich nicht. Soweit wir wissen, seid ihr auf immer und ewig aneinandergekettet – deswegen bewegt ihr euch auch nicht. Vermutlich habt ihr seit eurer Geburt in einer Tour Sex und wollt einfach nicht damit aufhören."

Catherine streckte eine lange, klebrige Zunge aus und leckte über ihr Auge.

„Ja", gab Patrick zu. „Ihr habt den Bogen vermutlich raus. Du fängst mit dem Sex an und hörst einfach nicht mehr auf, alles andere wird unwichtig. Und außerdem – ihr habt mit jemanden Sex, der genauso missgestaltet ist wie ihr selber. Keiner wird sagen: ‚Hey. Ihr. Die Frösche, die seit der Geburt rummachen. Das könnt ihr nicht machen! Catherine ist viel zu gut für Cal!' Ihr seid beide verdammt kaputt – da gibt es keine Konkurrenz."

Whiskey klapperte inzwischen unter Deck herum, nachdem er wirklich schnell geduscht hatte. „Tja, was solls. Ich bin ein Freak und er ist Prince Charming – erzählt mir mal, wie das wohl enden soll."

Die Frösche, alle drei (oder sechs), taten, was sie am besten konnten: atmen und Patrick ignorieren. Es sah nicht so aus, als würde er in naher Zukunft eine Antwort von ihnen bekommen.

Whiskey kam in einer sauberen Jeans ohne Löcher und einem Hawaiihemd hoch. Seine Haare waren ordentlich zurückgekämmt und wellten sich an seinem Kragen, außerdem hatte er sich so glatt rasiert wie ein Supermodel sich die Haare wachste. Patrick sah ihn mit großen Augen an, während Whiskey zu ihm kam, seine Hand nahm und ihn küsste.

„Wir werden Spaß haben", murmelte Whiskey und Patrick nickte dümmlich. „Lass uns jetzt dein Rezept abholen, damit wir das schon mal hinter uns bringen können."

DIE SCHLANGE in der Apotheke war nicht lang, sodass sie im Steakhaus waren, bevor es dort zu voll wurde. Weil sie ihre Steaks so früh bekamen, konnten sie sich die Frühvorstellung im Kino ansehen, die so gut wie leer war, obwohl sie einen Blockbuster sahen. Die beiden saßen nebeneinander in der Mitte des Kinos und scherzten leise über den Sixpack des Superhelden und seiner heimlichen Liebe zur männlichen Nebenrolle. Whiskey war lustig und Patrick brachte ihn auch zum Lachen - alles in allem hatten sie viel Spaß.

Die Fahrt zurück zum Bootshaus war entspannt, glücklich und in einvernehmlichem Schweigen.

„Also", sagte Whiskey in die zunehmende Dunkelheit der grauen Sommernacht und unterbrach die Stille. „Ich bin in Alaska geboren. Meine Eltern hatten einen Autounfall, als ich gerade begonnen hatte zu studieren. Ich hätte fast das Studium geschmissen, aber Fly Bait hat mir in den Hintern getreten und dafür gesorgt, dass ich meinen Master gemacht habe."

„Ja?", fragte Patrick vorsichtig, aber er konnte kaum atmen. Im Gegensatz zu Patrick, der irgendwie sein gesamtes Leben vor dem anderen Mann ausgebreitet hatte, hatte Whiskey noch nie etwas Persönliches erzählt. Sein gesamtes Leben schien sich um das Hausboot und Fly Bait zu drehen, aber das war okay für Patrick.

„Ja", bestätigte Whiskey. „Weißt du, das Hausboot ist das erste, das ich seit, verdammt, vierzehn Jahren oder so habe, was annähernd einem Zuhause gleicht, und ich will, dass es ein richtiges Zuhause wird. Ich will, dass es nicht mehr so heruntergekommen aussieht, sodass ich, wenn wir das wissenschaftliche Equipment zurückgegeben haben, dort wohnen kann. Vielleicht hole ich einen Fernseher oder so. Ich mag es. Ich kann flussauf- oder flussabwärts fahren. Gut, vielleicht ist es nicht das größte Grundstück auf dieser Erde, aber ich glaube, ich könnte dort glücklich werden."

Patrick blinzelte und dachte darüber nach, was er wohl sagen könne; dies war wichtig, aber er war so aufgeregt und außerdem wollte Patrick nicht wie ein großer Idiot rüberkommen.

„Na ja, egal", machte Whiskey weiter und Patrick merkte, wie er dagegen ankämpfte, als einziger über wichtige Dinge zu reden. „Ich werde im September mit Greenpeace auf diese Exkursion gehen. Ich habe schon vor zwei Jahren unterschrieben und so was gibt man nicht einfach auf. Aber ich komme zurück. Ich komme zurück zu diesem Hausboot auf diesem Fluss und weißt du …"

Patrick nahm seinen Blick von den dicken Wolken am Horizont und sah Whiskey langsam blinzelnd an. „Was?", fragte Patrick und merkte, wie seine Hände in seinem Schoß feucht wurden vor Neugier.

Whiskey nahm eine von Patricks feuchten Händen in seine und zuckte kurz zusammen, als seine Finger mit Patricks kalten Gliedern in Berührung kamen. „Ich meine, wenn das mit dir und mir klappt, Patrick, komme ich zurück. Nächstes Jahr im März bin ich wieder hier. Ich habe ein paar Jobangebote in der Gegend hier, sodass ich hierbleiben kann. Du denkst bestimmt: ‚Klar, ich schlafe einmal mit dem Typen oder vielleicht den ganzen Sommer über und dann ist er weg.' Aber das bin ich nicht. Für eine Weile werde ich weg sein, ja, aber dann komme ich zurück. Was auch immer passiert: Ich komme wieder."

Patrick wurde rot und verkrampfte seine Hand in Whiskeys. „Ich habe eine wirklich kurze Aufmerksamkeitsspanne", entschuldigte er sich. „Glaubst du wirklich, dass ein Typ namens Trix sechs Monate lang treu sein kann?"

„Nein", sagte Whiskey und küsste seinen Handrücken. „Aber ich glaube, dass ein Typ namens Patrick es versuchen wird, wenn er glaubt, dass es das wert ist."

Patrick strich sich mit dem Handrücken über die Augen. „Weißt du, ich habe mein gesamtes Leben damit verbracht, mit Typen rumzumachen, damit sie zu mir zurückkommen. Und jetzt kommst du und versprichst mir, zurückzukommen, obwohl ich noch gar nicht mit dir herumgemacht habe. Man sollte meinen, dass mein spastisches kleines Gehirn sich das merken kann, oder?"

Whiskey sah auf die Straße und drehte Patricks Hand um, sodass er die Innenfläche küssen konnte. Patrick machte ein Geräusch wie „Urgghhh!" und wand sich im Sitz.

Whiskey küsste die Hand noch einmal, bevor er sie in seinen Schoß legte – nun warm und nicht mehr feucht. „Ich glaube, dass dein Gehirn völlig in Ordnung ist, Patrick, aber darum mache ich mir keine Sorgen."

„Nicht?"

„Nein, ich mache mir Sorgen, dass sich, noch bevor die Nacht vorbei ist, alles nur noch ums Herz dreht."

Ums Herz? Patricks Herzschlag raste und machte keine Anstalten, sich zu beruhigen. Nachdem sie am Dock geparkt hatten, stieg Patrick aus dem Wagen und stolperte dabei. Er boxte Whiskey in den Solar Plexus, als dieser nach Patricks Hand griff, um ihn aufzufangen.

Whiskey hielt den Atem an und lachte. Er legte seine großen Hände auf Patricks Schulterblätter und zog ihn an sich. „Patrick", flüsterte er. „Bist du nervös, weil es dir etwas bedeutet oder weil du nicht willst?"

Patrick schluckte und legte seinen Kopf an Whiskeys Schulter. Er passte so gut dahin – Whiskey war über eins achtzig und Patrick war nicht sehr groß. Er fühlte sich gut und beschützt – er war sicher in Whiskeys Armen. „Weil es mir etwas bedeutet", murmelte Patrick. „Es bedeutet mir so viel."

„Dann sind wir einer Meinung. Kein Grund, nervös zu sein."

Und dann streckte Whiskey eine Hand nach Patricks Kinn aus und küsste ihn, während die letzten orangenen Strahlen der untergehenden Sonne zu sehen waren. Patricks Puls wurde sowohl schneller als auch gleichmäßiger. Es ging nicht mehr darum, ob er das *tun könnte*, sondern nur noch darum, ob er *so lange warten könnte*.

Patrick stöhnte, er öffnete den Mund und presste Whiskey an sich. Er nahm das geliebte, schlanke Gesicht (in dieser Nacht ohne Stoppeln) in seine Hände und antwortete mit allem, was er in sich hatte. Im Gegenzug legte Whiskey seine Hände auf Patricks Schultern, drückte fest zu und zog den anderen Mann nah an seinen Körper. Patrick fing umgehend an, seine Hüften an Whiskey zu reiben, um ihm so noch näher zu sein, und stöhnte frustriert auf, als Whiskey zurückwich.

„Es ist zu kalt zum Schwimmen", keuchte er und Patrick musste ihm recht geben.

„Also lass uns einfach in die Kabine gehen und … und …"

„Ja."

Dieses Mal hielt Whiskey seine Hand ganz fest und Patrick stolperte nicht. Er schaffte es, Whiskey so schnell wie möglich zu folgen, ohne über den Parkplatz und den Kai zu rennen.

Sie stolperten unter Deck und dann waren sie da – ohne Licht, wenn man von der Beleuchtung des Boots neben ihnen absah, nur Schatten in der familiären Vertrautheit, die eine kleine Oase in Patricks verkorkstem Leben darstellte.

„Willst du wirklich hier leben?", murmelte Patrick, als Whiskey die Schlüssel aus seiner Tasche auf den Tisch warf. „Im Winter wird es ganz schön kalt werden."

„Ölheizung, Schlafsack, alles machbar." Und für einen Moment erkannte Patrick den Anflug von Sehnsucht. Oh mein Gott – das war Whiskeys Traum. Das war *der* Traum. Er hatte seine gesamten Zukunftspläne in dieses kaputte, kleine Hausboot gelegt. Whiskey wollte mehr, er wollte ein richtiges Zuhause errichten.

Patrick sah sich um und dachte: *Ich kann ein Zuhause hier raus machen.* Es war ein völlig flüchtiger Gedanke, aber das hielt ihn nicht davon ab, diese Vorstellung in seinem Herzen festzusetzen, und was in seinem Herzen war, kam auch gleich zum Mund raus.

„Du solltest mich einen neuen Teppich legen lassen", schoss es aus ihm heraus. „Ich könnte auch die Verkleidung in Ordnung bringen. Weißt du, wenn Fly Bait und du weg seid, könnte ich die Wände streichen. Und in das Bett würde eine größere Matratze passen. Und …" Er stoppte, als Whiskey sich umdrehte und auf ihn zu kam. Seine Augen glänzten in der Dunkelheit.

„Patrick?"

„Ja?"

„Scheiß auf das Hausboot."

Whiskeys Mund war immer noch so warm wie auf dem Parkplatz und seine Hände erst … Oh Gott. Sie waren groß mit langen Fingern, hart und besitzergreifend. Sie hielten seine Schultern und seine Hüfte und seine Taille. Sie wanderten zu Patricks Hintern und zogen ihn an sich, und Patrick machte ein Geräusch, das sich nach „gurck!" anhörte. Er griff nach Whiskeys erstaunlich breiten Schultern, weil sein Schwanz plötzlich an Whiskeys Ständer rieb, selbst wenn es nur durch die Kleidung hindurch war, und Patrick so … Oh Gott, niemand hatte ihn je so geküsst … Oder ihn so angemacht … Oder sich die Zeit genommen, ihn zu küssen, bis ihm schwindelig wurde. Patricks gesamter Körper zitterte und er war kurz davor, wie ein Highschool-Junge in seiner Hose zu kommen, und er wollte … Er wollte …

Whiskey wich zurück. Er rieb seine Wange an Patricks und flüsterte: „Psssst. Alles gut. Wir haben Zeit."

Patrick schob seine Hüften nach vorne und rieb sich an Whiskey, weil er nicht anders konnte. „Ich werde gleich …", winselte er. „Ich kann nicht warten …"

„Pst. Dann warte eben nicht. Wir haben die ganze Nacht."

Whiskey strich ganz leicht mit seinen Lippen über Patricks, nur ein bisschen, und hantierte an seinem Gürtel herum. „Ich werde …" Oh Gott, alleine der Gedanke an Whiskey … Und jetzt machte er … Der Gürtel war weg, sein Reißverschluss war offen und sein Schwanz lag nackt in Whiskeys fester Hand, feuchter und härter, als Patrick je gewesen war. Dann umfasste Whiskeys Hand seine Erektion und bewegte sich von unten nach oben, während Patrick sich mit zittrigen Fingern an Whiskeys Armen festhielt und sein Gesicht in der kleinen Kuhle zwischen Whiskeys Nacken und Schulter vergrub.

„*Whiskeeeeyyyyyyy!*", winselte er. „Oh Gott. Scheiße, ich ..." Der Druck war so stark, so plötzlich, es tat weh, und es tat zu weh, um ... Und dann biss er fest in Whiskeys Schulter, während sich die Hand schneller bewegte und fester und ... „Ich ..."

„Komm", zischte Whiskey in sein Ohr. „Komm, Patrick. Komm!"

„*Goooootttt!*" Patricks Haut war von der Luft des Flusses ganz kühl, doch sein Sperma verteilte sich warm auf seinem Schwanz und Whiskeys bereits warmer, fast heißer Hand. Dieser Temperaturunterschied machte ihn noch mehr an, sodass Patrick wieder aufstöhnte und sich noch stärker in Whiskeys Schulter drückte.

Whiskey ignorierte das Sperma auf seiner Hand und umarmte Patrick so fest, dass dieser sich kaum bewegen konnte. So fest, dass Patrick gar nicht erst anfangen konnte zu zweifeln.

Nachdem sein Körper nach einer Weile aufgehört hatte zu beben, führte Whiskey ihn rückwärts zum Bett. Er drehte sich um und drückte Patrick auf das Bett, sodass dieser sich hinsetzen musste. Ganz vorsichtig befreite Whiskey ihn von seiner Hose (es war die, die er getragen hatte, als er aus dem Wasser gezogen wurde) und streifte ihm anschließend auch seine Bootsschuhe ab. Dann stand Whiskey auf, griff nach Patricks T-Shirt und zog es ihm wie einem Kind über den Kopf.

„Ich bin gleich wieder da", murmelte Whiskey. „Hau nicht ab."

Patrick sah ihm belustigt nach und beobachtete, wie er kurze Zeit später mit einem feuchten Waschlappen und einem trockenen Handtuch zurückkam. Whiskey drückte Patrick nach hinten aufs Bett, um ihn zu waschen. Als er damit fertig war, legte Whiskey beide Lappen an die Seite des Betts und suchte eine Weile unter dem Gestell herum. Er holte eine Handvoll Kondome und eine wirklich große Flasche Gleitmittel hervor, die er in den Spalt zwischen Bettgestell und Matratze legte. Er stand auf und hielt einen Moment inne, um Patricks Stirn zu küssen, danach zog sich schnell aus. Keiner von ihnen sagte etwas, aber Patrick traute sich, Whiskey anzufassen, kleine Berührungen, mit Händen, von denen er häufig gedacht hatte, dass es Froschhände sein mussten, weil sie so lange Glieder hatten und sich immer so weit spreizten, dass sie alles auf einmal berühren konnten.

„Rutsch rüber", murmelte Whiskey nun. „Oder steh auf, damit ich innen liegen kann."

Patrick stand auf. Whiskey legte sich auf die Matratze und Patrick machte es ihm nach. Doch statt ihm wie üblich den Rücken zuzukehren, lag Patrick jetzt mit dem Gesicht zu ihm gewandt, nahe genug, um kleine Küsse auf Whiskeys behaarter Brust zu verteilen.

„Es tut mir leid, dass ich so schnell gekommen bin", murmelte Patrick, er konnte Whiskeys Lachen in seiner Brust spüren. Patrick strich mit Erstaunen über seine Brusthaare – sie waren *weich*. Sie sahen gar nicht weich aus, aber jede Strähne war weich und gar nicht kraus.

107

„Mir nicht", gab Whiskey zu und Patrick sah ihn belustigt an. Er hatte das Gefühl, dass alles, was er über Sex wusste, nicht stimmte.

„Nicht?"

„Jetzt haben wir *wirklich* die ganze Nacht Zeit. Wenn du glaubst, dass du heute Nacht nur ein einziges Mal kommst, Patrick, hast du keine Ahnung."

Patricks Lächeln war zurückhaltend – und ein bisschen erregt. „Kein Problem", murmelte er. „Absolut kein Problem."

Er küsste Whiskeys Brust, weil dieser es zuließ. Er legte ihm nicht die Hände auf den Kopf und sagte: „Komm schon, Baby, blas mich, ja?" Es war nur Whiskey, der seinen Nacken und seine Schultern streichelte, der über seine Wange strich und ihn auf Entdeckungsreise gehen ließ. Patrick saugte an Whiskeys Brustwarze und wurde ganz erregt, als Whiskey stöhnte und ihm den Oberkörper entgegenstreckte.

„Gefällt dir das?", fragte er und Whiskey murmelte: „Unglaublich!" Patrick wandte sich dem anderen Nippel zu. Whiskey streckte ihm wieder die Brust entgegen und Patrick küsste den harten, muskulösen Bauch hinunter. Er mochte das Gefühl, dass sich die Haut so weich anfühlte, er genoss es, wie Whiskey erschauerte, als er leicht gegen die feuchte Stelle pustete und wieder an seiner Brustwarze knabberte.

Patrick küsste weiter seinen Weg nach unten und musste kurz innehalten, nachdem er einen Blick auf Whiskeys Schwanz geworfen hatte.

Er sah auf und blickte in Whiskeys Augen, halb lachend, halb verzweifelnd, und biss sich auf die Lippe.

„Was stimmt nicht?" Whiskey griff nach unten und strich ihm über die Wange. Patrick lehnte sich in die Hand.

„Das passt niemals", sagte Patrick hilflos. „Gott, Whiskey, du bist gebaut wie ein verdammter Bär!"

Whiskey grinste ihn an. „Tja, er beißt aber nicht wie ein Bär. Berühr ihn und leck ihn ruhig. Wenn ich so weit bin, gebe ich dir ein Kondom, okay? Kau nicht drauf rum, das könnte wehtun, aber ansonsten kannst du machen, was sich für dich richtig anfühlt."

Patrick guckte sich Whiskeys Penis noch einmal an und berührte ihn, nachdem er nun die Erlaubnis dazu bekommen hatte. Er streichelte ihn sanft, mit zwei Fingern, so wie er eine wilde Katze vorsichtig streicheln würde. Die Erektion zuckte ein paar Mal von Whiskeys Bauch weg, was Patrick genug Mut machte, ihn mit seiner Hand zu umschließen und leicht zu drücken.

Dabei machte Whiskey *das geilste* Geräusch überhaupt, ein Grunzen und Wimmern und Stöhnen, alles auf einmal, und Patrick spürte, wie ihm das Blut wieder in seinen eigenen Schwanz schoss. Er sah Whiskey an und drückte wieder zu, dieses Mal strich er dabei einmal komplett vom Schaft bis zur feuchten Spitze. Whiskey machte wieder dieses Geräusch, diesmal etwas lauter, und Patrick winselte, weil er verdammt noch mal mehr davon hören wollte. Whiskeys Schwanz war nicht beschnitten ... Also konnte Patrick ja mit der Vorhaut spielen, da irgendwie mehr Platz an der Spitze war. Er zog mit seiner Faust die Haut hinunter und fühlte, wie sie an Whiskeys Schwanz zurückwich. Whiskey stöhnte tief in seiner Brust, weil die Vorhaut seine Erregung noch steigerte. Er war kurz davor, oh Gott, Whiskey war kurz davor und Patrick hatte immer noch seinen Spaß mit der Vorhaut, während sein eigener Ständer ihn verrückt machte. Patrick konnte einfach nicht aufhören, gegen die Matratze zu stoßen und zu versuchen, sich Erleichterung zu verschaffen. Für einen kurzen Moment verlor er die Kontrolle und seine Bewegungen wurden stärker, ungeschickter. Whiskey zischte und Patrick ließ den Penis mit einem kleinen schmatzenden Geräusch und einem nassen Klatschen auf seinen Bauch fallen, während aus der Spitze Sperma entwich.

„Entschuldigung! Das tut mir leid!", sagte er und Whiskey zog ihn hoch, indem er seine großen Hände unter Patricks Achseln schob und so lange zog, bis Patrick komplett auf seinem großen Körper ausgestreckt lag. Dabei sah er vergnügt aus.

„Patrick?"

„Ja?"

„Bitte entschuldige dich nie mehr für Dinge, die du tust, während du mich befriedigst. "

Patrick schluckte. „Okay."

„Und bitte glaube nicht, dass wir hier ein Rennen veranstalten. Du musst mich nicht zum Orgasmus bringen. Okay?"

Patrick konnte ihm nicht mehr in die Augen sehen. Er konnte das einfach nicht. Er beugte sein Kopf hinunter und legte seine Wange auf das weiche Brusthaar. „Okay", murmelte er.

Whiskeys Hand wuschelte durch Patricks Haare und sein Becken bewegte sich fast schon aus Reflex. Patrick drückte sich an ihn und ihre Schwänze rieben aneinander, sie stöhnten beide gleichzeitig auf, während Whiskey zwischen sie fasste.

„Hier", murmelte er. „Rutsch ein bisschen zurück, leg dein Knie auf die Matratze und ..."

„Oh? Ohhhh ..."

Whiskey umfasste sie beide mit dieser großen, geschickten Hand: Patricks dünnere, blasse, beschnittene Erektion und Whiskeys großen, unbeschnittenen Schwanz. Patrick vergrub sein Gesicht wieder in Whiskeys Brust und stieß mit seinem Becken in Whiskeys Hand.

„Oh Gott ... Whiskey?" Das fühlte sich so *gut* an. Whiskeys Schwanz hatte so eine weiche Haut und sein Sperma war so warm und feucht, und Patrick wollte ihm noch näher sein, so viel näher und ... oh Gott. Er war nahe dran. Sie waren beide *nackt* und *fassten* sich an. Patrick beugte sich über Whiskeys Brustwarze und saugte. Whiskey machte wieder dieses geile Geräusch, das aus

tausend verschiedenen Geräuschen bestand, bevor er sie beide mit seinem Sperma
bespritzte, was Patrick ebenfalls aufstöhnen ließ.

„Oh Gott … oh Gott … oh Gott … ohmeingott, ohmeingott, ohmeingott,
ohmeingottohmeingottohmeingott … *Whiskey*!"

Patricks Eier zogen sich fast bis in seine Kehle hoch, so kurz stand er
vorm Orgasmus. Als Whiskey abspritzte und sein Sperma auf ihren schwitzenden
Körpern verrieb, konnte Patrick nichts anderes tun … und dann rieb Whiskeys
Daumen über seine Eichel und Patrick stöhnte auf und versenkte seinen Kopf in
Whiskeys Brust und *schrie,* und kam er.

Patrick lag ausgestreckt auf Whiskeys Brust, sie zitterten beide und
schnappten nach Luft wie Frösche.

„Patrick?", fragte Whiskey zögernd und Patrick wusste, was er wollte.

„Ich hol's schon."

Patrick glitt vorsichtig, ganz vorsichtig, zur Seite, legte seinen Kopf auf
Whiskeys Schulter und suchte nach dem feuchten Lappen, um sie beide sauber zu
machen.

Er rieb an Whiskeys Haut rum, bis Whiskey beide Hände über Patricks legte
und sich selbst ein bisschen geschickter darum kümmerte.

„Tut mir leid", seufzte Patrick und Whiskey rutschte ein Stück nach unten,
bis ihre Lippen auf der gleichen Höhe waren. Er küsste ihn.

Es war nur ein kurzer Kuss, weil Whiskey schnell wieder zurückwich und
sagte: „Braucht es nicht. Gott, Patrick. Das war unglaublich für den Anfang."

Patrick sah ihn unglücklich an. „Aber … ich schlafe gleich ein."

„Ich auch." Whiskey wischte schnell Patricks Bauch sauber und legte dann
den Lappen in eine Ecke des Betts, wo er ihn schnell wieder zur Hand haben
würde.

„Aber …"

„Es ist erst neun, Patrick. Lass uns ein Nickerchen machen. Der erste,
der wach wird, weckt den anderen. Keine Sorge. Nach der zweiten Runde essen
wir Eis."

„Wir haben Eis?", nuschelte Patrick und dachte, dass er gerne etwas davon
haben würde, wenn er aufwachte.

„Mmmhhh …"

Patrick war absolut entspannt und Whiskey zog mit einer Hand das Laken
um ihre Hüften, damit ihnen von der leichten Brise, die durch die Luken kam, nicht
kalt wurde. „Ich mag Eis", konnte Patrick gerade noch sagen, bevor er eindöste.

„Ich mag dich", sagte Whiskey und Patrick war traurig, weil er keine Zeit
mehr hatte, darauf zu antworten, bevor er einschlief.

WHISKEY: NOTLÜGEN IN DER DUNKELHEIT

WHISKEY HATTE in dieser Nacht ein paar Mal gelogen.

Er hatte gesagt, dass er den Haupt-Akteur scharf fände, obwohl er ihn in Wirklichkeit nur durchschnittlich fand. Er hatte behauptet, dass er keine Eile damit hätte zu kommen, obwohl sein gesamter Körper nur aus Erregung bestanden hatte und er sich *kaum* zurückhalten konnte. Whiskeys Hände hatten so stark gezittert, dass er Angst gehabt hatte, Patrick zu verletzen, als er ihm das erste Mal einen runtergeholt hatte. Whiskey hatte behauptet, dass er kurz davor war einzuschlafen, obwohl er in Wirklichkeit absolut nicht vorhatte zu schlafen; stattdessen hielt er lieber Patrick fest in seinen Armen und machte sich Gedanken darüber, was er als Nächstes mit diesem wundervollen sensiblen Körper anstellen würde, damit Patrick mehr von diesen unglaublichen „Lass uns die Nachbarn aufwecken"-Geräuschen machte.

Und Whiskey hatte gesagt, dass er Patrick mochte, obwohl die ganze Wahrheit war, dass er sich mittlerweile total in Patrick verliebt hatte, aber das wollte Whiskey ihm nicht sagen aus Angst, Patrick würde vor Schreck davon laufen.

Und der letzte Punkt war die *absolute* Wahrheit und Whiskey wusste, dass Patrick das bestätigen konnte, mit Worten oder Taten, falls Whiskey es ansprechen sollte. Und deswegen hatte Whiskey die *Ich-spiele-mit-dem Gedanken-hierher-zu-ziehen*-Karte gespielt. Und die Art, wie Patrick darauf eingegangen war, hatte dazu geführt, dass Whiskeys Hand auf Patricks Haut zu zittern angefangen hatte und dass er vor lauter Lust aufstöhnen musste, nur weil Patrick auf ihm lag. Patrick wollte dieses Boot zu ihrem *Zuhause* machen. Whiskey würde ihn auf gar keinen Fall davon abhalten.

In den letzten vier Wochen hatte Whiskey die verschiedenen Schlafgewohnheiten von Patrick kennengelernt. Das war unvermeidlich gewesen, wenn er keine blauen Flecken bekommen wollte. Whiskey kannte den Moment zwischen Schlafen und Wachen; er konnte den Moment spüren, in dem Patrick vom Schlaf der Toten zu einem friedlichen Halbschlaf wechselte. Danach kam der Moment, in dem Whiskey damit rechnen musste, dass Patrick plötzlich aus dem Bett sprang und so etwas rief wie: „Ich bin dran mit Froschzählen!" Oder: „Heute trägt Whiskey die Bootsschuhe!" (Sie teilten sich untereinander ein Paar.)

Wenn Patrick dabei war einzuschlafen, gab es einen hibbeligen Moment, er konnte dann nicht aufhören zu reden, bevor er in der nächsten Sekunde halb weggetreten war. Dieser Moment war besonders gefährlich, weil Patrick jeder

Zeit aus dem Bett *hochschnellen* könnte (aber das tat er nur jede dritte Nacht). In der einen Minute lagen sie also im Bett und Whiskey redete auf seinen eigenen Körper ein, der Patrick am liebsten belästigt hätte, ganz egal, ob dieser es wollte oder nicht, und in der nächsten schnellten Patricks entspannte Glieder plötzlich hoch und schlugen wie ein stacheliger Seestern um sich. Und wenn Whiskey es nicht vorhergesehen hatte und sich mit den Händen über dem Kopf schützte, traf Patrick ihn mit seinem knochigen Ellbogen im Gesicht oder boxte mit seiner Faust in seinen Solar Plexus. (Einmal hatte Patrick ihn mit seinem Knie mitten in die Weichteile getroffen. Whiskey hatte mehr als eine Stunde gebraucht, bis Patrick aufgehört hatte, sich zu entschuldigen.)

Also wartete Whiskey, bis dieser halb-wache Moment *überwunden* war, doch noch *bevor* Patrick wie ein Stein ins schwarze Wasser des Tiefschlafs versank, begann er.

Patrick atmete tief ein, fast schon ein Schnarchen, und Whiskey ergriff die Gelegenheit.

„Patrick?"

„Hm?"

„Ich werde deine Schultern massieren, okay?"

„'Kay."

„Bring mich nicht um, wenn ich jetzt unter dir wegrolle, okay?"

„Mm. Mach ich nich'."

Whiskey nahm sich Zeit. Er massierte nur mit mittelstarkem Druck – Patrick war dünn und hatte nicht genügend Muskeln, damit Whiskey mit seinen langen Händen wirklich fest zupacken könnte. Vor allem rieb er und freute sich über das Gefühl von Haut auf Haut. Zwischendurch beugte Whiskey sich hinunter, um Küsse auf den Sommersprossen oder in die kleinen Kuhlen der häufig geröteten Schultern zu verteilen. Patrick bewegte sich verboten sexy unter seinen Berührungen, seine Hüften wanden sich zwischen Whiskeys Beinen und Whiskey beschloss, dass es Zeit war, weiter unten weiterzumachen.

Whiskeys Erektion glitt durch Patricks Pobacken und entlang seiner Beine, dann kniete er am Fußende des Betts und küsste Patricks Wirbelsäule hinunter. Kurz bevor er Patricks Hintern erreichte, hörte Whiskey auf und fragte: „Patrick?"

„Hm?"

„Ich werde jetzt ein bisschen weitergehen, okay? Ich spiele ein wenig mit deinem Hintern und lecke mit meiner Zunge darüber. Krieg keine Panik und tritt mir nicht ins Gesicht, okay?"

Patricks Körper spannte sich kurz an und Whiskey dachte: *Mist, das wars jetzt!*

Doch dann murmelte Patrick: „Okay. Das fühlt sich gut an."

Du hast ja keine Ahnung. Whiskey streckte die Zunge raus, zog die beiden schlanken, blassen Backen auseinander und leckte die Spalte entlang. Patrick hatte gebadet – okay, er war ein bisschen verschwitzt und roch nach dem Sex, den sie gehabt hatten, aber das machte Whiskey *unglaublich* an.

Er leckte ganz vorsichtig und lauschte den Mm-mm-ja-Geräuschen, die Patrick von sich gab, und begann dann, stärker zu lecken.

„Mm. Whiskey?"

„Wie fühlt sich das an?"

„Gut."

„Dann lass es einfach zu."

„M'Okay."

Whiskey lächelte, er saugte an seinem Daumen, bevor er für einen Moment über Patricks Öffnung pustete. Patrick bekam eine Gänsehaut und wurde – hoffentlich – etwas wacher.

„Okay. Ich werde jetzt über deine Öffnung reiben und deine Eier in meinen Mund nehmen, bis es dir zu viel wird. Ist das okay?"

„Was – *Oh Gott!*"

Patricks Körper spannte sich für einen langen Moment an und Whiskey hielt den Atem an. *Bitte, bitte, töte mich nicht.* Whiskey rieb weiter über Patricks Öffnung und massierte sie dabei, dann nahm er ganz, ganz vorsichtig einen Hoden in seinen Mund.

Patrick versteckte sein Gesicht in den Kissen und stöhnte ganz tief aus seinem Bauch heraus, was dazu führte, dass seine Eier in Whiskeys Mund vibrierten. Und dann machte Patrick etwas, das so untypisch für ihn war, dass Whiskey wusste, er musste etwas richtig machen:

Er blieb *absolut ruhig* liegen.

Whiskey fing an, mehrere Dinge gleichzeitig zu tun. Er saugte sanft an Patricks Eiern und griff dabei unter Patricks Bauch nach dessen Schwanz. Patrick stöhnte laut auf und Whiskey massierte weiterhin sein Loch, bis Patricks gesamter Körper anfing zu beben.

Whiskey zog seinen Mund weg, bewegte seinen Daumen und seine Hand jedoch nicht fort, während Patrick bettelte.

„Oh Gott … Gott, Whiskey, bitte … Ich muss … ich muss … ich muss … *Oh fuck*!"

„Was musst du, Baby?", stöhnte Whiskey und versuchte, seine eigene Erektion nicht gegen den Bettrahmen zu reiben. „Komm schon, sag's mir. Sag mir, was du brauchst, und ich mach's. Und ich werde es richtig machen und nichts wird besser sein, als das, was ich tue, okay?"

„Okay", wimmerte Patrick. „Okay, dann … Gott, ich … *Oh. Mein. Gott!*"

Whiskey hatte seinen Daumen mit einem Finger ersetzt und das kleine, walnussgroße Nervenbündel im Inneren von Patricks Körper gefunden, das vermutlich noch nie zuvor jemand berührt hatte.

„Was willst du?"

„*Mach das noch mal!*"

„Soll ich dir einen ganz einfachen Weg zeigen, wie ich das tun kann?"

„Ohgott, ohgott, ohgottohgott…"

Whiskey schmunzelte und rieb noch einmal fest über die Stelle. „Du willst, dass ich etwas für dich tue, Patrick?"

„Oh Jesus! Whiskeeeeeyyyy!"

„Ja?"

„Verdammt, *nimm* mich endlich!"

„Gib mir ein Kondom und das Gleitgel, Baby, und dann kanns losgehen."

Patricks Hände zitterten so sehr, dass er die beiden Artikel kaum zu fassen bekam, aber letztendlich schaffte er es doch, reichte alles an Whiskey weiter und hockte sich auf Händen und Knien hin. Whiskey gefiel das gar nicht.

„Dreh dich um", befahl Whiskey, seine Stimme war rau und überschlug sich. Seine Hände zitterten, als er das Kondom über seinen Schwanz zog.

Patrick blinzelte erstaunt und drehte sich um. Whiskey griff über seinem Kopf nach einem Kissen und legte es unter Patricks Po.

„Ich möchte dich ansehen", murmelte Whiskey. Nichts von dem, was er an diesem Morgen von Patrick gehört hatte, ging ihm aus dem Kopf – die ganzen schrecklichen Arten, die Patrick davon überzeugt hatten, dass er mies im Bett war. Whiskey war es völlig egal, ob er dieses Mal selber kam. Er wollte nur Patricks Gesicht sehen, um sicher zu sein, dass er alles richtig machte.

„Was?"

Whiskey runzelte die Stirn, während er sich darauf konzentrierte, eine große Menge Gleitgel auf dem Kondom zu verteilen. Danach positionierte er sich vorsichtig an Patricks geweitetem Eingang. „Das wird einen kurzen Moment lang brennen", warnte er. „Aber ich werde mich erst bewegen, wenn du dich daran gewöhnt hast."

Patrick blinzelte noch mehr. „Ich hab das schon mal gemacht", sagte er mit einer gekränkten Stimme.

„Nicht so, wie ich es mache", murmelte Whiskey und begann, ganz langsam in ihn einzudringen.

Patrick hatte den Kopf in die Kissen zurückgelegt, sein Nacken war nach hinten durchgebogen. Eine leichte Röte zog sich von seiner Brust den Hals hinauf bis in seine Wangen. Er hatte die Augen fest geschlossen und zwang sich dazu, Whiskeys Eindringen zu akzeptieren.

Whiskey achtete auf seinen Gesichtsausdruck und die Art, wie Patrick stöhnte, um zu wissen, ob er weiter eindringen konnte, und machte weiter und weiter. Oh Gott, Patrick war so eng. Whiskey machte sich Sorgen, dass er das versauen könnte, aber es fühlte sich einfach so verflucht gut an in Patricks Körper.

Patrick fing an, hin und her zu rutschen. Er streckte Whiskey seinen Hintern entgegen und murmelte: „Schneller, Whiskey. So langsam *bringst du mich um!*" Whiskey nahm mehr Tempo auf, als mit einem plötzlichen *„Pop!"* seine Spitze vollständig in Patrick eingedrungen war. Die komplette Länge seines Schwanzes folgte, weil seine Hüften zustießen - Whiskey konnte einfach nicht anders. Patrick stöhnte wieder tief auf, was Whiskey bis in seine Eier spüren konnte.

Whiskey hielt einen Moment inne, schwitzend und außer Atem, während Patrick wieder anfing, sich ihm entgegenzustrecken. Seine Augen sprangen auf, himmelblau und voller Flehen. „Schneller", stöhnte er. „Schneller ... Gott, mach schneller!"

Whiskey musste ihm einfach den Gefallen tun, seine Hüften schnellten vor und zurück und Patrick winselte wieder. Whiskey ermahnte sich, dass er das besser konnte, und begann, genauer zu zielen.

Whiskey merkte sofort, dass er das empfindliche Nervenknäuel getroffen hatte, als Patrick vom Bett hoch zuckte, also zielte er *wieder* und *wieder* und *wieder* und *wieder* ...

„Oh *Gott*, Whiskey, hör bloß nicht auf!"

„Fass deinen Schwanz an, Baby, und hör nicht auf!"

Patrick nahm seinen steifen Penis in die Hand und Whiskey hätte gerne zugesehen, wie Patrick es mochte, angefasst zu werden, aber er konnte seine Augen in diesem Moment nicht weiter offen lassen. „Komm schon!", spornte er Patrick an, dessen Schreie noch lauter wurden. Verdammt, Whiskey mochte es, wenn sein Lover laut war, offen und schamlos und dankbar für Whiskeys Berührungen. Nie fühlte er sich mehr zu Hause, als wenn er in jemanden hineinglitt, der darum bettelte.

Patrick streichelte sich fest und schnell, er bettelte weiterhin um mehr, bis er seinen Kopf zurückwarf und sein Becken nach vorne stieß, wobei Whiskey ihn auf halbem Wege begegnete. Whiskey war froh, als die ersten Spritzer Sperma aus Patricks Schwanz kamen, weil er ihm damit die Erlaubnis gab, selber zu kommen – und das machte er auch, er spritzte mit einem unglaublichen Gefühl von Stolz ins Kondom.

Whiskey ließ sich auf Patrick fallen und rutschte dabei aus ihm heraus. Patrick umschlang Whiskeys zitternden Körper mit all seinen knochigen Gliedern.

„Gut?", fragte Whiskey nach einer Weile. Er drehte sein Gesicht an Patricks Schulter und genoss es, wie Patricks Hand durch seine Haare strich.

„Unglaublich", atmete Patrick schwer. „Überhaupt nicht schrecklich."

Whiskey schmunzelte ein bisschen und hielt fest, dass er eine gute Arbeit gemacht hatte. „Sehr schön. Willst du jetzt Eis?"

Patricks Hand hörte auf, ihn zu streicheln, und wich zurück. „Haben wir Eis? Echt?"

„Ja. Hat Fly Bait in der Stadt geholt."

Patricks Grinsen war wunderschön und ehrlich. „Oh, Baby, bring mir einen Löffel."

„Vielleicht sollten wir uns vorher ein bisschen sauber machen?"

Das Grinsen wurde breiter. „Oh, ja, denn dann können wir es später noch einmal tun."

Whiskey nickte ernsthaft. „Ja. Aber dann liegst du oben."

Patricks Augen wurden groß. Er schloss den Mund und blieb die nächsten Minuten still, während Whiskey sie beide sauber machte und ihm dann eine saubere Boxershorts gab. Kurze Zeit später lagen sie wieder im Bett und teilten sich eine große Packung Pfefferminz-Eis mit Schokoladenstückchen, während sie sich leise unterhielten.

Später stand Whiskey auf, brachte das Eis weg und erwartete, dass er bei seiner Rückkehr Patrick wieder im Bett vorfand. Als er sich jedoch umdrehte, war Patrick gerade auf dem Weg nach oben.

„Wo willst du hin?"

„Es ist so eine schöne Nacht", sagte Patrick ernst. „Ich möchte mich bei jemanden dafür bedanken, und wenn ich die Sterne sehe, fühle ich mich demjenigen näher."

Whiskey blieb stehen. Du liebe Güte – jemandem *danken? Gott* danken? Ja, Whiskey kannte den Typen. Selbst Wissenschaftler glaubten an ihn. Während des Studiums hatte Whiskey gedacht, dass die perfekte Symmetrie von Zellen, Chemikalien, Nahrungsketten und Physik der Beweis dafür wäre, dass es Gott gab. Aber dann wurden seine Eltern Opfer von Eis, Physik und der Beziehung eines anderen Menschen zum Alkohol, und Whiskeys Glaube verschwand. Er verschwand nicht auf eine dramatische Art und Weise, einfach so, kein: *Von diesem Moment an glaube ich nicht mehr an Gott!* Whiskey hatte einfach aufgehört, darüber nachzudenken, wie die Welt wohl entstanden war und dass dies der Beweis für die Existenz Gottes sein müsse.

Whiskey sah Patrick dabei zu, wie er nach draußen ging und auf der anderen Seite des Decks verschwand, und dachte: *Oh Gott. Patrick. Patrick ist der Beweis, dass es Dich gibt. Du hättest ihn einfach im Fluss versinken lassen können, aber Du hast mich an Patrick gegeben und dann hast Du ihn mir gegeben.*

Whiskey schluckte und folgte Patrick die Treppen hoch.

Der Mond stand hell am Himmel, verschwommen und golden und weit weg, mit einem silbernen Ring, der den wolkigen Himmel erhellte. Am Horizont waren die Sterne zu sehen, ein klarer Streifen Dunkelheit neben den trüben verhangenen Wolken. Das schwarze Wasser vom Fluss machte aus jedem Lichtstrahl ein impressionistisches Gemälde. Das Schilf auf der anderen Seite des Flusses lag im schwarzen Schatten der Lichter und machte aus der ganzen Welt ein Meisterwerk aus schwarzen und weißen und grauen Schatten.

Patrick lehnte sich über die Reling und beobachtete nur. Es war einer der wenigen Momente, in denen Whiskey ihn je hatte stillstehen sehen. Er stellte sich hinter seinen witzigen, freundlichen, komplizierten Liebhaber, der sich so sehr nach Liebe gesehnt hatte, dass Gott ihn erhört hatte. Er legte seine Arme um Patrick und hielt ihn fest.

„Dankst du Gott?", flüsterte Whiskey heiser.

„Ja."

„Ich auch."

Patrick drehte sich in seinen Armen. „Wirklich?"

„Ich schwöre!"

Patricks Lächeln war süß. „Dann bist du dankbar wegen mir?"

„Mit jedem Atemzug."

Whiskey fing an, das Gefühl von Patricks Gesicht, wie es in der Kuhle seiner Schulter versank, zu schätzen. „Ich bin so froh. Ich habe keine Ahnung, ob jemals jemand dankbar war wegen mir."

Whiskeys Augen brannten mit der Stärke seiner Gefühle für Patrick. „Wie ich schon gesagt habe", flüsterte er. „Du hast dich mit den falschen Leuten abgegeben."

Patrick nickte wieder. „Das weiß ich jetzt auch", murmelte er. „Das wird mir nicht mehr passieren."

Whiskey hielt ihn fester und schloss seine Augen in der Schönheit der Nacht. Patrick in seinen Armen zu halten – das war wirklich alles, was er brauchte.

DAS WOCHENENDE war so verdammt schnell vorbei.

Patrick und Whiskey hatten ein paar kleinere Aufgaben, die erledigt werden mussten: Daten aufzeichnen, sich um die Frösche kümmern, einkaufen, Wäsche waschen. Deswegen konnten sie am nächsten Tag erst gegen Mittag aufbrechen, um zu *ihrem* Dock zu fahren. Dem verlassenen, kleinen Dock auf dem verlassenen Gelände, das so einsam war, dass man meinen konnte, sie beiden wären die einzigen Menschen auf der Welt. Endlich waren sie da und verbrachten den Rest des Wochenendes entweder im Wasser oder im Bett.

Um ehrlich zu sein: Es war so heiß, dass sie *viel* Zeit im Wasser verbringen mussten. Dieses Mal durfte Whiskey Patricks blasse, sensible Haut eincremen und das war schön. Patrick reagierte genauso sensibel auf das Eincremen wie auf Sex. Er bewegte seine Schultern und wackelte mit den Hüften. Er lehnte sich mit der gleichen Freude in Whiskeys Hände, die er auch im Bett an den Tag legte. Die Tatsache, dass er es zu genießen schien, ließ Whiskeys Herz schneller schlagen. Obwohl sie an diesem wundervollen Wochenende noch jede Menge wunderbare Erfahrungen im Bett gemacht hatten, hatte er nach dem ersten sinnlichen Erlebnis im halb-wachen Zustand, als Whiskey sich bemüht hatte, Patrick zu zeigen, dass Sex nicht schrecklich war, kein einziges Mal mehr Angst um sein Leben haben müssen.

Nachdem sie Sonntagabend zum Dock zurückgeschippert waren, blieb ihnen nichts weiter übrig, als in der abkühlenden, rosa gefärbten Dämmerung auf Fly Baits Rückkehr zu warten. Sie saßen am Heck des Hausbootes, ließen ihre Füße etwa einen halben Meter über dem Wasser baumeln und hielten Händchen.

Whiskey war fasziniert von Patricks Händen. Sie waren lang und spinnenartig, so wie sein Körper, lauter eckige Gelenke und seltsam in die Länge gezogen, aber sie fassten gerne alles an. Patrick war ganz still und nachdenklich. Er ließ seine Hände von Whiskeys Beinen über seine Hüfte zu seinen Schultern wandern, bevor Whiskey sie einfing und küsste. Anschließend legte Whiskey sie wieder in seinen Schoß. Sie redeten ein wenig – in ihrer eigenen gefühlsduseligen Sprache, genauso wie Whiskey und Fly Bait ihre eigene Wissenschaftssprache hatten.

„Mmm. Das ist hübsch." Patrick starrte mit seinen wasserblauen Augen auf den Horizont.

„Der Sonnenuntergang?"

„Ja. Rosa, orange, rot, schwarz. In der Farbe findest du keine Hemden."

„Nicht in der Männerabteilung."

„Fick dich. Ich bin schwul."

„Ich würde dich lieber ficken, weil du ja schwul bist." Whiskeys Anspielungen und sein Humor waren nicht jedermanns Sache, das war ihm bewusst.

Patricks kehliges „Har-har-har!" schwang über den leisen, langsam fließenden Fluss, und Whiskey fragte sich, warum ihm Fly Baits lautes Lachen so sehr Angst gemacht hatte. Sie klangen beide ziemlich ähnlich.

Plötzlich bewegte sich Patrick und legte seinen Kopf auf Whiskeys Schulter. „Werden wir noch Sex haben, wenn Fly Bait wieder da ist?"

Whiskey versenkte seine Nase in Patricks Haaren – es war mit der Sommersonne noch heller und lockiger geworden – und lächelte. „Oh ja."

„Wird es sie nicht stören?"

„Fly Bait? Die Frau kann sogar trotz ihres Schnarchens schlafen."

Patrick lehnte sich zurück und sah ihn nachdenklich an. „Ich habe sie noch nicht schnarchen gehört."

Whiskeys Lächeln war freundlich. „Weil du das auch verschläfst." Das konnte Whiskey inzwischen auch – aber er hatte im Raum neben der *sehr* kleinen Kabine gelegen, in der Loretta und Fly Bait ihre ersten Nächte miteinander verbracht hatten, und er dachte sich, dass Fly Bait ihm mindestens eine Patrick-Nacht schuldete. Oder mehrere. Whiskey ging davon aus, dass sie noch knapp zwei Monate miteinander hatten, bevor das wahre Leben sie wieder einholte und sie sich Whiskeys Exkursion stellen mussten. Außerdem mussten sie planen, wie Patrick die sechs Monate verbringen wollte, die sie getrennt sein würden.

Whiskey war eigentlich ein Macher. Wenn er etwas Unangenehmes vor sich hatte, schob er es nicht hinaus, sondern stellte sich dem Problem. Aber in diesem Fall wollte er nicht der Macher sein. Gerade ging er davon aus, dass die Zeit der Entscheidungen noch früh genug kommen würde. Jetzt wollte er sich einfach nur darauf konzentrieren, zu leben. Patrick war mehr oder weniger vom Himmel in seinen Schoß gefallen und Whiskey wollte ihn nicht gleich wieder von sich wegstoßen, wo sie doch endlich glücklich miteinander waren. Also ging Whiskey davon aus, dass er für eine Weile einfach das *Machen* in *Leben* umwandeln konnte,

118

ohne Entscheidungen treffen zu müssen. Patrick seufzte an seiner Schulter und wackelte ein wenig, dann hörten sie beide das scharfe *Klick-Klack* von Lorettas Stiletto-Absätzen auf dem Dock.

„Willst du ihr Hallo sagen?", murmelte Whiskey.

„Ja. Vielleicht möchten sie ja etwas Eis?" Sie hatten noch mehr Eis gekauft.

„Wir können sie ja mal fragen."

„Hey, wir können sie ja mal fragen!" Patrick grinste, und sie wussten beide, dass sie *Ocean's Eleven* zitierten. Whiskey brauchte Patrick gar nicht erst zu fragen, ob er den Film gesehen hatte. Sie standen auf und gingen zur kleinen Tür auf dem Deck, um Fly Bait und ihre große Liebe zu begrüßen.

Gemeinsam aßen sie Eis und unterhielten sich bis in die Nacht hinein. Die beiden Frauen gingen hoch aufs Deck, damit sie sich in Ruhe voneinander verabschieden konnten. Als Fly Bait wieder herunterkam, beobachtete sie mit einem säuerlichen Gesichtsausdruck, wie die beiden den Abwasch machten.

„Oh Gott, ihr zwei. Ihr seid furchtbar. Ich gehe ins Bett. Warte eine halbe Stunde, bevor du ihn wie einen geilen Gorilla zum Schreien bringst, Whiskey – das ertrage ich nur, wenn ich tief und fest schlafe."

Whiskey nickte nur, während Patrick und er so taten, als würden sie Fly Baits glänzende Augen nicht bemerken.

Im Wohnbereich machten sie es sich bequem und sahen sich einen Film an. Da Patrick jedoch fast auf Whiskeys Schoß sitzen musste, um den kleinen Bildschirm des Laptops sehen zu können, wurde daraus ein leises am-Po-herumfummeln, also gingen sie ins Bett, noch bevor sie die Hälfte des Films gesehen hatten.

Und *dann* brachte Whiskey Patrick zum Schreien wie einen geilen Gorilla.

SECHS WOCHEN später – Gott, sechs Wochen später wollte Whiskey immer noch nicht an die Zukunft denken. Aber es blieb ihm nichts anderes übrig, denn Fly Bait und er hatten immer noch keinen Schimmer, wo die Chemikalien herkamen, die die Frösche zu Abnormitäten machten. Und sie hatten nur noch zwei Wochen Zeit.

„Okay, okay, okay", murmelte Whiskey an dem kleinen Küchentisch, an dem sie alle seit dem Mittagessen saßen – jeder mit Notizen und Zahlen vor sich – und sich die Köpfe zerbrachen. „Lasst uns noch einmal durchgehen, was wir wissen."

Fly Bait fing an: „Wir wissen, dass wir als einziges Pestizid Atrazin finden können, von dem bekannt ist, dass es die DNA von Fröschen zerstört. Die Unterlagen von sämtlichen Bauern in dieser Gegend zeigen jedoch, dass keiner von ihnen diese Chemikalien in den letzten zehn Jahren eingesetzt hat. Es befindet sich nicht im Boden und nicht in der Vegetation. Es ist also keine Altlast, es muss in letzter Zeit verteilt worden sein."

„Korrekt", sagte Whiskey und nickte.

„Und wir haben das Problem, dass der Chlorgehalt abfällt", fügte Patrick hinzu, ohne schüchtern oder fehl am Platz zu wirken. „Das könnte bedeuten, dass Backpulver oder ein anderer Neutralisator in den Fluss gekippt wurde. Wir wissen allerdings nicht, warum jemand das tun sollte, weil es so idiotisch ist. Wir wissen, dass die Recyclinganlage meines Vaters das Zeug einsetzt, aber wir haben sie angerufen" – Fly Bait hatte sie angerufen – „und ihre letzte Überprüfung hat bestätigt, dass das Backpulver genutzt wurde, um Ölflecken zu reinigen. Nach dem Gebrauch durchläuft es eine Reinigungsanlage, weil es sonst zu Sonderabfall gehören würde, und die Anlage versucht, *genau das* zu vermeiden. Aber selbst *wenn* sie das Zeug einfach ins Wasser werfen würden, müssten wir auch noch andere Giftstoffe finden, aber da ist *nichts*, also sind wir im Arsch."

Whiskey sah Patrick an und wackelte mit den Augenbrauen, denn trotz der ausweglosen Situation, hatten die beiden in den letzten Wochen reichlich Spaß mit Ärschen gehabt, oftmals mit viel Geschrei und ohne Rücksicht zu nehmen. Fly Bait hatte nichts dazu gesagt. Sie hatte jedoch als Rache damit angefangen, kleine Anmerkungen über ihren Sex mit Loretta zu machen. Das war schon okay – Whiskey war ausreichend bi, sodass ihm ihre kleinen Geschichten anmachten, und Patrick hatte keine Ahnung, was ein Strap-On war. Also hatte es keinerlei negativen Einfluss auf ihr Sexleben. Patrick grinste zurück, bevor sie beide sich wieder auf das verdammte Projekt konzentrierten, denn Whiskey hatte *noch nie* „Ursache unbekannt" unter eine Forschungsarbeit geschrieben und er war nicht bereit, jetzt damit zu beginnen.

„Wir haben mit der Papierfabrik gesprochen und nichts, was *sie* einsetzen, hat auch nur die *geringste* Ähnlichkeit mit Atrazin", murmelte Whiskey.

„Atrazin ist ein Pestizid, das die Frösche durch ihre Haut aufnehmen, wodurch wiederum ihre DNA verändert wird. Es ist super-schlechter Mist und verflucht noch mal verboten." Patrick zuckte gleich zusammen, nachdem er das gesagt hatte. Es war nicht das erste Mal, dass ihm einfach etwas herausgeplatzt war – und bestimmt auch nicht das letzte Mal. Whiskey hatte sich an Patricks merkwürdigen Eigenschaften gewöhnt – einfach alles rauszulassen, was ihm durch den Kopf spukte, ging Hand in Hand mit seiner kaum vorhandenen Impulskontrolle. Und die Erwähnung der Fabrik seines Vaters hatte jegliche Kontrolle, die er eventuell gehabt hatte, über Bord geworfen. Whiskey und Fly Bait sahen ihn gleichzeitig an und nickten, damit Patrick sehen konnte, dass sie seiner Meinung waren (sie hatten einmal versucht, ihn zu ignorieren, da war er für knapp fünfzehn Minuten in einer Art Dauerschleife gefangen gewesen, die nur wiederholte: „Frösche sind Amphibien, was bedeutet, dass sie auf dem Land *und* im Wasser leben.").

Nachdem sie ihm zugestimmt hatten, atmete Patrick einmal tief ein und brachte sich wieder unter Kontrolle. Whiskey machte weiter mit ihren bisherigen Erkenntnissen: „Und all die Sachen, die sie *zugeben* einzusetzen, findet man entweder im Boden, in der Vegetation oder im Wasser wieder. Niemand, dessen Unterlagen ich gesehen oder mit dem ich gesprochen habe, hat überhaupt zugegeben, das Zeug einzusetzen. Wir haben also nur noch *einen* nicht getesteten Bereich im Gelände und das ist der Bereich, von dem Patrick schwört, dass es dort nichts weiter gibt als ein verlassenes Gebäude."

„Zumindest als ich das letzte Mal da war", schränkte Patrick ein und Whiskey nickte nur, weil sie schon darüber geredet hatten.

„Ich habe danach gefragt", murmelte Fly Bait. „Und der Sprecher der Firma deines Vaters hat mir gesagt, dass sie das Gelände nicht nutzen. Vielleicht … Ich weiß nicht, vielleicht hat da jemand eine verbotene Maisproduktion gestartet oder so."

Patrick sah sie an. „Wie kann Mais denn verboten sein?"

„Wie zum Teufel soll ich das wissen." Fly Bait zuckte mit den Schultern, woraufhin Patrick es ihr gleichtat.

„Okay", sagte Whiskey beschwichtigend. „Verbotener Mais, verbotenes Sonstwas. Wir müssen dahin und uns die Lagerhalle *selber* ansehen. Wir können die alte Anliegerstraße nehmen, die hinter der Firma von Patricks Vater liegt. Die endet allerdings drei Kilometer vor Anfang des Geländes, weil die Lagerhalle seit zehn Jahren leer steht und die letzte Flut dort die Straße weggespült hat. Den Rest des Weges müssen wir zu Fuß gehen. Patrick, erinnerst du dich noch an *irgendetwas* in der Gegend? Wir haben Satellitenfotos, aber die sind drei Jahre alt. Damals sah es aus wie ein verlassenes Sumpfgebiet, das während des Sommers austrocknet. Gibts da sonst noch was?"

Patrick zuckte mit den Schultern. „Mhh. Nö. Aber der Weg dahin ist anstrengend. Es ist ganz schön hügelig. Mein Vater und ich sind da früher immer hin, um Drachen steigen zu lassen."

Das war überraschend. „Echt?"

Patrick wurde rot. „Tja, ich denke mal, nicht *alles* war schlecht. Aber die Hügel lagen ziemlich frei, und es gab noch nicht überall Überlandleitungen so wie heute. Das ist auch der Grund, warum wir da nicht mehr hingegangen sind. Und das war vermutlich auch der Hauptgrund, warum mein Vater die Lagerhalle einfach geschlossen und eine neue gebaut hat, die näher an der Fabrik lag. Shawn hatte das Gelände geerbt und es war eines dieser doofen Gebäude, die gebaut wurden, als jeder *dachte*, dass die Gegend komplett bebaut werden würde, was aber *nie* passiert ist."

Whiskey nickte. Solche Dinge passierten in unbebautem Sumpfland, vor allem in Überflutungsgebieten, auch wenn die Baubehörde das Land anders auswies. „Okay", sagte Whiskey. „Das ist also die Stelle, die wir uns noch nicht angesehen haben, zum einen, weil sie so verdammt schwer zu erreichen ist und wir uns einfach auf unser Glück verlassen haben, und zum anderen, weil sie verlassen sein soll und, na ja, wir uns eben auf unser Glück verlassen haben. Sind wir also jetzt so weit, uns das anzusehen?"

Tja, warum nicht? Sie hatten nur noch zwei Wochen.

„Haben wir meinem Vater gesagt, dass wir auf seinem Grundstück sein werden? Ohne meinen Namen zu nennen?"

Es gab einen Grund, warum Fly Bait mit ihrem neuen Handy angerufen hatte. Am Montag nach ihrem ersten Wochenende – ihrem *Flitter*-Wochenende, wie Whiskey es gerne nannte – hatte sein Handy in seiner Hose geklingelt.

Patrick hatte es aufgehoben und sich über die Nummer im Display erschrocken. „Oh, Mist", hatte er gemurmelt.

„Was?"

„Das ist mein Vater."

Natürlich war das Patricks Vater gewesen, *weil* sie im 21. Jahrhundert lebten und es eine Rufnummernübertragung gab, richtig?

„Shit. Geh ran."

Das hatte Patrick getan und Whiskey hatte ihn fest im Arm gehalten, damit er Patrick besser davon abhalten konnte, das Handy quer durch den Raum zu werfen, falls das Gespräch schlecht lief.

„Ja, ich bin bei einem Freund, Dad. Freund. Du weißt schon. Jemand, der *nicht* mit dir schläft, um an dein Geld zu kommen. Ich habe nichts *abgehoben*. Ich habe dir *gesagt*, dass ich sie gesperrt habe. Tja, wenn die Kreditkartengesellschaft sagt, dass ich sie gesperrt habe, dann sage ich vielleicht die Wahrheit. Nein, ich habe keine Ahnung, wie man mit einer gesperrten Kreditkarte 5.000 Dollar abheben kann. Hast du mal die Kreditkartengesellschaft gefragt? Ah, ja, sie wurde also nachgemacht. Ich habe keine Ahnung, wie das geht. Warum fragst du mich das?"

Es gab einen Moment der Stille, bevor Patrick in einer bitteren und flachen Stimme weitersprach. „Nein. Tut mir leid. Ich wusste nicht, dass die gleichen Abbuchungen gemacht wurden, bevor das passiert ist. Seit drei Monaten? Ja. So lange war ich mit Cal zusammen. Ich weiß nicht, was ich dir sagen soll, Dad. Er war ein Arschloch und ich war ein verdammter Idiot. Macht dich das glücklicher? Ich weiß nicht, warum es dich glücklich machen soll. Ich nehme mal an, jeder hört gerne, dass er recht gehabt hat. Du hattest recht! Ich bin ein Versager, mein Ex-Freund hat mich ausgenommen wie eine Weihnachtsgans und dann ist er eine Brücke runtergefahren und hat mich zum Sterben im Wagen zurückgelassen und dir die Rechnung dafür geschickt. Ich zahle es dir zurück – das habe ich nicht vergessen. Ja, Dad. Ich werde einen Job haben, bei dem ich richtiges Geld verdiene, okay? Wenn ich das Geld für die Schule bezahlt habe, gebe ich dir was. Hast du noch mehr Ideen, wie du mir die Woche versauen kannst? Wirst du meine Klamotten vors Haus werfen? Meine verdammte Dummheit der Presse erzählen? Einen Privatdetektiv engagieren, damit er mich findet?"

Whiskey zuckte zusammen. Sie wussten immer noch nicht, warum Cal, das Arschloch, einen Detektiv engagiert hatte. Das war eine ungelöste Frage, die Whiskey ganz und gar nicht gefiel.

„Ich weiß nicht – Cal wollte auf jeden Fall herausfinden, wo ich bin. Nein, ich sage dir auch nicht, wo ich bin!" Whiskey hatte die laute Frage am anderen

Ende gehört und schreckte zusammen, als er die laute Antwort von Patrick hörte. „Im Gegensatz zu Cal kannst *du* mir noch wehtun, Dad! Und geh ruhig und lach dich in den Schlaf mit *dieser* Info!"

Patrick hatte vorsichtig aufgelegt und Whiskey das Handy gegeben. Keiner von ihnen hatte etwas gesagt, aber Whiskey hatte ihn bestimmt zehn Minuten lang festgehalten, bis Patrick nicht mehr gezittert hatte und seine Froschfinger damit begonnen hatten, kleine Muster auf Whiskeys Brust zu malen.

Nein, Patricks Vater hatte keine Ahnung, dass die aufdringliche Biologin, die ihn mit Fragen zu den Fröschen und Pestiziden belästigte, seinen Sohn für den Sommer aufgenommen hatte, und die drei wollten das auch noch eine Weile dabei belassen. Patrick wusste, dass er wieder nach Hause zurückkehren musste, falls sein Vater ihn überhaupt wieder aufnehmen würde. Vielleicht konnte er auch auf dem Hausboot leben, während er es in Ordnung brachte, aber sie vermieden es, darüber zu reden.

Es würde schon schwer genug werden, wenn für Whiskey die Zeit gekommen war, in das verdammte Flugzeug zum Nordpol zu steigen.

Nein, Patricks Vater wusste das nicht.

„Wann arbeitet dein Vater denn nicht?", fragte Whiskey und Patrick zuckte mit den Schultern.

„Keine Ahnung. Er nimmt sich zwei Wochen Urlaub im Jahr und fährt Ski in den Sierras oder so, aber ansonsten verbringt er mindestens zwei Stunden täglich in der Firma."

Das war keine gute Nachricht. „Okay. Dann gehen wir also morgen Vormittag, nehmen ein paar Proben und hauen wieder ab. Was meinst du, Fly Bait?"

Fly Bait zuckte mit den Schultern. „Alles, was mich davon abhält, mindestens zwei Mal pro Nacht ‚Oh Gott, ja' von Patrick schreien zu hören, ist okay für mich."

Patrick wurde rot. „Tu ich nicht", log er.

Whiskey sah ihn an, legte den Kopf schief und nickte. „Baby, sei ehrlich, okay?"

Patrick errötete noch stärker und sah auf den Boden. „Tut mir leid, Fly Bait."

Fly Baits Grinsen wurde breiter, sie stand auf und klopfte ihm auf die Schulter. „Kein Problem, Junge. Ansonsten bist du mein zweitliebster Praktikant."

Damit ging sie nach oben aufs Deck und begann damit, die Teströhrchen zu desinfizieren und für eine weitere Probe vorzubereiten. Währenddessen fingen Patrick und Whiskey an, die Telemetrie-Einheiten aufzubauen und die Daten auszulesen. Sie waren ein Team, alle drei, und arbeiteten gut zusammen.

In dieser Nacht nahm Patrick Whiskey ganz tief in seinen Mund. Er kitzelte seine Eier und spielte sogar mit seinem Hintereingang, bevor Whiskey ihn warnte, lieber seinen Mund da wegzunehmen.

Was Patrick nicht machte.

Whiskey versuchte, Patricks Kopf wegzuziehen, aber dieser blieb beharrlich dort – mit Whiskeys Schwanz tief in seinem Hals – bis Whiskey gar nichts anderes mehr übrig blieb, als alles andere zu vergessen und zu kommen.

Patrick zog sich nach oben, schluckte das Sperma herunter und wischte sich das Kinn sauber, während Whiskey ihn hilflos ansah.

„Patrick ... Kondom?"

Patrick sah ihn mit geschwollener Unterlippe und seeblauen Augen an, die so groß waren, wie es eben nur ging. „Du bist genauso vorsichtig wie ich", sagte er ernsthaft und schluckte noch einmal. Patrick versuchte, nicht das Gesicht zu verziehen – anscheinend schmeckte es absolut nicht wie Eis –, aber er wollte auch nicht aussehen, als fände er es eklig. „Du machst es nie ohne Kondom, du lässt dich alle sechs Monate testen, du hattest seit fast einem Jahr keinen Sex mehr. Ich vertraue dir. Wir müssen noch sechs Monate warten, um sicher zu sein, aber ... bis dahin ... kannst du in meinem Mund kommen. Ich habe noch nie jemanden erlaubt, in meinem Mund zu kommen, aber, *Gott*, ich wollte wirklich wissen, wie du schmeckst."

Whiskey sah ihn erstaunt an. Er fragte sich, wie viele Leute Patrick unterschätzt hatten, seine Intelligenz und seine Wärme, nur weil er manchmal ohne Vorwarnung *ausrasten* konnte. „Habe ich schon das L-Wort gesagt?", fragte Whiskey und Patricks große, teichblaue Augen wurden noch größer.

„Nein", flüsterte er.

„Tja, sag mir einfach, wenn es dir nicht mehr so eine Angst macht, dass du jeden Moment vom Boot springen würdest, und dann sage ich es", meinte Whiskey. Gott, wie sehr er es doch sagen wollte.

„Ich sage es zuerst", sagte Patrick ihm ganz ernst. „Dann weißt du, dass du nicht alleine bist."

Whiskey schloss seine Augen und küsste Patricks Stirn. „Gott, ich liebe dich. Du musst das nicht auch sagen. Du musst nur wissen, dass es so ist, okay?"

Patrick seufzte in seinen Armen und schmiegte sich eng an ihn, trotz der Feuchtigkeit und der Hitze, die noch nicht einmal die offenen Luken vertreiben konnten.

„Natürlich liebe ich dich auch", sagte Patrick durch Whiskeys Schulter gedämpft. „Du hast doch nicht wirklich geglaubt, dass ich dich hängen lasse, oder?"

„Nein." Natürlich nicht. Nur ein Idiot würde Patrick unterschätzen, mit seinem kaninchenschnellen Gehirn und der Tiefe seines schnellschlagenden Herzens.

PATRICK: ATRAZIN IST EIN PESTIZID, ADHS IST EINE VERHALTENSSTÖRUNG UND EINIGE PFLANZEN SIND VERDAMMT ILLEGAL

PATRICKS WALMART-TURNSCHUHE hatten diesen Sommer arg gelitten. Sie waren von Anfang an schlecht verarbeitet gewesen und wurden jetzt nur noch von Klebeband und frommen Wünschen zusammen gehalten.

„Glaubst du, dass sie noch eine Wanderung durchhalten?", fragte Whiskey, als sie für ihre Wanderung packten.

Patrick zuckte mit den Schultern. Beim letzten Mal hatte er Blasen an den Füßen bekommen, aber die hatte er mithilfe von Pflastern verarztet, also ging er davon aus, dass schon alles gut gehen würde. „Ich hätte auch nach Hause gehen und ein paar Klamotten holen können", erwiderte Patrick entschuldigend. „Mein Vater geht eh davon aus, dass ich zurückkomme, um dort zu leben – er hat mich nicht rausgeworfen."

Whiskeys Mund verzog sich. „Vielleicht ist es besser, dass du nicht nach Hause gegangen bist. Vielleicht braucht dein Vater ein bisschen Zeit, um darüber nachzudenken, was er getan hat."

Patrick blinzelte ihn an. „Er hätte also eine Vater-Auszeit genommen? Und warum?"

„Weil er ein Arschloch ist", murmelte Whiskey, schnappte sich seinen Rucksack und machte sich auf den Weg.

Patrick seufzte und holte das Klebeband heraus. Er wusste nicht, wie er auf solche Äußerungen von Whiskey reagieren soll. Egal, wie oft Patrick auch versuchte zu erklären, wie verkorkst er war und dass sein Vater allen Grund hatte, enttäuscht von ihm zu sein, Whiskeys Meinung über Shawn wurde nicht besser. Patrick fing an zu glauben, dass es besser wäre, wenn er einfach seine Klappe halten und nicht mehr erwähnen würde, was für ein Versager er war.

Whiskey schien nicht zu glauben, dass Patrick ein Versager war, und der andere Mann war in ihn verliebt. Wenn der Mensch, der dich liebte, dich nicht für einen Versager hielt, hattest du dich vielleicht doch nicht so dumm angestellt. Es war auf jeden Fall mal etwas anderes, sich nicht andauernd entschuldigen zu müssen.

Patrick wollte auch gar nicht mehr sagen, dass es ihm leidtat. Vielmehr wollte er, dass Whiskey ihm erzählte, dass er schön war und dass er sich dafür bedankte, was sie im Bett miteinander trieben. Patrick wollte, dass Whiskey seine Hände anfasste, als wären sie etwas Wertvolles. Patrick hatte Pläne – er wollte Yoga unterrichten und zur Schule gehen (auch wenn er anfing zu glauben, dass Biologie vielleicht doch nicht so sein Fall war). Außerdem hatte Patrick vor, bei seinem Vater auszuziehen, doch vor allem wollte er vermeiden, dass Whiskey je dachte, dass er zu anstrengend wäre, um mit ihm zusammenzubleiben.

Patrick hatte seine Schuhe fertig zusammengeklebt und ging dann aufs Deck, wo er Fly Bait angrinste. „Noch einmal stürmt, noch einmal, liebe Freunde!", zitierte er. „Sonst füllt die ... mmh, wie ging das noch? Füllt irgendwas mit euren toten Fröschen."

Fly Bait blinzelte. „Sowohl eklig als auch ungenau. Der Dichter wäre entsetzt."

„Tja, okay. Englische Literatur war eh nicht so meine Sache", antwortete Patrick ohne jede Reue. „Whiskey, bist du so weit?"

„Ja. Fly Bait?"

„Ja. Ich fahre euch Weicheier zum Ende der verdammten Anliegerstraße." Sie äffte ihn nach: „Hilfe, Fly Bait, ich bin ein großer starker Mann, der keine acht Kilometer alleine laufen kann!"

„Fly Bait, willst du irgendwann auch mal wieder aus Sacramento raus und zurück nach Seattle, um deine Freundin zu Tode zu vögeln?"

„Ich habe die Schlüssel, Chef. Macht, dass ihr ins Auto kommt."

Patrick war auf dem Fünfzehn-Minuten-Trip irgendwie sentimental. Dieser Teil von Sacramento war einsam und verlassen, das gefiel ihm. Die nackten Hügel und das Sumpfland, in dem nur Insekten lebten, waren für ihn wie Freunde, sogar im Sommer, wenn jeder Windzug sich wie die Sonnenwinde von Azeroth anfühlte. Whiskey hatte noch ein paar Mal davon gesprochen, dass das Boot sein Zuhause war und dass Patrick es während seiner Abwesenheit renovieren könne. Patrick war noch nicht dazu gekommen, den Teppich herauszureißen, aber er hatte eine Liste der Dinge gemacht, die sie brauchten. Sie mussten sich über mögliche Isolierungen Gedanken machen und darüber, was sie mit dem Boden machen könnten. Patrick hatte abends an der Liste gesessen, während Fly Bait und Whiskey ihren wirklich langweiligen Mist gemacht und ihre Ergebnisse an die Fischereibehörde, *Fisch und Spiel*, weitergegeben hatten. Patrick hatte Whiskey die Übersicht gezeigt, nachdem er fertig war.

Whiskeys Augen hatten angefangen zu leuchten, bevor er sagte: „Kann der Teppich blau sein? Ich weiß, das ist doof, aber wenn du einen blauen Teppich und grüne Fliesen finden könntest, wäre das echt toll."

Fly Bait hatte gesagt, dass er mädchenhafter wäre als sie selber, hatte danach jedoch hinzugefügt: „Ja, aber dann musst du auch die fiesen, falschen Wandpaneele rausreißen und die Wände beige oder in Eierschale streichen, damit das alles zusammenpasst." Und damit hatte Patrick gewusst, dass sie genauso begeistert war wie er.

Patrick hoffte also, dass dies ihr Zuhause werden würde und dass Whiskey und er sich einen Hund anschaffen würden, dem sie Stöcke zuwerfen würden und der Hasen und Fasane jagen würde. Dann könnte er zur Schule und zur Arbeit pendeln (die gar nicht weit weg waren, wenn man erst einmal auf dem Highway 5 war), aber das war alles nicht sicher. Patrick hatte das Gefühl, dass er mehr wollte, als ihm zustand, wenn er sich anstelle eines kurzen Intermezzos eine richtige Zukunft mit Whiskey wünschte.

Auf dem Weg zu der Anliegerstraße kamen sie an dem großen Fabriklager vorbei, mit dem Patricks Vater sein Geld verdiente. Patrick sah es an und fühlte sich wieder wie der kleine Junge, der diese Fabrik immer besucht hatte. Das Gelände war riesig und der Parkplatz der Angestellten war bis zum Anschlag voll. Beängstigende, wissenschaftliche Dinge passierten im Inneren des Gebäudes und das Glück Tausender Menschen hing davon ab. Die Fabrik hielt die Stadt sauber(er) und war wichtig – viel wichtiger als Patricks Glück und Zufriedenheit, so war es immer gewesen. Das wusste er. Diese Tatsache hatte er schon in jungen Jahren begriffen.

Trotzdem sah er mit einem Anflug von Neid auf das Gebäude, an dem sie vorbeifuhren. Er fühlte sich klein und wertlos, und das hasste er.

Patrick lenkte seinen Blick auf die Vordersitze, wo Fly Bait und Whiskey einsilbig diskutierten, wie sie am besten die Gegend überprüfen könnten. Whiskey fand, dass immer kleiner werdende Kreise die beste Lösung darstellten, während Fly Bait längliche Linien bevorzugte. Patrick überließ die Entscheidung den beiden. Wenn es nach ihm gegangen wäre, wäre er in Zick-Zack-Linien durchs Gelände gelaufen, so wie Frösche durch Wasser hüpften oder wie Kaninchen durch Büsche sprangen. Für wilde Tiere stellte dies eine prima Art dar, ihren Angreifern zu entkommen, aber sie war nicht so gut geeignet, um nach etwas Ausschau zu halten.

Die Straße zur Fabrik ging hinter der Einfahrt zum Parkplatz in Sand und Schmutz über. Sie endete abrupt in Büschen aus Sumpf- und Pampagras, die aus einem alten Rinnsal wuchsen, welches zum Fluss führte. Es sah nach einem beschwerlichen Weg aus, und trotz der Augusthitze hatten Whiskey und Patrick dünne, langärmelige Jeanshemden über ihre T-Shirts gezogen, um sich die Moskitos vom Hals zu halten, die sich nicht im Geringsten vom Mückenspray abschrecken ließen.

Sie sprangen aus dem Auto. Whiskey testete kurz das Walkie-Talkie, bevor sie sich auf den Weg durch den Sumpf machten.

Zwanzig Minuten später funkte Fly Bait sie aus der Jack in the Box-Schlange an, um ihnen zu sagen, dass sie sich ein Eisgetränk in der Größe eines Pools holen würde. Whiskey sagte ihr, sie solle sich verziehen, und Patrick nannte sie ein Eierzerquetschendes Biest, aber Fly Bait lachte nur lauthals, bis Whiskey schließlich die Leitung kappte.

Es war heiß, es war feucht und das Sumpfgras war so schwierig zu durchschreiten wie ein verdammter Vorhang aus Rasierklingen. Es lagen streng riechende Baumstümpfe in ihrem Weg und es war verdammt schwer, einen netten, kleinen Spaziergang in den sieben Quadratkilometern aus Hügeln, Bächen und Flachland zu machen. Patrick stapfte grimmig voran und Whiskey folgte ihm in der üblichen mürrischen Stimmung, die sie sich bei Ausflügen in Forschungsgebiete angewöhnt hatten.

Es war Patrick, der schließlich einen Vorschlag machte: „Siehst du den Hügel, Whiskey? Lass uns dort hochklettern. Die Pflanzen und das andere Gestrüpp hören kurz vor der Kuppe auf. Vielleicht haben wir von da aus einen besseren Blick über die Gegend. Mir kommt es so vor, als sollten wir längst das Lager sehen. Ich meine, wir haben hier immer Drachen steigen lassen, richtig? Ich erinnere mich nicht *annähernd* an so viele Pflanzen."

Whiskey riss auf einmal die Augen auf. „Oh, verflucht", grummelte er. „Ich war so in Gedanken, dass ich den Wald vor lauter Bäumen nicht gesehen habe. Verdammt, Patrick, du warst mit einem Drogendealer zusammen. Erkennst du nichts wieder?"

Patrick sah sich die Pflanzen noch einmal an. Sie waren riesig – menschengroß, mit großen, flachen, fünffingrigen grünen Blättern. Sie hatten angefangen, Samen zu bilden, welche wie winzig kleine Steinchen aussahen, die an der Spitze jedes Blätterbündels herunter hingen.

„Nein", sagte Patrick. „Sollte ich?"

Whiskey schüttelte den Kopf. „Mist", grummelte er. „Mist, Mist, Mist, Mist … Atrazin. Ein verbotenes Pestizid. Backpulver. Was macht man mit Backpulver?"

Es war, als würde Whiskey in einer Fremdsprache sprechen. „Froschbecken reinigen?", fragte Patrick verzweifelt.

Whiskey sah ihn an und schüttelte den Kopf. „Patrick, das hier ist viel größer als die Frosch-Sache, falls du dir das überhaupt vorstellen kannst. Komm mit, lass uns von der Erhöhung aus nachschauen. Aber bleib unter dem Dach aus riesigen Topfpflanzen. Ich will nicht, dass die Drogendealer, die vermutlich gerade das verdammte Lagerhaus bevölkern, auf uns aufmerksam werden."

Patrick blinzelte erst ihn an und dann die Marihuana-Pflanzen, durch die sie gestapft waren. „Oh verdammt, fick mich doch ins Knie", sagte er tonlos. Patrick war im Moment viel zu geschockt, um wirklich verärgert zu sein. Er hätte sich am liebsten unter einer dieser unglaublich großen Pflanzen versteckt in der Hoffnung, dass keine bösen Menschen auftauchen würden, um böse Dinge mit ihm zu tun.

Patrick sah zu Whiskey auf und sagte: „Ruf Fly Bait an. Ruf sie sofort an. Sag ihr, sie soll uns abholen."

Whiskey verzog das Gesicht. „Lass uns erst auf die Anhöhe klettern, okay? Vielleicht muss ich ihr noch sagen, dass sie ein paar Sachen besorgen soll."

„*Was* denn?", fragte Patrick mit solch einer Panik in seiner dünnen Stimme, dass sie sich überschlug. „Feuerzeug und Blättchen?"

Whiskeys Lachen überschlug sich ebenfalls. „*Mensch.* So viele Studentenheime gibt es gar nicht *auf der gesamten Welt.* Nein. Lass uns auf die Anhöhe klettern und gucken, ob wir uns hier wegschleichen können."

Patrick schulterte den Rucksack, folgte ihm und sprach dabei mit sich selbst. „Hier wegschleichen? Warum sollten wir hier wegschleichen? Ich meine, wir sind reingekommen, oder? Warum sollten wir uns wegschleichen? Oh. Verdammte. Scheiße."

„Das kannst du laut sagen", hauchte Whiskey. Sie mussten gar nicht mehr auf die Anhöhe steigen, um zu sehen, was bisher durch die Blätter verborgen wurde.

Das „verlassene" Lagerhaus war nicht mehr verlassen. Wenn man von der Größe der Pflanzen ausging, war es vermutlich schon eine ganze Zeit lang nicht mehr verlassen. Es gab jede Menge Aktivitäten – muskelbepackte Männer schleppten Kilosäcke Gras aus dem Lagerhaus, um sie auf Paletten zu stapeln, während andere Männer die Paletten in einen bunt zusammengewürfelten Haufen aus Lkws, Transportern und SUVs luden. Es gab sogar eine Art Inspektor, der mit einem Klappbrett von Wagen zu Wagen ging und anscheinend zählte, wie viele Säcke in jedes Fahrzeug geladen wurden. Die Person kam Patrick irgendwie bekannt vor, aber er konnte sich damit nicht weiter beschäftigen, weil zwei andere Männer auf eine Art Monitor starrten und sich plötzlich in ihre Richtung bewegten. Verfluchter Mist. Es sah so aus, als wären sie nicht nur auf Hanfpflanzen gestoßen, als sie durch das Blattwerk gestapft waren.

Whiskey verlor keine Zeit. „Fly Bait?", sagte er und drehte den Ton so leise, dass er das Funkgerät ganz nah an sein Ohr halten musste. „Ja, halt den Mund. Du musst die Polizei holen, ein verdammtes Sondereinsatzkommando und die Nationalgarde. Bring sie sofort her, am besten mit Drogenhunden und jemanden, der weiß, wie man mit Entführern verhandelt. Wir stecken in der tiefsten Scheiße, Baby, und brauchen jemand, der uns da raushilft."

Whiskey schaltete das Funkgerät aus und warf es in die Büsche, dann sah er Patrick an.

„Mach einen auf dumm", sagte er zu Patrick und dieser wusste sofort, was Whiskey meinte, auch wenn er sich sicher war, dass die Situation völlig aussichtslos war.

„Habe ich schon getan", erwiderte Patrick und schaute zu der *verdammt* vertraut aussehenden Gestalt, die zwischen den grunzenden Arbeitern in dem geschäftigen Treiben herumlief. Er hatte schwarz gefärbte Haare und eine sehr bleiche Haut, die sogar vom Hügel aus erkennbar war. „Ich glaube, ich war mit einem der Bosse zusammen."

Er hörte, wie Whiskey neben ihm fluchte, und selbst als die Männer mit dem kleinen Peilsender näher kamen, hörte er nicht auf.

Das musste Patrick ihm lassen – Whiskey legte eine gute Show hin.

„Siehst du", sagte Whiskey, als die beiden Männer gerade mit den Überwachungsgeräten die Steigung erreichten. „Ich habe dir doch gesagt, dass uns jemand helfen wird."

Patrick versuchte verzweifelt, Blickkontakt aufzunehmen, doch Whiskey schien auf einer Mission zu sein. „Wir sind von der Fischereibehörde, *Fisch und Spiel*. Wir waren gerade dabei, Frösche zu zählen, da haben wir uns verlaufen. Könnten Sie uns vielleicht den Weg zurück zeigen? Unser GPS-Gerät funktioniert nicht mehr und wir haben keine Ahnung, wo wir sind."

Fast nahmen die Muskeltypen es ihm ab. Sie waren unauffällige 20- bis 30-jährige Männer in Jeans und T-Shirts (und nicht in Leinenblazern, so wie Patrick immer gedacht hatte, dass Drogendealer sich kleiden würden - sie trugen auch weder Bandenjeans noch Gang-T-Shirts). Die beiden schienen absolut nichts mit Whiskeys offenem Lächeln anfangen zu können. Dieses ruhige, unbeschwerte Lächeln, das sagte: „Wir sind nur zwei Typen, die vom Weg abgekommen sind, also kein Grund, die Todesstrafe zu riskieren." Die Muskelmänner waren so verwirrt, dass die beiden sie vielleicht sogar hätten laufen lassen – es war schließlich die einfachste Lösung –, wenn nicht genau in diesem Moment Patricks Arschloch-Ex-Freund beschlossen hätte, sich einzumischen.

Die Männer standen zu weit von Patrick entfernt, um hören zu können, was Cal ihnen zurief, aber Patrick war sich ziemlich sicher, dass sein Name dabei eine Rolle spielte.

Ein krächzendes Geräusch kam vom Gürtel des Typen mit dem Überwachungsgerät. Dieser holte ein Walkie-Talkie hervor und Patrick wimmerte, als Cals Stimme plötzlich laut und deutlich zu hören war. „Ihr bringt diese Schwanzlutscher hier rüber, damit wir entscheiden können, wann wir sie erschießen werden."

Whiskey verzog das Gesicht und sah Patrick an. „Mann, ich kann *immer* noch nicht glauben, dass du mit ihm geschlafen hast."

„Ich war ein Idiot", murmelte Patrick kleinlaut, während die beiden Kraftpakete halb-automatische Pistolen aus ihren Taschen zogen. „Tut mir leid."

„Entschuldige dich nicht", erwiderte Whiskey sanft und hob die Hände über den Kopf. Patrick machte es ihm nach. „Und du bist *kein* Idiot."

Gott, Whiskey war ein netter Kerl, dachte Patrick, als sie von den Sicherheitsmännern mit den halb-automatischen Gewehren durch die Gegend geschubst wurden. Da standen sie also, nur wenige Momente davon entfernt, von Patricks Ex-Freund erledigt zu werden, der vom Status eines Arschlochs zu dem eines kriminellen Arschlochs aufgestiegen war, und Whiskey machte Patrick wieder einmal klar, dass er keine Sauerstoffverschwendung darstellte.

Zu schade, dass er nicht mehr lange Sauerstoff brauchen würde.

Und es war *wirklich* zu schade, dass Patrick, bevor er starb, noch einmal mit diesem Arschloch zu tun haben würde. Wenn Whiskey und er doch nur die Gelegenheit bekommen würden, noch eine Stunde Sex zu haben, bevor Cal ihnen einen Hammer über den Kopf schlagen würde … Patrick würde dem Tod dann sicherlich mit weniger Wut in die Augen sehen.

„Gott, Patrick!", sagte Cal, als sie ihn erreichten. Das lebhafte Treiben eines anscheinend gut florierenden, illegalen Geschäftes wurde nicht im Geringsten durch ihre Ankunft gestört und Patrick fragte sich, wie viele Leute sie wohl schon aufgespürt hatten.

„Gott was, Cal? ‚Gott, wie kannst du nur Frösche zählen in meiner illegalen Hanfplantage'? Oder: ‚Gott, was machst du in der Nähe deines Vaters, nachdem ich ihm 20.000 Dollar abgeknöpft habe'? Oder vielleicht stellst du ja auch eine der bedeutenderen Fragen. Wie wärs mit dieser hier: ‚Gott, warum lebst du noch, nachdem ich dich erst unter Drogen gesetzt und dann versucht habe, dich zu töten, damit ich all deine Kreditkarten klauen konnte?'"

An diesem Punkt versuchte Cal tatsächlich, sich zu rechtfertigen. „Ich wollte dich nicht töten …"

„Echt? Weil ich wirklich kurz davor war zu sterben!"

„Ich habe nur versucht …"

„Wolltest du mich vögeln, während ich bewusstlos war?"

„Nein, ich habe nur versucht, dich hierher zu bringen, damit wir dich festhalten können …"

„Entführung? Igitt! Wirklich? Mir gefiel die einen-Bewusstlosen-vögeln-Variante besser, vielleicht hätte es mir sogar mehr Spaß gemacht, wenn ich ohnmächtig gewesen wäre."

„Ich wollte doch nur ein bisschen Lösegeld haben, verdammt!", schrie Cal ihn an. „Wir brauchten noch einen weiteren Transporter!" Mit einer Brutalität, die Patrick ihm nicht zugetraut hätte, zog er eine Waffe aus dem Bund seiner Hose und schlug ihm damit ins Gesicht.

Patricks Gesicht schmerzte wie die Hölle. Er fiel zu Boden und spuckte Blut. Er sah Cal mit der unbändigen Freude eines Schuljungen an, der seinen Lehrer so lange provoziert hatte, bis dieser die Kontrolle verlor. Whiskey kämpfte gegen seine Entführer und Patrick beobachtete ihn, einen Moment lang verloren in Traurigkeit. *Verdammt, Whiskey. Warum konntest du dich nicht in jemanden verlieben, der es wenigstens wert war?*

Patrick wischte sich den Mund ab. Als er sich die Zeit nahm, seine lockeren Zähne zu zählen, traf er eine Entscheidung. Wenn dies die letzte Chance für ihn war, endlich für sich selbst einzustehen, dann würde er das tun. Whiskey sollte zumindest wissen, dass seine unglaubliche Geduld nicht an jemanden vergeudet gewesen war, der ihm nicht zuhören konnte.

„Nett!" spuckte Patrick heraus. Ihm war schon bewusst, dass sein blutendes Lächeln nicht hübsch anzusehen war. „Also war ich immer nur ein Werkzeug für dich! Super. Das macht es mir leichter zu wünschen, dass du verhaftet wirst, damit du die Wärter anflehen kannst, dir eine Einzelzelle zu geben. Los, Cal! Du wirst die süßeste Gefängnishure in Folsom werden!"

Cal trat ihm in die Rippen. „Halt" – Tritt – „verdammt" – Tritt – „noch mal" – Tritt – „dein Maul!" Patrick wich einem aus und bekam einen anderen nicht mit der vollen Wucht ab, aber der dritte Tritt hatte es in sich. Patrick musste auf Händen und Knien nach Luft schnappen. Aber das war schon in Ordnung – Cal wollte schließlich auch etwas sagen und dafür hatte er jetzt genügend Zeit.

„Verdammt. Du hältst nie den Mund. Dauernd dieses ‚Ich will mein eigenes Leben leben! Ich muss mich zusammenreißen! Ich kann nicht immer Papis kleine Schlampe sein!'. Gott, du bist so ein verdammter Idiot! Ich meine, echt, Mann, hast du wirklich gedacht, ein Freak wie du könne studieren? Ich kann es kaum glauben, dass du überhaupt mal gearbeitet hast! Alles, was du in deinem ganzen verdammten, traurigen, verkorksten Leben tun musstest, war, Papi bezahlen zu lassen – und selbst das konntest du nicht! Ja, ich habe deine Kreditkarte nachmachen lassen. Und? Ich habe einen Teil dieses kleinen Geschäfts damit finanziert. Ist alles okay!"

„Ja", murmelte Patrick. „Was das angeht: Glaubst du wirklich, wir sind die einzigen, die hier auftauchen werden? Mensch, du hast das Ökosystem zerstört, Cal. Wir werden von der Fischereibehörde unterstützt, Cal. Wir sind nur die ersten. Wenn du so viel Unkrautvernichter in den Boden kippst, dass den Fröschen ein zweiter Kopf wächst, was kommt dann als Nächstes? Und ihr habt das Wasser selbstverständlich komplett neutralisiert. Hast du überhaupt eine Ahnung davon, wie viele Algen bald hier wachsen werden? Die ganze Gegend hier – spätestens nächstes Jahr wirst du sehen können, wie das Wasser darauf reagiert, was ihr hier tut."

Cal blinzelte ihn an. „Ich weiß noch nicht mal, wovon zum Teufel du redest. Frösche mit zwei Köpfen? Gott, Patrick, du bist echt ein Idiot."

Patrick schnaufte ein paar Mal und setzte sich dann unter Schmerzen auf seine Knie. „Ich rede über die Behörden, Arschloch! Glaubst du wirklich, den ganzen Mist hier kriegen die nicht mit?"

Cal zuckte mit den Schultern. „Davon gehe ich aus. Was meinst du, warum wir all das Zeug aufladen? Dein Vater hat fast täglich die Bullen hier angeschleppt, um dich zu suchen – irgendwann muss denen mal auffallen, was hier vor sich geht."

„Warum Backpulver?", fragte Whiskey plötzlich.

Patrick sah ihn an, weil das eine ziemlich gute Frage war. „Ja, Backpulver und Marihuana. Warum zum Teufel habt ihr Backpulver ins Wasser gekippt?"

Cal wurde rot und zuckte mit den Schultern. „Mmh, tja, das war die Idee meines Chefs. Nachdem ich einen Privatdetektiv beauftragt hatte, nach dir zu suchen, einfach, weil wir hier nichts dem Zufall überlassen wollten, hörten wir von der Sache mit den Fischerei-Leuten. Er dachte sich … ich weiß nicht. Er hat eine ganze Menge Gras geraucht, aber er dachte, dass das Backpulver alles vernichten würde, was im Wasser zu uns führen könnte."

Whiskey und Patrick verdrehten beide die Augen. „Gooohoott", fluchte Whiskey und schüttelte den Kopf. Wenn sie jetzt auf dem Hausboot wären, dachte Patrick, würde er wohl einen halben Liter Eis essen, um den schlechten Geschmack aus dem Mund zu bekommen. „Meinst du das ernst? Der verdammt schlechteste Grund für die beschissenste Sache überhaupt, und weißt du, was das Schlimmste ist, Patrick?"

„Es hätte fast geklappt!", antwortete Patrick mindestens so sauer wie Whiskey. „Es hätte fast geklappt!" Patrick sah Cal an und fühlte auf einmal jeden einzelnen blauen Fleck auf seinen Rippen und seiner Brust. Er fragte sich, ob sein Gesicht wohl bald so stark anschwellen würde, dass er nicht mehr sprechen könne. „Aber wo habt ihr das ganze Backpulver her bekommen?"

Cal rollte seine Augen. „Hier wächst nicht nur Gras in den Hügeln, Patrick. Wir können auch Coca-Pflanzen anbauen!"

Patrick schüttelte den Kopf. „Super! Kokain! Du solltest deine eigene Show haben! Aber eine Frage habe ich noch: Warum nicht Meth? Mann, ist das nicht deine Droge, du verfluchter Junkie?"

Cal knurrte ihn an und holte aus, um ihn noch einmal zu schlagen, aber Whiskey lenkte die Aufmerksamkeit auf sich, indem er wie besessen mit dem Kerl kämpfte, der ihn festhielt. Der andere Schrank von einem Kerl zwang ihn mit einem Schlag in den Bauch nieder, sodass Whiskeys Knie unter ihm nachgaben. Alle hielten still und Whiskey schaffte es zu keuchen: „Mensch, er wiegt wie viel? 60 Kilo im nassen Zustand? Glaubst du nicht, dass die Waffe ein bisschen übertrieben ist, Arschloch?"

Cal sah Whiskey an – sah ihn *richtig* an – und blinzelte zu Patrick. „Mensch, Patrick, der hier ist echt nicht übel." Cal rieb sich die Wange, vermutlich in Erinnerung an Whiskeys Schlag im Supermarkt. „Zu schade, dass du es geschafft hast, ihn umzubringen."

„Warum musst du uns töten, Cal?", fragte Patrick verzweifelt. „Ich meine, wirklich? Uns hier erschießen? Alles, was du dadurch bekommst, sind zwei nutzlose Fleischsäcke, die der Polizei beweisen werden, dass du schuldig bist."

Cal verdrehte die Augen. „Siehst du, was ich gesagt habe? Du bist ein Idiot. Eine verdammte Freakshow von Dummheit. Wir werden euch nicht erschießen. Wir hauen ab. Das haben wir schon seit Wochen geplant. Dafür brauchte ich die Kreditkarten von deinem Alten. Aber erst werden wir das ganze Gelände abfackeln. Wir haben uns gedacht, dass wir die Firma deines Vaters gleich mit in die Luft sprengen werden. Hier sind so viele verdammte Giftstoffe in der Gegend, dass es Wochen dauern wird, bis sie das Feuer unter Kontrolle bekommen. Bis dahin wird von dem ganzen Zeug, das hier mal gewachsen ist, nicht mehr viel übrig sein."

Patrick wusste, dass ihm der Mund offen stand, aber er konnte ihn einfach nicht schließen. „Die Firma meines Vaters in die Luft sprengen? Wie denn das?"

Cal verzog den Mund ein bisschen. Der flache, grimmige, schreckliche Mund wurde zu einer Grimasse und Patrick spürte den ersten Anflug von Übelkeit, der meist mit richtigen Verletzungen einherging. „Glaubst du, ich habe bei deinem ganzen ‚Papa rettet die Welt‘-Quatsch nicht zugehört? Der Typ hat die Rechnung für einen großen Teil meines Geschäfts hier übernommen, Patrick. Ich meine, dass du auf meinen Schwanz gefallen bist, war ein Zufall, aber ein sehr glücklicher. Du hast es selbst gesagt. Jeden Morgen, um acht Uhr, kommt dein Vater hier an und geht in sein kleines Büro – früher als jeder andere, damit er in Ruhe die Bücher machen kann. Alles, was wir tun müssen, ist, die Bomben heute Nacht auszulegen, Mann, und euch beide in dem verdammten Lager einzusperren. Wir haben bereits die Felder verkabelt. Dein Vater muss nur seine Bürotür öffnen und seine Fabrik, dieses Lager – einfach alles – wird in die Luft fliegen. Und wir? Wir werden längst verschwunden sein."

Patrick blinzelte in Cals fahles Gesicht mit diesem widerlichen, fiesen Höllenwichtel-Grinsen und dachte: *Kaum zu glauben, dass ich diesen Arsch je gemocht habe.* „Wirst du meine Meth-Frage beantworten, Blödmann? Ich meine, du hältst hier Monologe! Und gleich wirst du uns in einen kleinen Raum einsperren und zurücklassen, damit wir sterben. Du könntest zumindest noch meine verdammte Neugier befriedigen."

Cal zuckte mit den Schultern und sagte das einzig wirklich Absurde, das Patrick gehört hatte, seit er das erste Mal den Frosch mit zwei Köpfen gesehen hatte, der Cals Namen trug. „Hast du mal ein Buch über Meth-Labore gelesen? Ehrlich, die sind viel zu gefährlich. Auf einer Party ziehe ich mir zwar gerne mal eine Nase davon rein, aber ich verdiene mir lieber nur das Geld dafür, okay?"

Patrick schüttelte den Kopf und ließ sich von dem bewaffneten Gorilla, der ihm am nächsten stand, in Richtung des großen Lagerhauses schubsen. „Ich weiß, dass ich den größten Teil des Sommers damit verbracht habe, mit einem zweiköpfigen Frosch zu reden, den ich besser verstanden habe als dich. Ich schwöre zu Gott, Cal. Ich habe keine Ahnung, wie Leute wie du überhaupt gehen und atmen können – du solltest deinen Körper der Wissenschaft zur Verfügung stellen."

Cal schlug ihm mit der Waffe auf den Kopf und Patrick fiel um. Das Letzte, was er noch wahrnahm, war, dass er über die Schulter irgendeines Waffen-Gorillas geworfen und wie ein Frosch in einem Cocktailmixer durchgeschüttelt wurde, bevor der Schmerz hinter seinen Augen ihn ohnmächtig werden ließ.

ALS PATRICK aufwachte, lag sein Kopf in Whiskeys Schoß. Whiskey rieb ihm das Gesicht mit einem feuchten Streifen seines eigenen T-Shirts ab und blinzelte ihn dabei aus zwei geschwollene, blaue Augen an.

„Gott, Whiskey", hustete Patrick. „Was haben sie denn mit dir gemacht?"

Whiskey schüttelte seinen Kopf. „Mann, das war eine der schrägsten Schluss-Mach-Szenen, die ich je gesehen habe. Ich meine das total ernst. Hätte das irgendwie schlimmer laufen können?"

Patrick zuckte mit den Schultern und schreckte zusammen, als er seine Bauchmuskeln anspannte. Es fühlte sich so an, als hätte er eine oder sogar zwei gebrochene Rippen, es fiel ihm deutlich schwerer zu atmen als sonst. „Um uns herum standen Typen mit Waffen. Ich finde, es ist ein verdammt gutes Zeichen, dass sie uns nicht erschossen haben!"

Eine Seite von Whiskeys weichem Mund zog sich hoch und Patrick versank für einen Moment in seinen warmen braunen Augen. Er legte die Hand auf Whiskeys Wange, woraufhin dieser die Augen schloss und sich in seine Hand schmiegte.

„Wie lange war ich weggetreten?", fragte Patrick. Das Licht, das durch das Fenster im Dach des Warenlagers fiel, dämmerte bereits.

„Eine verdammt lange Zeit, du Mistkerl." Patrick musste gar nicht erst nachfragen, um zu wissen, wie Whiskey sich während dieser Zeit gefühlt hatte. Zur Entschuldigung strich er mit seinem Daumen über Whiskeys warmer Wange.

„Du weißt, dass wir hier nicht sterben werden", sagte Patrick ernsthaft und Whiskey nickte.

„Ich bin mir ziemlich sicher, dass Fly Bait mit einer ganzen Kavallerie hier ankommen wird", antwortete Whiskey leise, während Patrick versuchte, sich aufzusetzen.

„Ja, aber selbst wenn nicht, wir werden nicht *hier* sterben." Patrick streckte sich ein bisschen und atmete sich durch den Schmerz seines misshandelten Körpers, als er sich noch ein bisschen mehr streckte und dann in dem kleinen Raum umsah, in dem sie gefangen waren.

Es war einmal eine Bürobox gewesen, es gab einen Schreibtisch, einen alten Stuhl und sogar einen Rollcontainer. Whiskey und er saßen auf dem Boden, obwohl Patrick wetten würde, dass irgendwann einmal eine Couch in dem kleinen Ding gestanden hatte. Ein Dach hatte das Büro nicht. Nicht wirklich.

Die Wände waren zwei Meter vierzig hoch. Die Box war eigentlich dafür konzipiert, in einem richtigen Bürogebäude aufgestellt zu werden, doch hier lehnte sie nur gegen eine Wand des Lagerhauses, damit die alten elektrischen Leitungen und Rohre besser erreichbar waren. Patrick konnte ein winziges Badezimmer außerhalb der Bürozelle sehen, also mussten die Rohre, ebenso wie die Luftschächte, auch im Lagerhaus verlaufen.

Die Abzüge und die elektrischen Leitungen würden den beiden vermutlich von Nutzen sein, um aus dem Lagerhaus auszubrechen.

Whiskey folgte seinem Blick und sah genau wie Patrick, dass sie über den Schreibtisch an die Rohre kommen konnten. Der Rest war ein Klacks – balancieren, hin und her schwingen und so, wie Kinder auf dem Spielplatz.

Der Blick in Whiskeys Augen, als er sich den Nacken rieb und versuchte, Patricks Gedanken zu folgen, war voller Bewunderung – aber auch entschuldigend.

„Patrick?", sagte Whiskey flüsternd und riss den anderen Mann damit aus seinen Gedanken; in diesen spielte Patrick gerade bereits den zehnten oder zwölften Zug durch, nachdem er in Gedanken mithilfe der elektrischen Leitung zu der über ihren Köpfen hängende Lampe balanciert war. Doch nun konzentrierte Patrick sich auf Whiskey.

„Ja, Whiskey?"

„Zwei Sachen."

„Ich höre zu."

„Die erste Sache ist, dass wir so lange warten müssen, bis die Leute abgehauen sind – oder zumindest bis sie weit genug auf der anderen Seite des Lagerhauses sind und nicht mehr auf uns achten, denn niemand ist blöd genug, um das nicht zu übersehen."

Patrick nickte. Das hatte er auch gedacht – und solange er rechtzeitig in der Firma seines Vaters sein würde, um ihn vor acht Uhr warnen zu können, war das völlig in Ordnung. „Ja, ich weiß. Was noch?"

„Ich kann da nicht mitkommen."

Patrick sah ihn an – wie immer mit Respekt –, aber er wog auch Whiskeys Eignung für die Aufgabe ab. „Du bist fit", erwiderte er abschätzend.

Whiskey schüttelte den Kopf und gab Patricks Po einen aufmunternden Klaps. „Bin ich nicht, Baby. Du kannst das. Ich kann zwar aus der Zelle raus, aber dafür muss ich die Türe öffnen."

Patrick nickte und verzog das Gesicht. „Okay." Er seufzte. „Das wird dann länger dauern. Es ist fast schon dunkel. Ich hoffe, ich komme rechtzeitig hier raus. Was glaubst du, warum haben sie sein Büro von innen verkabelt, anstatt es von außen zu machen? Was hat mein Vater damit zu tun?"

Whiskey zuckte. „Wie du gesagt hast: Dein Vater ist so zuverlässig wie ein Schweizer Uhrwerk. Jeder Idiot kann die Tür der Firma öffnen, sei es nun der Hausmeister oder ein besonders fleißiger Vorarbeiter. Aber das Büro deines Vaters wird nur von ihm geöffnet, sodass sie wissen, wann es so weit sein wird."

Patrick schnaubte. „Jep. Dieser Korinthenkacker. Wollen wir hoffen, dass es ihn nicht umbringen wird."

Whiskey legte vorsichtig einen Arm um Patricks Schultern. „Du weißt schon, dass das nicht deine Schuld ist, ja?"

Patrick schmiegte sich trotz der Hitze und der stickigen Luft in der kleinen Zelle an ihn an. „Ich bin ein hirnloser Twink, Whiskey, aber selbst ich würde so etwas nicht denken."

Whiskey küsste ihn auf die Stirn, vorsichtig, aber der leichte Druck war trotzdem aufmunternd. „Du bist nur hirnlos, wenn du jemanden dazu bringst, dir das Gehirn raus zu prügeln. Warst du wirklich nicht in der Lage, diese kleine Szene mit Cal *ohne* Brutalität zu inszenieren?"

Patrick schüttelte den Kopf und fühlte die Bewegung in seinen schmerzenden Knochen. „Cal wollte das schon verdammt lange. Vielleicht musste er das tun. Ich habe bisher immer noch gedacht, er wäre ein guter Kerl gewesen – bis ich ihn jetzt mit meiner Art herausgefordert habe, einfach nur, weil ich so bin, wie ich bin. Vielleicht musste er mich erst verprügeln, damit ich endlich einsehen konnte, dass ich so etwas nicht verdient habe."

Whiskeys Brust zitterte an der Seite von Patricks Kopf. „Gott, das ist vielleicht eine Scheiße." Whiskey sah einen Moment auf das nicht vorhandene Dach der Zelle und brachte sich wieder unter Kontrolle. „Patrick?"

„Ja?"

„Wenn du noch einmal jemanden so auf dich eindreschen lässt, als hättest du es verdient, werde ich mich beim Versuch, ihn davon abzuhalten, umbringen. Verstanden?"

Und das war Whiskeys voller Ernst. Patrick schluckte und erinnerte sich daran, wie Whiskey sich gegen die Waffengorillas gewehrt hatte. Patrick blickte in die geschwollenen Augen des anderen Mannes. „Ich merk's mir. Also, ich habe mir gedacht …"

„Ja?"

„Ja. Ich habe mir gedacht, wir sollten uns die Tür ansehen, bevor ich sie für dich öffne. Ich wette, sie ist auch verkabelt, so wie die Tür meines Vaters. Kann sein, dass ich ohne Probleme hier rauskomme, aber du wirst hierbleiben müssen."

Whiskey nickte und der schützende Arm um Patricks Schultern wurde zum Arm des Menschen, für den Patrick sterben würde. „Tja, du wirst rechtzeitig bei deinem Vater sein. Wenn du es schaffst, dass die Bombe nicht hochgeht, stoppst du den ganzen Prozess."

„Ich würde lieber hierbleiben und mit dir zusammen in Stücke gerissen werden", murmelte Patrick. „Obwohl, eigentlich hätte ich es lieber, du würdest es versuchen. Könntest du es nicht zumindest versuchen?" Patrick versuchte überhaupt nicht mehr, einen auf cool oder locker oder trocken oder berechnend zu machen. Scheiß drauf. Whiskey war der verdammte Wissenschaftler, während Patrick der Freak war. Er schmiegte sich an Whiskeys Brust und zitterte, das konnten auch Whiskeys starke Arme nicht ändern, die sich um Patricks Schultern legten und ihn so fest hielten, als würde ihn nie wieder etwas verletzen können.

„Patrick, ich bin 1,89 Meter groß und wiege locker 100 Kilo, das Teil hält vielleicht dich, aber niemals mich."

Patrick nickte, er verstand es zwar, aber sein Hirn war in einer Art Wartestellung - er hoffte nur, dass Whiskey *das auch* verstehen würde. „Du könntest balancieren. Beim Balancieren wird dein Gewicht so verteilt, dass es sich nicht zu sehr auf eine Stelle konzentriert." Patrick wusste selber, dass das, was er da aus seinem Mund kam, Quatsch war. Aber wenn er unter Stress stand, musste der Blödsinn, den er dachte, einfach raus.

Das wusste auch Whiskey. „Ja, ja. Ich könnte balancieren. Wir halten diese Idee für einen kurzen Moment fest, okay?"

„Tut mir leid, dass ich so ein Spasti bin", murmelte Patrick. „Ich werde uns hier rausholen, trotzdem bin ich ein totaler Spasti."

Whiskey hatte damit begonnen, sie beide hin und her zu wiegen. Das war vermutlich kindisch, aber es fühlte sich wunderbar an, und Patricks chaotischer Haufen von Trödelmarkt-Hirn wurde allein von der Bewegung wieder in die richtigen Bahnen gelenkt. „Du bist absolut wunderbar. Du wirst das super machen, Baby, da habe ich keine Zweifel dran."

SIE HOCKTEN auf dem Schreibtisch und beobachteten durch das kleine Stückchen Fenster, das sie sehen konnten, wie das letzte Licht vom Himmel verschwand.

„Ich mache mir Sorgen, dass sie irgendwie Fly Bait in die Finger bekommen haben", gab Patrick zu. „Man sollte meinen, dass die Bullen inzwischen hier sein sollten." Whiskey schüttelte den Kopf und nahm seinen Blick nicht vom Fenster weg. Keiner von ihnen besaß eine Uhr. Als die Waffengorillas sich auf dem Weg zu ihnen gemacht hatten, hatte Whiskey sein Handy/Funkgerät kurzerhand in die Büsche geworfen.

„Nee. Wenn sie direkt zu den Bullen gegangen ist, ist das nicht möglich. Sie ist total unauffällig. Wenn sie zurückkommt und Cals Leute sind noch hier, wird niemand sie bemerken."

„Aber wo ist sie? Ich meine, wir haben einen Plan, wie wir hier rauskommen, aber …"

Whiskey seufzte. „Patrick, zunächst einmal wird ihr niemand glauben. Ich meine, würdest du? Und Fly Bait kommt nicht gerade gut klar mit denen. Wir können beide nicht besonders gut mit Bullen umgehen."

Patrick dachte darüber nach. Dachte daran, wie er in Whiskeys Bett aufgewacht war – ohne einen Polizisten weit und breit. Und er wurde verdammt neugierig. „Ja, und warum ist das so? Du hättest mich vermutlich an die Polizei übergeben sollen, nachdem du mich aus dem Sumpf gezogen hast."

Whiskey rollte mit den Augen, wurde rot und sah weg. „Lass uns einfach festhalten, dass ich meine Gras-Kenntnisse nicht aus einem Botanik-Kurs habe, okay?"

Patrick sah ihn an, zählte eins und eins zusammen und lachte wie ein Zweitklässler. „Ha, ha, ha, ha, ha … ja? Whiskey, das ist verdammt noch mal verboten."

Whiskey schüttelte den Kopf. „Fly Bait und ich, wir hatten eine verdammt gute Zeit an der Uni. Wir hatten die größte Pflanze im gesamten Wohnheim. Wir haben dem Hausmeister einfach erzählt, das wäre Oregano, der war nicht besonders pfiffig."

Patrick konnte nicht aufhören zu lachen. „Echt?"

Whiskey sah ihn in der einfallenden Dunkelheit an. Die einzige Farbe, die man noch erkennen konnte, war die Farbe seiner Augen. „Echt."

„Du weißt schon, dass das Zeug verboten ist wie Hölle, oder?“

Whiskey grinste. „Soweit ich weiß, glaubt selbst die katholische Kirche an eine Hölle, Patrick.“

Trotz seines geschwollenen Gesichts und seiner Panik und allem drumherum grinste Patrick zurück. Whiskey war bei ihm und alles würde gut werden.

ES KAM ihnen so vor, als bräuchten die bösen Typen ewig, um von hier abzuhauen. Es gab einen Haufen Lärm, Leute schrien durcheinander und gaben Befehle, während sie wie in einer paramilitärischen Organisation alles zusammenpackten. Und währenddessen warteten Whiskey und Patrick in ihrem kleinen Container wie ein zweiköpfiger Frosch.

Patrick, der noch nie gut darin gewesen war zu warten, vor allem nicht *ewig*, verbrachte seine Zeit damit, hin und her zu wandern, auf dem Schreibtisch einen Kopfstand zu machen oder seinen Körper trotz der blauen Flecke in diese und jene Richtung zu strecken. Als Patrick ein bisschen Blut hustete, stoppte Whiskey ihn und sagte ihm, er solle seine Übungen für den Ausbruch aufheben. Und Patrick hörte auf ihn, hockte sich auf den Schreibtisch, schlang seine Arme um seine Knie und starrte in die Dunkelheit.

„Wenn dies ein Liebesroman wäre oder so, dann hätten wir jetzt verrückten Gorillasex. Das weißt du, oder?“

Whiskey blinzelte ihn an. „Tja, wenn das hier ein Liebesroman wäre oder so, dann hätte ich den Mistkerlen ihre eigenen Waffen über den Kopf geschlagen und uns den Weg hier rausgekämpft wie Rambo. Ich fürchte, wir müssen uns mit dem Yoga-Jungen und dem Fachidioten zufrieden geben und hoffen, dass das gut geht.“

Patrick erstarrte und fühlte sich dumm. „Du glaubst, dass du die Kabel durchtrennen oder deaktivieren kannst, richtig? Du wirst mir nachsehen, wie ich aus dem Lagerhaus verschwinde und dann wirst du versuchen, dich selber in die Luft zu jagen.“

Whiskey sah ihn aufgebracht an. „Ich werde mich nicht in die Luft jagen!“ Patricks Angst durchbrach seine Unbekümmertheit. „Aber ich hatte nicht vor, mich mit dem Mist zu beschäftigen, solange du hier bist, stimmt.“

Patrick legte den Kopf in seine Hände und wiegte sich vor und zurück. „Mist“, murmelte er. „Mist, Mist, Mist, Mist …“

„Ruhe!“, befahl Whiskey und Patrick war so erschrocken über seinen Tonfall, dass er sofort aufhörte. Sie saßen beide in absoluter Stille und Patrick stellte fest, dass sich die Stöße, das Klopfen und die Geräusche des geschäftigen Treibens entfernt hatten.

„Oh Gott“, sagte Patrick und fühlte sich schlecht. „Was glaubst du, wie spät es ist?“

Whiskey löste sich aus der Ecke der Zelle, wo er gehockt und versucht hatte, sich etwas auszuruhen, und ging zu ihm. Patrick sah von dem Knäuel aus Händen, Knien und Körper hoch und bemerkte, dass sein Geliebter – vermutlich der erste Mann, der diesen Namen jemals wirklich verdient hatte – ihn mit Ruhe und Vertrauen ansah.

„Es ist Zeit für dich zu klettern, Baby. Mach dir keine Sorgen um mich. Komm nicht zurück, um die Türe zu öffnen. Das schaffe ich alleine. Klettere nur auf die Leitungen und aus dem Fenster, lass dich dann hinuntergleiten. Vor dem Fenster gibt es einen Laternenpfahl, das kriegst du hin."

„Aber ..."

„Habe ich meinen Doktortitel erwähnt, Süßer?", fragte Whiskey und grinste schwach. „Ich kann weder ein Auto noch einen Menschen oder irgendetwas anderes hören. Sie haben uns hier reingeworfen und einfach vergessen. Es wird Zeit für uns, hier abzuhauen wie gute, kleine Frösche, okay?"

Patrick musste grinsen. „Cal und Catherine haben nie versucht abzuhauen."

„Tja, was solls. Keine Analogie ist perfekt." Whiskey beugte sich hinunter, öffnete seinen Mund und küsste Patrick so sanft und zart, dass es einfach zu mehr führen musste. Patrick erwiderte den Kuss, ließ seine Füße an der Seite des Tischs hinuntergleiten, spreizte sie auseinander und zog Whiskey dazwischen, sodass er seine Beine um den starken, festen Körper schlingen konnte. Whiskey legte seine festen, muskulösen Arme um Patricks Schultern und Patrick fühlte sich beschützt und liebkost und unendlich geliebt, während Whiskeys Geruch ihn umgab und durch jede seiner Poren drang.

Und dann war es vorbei.

„Du kriegst das hin", sagte Whiskey und Patrick nickte. „Denk dran: Warte nicht auf mich. Es ist schon spät, geh nur zu deinem Vater und halte ihn davon ab, ein Armageddon in diesem Drogenkönigreich auszulösen, okay? Und halte Ausschau nach Fly Bait – sie muss auf dem Weg sein."

Patrick küsste ihn noch einmal kurz auf den Mund, schloss seine Augen und hielt die Erinnerung an diesen fantastischen Geschmack fest, weil er es einfach wert war, nicht vergessen zu werden. Und dann stand Patrick auf dem Schreibtisch und bereitete sich darauf vor, sein erstes Hindernis zu überwinden.

Showtime.

WHISKEY: WEGGEPUSTET

VERDAMMT, SEIN Geliebter (junger Geliebter, um genau zu sein, auch wenn die Altersfrage nie wirklich zwischen ihnen zur Sprache kam) war unglaublich anmutig.

Als Whiskey in dem dunklen, leeren Lagerhaus stand und insgeheim hoffte, dass es vier Uhr morgens war – und nicht sechs, wie er eher vermutete –, beobachtete er, wie Patrick ein kleines Wunder vollbrachte.

Der erste Kletterabschnitt war leicht – zumindest ließ Patrick es so aussehen. Er sprang vom Tisch zur oberen Kante des Containers und zog sich hoch. Anschließend balancierte Patrick auf dem Rand der Konstruktion aus Betonfaserplatten. Das silberfarbene Klebeband auf seinen Schuhen reflektierte im Licht, das durch das Fenster schien. Er hielt sich vollkommen ruhig und selbstsicher auf der winzigen Kante.

Beim Balancieren wird dein Gewicht so verteilt, dass es sich nicht zu sehr auf eine Stelle konzentriert.

Verdammt, Patrick war so verängstigt gewesen.

Whiskey hatte es bemerkt und so gut wie möglich versucht, ihn zu beruhigen, obwohl Whiskey sich die ganze Zeit wie ein großer, alter, ergrauter Betrüger vorgekommen war, weil er genauso viel Angst gehabt hatte. Seit die Waffengorillas aufgetaucht waren, hatte sich Whiskey gefühlt, als wäre sein gesamter Körper – von seiner Leber über seine Gedärme bis hin zu seinem Hirn – schockgefrostet und das Eis hatte sich mit jede Sekunde weiter ausgebreitet. Als der Hurensohn, der es verdient hatte, elendig zu krepieren, Patrick mit seiner *Waffe* einen verpasst hatte, war der Frost für einen Augenblick verschwunden. In diesem Moment schien die Wut in ihm alles zu schmelzen, aber Patrick hatte sich selber aus dem Schmutz hochgestemmt und war weich und anschmiegsam in Whiskeys Armen gesunken. Whiskey hatte völlig vergessen, dass er den Mistkerl eigentlich umbringen wollte, der für die blauen Flecken in Patricks Gesicht verantwortlich war. Diese würden vermutlich noch wochenlang zu sehen sein. Whiskey vermutete, dass die Nase vielleicht auch angeknackst war, so wie sie aussah, aber Patrick hatte sich nicht einmal beklagt. Nein, nicht Patrick. Er hatte einen Weg gefunden, ihr Gefängnis zu verlassen, was schon eine unglaubliche Leistung war. Whiskey war sich nämlich nicht sicher, ob er auch nur 30 bis 40 Prozent des Drahtseilaktes hätte tun können, obwohl Patrick ihm versichert hatte, dass er es könne.

Whiskey würde sich deutlich besser fühlen, wenn er sein rudimentäres Basiswissen über Dynamit, Nitro und C-4 endlich einsetzen könnte, um damit die

Bomben zu entschärfen – wenn da nur nicht die Gefahr bestehen würde, dass er Patrick mit seinem Halbwissen in die Luft sprengen könnte.

Und jetzt sah Whiskey Patrick dabei zu, wie dieser selbstsicher (aber auch mit Schmerzen) an der Seite des Lagerhauses hochkletterte und sich dabei an den Rohren festhielt, die mit elektrischen Kabeln gefüllt waren. Whiskey überlegte, ob dies Gottes Trostpreis für ihn war: ein letztes Mal zusehen zu dürfen, wie Patrick sich fließend, selbstsicher, furchtlos und so anmutig wie Wasser in einem Bach bewegte. Dafür würde Whiskey gerne in Kauf nehmen, dass er sich später eventuell selber in die Luft sprengte.

Das Elektro-Rohr endete und Patrick fasste nach einer der Lampen – sie quietschte, sobald er sie berührte, was Whiskey zusammenzucken ließ. Das Teil würde sein Gewicht nicht standhalten, da war er sich sicher. Whiskey hielt den Atem an und hoffte, dass es wenigstens Patricks Gewicht aushielt. Das tat es, allerdings nur mit Mühe und Not, so wie die Lampe sich verbog. Patrick schaffte es, die Verbindungsstange hochzuklettern und nach einem der Lüftungsrohre über seinem Kopf zu greifen. Es war ein bisschen zu breit, um es problemlos umfassen zu können, und Whiskey konnte sehen, wie Patrick vor Anstrengung zitterte, aber er hielt sich weiterhin fest. *Oh, Gott sei Dank*. Patrick hielt sich fest und zog sich Stück für Stück vorwärts, bis er ein kleineres Rohr erreichte, das direkt zum Fenster führte.

Patrick kam an seinen Händen baumelnd dort an und fing an, gegen das Glas zu treten. Das Fenster gehörte zu jener Sorte, die ein Gelenk in der Mitte hatten. Zum Öffnen schwang der obere Teil nach außen und der untere nach innen. Nachdem das Fenster so weit aufgetreten worden war, dass es senkrecht offen stand, musste sich Patrick durch den Spalt zwischen dem Glas und dem oberen Teil des Fensterrahmens durchzwängen. Whiskey wäre spätestens an dieser Aufgabe endgültig gescheitert.

Patrick, der dünn, biegsam und gelenkig war, schwang zuerst seine Beine durch den Spalt, um dann seinen sicheren Halt loszulassen und durch das Fenster zu gleiten.

Die ganze Zeit hielt Whiskey den Atem an, besonders als Patricks Kopf, der flach auf dem Glas lag, über den oberen Fensterrahmen schrappte. Patrick hatte es gerade nach draußen geschafft, da drehte sich das Fenster einmal um die eigene Achse und kippte zu. Whiskey hörte Patrick fluchen und sah, dass seine Finger zwischen dem inneren und äußeren Fensterrahmen eingeklemmt waren. Patrick reagierte so, wie Whiskey gehofft hatte: Er umschlang mit beiden Beinen den Laternenpfahl und zog seine Finger mit einem Ruck aus dem Fenster heraus. (Zumindest vermutete Whiskey, dass Patrick seine Hand so befreit hatte, er konnte es ja nicht richtig sehen.)

Whiskey wusste, dass alles geklappt hatte, als Patrick zweimal an die Wand des Lagerhauses klopfte. Dann war er an der Reihe.

Whiskey kam leicht aus der Zelle heraus (allerdings ohne Anmut), ging zu der Stelle, wo Patrick auf der anderen Seite stand und klopfte gegen das Lagerhaus. Das Rascheln auf der anderen Seite war kaum zu hören, aber es bedeutete, dass Patrick sein Signal gehört hatte und jetzt unterwegs war, um seinen Vater zu warnen. Whiskey schloss für einen Moment seine Augen. *Los, Patrick, los!* Danach wandte er sich mit einem tiefen Atemzug der vorderen Tür des Lagerhauses zu, die als sanfte, graue Silhouette in der Dunkelheit zu sehen war.

Es war einfacher, als Whiskey gedacht hatte. Es handelte sich nur um eine ganz simple explosive Konstruktion: Sprengladung, Kabel, Erdung, alles in einem großen Bündel C-4. Das hätte man prima auf einer wissenschaftlichen Schulvorführung zeigen können, wenn es nicht das kleine Problem gäbe, dass Sprengstoff den Behörden Angst machte. Nachdem er die Konstruktion nicht ein- oder zwei-, sondern fünf- oder sechsmal genauestens untersucht hatte, um wirklich sicher zu sein, dass es keine Überraschungen gab, entschärfte Whiskey verdammt schnell den Zünder und machte sich an der Türklinke zu schaffen.

Besonders lange brauchte er dafür nicht, deswegen stand Whiskey schon kurze Zeit später vor dem Lagerhaus und joggte in der milden Morgenluft des beginnenden Sonnenaufgangs die überwucherte Anliegerstraße hinunter.

Whiskey duckte sich unter Zweigen und kämpfte mit einigen wirklich verdorbenen Haschpflanzen, als er auf einmal erste Lichter sehen konnte, dicht gefolgt von einer ganzen Lichter-Armee, die alle in der Dämmerung in Richtung der Recyclinganlage unterwegs waren. Vorsichtshalber versteckte er sich hinter einer riesigen Marihuana-Pflanze und wartete, bis der erste SUV vorbeifuhr. Er war nicht wirklich überrascht, Fly Bait auf dem Beifahrersitz zu sehen, wie sie einen armen Mann im Anzug anstarrte.

Whiskey kam aus seinem Versteck hervor und winkte sie heran. Er war nur leicht erstaunt, als Fly Bait aus dem Auto sprang und in seine Arme rannte.

„Gottverdammte Scheiße, du verfluchter Idiot!", schrie sie. Whiskey nickte nur und hielt sie, so fest es ging.

„Mensch, du tanzt ja mit einer ganzen Armee hier an, du machst keine halben Sachen, oder?", fragte er und Fly Bait trat einen Schritt zurück, nickte und rieb sich mit einem finsteren Gesichtsausdruck über die Augen.

„Aber für das Timing muss ich mich entschuldigen!", sagte sie und Whiskey grunzte. Eigentlich wollte er sie nicht anschreien, aber er tat es trotzdem.

„Warum zum Teufel hast du so lang gebraucht?!" Wie lange hatte es gedauert? Vierzehn Stunden? Die verdammt lahmste Armee der Welt!

„Sie haben mir, verdammt noch mal, nicht geglaubt!", schnaubte Fly Bait. „Ich musste den Chef von *Fisch und Spiel* aus dem Bett holen, damit er für uns bürgt. Und dann waren die verdammten Arschlöcher überall um das Hausboot herum. Und *erinnere* mich bloß nicht daran, wie ich den Leuten erklären musste, wie Patrick bei uns gelandet war und wer zum Teufel er ist …"

Fly Bait verstummte allmählich und Whiskey fing an, sein Gewicht von einem Fuß auf den anderen zu verlagern. Es war echt nett, dass sie mit einer ganzen Armee angekommen war, aber zum ersten Mal wünschte sich Whiskey, dass sie endlich den Mund halten würde. Schließlich erfüllte sie ihm den Wunsch.

„Wo ist Patrick?", fragte Fly Bait mit großen Augen und blickte sich hinter ihm um, als hätte sich da ein zwar dünner, aber doch ausgewachsener Mann irgendwie verstecken können.

Whiskey atmete tief ein und schluckte all die Sorgen hinunter, die ihm durch den Kopf spukten, seit Patrick auf dem Rand der Zelle balanciert und an den Lampen entlang gekrochen war.

„Er versucht, seinen Vater davon abzuhalten, eine Tür zu öffnen. Er muss sich in den Pflanzen vor euch versteckt haben, aber wir müssen ihn finden. Kann ich mit den Schlipsträgern sprechen?"

Whiskey brauchte Minuten – viel zu viele Minuten – um zu erklären, dass ein Haufen Sprengstoff mit einem Zünder verbunden war. Und als er endlich fertig war, wies der Typ im Anzug die gesamte Armee von Fahrzeugen an, unnützerweise auf der fast unbefahrbaren Anliegerstraße zurückzusetzen, und Whiskey und Fly Bait sahen sich hilflos an.

„Wie spät ist es?", fragte er und stellte fest, dass die Sonne bereits verdammt viel Kraft hatte und dass es vielleicht schon nicht mehr nur der Anfang des Sonnenaufgangs war.

Fly Bait kramte ihr Handy hervor. „Viertel nach sieben", sagte sie und Whiskey fluchte.

„Wir haben keine Zeit für diesen Mist", murmelte er, seine Angst um Patrick zog ihm den Magen, die Lunge und die Eier zusammen. Er sah zu dem Schlipsträger – Drogenfahnder Johnson oder so – und sagte: „Ich gehe jetzt und hole meinen Freund da raus, bevor er es schafft, seine sterblichen Überreste im gesamten Delta zu verstreuen, ist das für Sie in Ordnung?" Noch bevor der Typ ihm antworten konnte, war Whiskey bereits losgerannt, Fly Bait ihm dicht auf den Fersen.

„Jesus", murmelte sie und sah sich das Gelände an, durch das sie liefen. „Wenn wir diesen Ort während unseres Studiums gefunden hätten, hätten wir nie unseren Abschluss gemacht."

„Ganz meine Rede", pflichtete Whiskey ihr bei. Fly Bait und er hatten die größte Sammlung an Wasserpfeifen im gesamten Wohnheim gehabt, verflucht, vermutlich auf dem gesamten Campus, wenn nicht sogar im gesamten Staat!

„Glaubst du wirklich, dass Patrick was Dummes anstellt?", fragte Fly Bait besorgt und Whiskey knurrte. Oh Gott, Patrick war so vertrauensvoll und so ein guter Mann – kein Junge, ein Mann – mit den Emotionen, dem Körper und dem Stolz eines Mannes. Aber Patrick war kein Denker und er war immer noch ungeschickt, aber er war eben Whiskeys Schussel und Whiskey liebte ihn mit jeder Sekunde mehr – und Gott möge uns beistehen –, aber in Stresssituationen war er wirklich nicht in der Lage zu denken. Sein Knurren wurde zu einem Wimmern und Fly Bait machte das gleiche Geräusch.

„Oh verdammt", sagte sie außer Atem. „Verdammt, Whiskey, lauf schneller! Verdammt noch mal, ich liebe diesen Jungen!"

Whiskey war außer Atem, ihm tat alles weh und er konnte einfach nicht mehr; trotzdem bezweifelte er, dass er während seiner Schulzeit in Wettkämpfen je schneller gelaufen war.

Sie waren gerade an der richtigen Straße angekommen und hatten einen tiefen Seufzer ausgestoßen, weil sie nicht mehr durch halluzinogene Blätter laufen mussten, als Fly Baits Handy klingelte (Whiskey versuchte vergebens, sich daran zu erinnern, ob THC durch die Haut aufgenommen werden konnte. Solche Infos hatte er vermutlich in dem Teil seines Hirns abgespeichert, den er sich während seines Studiums weg gekifft hatte).

Fly Bait blieb atemlos stehen, um an ihr Handy ranzugehen. Whiskey stoppte ebenfalls, tänzelte allerdings umher, weil er es nicht erwarten konnte weiterzulaufen (Gott, war er aus dem Training. Er hatte gedacht, dass es ihn fit halten würde, durch die Sümpfe zu marschieren, aber anscheinend war das nichts im Vergleich zu einem Lauf durch Gras-Land).

Fly Bait hörte eine Weile ihrem Gesprächspartner zu und nickte dann. „Ja, ich höre. Sie sind immer noch aktiv. Wir rennen so schnell wir können. Wenn Sie glauben, dass Sie es mit dem Auto schneller schaffen als mein fetter Arsch, dann laufen wir einfach schneller, aber ansonsten verschonen Sie mich mit Details!"

„Fick" – *Schnaub* – „mich. Was hat er gesagt?"

Fly Bait ging an ihm vorbei und sie fingen wieder an zu laufen. „Das war Agent Was-auch-immer. Aufgrund der Sachen, die du uns erzählt hast, haben sie einen Haufen Leute zur Fabrik geschickt. Sie konnten die meisten Bomben entschärfen, aber die Hauptbombe, die eine, die alle anderen nacheinander entzünden sollte, ist nicht auffindbar. Die Fabrik wird also nicht in die Luft fliegen, damit fällt Armageddon erst mal aus, aber …"

„*Aaarrrrrgggghhhhh! Scheiße!*" Aber Patrick war immer noch in Gefahr, weil das die einzige Bombe war, die einen eigenen Zünder hatte!

„Ja", murmelte Fly Bait. „Ich wusste, dass du das so sehen würdest. Aber, Whiskey, überall laufen Bullen rum. Wie groß ist da wohl die Wahrscheinlichkeit, dass Patrick nicht von einem der Typen aufgehalten wird?"

Whiskey sah sie nur an, so unglaublich gequält, dass er einfach nicht über Wahrscheinlichkeiten nachdenken konnte. „Wie hoch war die Wahrscheinlichkeit, dass ich genau in dem Moment draußen spazieren gehe, in dem das Auto durch das Geländer rast?", fragte er sie und Fly Bait verzog das Gesicht. Ja, Patrick hielt sich nicht an Wahrscheinlichkeiten, richtig?

Sie liefen weiter.

Von der kleinen Anhöhe, die sie gerade erklommen hatten, konnten sie die Fabrik sehen. Entgegen Whiskeys Hoffnung, liefen dort nicht überall Bullen herum. Sie konnten einen Transporter und ein paar dunkle Uniformen mit Bombensuchhunden sehen – super. Aber die Hunde machten immer noch ihren kleinen Lecker-Schmecker-Pinkeltanz vor allen Türen, und das war ein schlechtes Zeichen. Es bedeutete nämlich, dass dort immer noch Sprengstoff zu finden war.

„Wo ist Patrick?", fragte Fly Bait und Whiskey erinnerte sich an Kleinigkeiten, über die sie gesprochen hatten. Darüber, wie Patrick mit seinem Vater manchmal zur Arbeit gegangen war. In einem kleinen Büro im hinteren Teil des Gebäudes hatte er immer auf dem Boden mit allen möglichen Dingen gespielt, ob es sich nun um Legosteine handelte oder Computerkabel oder …

Oh Gott.

„Er ist schon in dem verdammten Gebäude", murmelte Whiskey. „Ich glaube, wir sind zu spät. Ich glaube, er ist genau jetzt zusammen mit seinem Vater in dem Gebäude."

Fly Bait sah völlig überrascht zu Whiskey. „Hätten die anderen dann nicht sein Auto gesehen?"

Whiskey schüttelte den Kopf und deutete mit seinem Kinn zum Parkplatz. Dort gab es ein Auto, das nicht dem Staat gehörte. Es war ein silberfarbener Mercedes, der ganz am Ende des Angestellten-Parkplatzes stand, fast schon in den Sträuchern, so wie es sich für jemanden gehörte, der vermutlich dauernd damit angab, dass er mehr arbeitete als seine Angestellten. „Guck mal, Fly Bait, wir können es von hier aus sehen, aber man kann es nicht von der Straße sehen. Und wenn man einmal in der Nähe des Gebäudes ist, wird man nicht mehr danach suchen. Nein, ich denke, sie sind schon drinnen. Ich vermute, dass Patrick gerade mit seinem Alten diskutiert. Komm mit!"

„Wo gehen wir hin?"

„Wir beenden die verdammte Diskussion!"

Sie rannten den Hügel hinunter und beinahe direkt in die Drogenfahnder und Beamten am Fuße des Hügels hinein, wo die beiden ein paar Hunde verrückt machten.

„Entschuldigung, aber Sie können da nicht rein …" Der Mann war komplett in schwarz gekleidet, einschließlich Helm und Brille. Er hatte kein Gesicht, an das man sich erinnern würde – so wie die meisten Beamten für Whiskey aussahen.

„Kapiert ihr es nicht?", schrie Whiskey, der langsam die Geduld verlor. „Da ist schon jemand drin!"

„Da müssen Sie sich irren. Es war keiner im Gebäude, als wir hier ankamen."

„Wenn keiner drin war, warum steht dann das Auto des Chefs auf dem Parkplatz? Und der Sohn vom Chef ist auch da drin, um seinen Vater davon abzuhalten, die verdammte Tür zu öffnen!"

Der Mann trat erstaunt zurück. Die Erkenntnis, dass Whiskey vermutlich recht hatte, traf ihn hart. Er sprach kurz in sein Funkgerät, während Whiskey die Gelegenheit nutzte und zum Gebäude los sprintete, ja, ein echter Sprint.

Fly Bait folgte ihm, der gesichtslose Walkie-Talkie-Mann war ihm samt des bombenschnüffelndem Hundes ebenso dicht auf den Fersen.

Als sie an der Seite des Gebäudes ankamen, an der das Auto geparkt war, entdeckten sie einen winzig kleinen, fast versteckt liegenden Fabrikeingang. Für jemanden, der nur die Gegend erkundete, war diese Tür wirklich leicht zu übersehen. Die beiden ignorierten die Schreie des Beamten hinter sich und liefen den Gang hinunter. Als plötzlich Stimmen zu hören waren, blieb Whiskey lange genug stehen, um dem Mann einen wütenden Blick zuzuwerfen.

Am Ende des Ganges öffnete sich die Fabrik in eine weiträumige Halle mit großen Maschinen, Fließbändern und Computergehäusen, die alle im Schatten lagen, weil die Halogenlampen noch nicht eingeschaltet worden waren. Aber Whiskeys Aufmerksamkeit wurde von etwas anderes abgelenkt: Besorgt sah er Patrick, der etwa fünfzehn Meter von ihnen entfernt neben einer kleinen roten Tür stand, die anscheinend in genau so eine Bürozelle führte, in der sie vor weniger als einer Stunde noch eingesperrt waren. Dieses Büro hatte allerdings ein Dach, trotzdem war es immer noch ein kleines Gebäude innerhalb eines großen, und ein kleiner, kompakter, rothaariger Mann, der nur Patricks Vater sein konnte, stand genau *vor* dieser Tür und blaffte seinen Sohn an.

„Verdammt, Patrick …"

„Dad, du kannst mich später verfluchen, Mensch, lass dir Zeit, von mir aus schreib es auf! Aber jetzt … öffne nur nicht diese Tür. Okay?"

„Patrick, ich habe nicht die verflucht geringste Ahnung, was du meinst. Ich will nur eben meine Jacke ins Büro bringen. *Danach* können wir ja reden …"

„Da ist eine Bombe in deinem Büro! Fass den Türgriff nicht an, verdammt!"

Whiskey und Fly Bait begannen in diesem Moment zu schreien, aber Shawn Clearys Hand war bereits an der Tür, und als Patricks Vater sich gerade zu ihnen umdrehen wollte, bewegte sich der Türgriff in seiner Hand …

… und Patrick riss ihn zu Boden, genau in der Sekunde, als die Bombe hochging. Die Tür flog direkt über ihnen in die Luft und landete auf den beiden. Durch die Wucht der Explosion wurden alle anderen im Flur ebenso zu Boden gerissen.

WHISKEYS ERINNERUNG an das, was danach geschah, war lückenhaft. Offenbar hatten Fly Bait und er die zerfetzte Tür von den beiden am Boden liegenden Personen heruntergehoben. Von der Explosion war die Tür so heiß, dass sie beide noch Tage später Verbände an den Händen tragen mussten.

Patricks Hinterkopf war voller Blut, genau wie seine Schultern. Sein Hemd war von der Hitze der Explosion verbrannt. Als Whiskey sich zu ihm hinunterbeugte, bildeten sich bereits Blasen auf der Haut.

Fly Bait schrie ihn an, aber Whiskey konnte sie erst hören, als sie ihre Hände, die von den Verbrennungen bereits nässten, auf seine Schultern legte und ihn schüttelte. Fly Baits Stimme klang wie ein Wal in einem Fischglas und Whiskey bekam den Eindruck, dass er Patrick besser nicht bewegen sollte, trotzdem beugte er sich hinunter und kniete sich hin, um Patrick anzusehen, wie er schützend über seinem Vater lag. Aus seinen Ohren lief Blut, sein Gesicht schwoll an und war voller Kratzer, seine Nase hatte die Größe einer Kartoffel angenommen. Patrick blinzelte mit seinen teichblauen Augen zu Whiskey hoch, bevor diese sich verdrehten. Er wurde ohnmächtig.

Unter Patrick war plötzlich Shawn Clearys Stimme zu hören: „Was zum Teufel … Patrick? *Patrick?*" Whiskey drückte ihn auf den Beton, als es so aussah, als würde der undankbare Bastard aufstehen wollen.

„Bleiben Sie liegen, bis der Krankenwagen hier ist", knurrte Whiskey. Er hatte keine Ahnung, woher er die Kraft in seiner Stimme nahm, aber sie musste da sein, denn der Mann, der Patrick solche Angst gemacht hatte, dass er sich fast in die Hose machte, hielt tatsächlich den Mund. Er hörte auch auf, sich zu bewegen, und fing stattdessen an, den Namen seines Sohnes leise zu flüstern.

DIE FAHRT im Krankenwagen war unwirklich – sie ließen Fly Bait und Whiskey bei Patrick mitfahren. Whiskey glaubte sich zu erinnern, dass er Schmerzen gehabt und etwas dagegen bekommen hatte.

Er konnte sich erst wieder klar erinnern, nachdem sie beide in einen Behandlungsraum gebracht worden waren. Dort wurden ihre Hände behandelt und verbunden, sie bekamen eine Infusion gegen den Schock und Patrick wurde weggebracht, um …

„Oh Mist!", schrie Whiskey auf und riss sich, ohne zu zucken, die Infusion aus dem Arm. „Wo bringen sie ihn hin?"

„Whiskey, warte …" Fly Baits Kopf war klar genug, dass sie ihre Infusion auf einem kleinen Rollwagen hinter sich herzog, während sie hinter ihm den Flur entlang lief.

Whiskey rannte direkt in Patricks Vater, der vor einem kleinen Raum stand, welcher als OP-Warteraum gekennzeichnet war. Er sah zu, wie Patrick durch die Schwingtüren geschoben wurde.

„Wohin wird er gebracht?", fragte Whiskey anklagend.

Shawn hob die Schultern und schreckte zusammen. Außer den Verbrennungen hatte er anscheinend ein paar Kratzer und blaue Flecke abbekommen, er zog seinen eigenen Infusionständer mit sich. Seine rot-grauen Haare waren angebrannt und standen in allen Richtungen ab, auch seine braune Haut mit Sommersprossen war schwarz vor Ruß. Er sah genauso verloren und frustriert aus, wie Whiskey sich fühlte. „Sie sagen, dass sein Gehirn anschwillt und sie den Druck mindern müssen, außerdem müssen sie einige seiner Verletzungen behandeln. Ich glaube, sein Arm ist an mehreren Stellen gebrochen. Er hat ein paar angeknackste Rippen und seine Lunge wurde verletzt …"

Whiskey musste seine Tränen zurückhalten. „Yoga. Wie wird er Yoga unterrichten können? Er hat sich den ganzen Sommer über gefreut, Yoga unterrichten zu können und das Geld für seine Schule zu verdienen … Wie soll er das jetzt tun …?" Oh Gott. Als gäbe es nichts Wichtigeres im Moment. Aber alles, woran Whiskey denken konnte, waren Patricks große blaue Augen, das schüchterne Lächeln, die Art, wie er freudig nach vorne schaute und dabei gleichzeitig seine Schultern zurückzog, so als würde er sich auf etwas freuen, aber gleichzeitig Angst davor hätte, enttäuscht zu werden.

„Das wollte Patrick wirklich machen?", fragte Shawn erstaunt und Whiskey haute mit voller Wucht gegen das Fenster im Warteraum. Er schlug seinen Kopf so fest dagegen, dass der Knall dafür sorgte, dass Fly Bait den Atem anhielt.

„Natürlich", flüsterte Whiskey. „Verdammt, warum haben Sie ihm denn nicht einfach geglaubt?"

Shawn schaute ein bisschen betreten drein und sah dann weg. „Tja, Sie kennen ihn doch, oder? Ich meine, man kann sich nicht wirklich auf ihn verlassen, oder? Ich dachte …"

„Hat er Sie jemals belogen?", fragte Whiskey. „Als Erwachsener, hat er Sie da jemals angelogen?"

Shawn zuckte mit den Schultern. „Klar, ähm … Na ja, ich meine …"

„Er hat Ihnen gesagt, dass er sein Leben auf die Reihe bringen will, und als Sie mit ‚Ja, klar!' geantwortet haben, hat er seinen Plan einfach aufgegeben. Aber ansonsten, hat er Sie je angelogen?"

Shawn blickte starr auf die Türen des OPs.

„*Antworten Sie mir!*"

Shawn Cleary sah ihn an und verlagerte sein Gewicht. „Was soll ich dazu sagen?"

Whiskey schüttelte den Kopf. „Gar nichts. Gehen Sie zurück in Ihr Zimmer. Es wird Ihnen schon jemand sagen, wie es Patrick geht. Da bin ich mir sicher. Ich bleibe hier und warte. Ich will es nämlich *wirklich* wissen, und nein, Sie Scheißkerl, er hat mich *nicht ein einziges Mal* angelogen. Ihr verdammter Sohn sagt Ihnen, dass in Ihrem verfluchten Büro eine Bombe ist, und er *fleht* Sie an, auf ihn zu hören, aber Sie können das einfach nicht. Mann, er hat Ihre Augen, aber nur, weil Sie sein Samenspender sind, denn ansonsten sehe ich einfach nichts Bedeutsames, das er von Ihnen mitbekommen hat."

„Was zum *Teufel* haben Sie gerade zu mir gesagt?" Shawn Cleary war auf einmal direkt vor ihm und Whiskey hätte ihn am liebsten in Stücke gerissen. *Gott*, wie gerne hätte er ihn auseinandergenommen.

„Er ist ein guter Mann!", schrie Whiskey. „Er ist ein guter Mann und Sie – Sie konnten einfach nicht auf ihn hören, oder?"

„Es tut mir leid!", schrie Shawn zurück, so nahe an Whiskey, dass er seinen Atem riechen konnte. „Es tut mir leid. Es tut mir leid! Ich habe verdammt noch mal nicht hingehört! Ich bin ein beschissener Vater! Was soll ich noch sagen?"

„Das war so ziemlich alles!", schnaubte Whiskey, schlug dann wieder seinen Kopf gegen das Fenster und hörte seiner eigenen, brechenden Stimme zu. „Und ich will, dass Sie sagen, dass es ihm gut geht. Ich will einfach nur hören, dass es ihm gut geht."

Plötzlich waren Fly Baits kleine, braune Hände an seinen Schultern und holten ihn wieder auf den Boden zurück. Sie streichelte ihn und als er zu ihr hinunter sah, stellte er fest, dass sie weinte.

„Ich auch", murmelte sie und Whiskeys Augen wurden feucht. Er zog sie an sich und tat so, als würde seine Sicht nicht verschwimmen, als würden seine Hände nicht wehtun und sein Kopf nicht schmerzen wie Hölle. Als würde er sicher wissen, dass es Patrick gut gehen würde, so wie er wusste, dass die Sonne jeden Tag wieder von Neuem aufging.

SCHLIEßLICH TAUCHTEN die Ärzte auf und sorgten dafür, dass die drei sich im Wartezimmer hinsetzten, wenn sie sich schon nicht behandeln lassen wollten. Whiskey bekam eine nagelneue Infusion – dieses Mal in eine andere Vene –, einen neuen Verband und eine Standpredigt von der Krankenschwester, aber die bekam er gar nicht richtig mit. Fly Bait und er schafften es, Händchen zu halten, und auch wenn sie nur wenig miteinander sprachen, diese Berührung sprach Bände.

Nach etwa einer Stunde hörte Whiskey eine heisere Stimme und merkte, dass es seine eigene war.

„Also", sagte er, und Fly Bait sah ihn an. „Weißt du noch, die erste Nacht, als Loretta da war und dich abgeholt hat. Wir sind ausgegangen, und als wir später Eis gegessen haben, weißt du, was er da gemacht hat?"

Fly Bait schüttelte den Kopf. „Das ist jetzt besser nichts Perverses", murmelte sie, aber ohne jede Schärfe.

Whiskey warf ihr für den Versuch ein Lächeln zu und erzählte weiter: „Er sagte, dass er jemandem danken möchte, also ging er aufs Deck, weil er von dort aus die Sterne sehen konnte und weil er das Gefühl hatte, ihm so näher zu sein."

Fly Baits Fingers drückten fester zu. „Gott", flüsterte sie. Sie sah über Whiskey hinweg zu der Stelle, wo Shawn Cleary saß und sie beide irgendwie rätselhaft ansah. „Ihr Junge ist verflucht noch mal wundervoll", fauchte Fly Bait. „Das ist er. Und ich kann es nicht glauben, dass Sie ihm nicht geglaubt haben."

Whiskey dachte weiter an die schlanke, blasse Gestalt, die im Schatten mit den Lampen und Rohren sechs Meter über dem Boden getanzt hatte – ohne Netz und in Schuhen, die nur von Klebeband und einem Gebet zusammen gehalten wurden. „Haben Sie irgendeine Idee", fragte Whiskey, sein Blick immer noch in der Dunkelheit gefangen, „was er alles auf sich genommen hat, um Sie zu warnen?"

Shawn Cleary rieb sich das Gesicht. „Wer seid ihr?"

„Wir sind seine Freunde", sagte Fly Bait ihm und Whiskey sah sie erstaunt an. Fly Bait stritt sich nie, sie diskutierte nicht, sie kümmerte sich nicht um die Probleme anderer Leute.

Whiskey ließ ihre Hand los, um sie in den Arm zu nehmen. „Wir sind von der Fischereibehörde *Fisch und Spiel*", sagte Whiskey und versuchte, keine Grimasse zu ziehen, weil das so absurd klang. „Eines Nachts war ich draußen und sah dieses gelbe Auto durch das Geländer rasen, ein Typ kam raus, aber Ihr Sohn nicht. Also habe ich ihn rausgezogen."

„Wissen Sie, jeder *normale* Mensch hätte die Polizei gerufen", sagte Shawn mit Verachtung.

„Wir sind nicht normal", sagte Fly Bait, fast zu sich selber, und ihr Blick traf auf Whiskeys, als er sagte: „Wir sind eher wie Frösche mit zwei Köpfen."

Er erwartete, dass Fly Bait ebenfalls lächeln würde, doch stattdessen sah sie aus, als hätte Whiskey ihr eine Ohrfeige verpasst. Während Whiskey noch darüber nachdachte, was er sagen sollte, stand sie auf, nahm ihre Infusion und ging zu Shawn Cleary. Dann haute sie ihm *fest* eine herunter. Bevor dieser überhaupt ein Wort zustande brachte, sagte sie: „Ich werde meine Freundin anrufen, Sie homophobes Arschloch. Wenn Patrick zu sich kommt, sollten Sie uns besser in sein Zimmer lassen."

Shawn sah ihr nach und blinzelte verwirrt. „Was? Wenn sie ihre *Freundin* anruft, was machen Sie dann hier?"

Whiskey sah ihn voller Erstaunen an. „Patrick hat Ihnen doch gesagt, dass er schwul ist, aber das haben Sie ja auch ignoriert."

„Toll!", schnaubte Shawn, warf seine Hände in die Luft und verzog das Gesicht, als er dabei an der Infusionsnadel in seiner Haut zog. „Toll! Ich bin der Böse! Ich habe ihm auch nicht geglaubt, dass er schwul ist. Aber Sie … Sie sind kein blöder Junge … diese Männer vom FBI, die haben auf Sie gehört, Sie müssen also was zu sagen haben. Was machen *Sie* mit *meinem* Sohn?"

Whiskey drückte seine Handballen gegen die Augen. „Mich total in ihn verlieben. Haben Sie ein Problem damit?"

Er war erstaunt, als Shawn Cleary nichts sagte. Whiskey drehte den Kopf zur Seite und sah, wie dieser sich mit dem Handrücken Tränen wegwischte.

„Ich habe ihn vermisst", sagte Shawn gebrochen. „Fast jeden Tag. Jeden Tag, seitdem er 16 Jahre alt war. Ich meine, er ging mit Freunden weg …" Shawn lachte jetzt ein bisschen. „Ich nehme mal an, vor allem um mit ihnen zu schlafen. Aber … fast jeden Tag. Er stand morgens auf, wenn ich am Frühstücken war, setzte sich ans andere Ende des Tisches und aß irgendein Zeug, was mir schon vom bloßen Zusehen einen Herzinfarkt einbrachte. Wir haben nicht geredet. Aber so war es fast jeden Tag. Und dann auf einmal war er nicht mehr da. Er war einfach nicht mehr da. Und ich habe mich gefragt, warum ich ihn vermisse, obwohl wir doch nie geredet haben. Er hat mich einfach nur angesehen und hat gewartet." Shawn lachte humorlos. „Wartete darauf, dass ich mich über irgendetwas beschwere, vermutlich.

Über die Arbeit meckere. Über das Auto. Darüber, wie viel Geld er ausgibt. Aber er wartete. Und dann sagte er Tschüss, ging und machte halt das, was er so machte. Und ich habe ihn nie gefragt, worum es sich dabei handelt. Manchmal hat er es mir gesagt, wissen Sie? Ich dachte: Wenn es wichtig ist, wird er es mir schon sagen. Aber es war wichtig und ich habe nicht zugehört. Und jetzt wundere ich mich, worauf er wohl gewartet hat, wenn ich doch eh nicht zugehört habe."

„Machen Sie sich keine Sorgen darum", sagte Whiskey. Er fühlte sich gemein. Er war wütend. Er wollte, dass jemand leidet, weil *er* zugesehen hatte, wie Patrick im Dunkeln verschwunden und bisher noch nicht wieder aufgetaucht war. „Am Ende hat er nicht mehr auf Sie gewartet. Er hat auf mich gewartet und ich bin gekommen."

Es gab anscheinend nichts mehr zu sagen. Sie saßen Seite an Seite, irgendwann kam Fly Bait zurück und lehnte sich an ihn. Sie holte ihm eine Decke und brachte die Schwester dazu, ihm etwas zu essen zu bringen. Brei. Grießbrei. Er schmeckte nicht schlecht.

Die Sicherheitsbehörde für Sprengstoff, das FBI und das Drogendezernat kamen und verhörten ihn und Fly Bait. Sie quälten ihn mit immer mehr Fragen über Patricks Verstrickung in dem Fall.

„Nein!", erklärte Whiskey einer säuerlich dreinblickenden Frau. „Patrick wusste vielleicht, dass der Typ ein Drogendealer war, aber er wusste nichts von dieser Sache! Wenn er was davon gewusst hätte, glauben Sie wirklich, dass er uns in den Hinterhalt geführt hätte? Woher ich das weiß? Weil er eine gebrochene Nase und angeknackste Rippen hat, weil das Arschloch von einem Ex ihn zusammengeschlagen hat. Außerdem …" Whiskeys Gesicht fiel ein bisschen zusammen und die berechtigte Wut, die ihn für eine Minute am Leben gehalten hatte, verpuffte wie der Nebel über dem Delta. „Außerdem", wiederholte Whiskey, „würde Patrick das nicht tun. Er ist ein Guter. Er lebte auf meinem Boot, trug Walmart-Klamotten und gebrauchte Flip-Flops. Er hatte gehofft, Leute zu finden, die ihn mögen. Bei dieser ganzen Drogengeschichte geht es vor allem um Gier und darum, ein Arschloch zu sein und jede Menge Leute zu verletzen. Und das passt nicht zu Patrick. Er würde niemandem wehtun …" Whiskeys Kehle arbeitete, aber er konnte kaum schlucken. „Er würde keiner Fliege was zuleide tun, es sei denn, um sie an einen Frosch zu verfüttern."

Danach war es ruhig. Die Leute verschwanden und Whiskey blieb mit Shawn Cleary zurück, der ihn nur ansah.

„Was zum Teufel soll das mit den Fröschen?", fragte er verwirrt. Whiskey und Fly Bait lachten, leise und verschwörerisch, aber sie antworteten nicht.

Endlich kam ein Arzt aus dem OP und suchte nach jemandem, mit dem er reden konnte. Whiskey rannte Shawn in seiner Eile praktisch um, damit er derjenige war, mit dem der Arzt reden musste.

„Patrick Cleary?"

Der Arzt war im mittleren Alter, weißhäutig und absolut durchschnittlich – durchschnittliche Augen, durchschnittliche Statur, so unbedeutend wie Krankenhauswände. Aber er hatte ein nettes Lächeln. „Dem jungen Mr. Cleary geht es gut. Er ist stabil. Bis die Schwellung in seinem Gehirn zurückgeht, haben wir ihn in ein künstliches Koma versetzt. Es hat sich ein Blutgerinnsel gebildet, deswegen mussten wir eine Drainage legen, aber es sieht nicht so aus, als wäre der Druck groß genug gewesen, um Schäden zu hinterlassen. Wenn er aufwacht, wird er vielleicht etwas orientierungslos sein, außerdem könnte er eventuell ein paar Erinnerungslücken haben, aber …"

„Tja, das wird nicht anders sein als sonst", sagte Shawn Cleary zu sich selber und Whiskey blickte ihn finster an. Der Mann sank in sich zusammen und Whiskey wandte sich wieder dem Arzt zu.

„Wann können wir zu ihm?"

Der Arzt sah die drei unverblümt an. „Er wird für mindestens acht Stunden nicht ansprechbar sein. Das sollte ausreichen, damit Sie sich waschen, sich umziehen und ein bisschen schlafen können. Sie sehen alle aus wie etwas, was die Katze bereits zum zweiten Mal wieder hochgewürgt hat. Ich hätte keine Lust, aufzuwachen und als erstes einen von Ihnen zu sehen."

Whiskey grinste ihn an und nickte, doch Shawn sah angewidert aus. Whiskey fragte sich, wie lange er noch Spaß daran haben würde, den Kerl zu provozieren. „Aber es wird ihm gut gehen?", fragte Whiskey, um sicher zu gehen. Der Arzt nickte.

„So wie es momentan aussieht. Es kann immer etwas schief gehen, aber es sieht gut aus."

Fly Bait schnappte sich Whiskeys Hand und drückte sie. Zum ersten Mal ließ Whiskey ein Zittern zu, dass sich in seinem Körper ausbreitete, und dann spürte er auch seinen Schmerz. Das ganze Adrenalin, das ihm bis jetzt Kraft gegeben hatte, verließ ihn mit einem Mal. Jetzt konnte Whiskey den Gestank des Feuers, des heißen Metalls und der staubigen Marihuana-Pflanzen riechen, der wie Klebstoff an seinem Körper haftete.

„Gott, Fly Bait", murmelte Whiskey. „Wo zum Teufel sind wir? Ich weiß noch nicht einmal, in welchem Krankenhaus wir sind oder wie weit wir von zu Hause weg sind."

Er hatte noch nicht einmal bemerkt, wie müde er wirklich war, bis die kleine Freya Bitner ihre Arme um seine Schultern legte und sagte: „Es ist alles in Ordnung. Letty hat mir gerade geschrieben. Sie steht mit einem Leihwagen vor dem Eingang, um uns nach Hause zu fahren."

Whiskey hielt sie ganz fest, denn ganz egal, wie banal es sich anhörte, so war er sich nun – und das vielleicht zum allerersten Male – absolut bewusst, wie es sich anfühlte zu wissen, dass *zu Hause* die lebendige, atmende Person war, die ihr Herz für ihn öffnete.

Patrick: Kein bisschen Versager, Sir

PATRICK RIEF nach Whiskey, als er aufwachte. Die Idioten, die für ihn zuständig waren, dachten, er würde nach Schmerzmitteln fragen, bis nach einer gefühlten Ewigkeit eine bekannte, raue Stimme sich zum Glück so anhörte, als käme sie mit jedem geblafften Wort näher.

„Er fragt nicht nach Alkohol, meine Liebe, sondern nach mir! Das ist mein Name! Also nicht mein *richtiger* Name, aber fast!"

„Whiskey?" Oh Gott. Whiskey war im Firmengebäude gewesen, Patrick hatte ihn gehört. So etwas wie: *„Nein, du Idiot, bleib weg von der verdammten Bombe!"* Das hätte allerdings auch eine Stimme in Patricks Kopf sein können – Patrick war sich nicht sicher. Aber er *war* sich sicher, dass Whiskey da gewesen war, und damit war es die ganze Aktion absolut wert gewesen.

Siehst du, Whiskey, ich bin kein Versager. Du hattest recht. Ich bin ein Guter.

Und dann stand Whiskey vor Patrick und sah auf ihn hinunter, sein langes Haar fiel ihm ins Gesicht; er war frisch rasiert und trug eins seiner Hemden ohne Löcher.

Patrick blinzelte. „Du hast dich schick gemacht", stellte er fest und Whiskey nickte, ein komisches, hysterisches Geräusch kam aus seiner Kehle.

„Wenn du nur darauf aus warst, dass ich mich schick mache, hättest du mich einfach nur um ein Date bitten müssen, du Idiot." Whiskeys Stimme war gebrochen und rau, seine Augen waren blutunterlaufen und Patricks Hand schwebte wie ein Gleitschirm in die Richtung seines Kinns.

„Du wurdest nicht verletzt, oder?"

Whiskey sah nach hinten und fand einen Hocker oder so etwas Ähnliches. Er zog ihn hinter sich, ließ sich anschließend darauf fallen und lehnte sich so nah zu Patrick, dass ihre Gesichter dicht beieinander waren und sie leise und intim miteinander sprechen konnten. Patrick lächelte. Er mochte Whiskey, wenn er so war – es war, als wären sie wieder in ihrer kleinen Kabine mit dem viel zu kleinen Bett oder in ihrem winzig kleinen Wohnraum. Es fühlte sich richtig an.

„Hör mir gut zu, du kleiner Scheißer", murmelte Whiskey und Patrick nickte. Whiskey klang selten so verärgert – es war besser, er hörte zu. „Wenn du mir noch einmal solche Angst machst, werde ich dich eigenhändig umbringen – vorausgesetzt, ich bekomme vorher nicht selber noch einen Herzinfarkt. Ich bin ein alter Mann …"

„Du bist 36 ..." Patrick fühlte sich, als würde er schweben, leicht und hell wie ein Stück Papier, das brannte und hochflog, aber er konnte sich daran erinnern, wie alt Whiskey war.

„Wie alt bist du?" Patrick lag auf dem Rücken und strich mit den Fingern durch das glänzende, dunkelbraune Haar.

Whiskeys stacheliges Kinn kitzelte Patricks nackten Bauch. Er blies sanft über seine Haut und erzeugte einen leichten Windstoß. Patrick versuchte, sich nicht einzurollen wie ein Fötus, weil er an dieser Stelle besonders kitzelig war. „Nicht alt genug, um dein Vater zu sein. Noch nicht."

„Nein, ehrlich. Ich mag Geburtstagsfeiern und Geschenke. Wann hast du Geburtstag?"

„28. Oktober."

„Wie alt wirst du?"

„Nicht 28."

„Whiskey!"

„Und auch nicht hier." Whiskey sah ihn ernsthaft an. „Aber ich komme wieder, okay? Können wir später feiern?"

„Wenn du mir sagst, wie alt du wirst."

„37."

„Nach all dem bin ich keine 36 mehr." Der echte Whiskey sah so viel ernster aus als der, an den Patrick sich erinnerte. Whiskeys Augen wurden feucht und glänzten. „Ich bin jetzt mindestens 106."

„Tut mir leid", murmelte Patrick, auch wenn Whiskey es nicht mochte, wenn er sich entschuldigte. Patricks gesamter Körper tat weh, sein Kopf war neblig und zittrig, und Whiskey sah schrecklich unglücklich aus. Alles in allem fühlte Patrick sich, als wäre er der Inbegriff von Leid, und so wie sonst auch immer war, konnte er jetzt einfach nicht den Mund halten und musste sagen, was er fühlte.

„Sollte es dir auch", murmelte Whiskey zurück und nahm Patricks Hand in seine eigenen kräftigen Hände und platzierte einen Kuss auf Patricks Handrücken. Seine andere Hand war schwer und weiß und eingegipst, aber diese Hand war völlig in Ordnung. „Wir haben dich gefüttert und dir ein Dach über dem Kopf gegeben, und du zahlst es uns zurück, indem du dich in die Luft jagen lässt. Verdammt undankbar, findest du nicht?"

Wir. „Wie geht es Fly Bait?"

„Gut. Sie schläft noch im Hausboot. Ich konnte nicht schlafen, also bin ich hierhin zurückgekommen und habe im Wartezimmer geschlafen. Dann habe ich gehört, wie du nach mir gerufen hast. Das war übrigens gut von dir. Du hast kein Nein akzeptiert. Ich fühle mich geschmeichelt."

„Sie wollten nicht zuhören", murmelte Patrick. „Ich weiß, dass alle denken, ich wäre verrückt, aber verdammt noch mal, sie wollten einfach nicht auf mich hören."

Die Rückseite von Patricks Hand wurde ein bisschen feucht. „Du bist nicht verrückt", sagte Whiskey. „Auch wenn ich komplett anderer Meinung wäre, wenn du es tatsächlich geschafft hättest, dich umbringen zu lassen."

„Ich bin froh, dass ich nicht gestorben bin." Patrick schlief langsam wieder ein, aber es gab da noch eine wichtige Sache. „Wie geht es meinem Vater?"

„Gut. Aber ich muss ihn vielleicht töten, bevor du das nächste Mal wach wirst."

Nebel, Dunkelheit und eine Art von grauer Ohnmacht machten sich in Patricks schmerzendem Kopf breit. „Kannst du damit warten? Ich will ihm noch sagen, dass ich verdammt noch mal recht hatte."

Whiskeys Lachen war tief und rau, es fühlte sich an, als würden die Vibrationen aus seiner Brust Patrick in den Schlaf wiegen, so wie der Fluss das Hausboot schaukelte.

ALS ER wieder wach wurde, flüsterte Whiskey wütend mit einer Person, die Patrick nicht kannte.

„Wer zum Teufel sind Sie?", krächzte er. Whiskey drehte sich um, nahm einen Plastikbecher mit Strohhalm und bot ihm etwas Wasser an.

Der Mann war ein düsterer, angeschlagener Südländer in einem Anzug mit einer Verarsch-mich-nicht-Haltung. „Ich bin Agent Menendez. Ich bin so eine Art Abgesandter der drei Vollstreckungsbehörden, die unbedingt mit Ihnen sprechen müssen, Mr. Cleary."

„Das kann nicht warten, bis sein Gehirn nicht mehr angeschwollen ist?", fragte Whiskey in seiner Scheiß-auf-die-Behörden-bis-sie-kotzen-Art.

„Mr. Clearys Arzt hat uns zehn Minuten für die Befragung bewilligt", antwortete Agent Menendez mit einer kühlen Sachlichkeit.

Whiskey schnaubte. „Braucht er einen Anwalt für diese zehn Minuten?"

Menendez seufzte und taute etwas auf. „Das glaube ich nicht. Ms. Bitner und Sie haben bereits alles für uns aufgeklärt. Es sieht so aus, als wären Sie einfach zur falschen Zeit am falschen Ort gewesen, damit möchte ich die Akte nun schließen."

„Ja, ist gut", murmelte Patrick und dachte, dass der Kerl hoffentlich verschwinden würde, sobald er seine Antworten bekommen hatte.

Die Fragen waren kurz und präzise. Patrick war ein bisschen unglücklich darüber, dass er sich nicht an alles erinnern konnte. „Warum habe ich noch mal das Lagerhaus verlassen, Whiskey?"

„Weil ich vermutlich in der Lage war, die Bombe zu entschärfen, aber auf gar keinen Fall durch das Fenster klettern konnte."

„Ah, ja." Auf einmal riss Patrick die Augen auf, die sich gerade schließen wollten. „Du hast die Bombe entschärft, richtig?"

„Ja, Patrick. Ansonsten läge ich im Nachbarbett."

156

„Nachbarbett bedeutet direkt neben mir. Du würdest im Bett neben mir liegen. Mir wäre es lieber, du lägst neben mir im Bett."

„Mir auch, Baby. Jetzt beantworte die anderen Fragen des netten FBI-Beamten."

„Okay, wir haben nur noch eine Frage, Mr. Cleary. Ihr Vater hat Sie im Mai als vermisst gemeldet. Später rief er uns an und sagte, dass Sie sich bei ihm gemeldet haben und es Ihnen gut ginge und dass er bereit sei, die Kosten für die Bergung Ihres Autos zu übernehmen."

„Ich werde das zurückzahlen", murmelte Patrick und fing an einzuschlafen.

Als Patrick die Stimme seines Vaters hörte, war er allerdings wieder hellwach. „Keine Sorge, Patrick, ich habe mich darum gekümmert."

„Dad?"

„Antworte auf die Fragen, okay?"

„Ja."

„Wir haben Mr. Roberts verhaftet. Er hat uns erzählt, dass er Sie hinters Licht geführt hat", sagte Menendez.

Whiskey fragte: „Wer?"

„Cal", antwortete Patrick. „Nicht der Frosch."

„Verstanden."

Menendez räusperte sich und machte weiter. „Wir haben uns nur gefragt, wenn Sie doch nicht an dem Unfall schuld waren, warum sind Sie dann nicht zu Ihrem Vater zurückgegangen und haben mit ihm geredet?"

Patricks Gehirn schickte ihm einen stechenden Schmerz zwischen die Augen. „Weil ich ihm gerade erst gesagt hatte, dass ich schwul bin. Er schien davon überzeugt zu sein, dass das alles nur ein weiterer Teil des Mists wäre, den ich immer baue. Warum hätte ich danach noch mit ihm reden sollen?"

Patricks Vater machte ein Uff-Geräusch, aber Patrick war gerade nicht in der Lage, sich darum zu kümmern.

„Kann ich jetzt schlafen? Whiskey, ich möchte jetzt schlafen. Schick sie alle weg. Aber du nicht. Du bist so ruhig und friedlich und stark und warm … Schick sie weg, Whiskey, und bleib."

Patrick konnte sich nicht an weitere Fragen erinnern, aber er erinnerte sich an Whiskeys Hand auf seiner Stirn, also musste es genauso passiert sein.

ALS PATRICK wieder wach wurde, war anscheinend bereits ein Tag vergangen. Außerdem wartete sein Vater in einer Ecke des Zimmers.

„Wo ist Whiskey?", murmelte Patrick. Shawn seufzte und kam von der kleinen Couch herüber, um in Whiskeys Stuhl zu sinken.

„Er musste mal zur Toilette. Ich glaube, er musste auch jemanden anrufen. Irgendwas mit Greenpeace und einer Exkursion. Er ist sich nicht sicher, ob er fahren soll."

Oh. Mist. „Er muss fahren", lallte Patrick. Er fühlte sich inzwischen klarer und stärker, doch davon war seine Fähigkeit zu sprechen wohl ausgenommen. Je weniger sein Kopf wehtat, desto schwerer schien es ihm zu fallen, seine Zunge, seine Lippen und seinen Mund zu koordinieren, „Er muss. Wie soll ich uns denn ein Zuhause bauen, wenn er nicht abhaut und mich alles renovieren lässt?"

Shawn seufzte und machte unnütze Bewegungen mit der Hand. Patrick bekam den Eindruck, sein Vater wolle *seine* Hand halten, aber das war wohl kaum möglich, oder?

„Du willst euch ein Zuhause einrichten?", fragte Shawn leise und Patrick antwortete mit einem zustimmenden Mmh-mmh-Geräusch.

Eine Stille entstand und Patrick wurde bewusst, dass er sich gut genug fühlte, um die Stille beenden zu können. „Das Hausboot ist ziemlich heruntergekommen, aber ich glaube, dass ich es wieder nett herrichten kann. Außerdem will ich Yoga unterrichten und wieder zur Schule gehen ..." Patrick stöhnte und versuchte zum ersten Mal, seinen gebrochenen Arm zu bewegen. Ein pochender Schmerz entstand, und Patrick stöhnte wieder auf. „Ah, Mist! Der Yoga-Job. Sie wollten ihn bis Ende August für mich freihalten, aber ich fürchte, das werden sie jetzt nicht mehr."

„Klar werden sie das", sagte Whiskey, der in diesem Moment das Zimmer betrat und Patricks Vater anstarrte. Als Shawn eilig aufstand, um den Stuhl für Whiskey freizumachen, war niemand mehr überrascht als Patrick selbst.

„Das bezweifele ich." Patrick verzog das Gesicht und gleich noch einmal. Gott, alles tat weh, es war beinahe schlimmer als nach seinem ersten Erwachen nach der Explosion.

„Hier", murmelte Whiskey und reichte ihm eine Tablette. Auf dem Beistelltisch war ein kleiner Papierbecher mit Wasser. „Die Schwester war hier, als du geschlafen hast. Sie meinte, du möchtest vielleicht etwas Schmerzlinderndes haben, wenn du aufwachst."

Patrick nahm kleine Schlucke und stöhnte, als das Wasser seine Kehle hinunterglitt. Alleine schon der Gedanke daran, dass er bald keine Schmerzen mehr haben würde, sorgte dafür, dass er sich besser fühlte.

„Ich habe mit deiner Chefin gesprochen, Brittany irgendein-echt-hochnäsiger-Name?"

„Radcliffe."

„Genau. Sie sagt, dass sie noch niemanden gefunden haben. Ruf sie nächsten Monat an. Selbst wenn du die Bewegung noch nicht wieder hinkriegst, wirst du vermutlich besser sein als – ich zitiere – ‚die hirntote, aufgeblasene Kanalratte', die sich gestern beworben hat."

Patrick lächelte trotz der Schmerzen in seinem Kopf. Brittany war eins dieser Mädchen, die einen Sportabschluss in Softball in der Tasche hatten. Doch ganz egal, worin sie ihren Abschluss gemacht hatte, sie nahm ihren Job als Manager des Fitnesscenters verdammt ernst. „Brittany gehört zu den Guten", sagte Patrick glücklich. „Das ist super. Wann komme ich hier raus?"

Whiskeys Ich-freue-mich-für-Patrick-Gesicht erblasste. „In, mmh, zwei Wochen. Du …" Er räusperte sich. „Du sollst einen Tag, nachdem ich abhauen muss, hier rauskommen. Ich habe gerade versucht, den Exkursionsleiter zu erreichen, ich wollte versuchen, einen Ersatzmann aufzutreiben …"

„Mach das nicht!" Patrick hielt inne und fragte sich, wo dieser Satz jetzt hergekommen war. Super. Ausgerechnet jetzt, wo es wichtig war, fiel ihm nichts ein.

„Patrick …" Whiskey schüttelte den Kopf. „Wenn es dir gut gehen würde, würde ich ja gehen. Wir hatten das schließlich so geplant, stimmt's? Aber du brauchst nicht nur eine Wohnung, die nicht schaukelt, sondern auch jemanden, der sich um dich kümmert. Der aufpasst, dass du was isst, der mit dir zum Arzt und zur Schule fährt, bis der Gips ab ist. Das alles macht dich aber nicht zu einem Versager, hörst du, Patrick?"

„Ich könnte mich um ihn kümmern", schlug Shawn Cleary von der anderen Seite des Zimmers vor und der Blick, den Whiskey ihm zuwarf, war so wütend, dass sogar Patrick zurückzuckte.

„Oh, bitte!", schnaubte Whiskey. „Sie hatten schon zwei Mal die Verantwortung für ihn und beide Male habe ich ihn kaputt zurückbekommen! Und jetzt soll ich Ihnen Patrick wirklich noch einmal anvertrauen?"

Patrick sah geschockt zu, wie sein Vater in sich zusammenfiel. Er sah nicht nur älter aus, als er eigentlich war, sondern auch nervös und traurig.

„Es tut mir leid! Es tut mir leid!", sagte Shawn reflexartig und Patrick blinzelte. „Es tut mir leid, dass ich ihn verletzt habe. Es tut mir leid, dass ich nicht auf ihn gehört habe! Es tut mir leid, dass Sie keinen Grund haben, mir zu vertrauen. Aber Patrick ist erwachsen, okay? Vielleicht werden Sie ja auf ihn hören, wenn er denkt, dass das schon alles klappen wird!"

Whiskeys Gesicht wurde hart und Patrick wollte seine in Falten gezogene Stirn, seine zusammengepressten Kiefer und alle anderen verspannten Teile seines Gesichts küssen, bis Patricks Whiskey wieder zum Vorschein kam.

„Ich höre *immer* auf Patrick", zischte Whiskey. „Nicht nur, wenn er versucht, mir das Leben zu retten."

Shawn fiel noch mehr in sich zusammen. „Ja", sagte er. „Ja. Schau, ich werde mir jetzt einen Kaffee holen oder so. Und ihr redet darüber. Wollt ihr auch was?"

Patrick winselte hoffnungsvoll. Whiskey lächelte etwas. Die Wut, die sein Gesicht so plötzlich verdunkelt hatte, verschwand langsam wieder. „Vanille-Eis für Patrick. Ich habe schon mit der Schwester gesprochen."

Shawn nickte. Bevor er das Zimmer verließ, warf er noch einen letzten hoffnungsvollen Blick auf die beiden und Patrick war erleichtert, als Whiskey seufzte. Patricks Kopf klärte sich so plötzlich, als wäre ein Vorhang hochgezogen worden, seine Schultern entspannten sich völlig. Juuchuuu! Diese Schmerzmittel waren einfach *wunderbar*.

„Ich war zu hart zu ihm", sagte Whiskey leise.

„Warst du. Du bist nie hart zu anderen." Patrick erinnerte sich an die Geduld, die Freundlichkeit, die Art, wie er jedes Mal die gefährdeten Handys aus seinen Händen gerettet hatte, ohne ein einziges Mal zurückzuzucken.

„Patrick …" Whiskey schüttelte den Kopf, sah weg und sagte den Rest zum Fenster, durch das ein so heller Tag zu sehen war, dass es selbst durch die Vorhänge noch blendete. „Patrick, ich bin in den Raum gelaufen, während du deinen Vater wegen der verdammten Bombe angeschrien hast. Er hat einfach nicht auf dich gehört. Und dann … dann hast du dich vor ihn geworfen und wärst beinahe gestorben." Whiskeys Stimme wurde lauter, krächzte und brach. „Glaubst du, ich lasse dich bei ihm? Wenn … Ich meine, ich würde dich nie im Stich lassen. Hast du nicht jemanden verdient, der dich nie im Stich lässt?"

Patrick schluckte. „Ich habe so jemanden", sagte er. „Aber er muss auf diese Exkursion fahren und sich die Eier abfrieren, damit er zurückkommen und einen Job annehmen kann, den er liebt. Nach dieser Forschungsreise wird er für immer bei mir bleiben können. Ich habe 23 Jahre mit meinem Vater gelebt. Was sind da schon weitere sechs Monate? Ich meine, verdammt, ich kann eh erst mal keinen Sex haben für … wie lange?"

Whiskey lachte humorlos. „Einen Monat. Ich habe nachgefragt."

Patrick grinste ihn an, weil Whiskeys Stimme so voller Verlangen gewesen war. „Ja?"

„Ja! Der Sex war gut."

„Ja, das war er!" Patrick war sich nicht sicher, ob es an den Medikamenten lag oder an den Erinnerungen von Whiskeys rauen Händen auf seiner Haut, die ihn so warm werden ließen. Aber der Sex war wirklich gut gewesen.

Whiskey drehte sich zu ihm um. Ausnahmsweise lächelte er einmal nicht oder war entspannt oder versuchte alles, um Patrick ein glückliches Gesicht zu zeigen. „Ich habe mich so lange nirgendwo zu Hause gefühlt", sagte Whiskey sanft. „Ich … Ich möchte ein Zuhause mit dir. Ich will dich nicht verlassen, wenn du verletzt oder zerbrechlich bist, Patrick. Ich will der Kerl sein, der es verdient hat, dass du ein Heim für mich schaffst."

Patrick nickte. „Ich will nicht, dass du bei mir bleibst, nur weil du denkst, ich wäre zu zerbrechlich. Und das ist auch nicht der Grund, warum ich bei dir bleibe, Whiskey. Ich will, dass du weißt, dass ich mit dir zusammen bin, weil ich dich liebe und niemand anderes haben will. Ich will, dass du weißt, dass ich stark bin, und ich will, dass du glücklich bist. Geh auf diese letzte Exkursion. Und wenn du wieder zurückkommst, habe ich ein richtiges Zuhause für uns geschaffen, wo du dich um mich kümmern kannst und wir für immer glücklich sein werden, okay?" Und jetzt war Patricks Stimme wie Kekse, schwach und krümelig, mit einem bitteren Geschmack der Wahrheit.

Whiskey schluckte einmal. „Meine Eltern sind bei einer Fahrt im Schnee gestorben, weißt du das?"

Oh, verdammt. „Nein." Patrick wollte jetzt gerne so tun, als ginge es ihm nicht gut, um sagen zu können, dass er nicht mehr könne und schlafen wolle. Aber es wäre nicht fair, wenn Patrick sich in Ausreden flüchtete, wo Whiskey doch alles für ihn bedeutete.

„Und ich gehe in die … also nicht gerade in die Antarktis, aber zum Nordpol. Dort beobachte ich Robben, Eisbären und den Klimawandel. Und ich … Du wurdest fast auf deinem eigenen Grundstück in die Luft gejagt, Patrick, obwohl ich da war. Was passiert wohl, wenn ich 5.000 Kilometer weit weg bin?"

Patrick war noch nie gut mit Offenbarungen gewesen. Er hatte erst kapiert, dass seine Mutter ihn nicht liebte, als sie verschwunden war. Bis gerade eben hatte er nicht verstanden, dass sein Vater ihn *liebte*, es war ihm erst bewusst geworden, als Whiskey vorhin dafür gesorgt hatte, dass Shawn sich so beschissen fühlte. Während Patrick da nun flach auf dem Rücken in dem Krankenzimmer lag, sah er zu Whiskey auf, der immer so stark, so fleißig war und immer die Kontrolle behielt, und plötzlich hatte Patrick eine Offenbarung.

Wesley Keenan war genauso verwundbar und zerbrechlich, er fürchtete sich genauso vor der Einsamkeit wie Patrick Cleary.

Verdammt. Patrick schnappte sich Whiskeys Hand, die auf dem Bett lag, und hielt sie an seine Wange, während er seinen Tränen freien Lauf ließ. „Es wird alles gut werden", sagte Patrick durch die Tränen hindurch. „Es wird alles gut werden. Ich werde wieder gesund und du wirst zurückkommen. Danach werden wir nie wieder voneinander getrennt sein. Und bis dahin werde ich mein Leben auf die Reihe bekommen, weil ich jetzt vielleicht noch ein Versager bin, aber das ist nicht die Person, zu der du zurückkommen wirst, hörst du mich?"

Whiskey zeigte ihm ein miserables Gesicht, miserabel, weil er anscheinend wirklich zuhörte, weil er *wirklich* hörte, was Patrick sagte. „Ich habe nie geglaubt, dass du ein Versager bist."

„Ich weiß. Und du hast immer auf mich gehört."

Whiskey schloss die Augen, weil es zu sehr wehtat, sie offen zu halten. „Ich höre dir jetzt zu."

„Ich weiß. Hör mir weiter zu. Ich liebe dich so sehr wie … wie der verdammte Fluss, nur länger und weiter und drei Mal so tief. Das verschwindet nicht. Ich werde hier sein, wenn du wiederkommst. Ich verspreche es dir." Patrick küsste Whiskeys Handrücken, so sanft es mit seinen aufgeplatzten Lippen möglich war, und Whiskey lehnte sich über das Geländer des Betts und blieb dort mit geschlossenen Augen stehen. In dieser Stellung verharrten sie – ruhig und traurig, aber friedlich –, bis Patricks Vater mit dem größten Becher Eis zurückkam, den Patrick je gesehen hatte.

„Mensch, Dad – glaubst du, das kann ich alles essen?"

Shawn wurde rot, die Farbe wirkte wegen seines rot-grauen Haaransatzes und seiner braun gebrannten, sommersprossigen Haut fleckig. „Ich habe drei Löffel mitgebracht."

Whiskey seufzte, lehnte sich vor und nahm ihm das Eis ab. „Du hast noch eine Chance, Arschloch", sagte Whiskey ohne Vorwarnung. Er nahm einen Bissen von dem Eis, bevor er es an Patrick weiterreichte. „Wenn du das wieder versaust, komme ich von meinem Kampf mit den Eisbären in Alaska zurück und prügel' dir das Grinsen aus dem Gesicht."

Patrick nahm einen großen Löffel Eis, weil, na ja, weil es eben Eis war. Anschließend beobachtete er die beiden Männer. Er wollte die Reaktion seines Vaters mitbekommen. Shawn Cleary akzeptierte kein Ultimatum.

„Ich bin nicht komplett blöd", sagte Patricks Vater. „Ich schwöre, du bekommst ihn in ordentlichem Zustand zurück."

„Ich bin doch keine CD!", protestierte Patrick mit vollem Mund und Whiskey sah ihn trocken an.

„Glaubst du, wir würden uns um eine CD streiten?"

Patrick schüttelte den Kopf und füllte seine Löffel wieder mit Eis. „Nein", sagte er und beschloss, sich mit seinem Essen zu beschäftigen.

Shawn sagte: „Also, was ist der Plan?" Und Whiskey gab ihm die Details zu seinen Reiseplänen. Er teilte ihm mit, dass Patrick seinen Schlüssel hatte und sein Auto nehmen könne, sobald sein Gesundheitszustand sich verbesserte. Shawn sagte daraufhin: „Ich kaufe ihm ein neues. Vielleicht wäre ein Transporter eine gute Idee, mit den ganzen Arbeiten, die er auf dem Hausboot machen will."

Whiskey sah aus, als würde er gleich protestieren, doch Patrick, der auch nicht dumm war, klopfte mit der Hand gegen Whiskeys Hüfte und bot ihm etwas Eis an. Whiskey seufzte und nahm einen Bissen. „Okay. Gut. Was auch immer. Ich werde eh nicht hier sein. Es ist Patricks Entscheidung. Auf jeden Fall hat er ein Auto, wenn er eins braucht." Und das war alles.

Patrick hatte natürlich nicht vor, das Angebot seines Vaters anzunehmen. Auch wenn er sich nie wirklich über das Geld seines Vaters beschwert hatte und sogar schon anfing, an kleine Transporter mit Ladeflächen zu denken. Als Patrick überlegte, wofür er das Auto gut gebrauchen könnte, erinnerte er sich an den Vorwurf, ein Schnorrer zu sein. Außerdem war das Beste, was Pick-ups konnten, gut auszusehen. Eigentlich hatte Patrick ja nichts dagegen, aber er stellte fest, dass Oberflächlichkeit nicht mehr so eine große Sache war wie zuvor. Also hatte Patrick nicht vor, ein großes Auto zu kaufen, aber er wollte auch nicht darüber diskutieren.

Letzteres schien eine gute Entscheidung zu sein, denn Whiskey und Patricks Vater schienen es endlich in einem Raum miteinander auszuhalten. Patricks Vater sah aus, als hätte er keine Probleme damit, im gleichen Raum mit Patrick zu sein – und das war schon was. Patrick reichte das restliche Eis an Whiskey, der es wiederum an Shawn weitergab, und beschloss, dem Schlaf nachzugeben, der ihn zu übermannen versuchte. Bevor er jedoch einschlief, hatte er noch eine Frage.

„Whiskey, wenn ich bei meinem Vater lebe, wer kümmert sich dann um die Frösche?"

Whiskeys Augen legten sich in Falten, so wie sie es immer taten, wenn er an etwas dachte, das vermutlich jemanden schockieren würde, der Whiskey nicht kannte.

„Mach dir keine Sorgen, Baby, ich glaube, die Frösche sind versorgt."

IN DEN nächsten zwei Wochen kamen die Frösche nicht mehr zur Sprache. Whiskey kam jeden Tag im Krankenhaus vorbei. Manchmal nur für eine Stunde, manchmal für mehrere Stunden. Manchmal brachte er nur seinen Laptop mit und sie sahen sich in einvernehmlicher Stille einen Film an, hin und wieder sprach Whiskey sogar über die Einzelheiten des Berichts, den Fly Bait und er gerade schrieben, damit alles abgeschlossen war, bevor er wegfuhr. An einem Tag brachte Whiskey einen großen Stapel Broschüren, Bilder und Ausdrucke von wissenschaftlichen Untersuchungen zum Klimawandel mit, damit Patrick sie sich ansehen konnte und wusste, worüber Whiskey sprach, wenn er anrufen würde.

„Das mit den Anrufen könnte ein bisschen schwierig werden, weil es dort nicht besonders viele Satelliten gibt, das ist auch ziemlich teuer. Aber ich werde dir schreiben und Bilder schicken, du solltest sie dann bekommen, sobald ich Empfang habe. Und deine Nachrichten werde ich dann auch erhalten. Also hör nicht auf, mir was zu schicken."

Patrick nickte und versuchte, sich zu konzentrieren. Hier ging es darum, mit Whiskey zu reden. Das war wichtig. „Ich versuche, dir jeden Tag was zu schicken. Okay?", sagte er ernsthaft und Whiskey küsste ihn auf die Stirn.

„Wehe, wenn nicht. Du weißt, dass ich dich jetzt schon vermisse, oder?"

Natürlich wusste Patrick das. Er vermisste Whiskey jetzt auch schon.

Gegen Ende von Patricks Krankenhausaufenthalt kam Whiskey mit Fly Bait und Loretta vorbei. Sie spielten Scrabble und unterhielten sich fröhlich. Loretta war anscheinend in der Stadt, um Fly Bait beim Umzug zu helfen.

„Hast du wirklich diesen Dreckshaufen gekauft?", fragte Fly Bait, nachdem sie das Wort „Zoon" für einen Haufen Punkte gelegt hatte.

Whiskey legte „Zote" aus „Zoon" und übernahm wieder die Führung. Patrick hatte schon auf dem Boot aufgehört nachzufragen, ob es diese Wörter tatsächlich gab. Die beiden hatten immer einen Duden zur Hand, um den Beweis zu erbringen.

„Ja", antwortete Whiskey und schaute zu Patrick. „Ich habe es der Fischereibehörde *Fisch und Spiel* für 'nen Appel und 'n Ei abgekauft." Er seufzte und Fly Bait grinste.

„Hat dich trotzdem all deine Ersparnisse gekostet, oder?"

„Das bisschen, was da war. Ich hoffe nur, dass ich, wenn ich hiermit durch bin, einen Job finde, bei dem ich mir Hosen ohne Löcher leisten kann."

Patrick sah ihn erschrocken an. „Du hast aber die Ausrüstung für die Arktis, oder?"

Whiskey lachte, aber Patrick konnte auf einmal sehen, wie müde Whiskey war. „Ja, das habe ich alles schon besorgt. Keine Angst, jetzt, wo du endlich weißt, was man damit anstellen kann, werde ich mir meine Eier nicht abfrieren."

Loretta sagte schnell: „Das will ich nicht hören!" Und Fly Bait verdrehte die Augen. „Sei nur froh, dass du Patrick nicht beim Yoga gesehen hast. Gott!" Sie schüttelte sich leicht. „Der absolute Horror."

Es war ein netter Nachmittag. Patricks Vater kam nach der Arbeit vorbei und brachte zwei große, teure Eispackungen und Löffel mit, sodass sie alle miteinander teilen konnten. Anschließend nahm Fly Bait Patrick fest in den Arm.

„Pass gut auf dich auf, okay? Wir kommen Weihnachten vorbei – lass dir von deinem alten Mann nichts anderes einreden."

Patrick merkte, dass er breit grinste, als es anfing, wehzutun – vielleicht hatte er sich sogar ein paar Fäden aus seinem Hinterkopf herausgerissen. „Ja? Ihr könnt bei uns schlafen, versprochen. Wir holen einen Baum und machen Fotos und schicken Whiskey welche und …"

Fly Bait küsste Patrick so fest auf die Wange, dass er fast einen blauen Fleck bekam. „Ist schon gut, Kleiner. Es wird großartig werden. Das ist ein Versprechen." Sie trat zurück, ihr Gesicht war ganz weich und sie sah aus wie ein Mädchen namens Freya Bitner und nicht wie eine Zicke namens Fly Bait. „Ich bin wirklich froh, dass du vom Himmel gefallen bist, Patrick. Ihr beiden werdet eine super Familie sein."

Sie verabschiedete sich und verließ den Raum, während Patrick die beiden verbliebenen Personen ängstlich ansah. Sie sahen friedlich aus, wie sie da saßen und zusammen Eis aßen. Patrick sah noch keine „Familie", aber das hatte er auch damals nicht, als er auf dem Hausboot aufgewacht war und sich wie Schildkrötendreck gefühlt hatte.

AM NÄCHSTEN Tag reiste Whiskey ab und das war furchtbar. Patrick konnte sich nicht mehr daran erinnern, ob er geweint hatte, als seine Mutter abgehauen war. Er wusste, dass er mit Sicherheit nicht geweint hatte, als er seinen Vater verlassen hatte, aber an diesem Tag – Mist.

„Ich kann immer noch absagen", sagte Whiskey grummelnd, aber Patrick schüttelte den Kopf und erinnerte sich selber daran, dass er der Idiot gewesen war, der gesagt hatte, Whiskey solle fliegen. Patrick würde schon alleine klarkommen. Es wäre einfacher mit Whiskey, aber er würde es auch alleine schaffen.

„Ich komme schon klar", murmelte Patrick, verlor dann aber doch jegliche Kontrolle und schluchzte an Whiskeys Schulter wie ein kleines Kind. Whiskey war bis zum letztmöglichen Augenblick geblieben und streichelte ihm hilflos über die Haare (die am Hinterkopf rasiert waren, verdammt).

„Gott, Patrick. Dies ist deine letzte Gelegenheit. Ich bleibe. Mache ich wirklich. Ich …"

„Küss mich und hau ab", flüsterte Patrick. „Ich schwöre, ich reiße mich danach zusammen, okay? Du hast gesagt, du hörst auf mich."

„Habe ich", flüstere Whiskey in Patricks Haare. Er bewegte sich auf dem Krankenhausbett. Eigentlich hätte Whiskey längst aufstehen und losfahren müssen, um sein Flugzeug zu bekommen, aber Patrick hielt ihn einen Moment lang so fest, dass er hören konnte, wie die Luft aus Whiskeys Lungen entwich. „Habe ich. Ich höre immer auf dich."

Und dann hob Whiskey Patricks Gesicht an und küsste ihn lange und feurig und fest. Auch wenn Patricks Schulter noch wehtat, sein Arm eingegipst war und er noch jede Menge Verbände trug, machte es ihn trotzdem an und Whiskey küsste ihn so lange, bis Patrick anfing zu stöhnen. Dann wurde Patrick langsam losgelassen. Er fiel zurück in die Kissen und bekam von Whiskey noch einen festen Kuss auf die Stirn gedrückt. „Ich werde dich für immer lieben. Nur ein Wort von dir und ich breche meinen Vertrag und suche mir einen Hubschrauber nach Hause. Ich höre auf dich. Ich liebe dich."

Das sagten sie selten.

„Ich liebe dich auch."

Und dann war Whiskey weg.

ALS PATRICKS Vater eine Stunde später vorbeikam, hatte Patrick kaum aufgehört, wie ein Sechsjähriger zu flennen.

„Whiskey ist weg", sagte er erbärmlich und gab Shawn damit die Erklärung für seine roten Augen, dem Stapel Tempos und der Tatsache, dass sein Lieblingspfleger (hetero und älter als Patricks Vater, aber trotzdem total lustig und mit einem guten Humor) ihm eine übergroße Portion Eis in einem Riesen-Pappbecher gebracht hatte.

„Ich weiß", sagte Shawn und kam so nahe, dass auch er das Eis erreichen konnte. „Er hat bei der Firma vorbeigeschaut, um mir zu drohen." Die Firma war noch geschlossen und Shawn hatte ihm während seiner Besuche in aller Ausführlichkeit von den Aufräumarbeiten nach der Bombe erzählt. Nächste Woche würde sie wieder geöffnet werden, worüber Patrick sehr froh war. Der Mist hatte ihn zu Tode gelangweilt.

„Das meint Whiskey nicht so", sagte Patrick und holte sich den Löffel zurück.

„Oh, doch. Sollte er auch." Shawn legte den Löffel ab und sah seinen Sohn traurig an. „Er hat recht. Zwei Mal bekam ich die Verantwortung für dich und beide Male habe ich versagt. Dieses Mal sollte ich mich besser anstellen."

Patrick zuckte mit den Schultern und fühlte sich unwohl. „Ich bin erwachsen, Dad. Wenn es mir wieder besser geht und ich Auto fahren kann und alles andere schaffe, bist du mich los."

Shawn sah unglaublich verletzt aus. „Aber vielleicht will ich das dieses Mal gar nicht", gab er leise zu. „Vielleicht will ich dich bei mir haben. Ich meine – die letzten beiden Wochen musste ich ohne die Firma auskommen und weißt du was? Ich hatte sonst nichts. Vielleicht sollte ich ein bisschen Zeit mit dem Menschen verbringen, der wenigstens noch mit mir redet. Vielleicht wäre das gar nicht so dumm."

Patrick war skeptisch, behielt das aber für sich. „Ich bin auch nicht so gut darin, das Richtige zu tun", meinte er und Shawn schüttelte den Kopf.

„Und ob du das bist, Junge. Ich war nur nicht gut darin, das zu sehen."

@Whiskey – Ich fahre morgen nach Hause. Ich habe keine Ahnung, was mich da erwartet.

@Patrick – Keine Angst. Ich habe eine Ahnung. Es wird dir gefallen. Versprochen.

DIE FRÖSCHE erwarteten ihn in zwei riesigen Terrarien in seinem Zimmer.

Cal und Catherine hatten ihr eigenes Terrarium, während die anderen beiden - oder vier? - sich eins teilen mussten. Das neue Frosch-Zuhause hatte eine Wasserstelle, einen Filter und einen Luftbefeuchter. Außerdem war es ausgestattet mit pflanzlichen Vegetationen, Algen und Erde sowie einen Maden- und Fliegen-Kranz - alles in allem waren die Frösche auf ihrem neuen Podest in Patricks Zimmer gut versorgt.

Patrick war außer sich vor Freude. Shawn war entsetzt.

„Ohmeingott! Cal! Catherine! Conrad, Chastity! Christopher, Courtney! Hey, ihr! Habt ihr mich vermisst?"

Catherine bewegte ihr Bein, als wollte sie nach vorne gehen, während Cal sich bewegte, als wollte er lieber nach hinten. Die Frösche taten, was sie immer machten: Sie blieben absolut still und atmeten ein und aus. Es war alles, was Patrick sich von einem Haustier wünschte.

„Du hast ihnen Namen gegeben?", fragte Shawn. „Ich weiß noch nicht einmal, was das ist."

„Anomalus rana catesbeiana", murmelte Patrick. „Das ist, was aus einem gewöhnlichen, amerikanischen Frosch wird, wenn drogendealende Arschlöcher einen Haufen Atrazin ins Wasser kippen, damit ihr Gras besonders gut gedeiht."

Shawn blinzelte und sah sich die Frösche genauer an. „Was zum Teufel ..." Er hielt inne und sah Patrick erstaunt an. „So haben Whiskey und du die Drogen gefunden."

Patrick saß auf seinem Bett, redete mit den Fröschen und sah über seine Schulter (vorsichtig, denn ihm tat immer noch alles höllisch weh) und nickte. „Ja. Was hast du denn gedacht, warum wir da waren?"

Shawn schüttelte den Kopf. „Gott sei mein Zeuge, aber ich hatte keine Ahnung."

Patrick blinzelte. „Warum hast du dann nicht geglaubt, dass ich mit Drogen deale?"

Schulterzucken. „Ich weiß nicht, Patrick. Kein Vater mag das von seinem Sohn glauben. Hier, lass mich den Rucksack holen, den Whiskey hier gelassen hat. Er hat behauptet, da wären Klamotten drin, aber ich habe reingesehen. Ich würde das Zeug nicht mal zum Autowaschen nehmen."

Patrick fühlte zum ersten Mal seit zwei Tagen ein breites Lächeln auf seinen Lippen. „Schmeiß es nicht weg", sagte er glücklich. „Das Zeug ist ihm wichtig."

„Das sollte es besser sein. Einiges davon sieht aus, als wäre es über zwei Generationen getragen worden." Und damit drehte sich Shawn um und ging. Patrick holte sein Handy raus.

@Whiskey – Danke für die Frösche. Wusstest du, dass mein Dad nie geglaubt hat, ich sei ein drogendealendes Arschloch?

@Patrick – Gern geschehen. Weißt du, trotz all seiner Fehler glaube ich, dass du recht hast. Wie gehts den Fröschen?

@Whiskey – Sie sind verdammt verwirrt.

@Patrick – Wie gehts dir?

@Whiskey – Irgendwie ähnlich.

@Patrick – Du wirst schon klarkommen.

ZWEI WOCHEN später war Patrick die Verbände los, der Gips um den Arm war so weit geschrumpft, dass Patrick nicht mehr so stark eingeschränkt war, und er hatte alle neurologischen Tests bestanden. Außerdem hatte er die offizielle Erlaubnis, ein Fahrzeug seiner Wahl zu fahren. Sein Vater ging mit ihm dafür auf die Suche.

„Bist du sicher, dass du das willst?", fragte Patrick durcheinander. Am nächsten Tag würde die Schule beginnen und er hatte eigentlich vorgehabt, Whiskeys Auto zu nehmen. Es störte Patrick nicht nur, dass er wieder von seinem Vater abhängig war, sondern dieses „Lass uns shoppen gehen" kam ihm auch schon ziemlich persönlich vor.

„Du brauchst was Größeres. Du hast gesagt, dass du Whiskeys Boot renovieren willst. Das Auto wird dir dabei helfen."

„Aber das wollte ich doch erst machen, sobald ich Geld verdiene."

„Ich habe dir neue Kreditkarten besorgt. Nutze sie."

„Dad …"

In Shawns SUV fuhren sie zu einem Autohändler und Patrick beobachtete, wie sich die Hände seines Vaters um das Lenkrad verkrampften, bis seine Knöchel weiß hervortraten. „Bitte, Patrick. Mensch, tu mir den Gefallen und gib mein Geld aus. Ich war ein Arschloch. Vergib mir und nimm mein verdammtes Geld."

Patrick seufzte und sah aus dem Fenster. „Ich bin kein Abzocker", sagte er würdevoll.

„Habe ich schon erwähnt, dass ich ein Arschloch bin? Ich habe meine ganze Zeit in der verdammten Firma verbracht. Ich habe meine Frau verloren und ich habe dich fast verloren. Lass mich dir doch bitte etwas davon abgeben, wofür ich meine ganze Zeit verprasst habe. Es ist bei Weitem nicht genug und gleicht auch absolut nichts aus, aber zumindest *das* kann ich dir geben." Shawns Kehle arbeitete. „Bitte?"

„Okay. Ist gut. Danke schön." Gott, Patrick war so ein Schwächling. Aber sein Vater redete mit ihm und nahm ihn auf die Suche mit, anstatt jemand anderes zum Einkaufen zu schicken und es ihm einfach zum Geburtstag in die Einfahrt zu stellen.

Shawn schluckte wieder. „Gern geschehen. Lass dieses Mal niemanden außer Whiskey oder Fly Bait damit fahren."

„Ich stand unter Drogen, als Cal den anderen Wagen gefahren hat", erklärte Patrick.

„Tja, dann", sagte Shawn und sah weniger verkrampft aus, „habe ich ja nichts zu befürchten."

@Patrick – Was machst du?

@Whiskey – Darauf warten, dass mein Vater den Kaufvertrag für einen echt tollen Chevy Truck unterschreibt. Du?

@Patrick – Ich warte auf den Helikopter zu einer Bohrinsel.

@Whiskey – Wie kalt ist es?

@Patrick – Du bräuchtest Feuer und einen Heizofen, um meine Eier wieder nach draußen zu locken.

@Whiskey – Das würde ich viel lieber machen, als einen Truck zu kaufen.

@Patrick – Viel Spaß mit dem Truck, er hat eine Heizung.

@Whiskey – Wir haben 40 Grad hier.

@Patrick – Viel Spaß mit dem Truck, er hat eine Klimaanlage.

@Whiskey – LOL. Verdammt, du fehlst mir.

@Patrick – Ja.

DIE SCHULE kam Patrick viel leichter vor als in seiner Erinnerung. Vielleicht lag das am Ritalin, vielleicht auch daran, dass er nun erwachsener war, eventuell lag es auch einfach nur an seiner Einstellung, aber so war es halt. Patrick saß im Klassenzimmer, machte, was der Lehrer verlangte, las, was er lesen sollte, und bestand seine Klausuren. In der ersten Woche war er nervös gewesen, aber nachdem Patrick sich (auf Whiskeys Rat hin) einmal hingesetzt und einen Plan erarbeitet hatte, wurde es sichtbar besser, alles war in Ordnung. Patrick stellte fest, dass ihm der Campus der Sacramento Universität gefiel. Es gab ein paar nette Wiesen, einige prächtige Bäume und es war eine schöne Umgebung. Am Anfang hatte Patrick allerdings ein bisschen Angst gehabt. Er hatte ein Bild von sich im Kopf, wie er mit leerem Magen vor einem schwulen All-you-can-eat Buffet stand.

Im Endeffekt kam Patrick sich jedoch so vor, als wäre er in einem mexikanischen Restaurant gelandet, obwohl er nur Lust auf Sushi hatte.

@Patrick – In einer Stunde bin ich weg – wir bekommen einen fetten Sturm. Kein Empfang auf dem Schiff. Mach dir keine Sorgen.

@Whiskey – Ich werde mir Sorgen machen, aber danke für die Warnung.

@Patrick – Was machst du?

@Whiskey – Süße Kerle beobachten, die gerade Frisbee spielen.

@Patrick – Vielen Dank, du Arsch. Jetzt muss ich mir erst mal einen runterholen.

@Whiskey – Ich auch.

@Patrick – Kommst du in Versuchung?

@Whiskey – Mir einen runterzuholen? Immer.

@Patrick – Ihnen nachher Gesellschaft zu leisten, wenn sie mit dem Spielen fertig sind.

@Whiskey – Kein bisschen. Nicht mein Geschmack.

@Patrick – Nicht schwul?

@Whiskey – Nicht du!

EINE WOCHE später fing Patrick an zu arbeiten. Das fiel ihm ebenfalls leichter und war besser, als er gedacht hatte.

Er hatte Narben. Patrick bemerkte sie, als er seine Yogahose und ein Muskelshirt anzog. Die teure, dehnbare, atmungsaktive Baumwollhose war neu, Shawn hatte ihm einen Katalog mitgebracht und ihn überredet, etwas daraus zu bestellen (apropos Narben: Patrick fing an, nach „Narben" bei seinem Vater zu suchen: Außerirdische mussten sein Gehirn entfernt und stattdessen diesen Mann eingesetzt haben, der jetzt seine Rechnungen zahlte – anders war Shawns Verhalten nicht zu erklären). Patrick war überrascht, die rosafarbene, glänzende Haut auf seiner Schulter und seinen Waden zu sehen. Er stellte sich vor, wie die Haut auf seinem Rücken wohl aussah. Auch unterhalb seines Gipses mussten sich Narben verstecken. Das war etwas Neues für Patrick; er hatte eine Operation hinter sich und auch wenn sein Haar am Hinterkopf wieder so weit nachgewachsen war, dass es mit dem Rest zusammen geschnitten werden konnte, wusste Patrick, dass er darunter auch Narben hatte.

Shawn kam herein, als Patrick sich vor der Arbeit irritiert im Spiegel ansah. Es hatte Patrick immer gefallen, dass er in neuen Klamotten gut aussah. Dies gehörte zu den ersten Dingen, auf die er verzichtet hatte, als er in Whiskeys Armen aufgewacht war. Auch wenn es ihm damals nicht gefehlt hatte, vermisste er jetzt seine makellose Haut ohne Narben, die er auch mit einer Kreditkarte nicht kaufen konnte.

Als Patrick seinen Vater bemerkte, wand er sich von seinem Spiegelbild ab. Shawn sah ziemlich verärgert aus. „Ich bin fast so weit", erklärte Patrick, um die

Unbehaglichkeit zu überspielen. „Willst du mich immer noch fahren? Der Truck fährt prima."

„Ich habe immer gedacht, du wärst oberflächlich", sagte Shawn leise und Patrick zuckte mit den Schultern.

„Bin ich."

Shawn schüttelte den Kopf. „Nein, bist du nicht. Wenn du oberflächlich wärst, würden dich die Narben mehr stören."

„Whiskey wird es egal sein", sagte Patrick überzeugt. „Am Anfang wird es etwas komisch sein, weil er mich nur mit makelloser Haut kennt, aber im Großen und Ganzen glaube ich, dass alles, was Whiskey will, ich selbst bin. Also ist alles in Ordnung."

Shawn nickte und schüttelte dann den Kopf. „Du warst ein so hübsches Baby", sagte er rau. „Und du warst perfekt. Wir hatten einen Laufstall im Büro aufgestellt und du hast nur da gesessen und Geräusche gemacht, um dich selber zu hören. Dem hätte ich ewig zuhören können." Er seufzte. „Ich hätte damit nicht aufhören sollen. Ich weiß nicht, warum ich das getan habe. Sieh dich nur an."

Patrick grinste, was seinen Vater offenbar durcheinanderbrachte. „Ja, ich mache immer noch Geräusche, um mich selber zu hören. Was glaubst du wohl, warum ich gelernt habe, mit meinen Achseln zu pupsen?"

Shawn brach in ein erstauntes Lachen aus. Patrick schnappte sich seine Yogamatte und seine Sporttasche, damit er nach der dritten Stunde duschen und sich umziehen konnte. Shawn drehte sich zur Tür, um nach unten in die Küche zu gehen, als sie ein Geräusch aus dem Terrarium hörten.

Patrick sah hinüber und lächelte. „Cal? Catherine? Seid ihr das?" Er ging zu den Fröschen und drehte sich dann zu seinem Vater um. „Sie reden nie. Es ist das erste Mal, dass ich sie reden höre."

Shawn verzog das Gesicht. „Das ist super, Patrick, aber, hmm, ich habe schon Probleme zu lernen, dir zuzuhören. Vielleicht können wir darauf verzichten, Daddy dazu zu zwingen, mit zweiköpfigen Fröschen zu reden, okay?"

„Okay, ich komme eh schon zu spät zur Arbeit."

@Patrick – Ich werde die nächste Woche nicht erreichbar sein. Schreib trotzdem.

*@Whiskey – *Sorg**

@Patrick – Mach dir keine Sorgen. Es ist nur Eis. Wie gehts dir?

@Whiskey – Fange an zu arbeiten. Dad fährt mich hin und holt mich wieder ab. SO. KOMISCH.

@Patrick – Er kümmert sich um dich.

@Whiskey – Ich brauche niemand, der sich um mich kümmert.

@Patrick – Es gibt keinen besseren Grund.

@Whiskey – Was solls. Ich habe Narben.

@Patrick – Oh. Darf ich sie küssen?

@Whiskey – Ja, nach der Sache mit dem Eis kannst du machen, was du willst.

@Patrick – Ich werde dich daran erinnern. Schreib mir, wie die Arbeit läuft, auch wenn ich nicht antworte.

@Whiskey – Ich weiß. Du hörst immer zu.

@Patrick – Ich liebe dich.

@Whiskey – Ich dich auch.

Whiskey: Sechs Monate Dunkelheit

Whiskeys Job in Alaska war vergleichbar mit der Arbeit in Sacramento. Er war dafür zuständig, die Zusammensetzung des Wassers und Anomalien in der Wildnis zu beobachten, um festzustellen, ob die neuen, hoffentlich verbesserten Sicherheitsbestimmungen auf den Bohrinseln in tiefer See den Einfluss auf die Umgebung positiv beeinflussen würden.

Auf der einen Seite war es eine aufregende Arbeit. Whiskey nahm solche Aufgaben immer als Beweis, dass die Menschheit *doch nicht* darauf aus war, sich selber auszurotten, sondern nur schlecht informiert war. *Irgendwer* versuchte, etwas Besseres für die Umwelt zu tun, und Whiskey war da, um ihm zu helfen.

Auf der anderen Seite waren viele Dinge des Jobs so, wie sie immer gewesen waren: ein Haufen sozial unverträglicher Leute, die ihren Narzissmus auf kleinster Fläche befriedigten. Natürlich war das vereinfacht ausgedrückt. Viele der Leute, mit denen Whiskey zu tun hatte, waren durchaus in der Lage, sich in einem Restaurant normal zu unterhalten oder sich einen Film anzusehen, ohne die chemische Zusammensetzung der eingesetzten Sprengstoffe zu analysieren.

Leider traf das nur auf die Leute zu, die angestellt waren, um das Schiff instand zu halten.

Nicht alle waren so – eigentlich mochte Whiskey seine Kollegen. Eins der aufregenden Dinge dabei, wie ein Zigeuner von Studie zu Studie zu wandern, war, dass er immer wieder neue Leute kennenlernte. Whiskey hatte erst vor Kurzem bemerkt, dass er lieber sein eigenes Team zusammenstellte, damit er mit den *gleichen* Leuten arbeiten konnte – vor allem mit Fly Bait –, und dass er Probleme hatte, sich mit neuen Leuten anzufreunden.

Erst als Patrick in seinen Schoß gefallen war, hatte Whiskey gemerkt, dass er bei manchen Menschen überhaupt keine Probleme damit hatte, sich mit ihnen anzufreunden. Und dann hatte Patrick ihm gezeigt, dass jedes Weiterziehen, jedes neue Projekt nur ein weiterer Versuch gewesen war, den Ort zu finden, den Whiskey ein Zuhause nennen konnte.

Gott, er wollte diesen Ort.

Irgendwo in Grönland wurde festgestellt, dass der arktische Winter zwei Tage früher zu Ende war, weil der Klimawandel die Eiskappen schmelzen ließ, sodass die Sonne früher auf die Erde traf, wenn sich die Jahreszeiten änderten.

Weil Whiskey aber wieder weg wäre, bevor das passierte, war ihm das total egal. Der einzige Sonnenschein, der ihm wichtig war, war das Licht, das er in Patricks Lächeln sah. Das mochte romantischer Quatsch sein, an den er nicht glaubte, und er würde sich hüten, das laut auszusprechen, selbst wenn ihm jemand eine Waffe an den Kopf halten würde, aber das änderte nichts daran, dass es die Wahrheit war.

@Patrick – Was machst du?

@Whiskey – Zuschauen, wie mein Vater ungeschickt mit einer meiner Schülerinnen flirtet.

@Patrick – Bitte sag mir, dass sie älter ist als du.

@Whiskey – Ich bin mir ziemlich sicher, dass sie älter ist als du.

@Patrick – Meine Meinung von ihm hat sich gerade etwas verbessert. Ist sie nett?

@Whiskey – Sie versucht ständig, mich mit ihrem Neffen zu verkuppeln. Und sie benutzt weder zu viel Haarspray noch zu viel Make-up und hat auch kein zu hübsches Auto.

@Patrick – Wenn diese Blind-Date-Sache nicht wäre, würde mich der Rest nicht interessieren.

@Whiskey – ICH GEHE NICHT!

@Patrick – Habe ich auch nicht gedacht. Ich bin nur ganz allgemein eifersüchtig, dass Leute Zeit mit dir verbringen dürfen, nicht auf jemand Bestimmtes.

@Whiskey – Wow. Du kannst ja ein echter Arsch sein, da bin ich erleichtert.

@Patrick – Ich war auch vorher schon ein Arsch. Ich kann dir das genannte Teil meines Körpers aber gerne noch mal zeigen.

@Whiskey – Hör auf, so versaut zu sein. Ich bin hier alleine.

SEINE CHATS mit Patrick hielten Whiskey am Leben. Wenn er Glück hatte, würde er bald mehr als nur Chats bekommen. Patricks Geburtstag war im September gewesen und er hatte anscheinend das beste Kamerahandy geschenkt bekommen, das es auf dem Markt gab: Die Bilder begannen, eins nach dem anderen, bei ihm einzutrudeln, und Whiskey war für jedes einzelne dankbar. Whiskey hatte online etwas bestellt, von dem er dachte, dass es Patrick gefallen würde – und seinem Vater vielleicht auch.

@Whiskey – Schlechte Nachrichten. Ich wollte heute am Hausboot arbeiten, aber mein Vater hat mich dazu überredet, mit ihm einen verdammten Drachen steigen zu lassen. Kannst du das glauben? Ich dachte, er wäre high, bis er mir das verdammte Paket gezeigt hat.

Shawn hatte ihm ein Bild geschickt – Patrick stand auf einer windigen Anhöhe, die den ganzen Sumpf überblickte, mit dem unglaublichen Drachen über seinem Kopf, der in der Mitte einen tanzenden, bunten Frosch zeigte.

@Shawn – Danke. Wenn du das Motiv verpacken und hierhin schicken könntest, wäre ich noch dankbarer.

@Whiskey – Bitte schön. Ich habe ihn nicht mehr so lachen sehen, seit er acht war. DAFÜR danke ich dir.

Patrick schickte ihm Fotos von Brittany, seiner Chefin und Freundin im Fitnessstudio (eine kompakte, blonde Frau in ihren Vierziger mit einem teuflischen Lachen), vom Campus (erstaunlich hübsch, obwohl er sich mitten in Sacramento befand) und von den Fröschen (die sich überhaupt nicht verändert hatten). Wovon ihm Patrick keine Fotos schickte, war das Hausboot.

@Patrick – Biiiiittttttteeeeeeee! Ich will es sehen! Bitte, bitte, bitte, bitte?

@Whiskey – Nein. Hör auf zu heulen. Das ist unter deiner Würde.

@Patrick – Komm schon, verdammt! Ich muss schließlich da wohnen!

@Whiskey – Ich will, dass es fantastisch aussieht. Kein verdreckter Teppich, keine zerfallene Decke. Ich lasse gerade den Boden schleifen und streichen.

@Patrick – Mit dem Gehalt eines Yoga-Lehrers?

@Whiskey – Mein Vater unterstützt uns. Sag ihm nichts. Er will nicht, dass es jemand weiß.

Als würde Whiskey sich daran halten.

@Shawn – Danke für die Hilfe mit dem Hausboot.

@Whiskey – Danke für die dritte Chance.

UM THANKSGIVING herum (das sie in der kleinen Kombüse des Schiffes mit *Tofurkey* feierten, etwas, mit dem sich Whiskey noch nie hatte anfreunden können, weil er fest an die Nahrungskette glaubte, und einem Haufen schlechter Scherze, die Whiskey immer noch lustig fand) erhielt er eine lange E-Mail. Darin wurde geschwafelt und geschwätzt, bis Whiskey an einer Stelle vor Angst das Blut in den Adern gefror.

Okay, ich habe schlechte Nachrichten und ich fühle mich schuldig (hier hörte Whiskeys Herz auf zu schlagen). *Ich glaube, ich möchte kein Biologe mehr werden, obwohl ich dir das so gesagt habe* (und hier wollte er Patrick dafür erwürgen, dass er ihm so eine Angst eingejagt hatte). *Ich bin ganz gut in Naturwissenschaften, aber wirklich gut bin ich in Yoga und beim Unterrichten, so wie du es immer vorausgesagt hattest. Und ich überlege, Kinesiologie zu studieren. Es wird etwas länger dauern und ich werde für mehr als zwei Jahre eine Art studentischer Schmarotzer sein ...* (und jetzt, genau an dieser Stelle, wollte er Patrick hier bei sich haben, genau hier in seinen Armen, auf seinem Schoß sogar, weil er so leicht war und weil es sich so toll anfühlte) *... Aber ich unterrichte wirklich gerne. Ich mag es, Leuten, die sich nicht gut bewegen können, etwas zu geben, das sie glücklich macht und ihnen Frieden bringt. Ich glaube, dass das wichtig ist, und ich liebe es. Und ich will mehr darüber lernen und besser werden. Ich kann mit dem Abschluss alles Mögliche machen – Personal Trainer, Sportlehrer mit zusätzlichen Angeboten oder Physiotherapeut. Aber ich kann kein Biologe werden, auch wenn ich weiterhin im Sommer dein Praktikant sein möchte.*

Whiskey musste danach einmal tief einatmen, weil, *Jesus*, war das nicht der Junge, der sein Leben nicht auf die Reihe bekam? Patrick hatte gerade bestätigt, was Whiskey die ganze Zeit gewusst hatte: Patrick hatte sein Leben *immer* im Griff gehabt – die Welt erkannte nur nicht eine große Tasche voller Scheiße, wenn sie genau vor ihr stand.

Nach dem Bild mit dem Drachen fing auch Shawn an, Whiskey häufiger zu schreiben. Er war nicht immer glücklich darüber, Nachrichten von dem Kerl zu bekommen – zumal es Whiskey schwerfiel, ihn weiterhin für ein Arschloch zu halten, da Shawn ihm eine weitere Informationsquelle bot, durch die Whiskey herausfinden konnte, ob es Patrick gut ging.

@Whiskey – Hattest du he Gelehengeit mif meinem Dohn zu gahren?

Whiskey musste die Nachricht mehrere Male lesen, bevor er antwortete.

@Shawn – Nein, ich bin immer gefahren. Warum?

@Whiskey – Weil er mir eine Heidenangst einjagt. Ich habe gehofft, du hättest eine Idee, wie man ihn dazu bringen kann, auf seiner Spur zu bleiben.

@Shawn – Ich nehme an, ihr steht gerade.

@Whiskey – Wir sind im Drive-Through. Er hatte Hunger.

@Shawn – Dann lass ihn verdammt noch mal essen. Wenn er fertig ist, frag ihn, ob er aufs Klo muss. Während er auf dem Klo ist, SETZ DICH HINTERS LENKRAD.

@Whiskey – Das ist dein Ratschlag?

@Shawn – Dann frag ihn SANFT, ob er vergessen hat, seine Pillen zu schlucken.

Whiskey war nicht überrascht, als er eine Stunde später eine SMS von Patrick bekam.

@Whiskey – Gute Idee mit den Pillen, Baby. Dad sagt, er wird mir helfen, daran zu denken.

@Patrick – Super. Versuch, ihm nicht noch mal so eine Angst einzujagen, okay? Ich glaube, das ist nicht gut für sein Herz.

WÄHREND WHISKEYS Körper in der Arktis war, wo er von den großen Wellen des Pazifischen Ozeans hin und her geschaukelt wurde und sich seine Eier abfror, war sein Herz in Sacramento. Sämtliche seiner Träume handelten davon, wie er Patrick im sanften Schaukeln des Hausboots ganz fest hielt. Um die Sonnenwende herum fühlte Whiskey sich oft besonders mies und das nicht nur, weil er schon seit Wochen keine Sonne mehr gesehen hatte. Als sein Handy klingelte, hoffte er, Patrick würde ihn etwas aufmuntern.

@Whiskey – Frohe Weihnachten, Wichser.

@Patrick – Was zum Teufel habe ich getan?

@Whiskey – Du bist nicht hier und ich fühle mich nicht feierlich.

@Patrick – Du hast recht, ich bin ein Wichser. Es ist absolut und ganz und gar meine Schuld, dass du mich WEGGESCHICKT HAST.

@Whiskey – Oh Gott, erinnere mich nicht daran. Es ist peinlich, wie deprimiert ich bin.

@Patrick – Ist Fly Bait schon da?

@Whiskey – Sie kommt heute. Dad und ich haben den ganzen Tag geschmückt – er hat einen ganzen Wald gekauft. Hast du's gesehen?

Auf dem Foto war ein imposanter vier Meter hoher Baum zu sehen, der im Wohnzimmer des Hauses aufgestellt wurde. Es war das erste Bild, das Patrick vom Haus selber geschickt hatte.

@Patrick – Jesus, Patrick – du willst auf einem Hausboot wohnen, nachdem du DORT gelebt hast?

@Whiskey – Lenk nicht vom Thema ab.

@Patrick – Das da wäre?

@Whiskey – Fly Bait kommt und ich freue mich wirklich, aber ich vermisse dich so sehr. Ich denke daran, wie du da ganz alleine bist, und es tut mir überall weh. Mach, dass März ganz schnell kommt, verdammt!

@Patrick – Ich liebe dich auch. Schick Bilder. Sag Fly Bait, dass sie ein Miststück ist, weil sie mir nie schreibt. Und sag Loretta, dass sie gut auf Fly Bait aufpassen soll.

@Whiskey – Du und dein auf-andere-aufpassen. Alles, was wir wollen, ist geliebt zu werden.

@Patrick – Wirst du.

@Whiskey – Du auch.

Es folgte eine zweiwöchige Foto- und SMS-Orgie. Fly Bait hatte ihre Haare geschnitten und trug ständig Mädchenkleider und Make-up – das hätte Whiskey Angst gemacht, wenn sie nicht so glücklich und friedlich ausgesehen hätte, und wenn Patrick mit auf dem Bild war, sah sie sogar ein bisschen mütterlich aus. Jedes Bild mit Loretta und Fly Bait zeigte die bildschöne, bisexuelle Sexbombe, die alle aus den Socken haute, wie sie völlig hingerissen auf Whiskeys älteste Freundin starrte.

Auf den Fotos war auch Patricks Vater mit einer vierzigjährigen Frau zu sehen, die einen nicht zu übersehenden Hintern hatte. Ihre Haaransätze wurden scheinbar seltener gefärbt, als es eigentlich nötig war. Sie hatte ein schüchternes Lächeln und versuchte ständig, sich aus den Familienbildern wegzustehlen, trotz Shawn Clearys erstaunlich sanften Händen auf ihrem Arm oder ihrer Schulter, die immer versuchten, sie in den Bildausschnitt hineinzuziehen.

@Whiskey – Das ist LoriAnn. Sie ist nicht so gut in Yoga, aber sie ist wirklich nett zu meinem Vater. Wir tun alle so, als käme sie morgens ganz früh vorbei, dabei wissen hier alle, dass sie die ganze Nacht hier verbracht hat.

@Patrick – Wer sind die beiden Mädchen, die aussehen, als hätten sie an deinen Stinkesocken gerochen?

@Whiskey – Ihre Töchter. Ihr Ex-Mann ist ein fundamentalistischer Priester. Es ist eine komische Mischung.

@Patrick – Steck ihnen Tarotkarten, Regenbogen-Armbänder und Weihrauch in ihre Stiefel, okay?

@Whiskey – Sei nett. Sie sind nur Heiligabend hier. LoriAnn wird die Weihnachtstage hier verbringen und sie wird sie vermissen.

@Patrick – Du entmachtest mich mit deiner Güte.

@Whiskey – Halt den Mund.

@Patrick – Besser.

@Whiskey – Außerdem hat Fly Bait bereits die Tarotkarten und Regenbogen-Armbänder besorgt.

DAS SCHIFF war ein großer Stahlsarg, der unter null Grad in dem nicht vorhandenen Firmament der endlosen Nacht festsaß. Das Einzige, das Whiskey ein bisschen wärmte und die ständige, nagende Leere füllte, die nur aus Daten und Statistiken über sterbende Fische bestand, war die kleine digitale Box und die Leute auf der anderen Seite davon.

Patrick, dem Himmel sei Dank, schaffte es durchzukommen. Seit fünfeinhalb Monaten kam Patrick klar. Jeden Tag gab es eine SMS oder ein Bild, einen Witz oder einen Link – und nur einige davon waren pornografisch. Jeden Tag erinnerte Patrick Whiskey daran, dass er nach dieser Exkursion – die ja eigentlich das Highlight seiner Karriere darstellen sollte – nicht nur zu einem Job an der Uni und einem Ort, den Whiskey zu vermissen begann, zurückkehren würde, nein: Er würde nach Hause kommen.

Patrick war sein Zuhause.

Anfang Februar bekam er eine schüchterne, kleine SMS, dass Patricks zweiter Test negativ gewesen war – „mit allem, was das bedeutet" – und Whiskeys „Zuhause ist da, wo das Herz ist" wurde zu einem verzweifelten „Zuhause ist da, wo Sex ist". Whiskey vermutete, dass er es eventuell schaffen könnte, im letzten Monat seiner Exkursion noch einen Rekord im „Wichsen-in-einer-winzig-kleinen-Koje" aufzustellen.

Whiskey dachte noch nicht einmal daran, mit jemand anderes zu schlafen, obwohl es absolut keinen Mangel an Fleisch gab, das sich in den engen Gängen des Schiffs an ihn drängte, sowohl männliches als auch weibliches. Viele von ihnen waren schon aus purer Langeweile bereit. Aber das interessierte Whiskey nicht. Er war sich sicher, dass er es durchhalten würde – die Exkursion sollte im März vorbei sein und Patrick und er stützten sich gegenseitig, sie waren stark, und dann …

„Hey Keenan!" John Alstridge war ein vierzigjähriger Umweltfanatiker, der sich nie daran gewöhnt hatte, ihn Whiskey zu nennen. Keiner auf dem Schiff hatte das. Aber Alstridge war der Kopf der Expedition sowie der Projektleiter der Studie – und es war sein Forschungsgeld, mit dem Whiskey bezahlt wurde –, also lächelte Whiskey wie ein guter Mitarbeiter und zeigte ein höfliches Interesse an dem vor ihm stehenden Mikroskop.

„Ja?"

„Hast du Lust, deinen Vertrag um sechs Monate zu verlängern?"

Whiskey sah ihn schmerzvoll an. Die Studie lief nicht gut – die eingeführten Maßnahmen hatten anscheinend keinerlei Verbesserung für die Fischbevölkerung gebracht und beide, sowohl Greenpeace als auch die Ölgesellschaften, brauchten weitere und bessere Ergebnisse über einen längeren Zeitraum.

„Nicht wirklich", sagte er ehrlich. „Muss ich?"

Alstridge sah enttäuscht aus, worüber Whiskey erfreut war, aber was er als Nächstes sagte, war noch besser. „Nein. Bist du sicher? Wir werden dich vermissen. Du bist ein guter Forscher. Die meisten der Kiddies hier können eine Mikrobe nicht von einem Mikroskop unterscheiden."

Whiskey sah ihn hilflos an. Gott, es gab so viele Möglichkeiten, einen Witz daraus zu machen, aber Alstridge hatte sie alle verbockt. „Na, ja. Ich vermisse meinen Freund wie die verfluchte Hölle", sagte Whiskey geradeheraus und Alstridge trat überrascht einen Schritt zurück.

„Du bist *schwul*?"

„Bi. Ist das ein Problem?"

Alstridges Mundwinkel verzogen sich. Whiskey hatte den Eindruck, dass die beiden *niemals* echte Freunde werden würden. „Nein, aber wenn dein Privatleben dir so viel bedeutet, willst du vielleicht die Gelegenheit beim Schopfe packen? Wenn du nicht verlängern willst, haben wir ein Flugzeug, das deinen Nachfolger in drei Tagen in Juno abholen wird. Willst du da mitfliegen?"

Whiskey fing an, aus tiefster Kehle zu lachen. Er lacht so laut und so tief, dass er es nicht schaffte, ein „Zum *Teufel*, ja!" zu sagen, das zu dem Lachen gepasst hätte. Aber das war okay. Alstridge fasste es als Zustimmung auf und Whiskey beendete seine Arbeit, um mit dem Packen anzufangen.

WHISKEY SAGTE Patrick nichts. Auf der einen Seite wäre es wunderbar gewesen, von jemandem am Flughafen abgeholt zu werden, doch andererseits war Whiskey fünfeinhalb Monate lang auf einem Boot am Nordpol gewesen. Er hatte die Liebe seines Lebens die ganze gottverdammte Zeit nicht gesehen und er wollte nicht total beschissen aussehen.

Whiskey mietete ein Auto, fuhr zum Supermarkt und kaufte Waschzeug, eine Jeans, ein Sweatshirt, in dem er nicht aussah wie ein „Wissenschaftsnerd, der fünfeinhalb Monate auf einem Stahlschiff eingesperrt gewesen war", und einen Rasierer, weil er seinem Bartwuchs freien Lauf gelassen hatte. Danach fuhr Whiskey zu dem Fitnessstudio, das die ganze Zeit sein Geld verschlungen hatte, ganz egal, ob er es nutzte oder nicht, erschreckte das arme Mädchen hinter der

Theke zu Tode mit seiner Mitgliedskarte und nahm die verdammt längste Dusche in der Geschichte des Studios.

Whiskey ließ seine langen Haare offen, weil Patrick das so mochte. Er rasierte sich jedoch, verwendete Deo, vergaß nicht, sich die Zähne zu putzen, und machte all die anderen Dinge, die die Zivilisation zivilisiert machten. Anschließend nahm Whiskey sein Handy und schaute nach der Adresse, von der er ständig Kekse geschickt bekommen hatte (weil Patrick glaubte, dass er Kekse am meisten vermissen würde).

Oh Gott. Whiskey hatte vorher nur Fotos vom Inneren des Hauses gesehen - da hatte es schon beängstigend ausgesehen, aber nun war es sogar noch schlimmer, als er befürchtet hatte.

Zu Beginn war der Vorort noch bescheiden – aber heiliger Krümel auf einem kleinen Stückchen Toast: wenn man Hazel erst einmal hinter sich gelassen hatte und in die kurvigen Straßen der teuren, großflächigen Musterhäuser aus *Schöner Wohnen* mit mindestens sechs Schlafzimmern eingebogen war, tja, dann flog die Bescheidenheit direkt zum Fenster raus.

Alles, woran Whiskey denken konnte, als er an den riesigen Häusern und den Villen mit den akkurat gepflegten Gärten vorbeifuhr, war, dass Fly Bait ihn ruhig hätte vorwarnen können und dass für Patrick dies hier das Normalste der Welt war.

Endlich fand Whiskey das Haus – zwei Etagen mit Marmorverzierungen und einer 400 Meter langen Auffahrt. Als er dem Weg zum Haus folgte, sah er einen beschäftigten Gärtner und ein Zimmermädchen, das gerade ein Fenster öffnete.

Als Whiskey ausstieg, sah er Patricks Truck – der grüne, elektrische, auf den Patrick so stolz war –, der vor dem Eingang parkte. Auf der Ladefläche befanden jede Menge Farbeimer und Teppichböden und Whiskey wusste, dass Patrick da war und dass er endlich und wahrhaftig zu Hause war.

Als Whiskey an die Tür klopfte, schlug sein Herz in seinem Magen.

Patrick öffnete, er trug eine Yogahose, ein zerschlissenes Trägershirt und … Oh Gott. Dieser Gesichtsausdruck war alles, was Whiskey sich erhofft hatte. Patrick sagte nichts, er lächelte nur, umfasste Whiskeys Gesicht mit seinen Händen und stellte sich auf Zehenspitzen, um ihm einen zaghaften, zittrigen, flatterhaften Kuss geben zu können.

Wenn der erste Kuss mit einem armen, kleinen Häschen verglichen werden konnte, so verwandelte sich der nächste in einen attackierenden, raubtierhaften Vogel.

Ihre Lippen trafen sich nicht sanft, sondern prallten aufeinander. Sie explodierten und brannten und alles, was Whiskey wusste, war, dass er in der einen Minute zögernd vor der Tür stand und Patricks blanke Freude gesehen hatte, und in der nächsten drückte Whiskey Patrick gegen die Wand der Eingangshalle. Er hielt Patricks Hände über seinem Kopf mit einer Hand fest und strich mit der anderen über seinen festen Bauch und seine schmale Brust. Währenddessen presste er sein Becken gegen Patricks und begrüßte jeden Widerstand.

Whiskey wich schließlich zurück, um Luft zu schnappen, und Patrick sagte: „Du bist früh dran."

„Beschwerst du dich?"

„Auf keinen Fall!"

Und dann vergaßen sie wieder alles um sich herum. Patricks Hände lagen weich und ergeben in seinem Griff, während Patricks Bauch jedes Mal diese flatterhaften Komm-her-und-krieg-mich-Bewegungen machte, wenn Whiskey sich dem Bund seiner lockeren Yogahose näherte, und Patricks Zunge …

Oh. Ja.

Dieses Mal wich Patrick zurück. „Das Hausboot ist noch nicht fertig."

„Mir egal", murmelte Whiskey. Er nutzte die Gelegenheit, an Patricks Wange entlang zu knabbern, und machte anschließend direkt an seinem Nacken weiter. Er fand die Narben, die unter dem schwarzen verschlissenen Muskelshirt hervorlugten, und küsste sie, leckte mit seiner Zunge daran und wurde von Patricks Wimmern belohnt.

„Oh Gott, das ist …" *Stöhn.* „Empfindlich!" *Stöhn.* „Whiskey … mmmmhhhh … Mehr!"

Whiskey gehorchte, er schmeckte den leicht salzigen Geschmack von Patricks Haut und roch den Schweiß, den seine plötzliche Leidenschaft produzierte. Whiskey schob das Shirt hoch, das ihm im Weg war, und saugte an einer der muschelfarbigen Brustwarzen. Gut … so gut … das schmeckte so *gut*! Whiskey ließ die Hände los und legte eine Hand auf Patricks Schulter und die andere auf dessen Brust, um ihn festzuhalten, damit er an der Haut saugen, knabbern und herumspielen konnte. Das Geräusch von Patricks Hände, die immer wieder auf seine Schultern einschlugen, war fordernd und verzweifelt zugleich.

„Oh Gott, Whiskey, ich kann mich nicht zurückhalten … Mist, ich komme … *Oh heilige Scheiße!*"

Weil sich das für Whiskey nach einem Versprechen anhörte und er sowieso schon kniete, zog er ihm diese wirklich scharfe, eng anliegende Yogahose runter und nahm Patrick, hart und süß, wie er war, in den Mund. Whiskey wollte *alles* auf einmal, Patricks Geruch, seinen Geschmack, seine Haut, sein Sperma, einfach *alles* und so tief in sich wie nur möglich. Patricks Hände verkrampften sich schmerzhaft in seinen Haaren, während seine Hüften, so schmal, aber voller Kraft, in seine Hände stießen. Aus Patricks Kehle entwich ein Schrei, den man vermutlich noch im nächsten Haus hören konnte, obwohl dieses acht Kilometer entfernt war. Er stieß in Whiskeys Kehle und spritzte ab. Ohne zu zögern schluckte Whiskey. Der Geschmack, das Gefühl und die Macht ließen Whiskey selber fast kommen.

Patrick lehnte sich gegen die Wand, er keuchte und versuchte zaghaft, Whiskey an den Schultern hochzuziehen, während er nach Worten suchte. „Scheiße, Whiskey, mein Vater kommt in zehn Minuten nach Hause."

Aber auch das konnte Whiskeys Erektion nicht stören. Er stand auf, zog Patricks magische Stretchhose dabei hoch und lehnte seine Stirn gegen Patricks. Er mochte es, dass Patrick immer noch kleiner war; auch wenn er jetzt unabhängig und klug und stark war, glaubte Whiskey immer noch, er könne ihn beschützen. „Du hast ein Zimmer, oder?" Patricks Sperma war immer noch auf seiner Zunge zu schmecken. Whiskey konnte nicht aufhören, mit der Zunge über seinen Gaumen zu reiben, weil ihm das so gefiel.

„Ja, aber küss mich erst."

„Wir schaffen es vielleicht nicht mehr bis ... mmmmff ..." Da Patrick dieses Mal die Kontrolle über den Kuss übernahm, schafften sie es irgendwie, stolpernd, küssend, fummelnd, tastend und lachend die Treppe zu Patricks Zimmer hochzugehen. Auf der Hälfte des Weges fing Patrick an, die Wange des anderen Mannes hinunter zu küssen. Whiskey drehte sich um und setzte sich hart auf die Treppenstufe unter seinem Hintern. Patrick küsste sich weiter bis zu seinem Nacken vor und Whiskey stöhnte.

„Willst du wirklich, dass dein Vater nach Hause kommt und" – keuch – „ dich hier findet, wie du mir auf der Treppe einen bläst?"

„Scheiße! Steh auf, alter Mann, und schieb deinen Arsch in mein Zimmer, bevor mein Vater auftaucht."

Zur Motivation fasste Patrick ihm durch seine Jeans an den Schwanz und Whiskey musste stöhnend seine Hand festhalten, sonst wäre er genau in diesem Moment gekommen.

„Verdammt, Patrick, das sind die einzigen Klamotten, die ich habe!" Das Zeug, das er vom Schiff mitgebracht hatte, war völlig zerfetzt gewesen.

Patrick hatte Mitleid mit ihm und sie gingen strauchelnd weiter. Auf dem Weg zum Zimmer streiften sie sich ihre Schuhe und Socken ab. Whiskey verlor seinen Gürtel auf dem Treppenabsatz, im Flur fiel sein Hemd zu Boden und nachdem die Tür hinter ihnen ins Schloss gefallen war, folgte auch die Hose. Und dann waren Whiskey und Patrick beide nackt. Sobald sie das Bett erreicht hatten, rieben sie sich aneinander, Haut auf fantastischer Haut, während ihre Lippen sich nicht fortbewegten, sich nicht voneinander trennten, nicht aufhörten.

Whiskey stieß gegen die Kuhle in Patricks Bein, einmal, zweimal, dann bildeten sich die ersten Tropfen an der Spitze seines Schwanzes. Die warme Flüssigkeit machte die Reibung einfacher. Whiskey stöhnte in Patricks Mund und Patrick stöhnte zurück, er schob die Hand, die auf Whiskeys Schulter gelegen hatte, zwischen sie. Anschließend nahm er Whiskeys Schwanz in seine langgliedrige Hand und drückte, streichelte und drückte noch einmal, und dieses Mal unterbrach Whiskey den Kuss lange genug, um die Sterne hinter seinen Augen zu sehen und hart und heiß in Patricks Hand zu kommen. Patrick behielt seine Hand dort, während Whiskey rhythmisch gegen ihn stieß, er melkte die letzten Reste heraus, bevor Whiskey noch einmal zuckte. Anschließend lagen sie ruhig und nach Luft schnappend auf dem großen Bett.

181

Das Bett war zerwühlt gewesen, als sie hereingekommen waren. Whiskey griff nach unten und zog die Decke hoch, weil es draußen im stahlgrauen Februar nur fünf Grad warm war. Außerdem wollte er Patrick in der warmen Höhle an sich drücken.

Patrick wischte sich die Hand an der Innenseite des Lakens sauber. „Gott, das haben wir gerade eben noch geschafft", murmelte er. „Das war knapp."

„Hey, was ist schon dabei, ein oder zwei Mal nackt vor deinem Vater zu stehen? Außer, na ja, dass wir danach vermutlich nie wieder vögeln würden."

Patrick kicherte in seine Schulter hinein, hob dann den Kopf und küsste Whiskey auf die Wange. „Ich bin noch nicht fertig mit dem Hausboot."

Whiskey drehte den Kopf und küsste ihn auf den Mund. „Ist mir egal."

„Ich meine, man kann dort nicht wohnen", sagte Patrick und zog seinen Mund weg.

Whiskey fand, wenn Patricks Lippen schon so rot und geschwollen waren, musste er sie unbedingt noch einmal küssen. „Ist mir egal", flüsterte er wieder.

Es gab eine deutlich längere Pause, bevor Patrick seinen Mund wieder wegzog und es noch einmal versuchte. „Das heißt, dass wir den nächsten Monat bei meinem Vater leben müssen", schnaufte er und Whiskey küsste ihn so lange, bis Patrick nicht mehr daran dachte, ihn mit Banalitäten zu langweilen.

„Ich bleibe heute Nacht", sagte Whiskey, als er sich ziemlich sicher war, dass Patrick nicht mehr darüber diskutieren würde.

Patrick sah ihn mit diesen teichblauen, glasigen Augen, dem geschwollenen Schmollmund und dem leicht schiefen Zahn in seinem verträumten Mund an. „Dad macht das nichts aus", murmelte Patrick.

„Patrick?"

„Mmm?"

„Versuch, nicht zu oft von deinem Vater zu sprechen, wenn wir im Bett sind, okay?"

„Verstanden. Ich bin negativ, ich habe Gleitmittel. Wir können jetzt loslegen."

Whiskey lachte auf und war überrascht, als von seinem verdorbenen, vollkommen wachen und immer noch geilen Schwanz ein kleines Pochen zu spüren war. „Glaubst du?" stichelte er. „Ich bin ein alter Mann. Ich brauche vielleicht ein bisschen Aufmunterunggggggmmff …"

Patrick hatte sich unter die flauschige Decke gedrückt und Whiskeys Schwanz in seinen süßen, breiten, geschwollenen Mund genommen. Am Anfang ihrer Beziehung war Patrick von Blowjobs nicht sehr begeistert gewesen – nun war eher das Gegenteil der Fall. Jetzt rollte er Whiskeys Schwanz über seinen Gaumen und sog die Eichel tief in seinen Hals, während er die Adern vorsichtig mit den Kanten seiner Schneidezähne kitzelte, bis Whiskey leicht schwarz vor Augen wurde.

„Patrick, ich werde nicht lange brauchen!", warnte Whiskey und Patrick kam unter der Decke hervor. Seine Lippen waren von seiner eigenen Spucke und Whiskeys Feuchtigkeit nass. Patrick lächelte.

„Ich dachte, die Tatsache, dass du ein alter Mann bist, bedeutet, dass du länger kannst!"

„Sagt wer? Alt zu sein heißt, dass du lieber deinen Hintern vorbereiten und dich auf mich setzen solltest, bevor ich viel zu früh komme. Denn sonst werden wir – noch bevor dein alter Mann es nach Hause schafft – vor dem Fernseher sitzen!"

Patrick nahm das Gleitmittel von der Kommode, öffnete den Deckel und goss etwas in seine Hand. Seine Hand verschwand hinter ihm und Patrick begann, sich hin und her zu winden und dabei „mmm-mmm"-Geräusche zu machen, während er sich unaufhörlich gegen Whiskeys Körper rieb. „So lange es Pornos sind", stöhnte Patrick und Whiskey bewegte sich von ihm weg und übernahm die Kontrolle.

„Hier." Er nahm Patricks Hand und dehnte sein Loch schnell und ohne weitere Vorsicht, bevor er die Hand wieder wegzog. „Ich bin dran."

Es war noch mehr als genug Gleitgel übrig, das Whiskey für seine eigenen Finger verwendete, anschließend bewegte er sich ganz langsam. Patrick kniete auf Händen und Knien vor ihm und winselte schamlos in die Kissen, seine Beine weit gespreizt, sein Schwanz und seine Eier schwer unter ihm hängend. Whiskey fand es ganz gut, dass er schon einen Orgasmus hinter sich hatte, denn wenn er dieses Bild auf dem Schiff gesehen hätte, wäre er sofort und ohne weiteres Vorspiel gekommen.

„Verdammt, ich hoffe, du bist bereit", raunte Whiskey und Patrick wackelte mit dem Hintern und winselte wieder. Whiskey sah erstaunt zu, wie sein Schwanz langsam in diese warme, feuchte, heiße Öffnung glitt, dann stieß er zu.

Patrick grunzte und fing an, Befehle zu erteilen. „Schnell, hart, jetzt!"

Und Whiskey war absolut hilflos, so wie er immer hilflos gewesen war, wenn es um Patrick ging. Er gehorchte, ließ einen Kampfschrei heraus und warf sich mit allen Kräften, die ihm zur Verfügung standen, in den sprichwörtlichen Kampf.

Patrick strich drei Mal über seinen schlanken, graziösen Schwanz und löste damit seinen Orgasmus aus. Er stöhnte so laut auf, dass das Bett vibrierte, und Whiskey brauchte nicht viel mehr. Er fiel auf Patrick, drückte ihn flach hinunter und blieb dort liegen. Whiskey versenkte sein Gesicht in Patricks Nacken, zitterte und versuchte, die Feuchtigkeit in seinen Augen davon abzuhalten, seine Wangen hinunter zu laufen.

„Gott, ich liebe dich. Es ist wie ein Fieber. Es reicht einfach nicht. Es ist nie genug. Bitte sag mir, dass du in mein heruntergekommenes Hausboot ziehst und nie wieder gehst."

Patrick grunzte hilflos. „Das ist ein echt tolles Hausboot und du musst mich schon rauswerfen. Jetzt geh duschen, während ich bei meiner Arbeit anrufe und mich krank melde."

Whiskey hätte mit ihm darüber reden sollen. Er hätte darauf bestehen sollen, dass Patrick wie ein braver, kleiner Junge zur Arbeit ging, aber das machte Whiskey nicht. Patrick war erwachsen und seine Arbeitskollegen liebten ihn. Und wenn er ein bisschen Whiskey-frei nahm, tja, dann war er nicht anders als Whiskey, der mit nur drei Tagen Kündigungsfrist seinen Traumjob hingeworfen hatte.

Das heiße Wasser in der riesigen weißen Dusche fühlte sich auf Whiskeys Haut gut an, aber es war noch besser, als Patrick mit Seife und einem Waschlappen zu ihm in den beige-gefliesten Bereich kletterte und ihn kichernd zehn Minuten lang einseifte. Danach seifte er Patrick ein, bis dieser schließlich das Wasser abdrehte, auf seine Knie sank und Whiskeys Körper verwöhnte, bis er ein weiteres Mal kam.

„Gott", keuchte Whiskey und rieb Patricks nasses, blondes, im Winter allerdings auch braunes Haar. „Ich brauche eine Infusion, während ich schlafe, um mit dir mithalten zu können."

Whiskey reichte Patrick die Hand und half ihm auf. Patrick drückte sich sofort gegen Whiskeys Brust und ignorierte ihre klammen Körper in der sich abkühlenden Dusche. „Ich bin gekommen, als ich dir einen geblasen habe. Du kannst dich also ausruhen."

Sie alberten ein paar Minuten herum und nahmen dann die großen, flauschigen Handtücher und trockneten sich ab. Patrick gab Whiskey eine Jogginghose, die komischerweise passte. Patrick rannte dann nach unten und kam wie ein Zauberer mit einer Pizza in der Hand wieder hoch.

„Mein Vater ist unten", erklärte Patrick, als Whiskey einen viel zu großen Bissen von der reiche-Leute-Lieferpizza nahm. Whiskey versuchte, sich nicht zu verschlucken, und Patrick erklärte arglos: „Er hat den Leihwagen gesehen - ich vermute mal, er konnte sich denken, dass wir lieber alleine sein wollten. Er sagt, wir sollen runterkommen, wenn wir so weit sind. Wir könnten am Wochenende das Boot fertig machen." Patrick nahm einen Bissen, kaute und schluckte. „Aber ich glaube, dass wir länger brauchen werden, selbst zu dritt." Er sah sorgenvoll auf. „Was hältst du davon?"

Whiskey musste nicht einmal darüber nachdenken. Patrick mochte eine Menge sein … unersättlich, völlig neben der Spur, absolut merkwürdig und genauso perfekt, aber soweit Whiskey sehen konnte, war er eins nicht: kaputt. Dieses Mal nicht.

„Ja, ich glaube, dein alter Mann und ich, wir kommen eine Weile miteinander aus. Ich muss eh einen Übergangsjob finden. Das ist leichter, wenn man nicht über Renovierungsarbeiten stolpert. Bist du dir sicher, dass dein Vater damit klarkommt, wenn dein Freund in deinem Zimmer schläft?"

Patrick grinste voller Erleichterung. „Er mag dich. Es macht mir irgendwie Angst, doch ich nehme, was ich kriegen kann. Aber …" Patrick zögerte, biss noch ein Stück von der Pizza ab und sah nervös aus.

„Aber was?"

184

„Glaubst du, wir könnten ihn besuchen? An den Wochenenden? Er ist irgendwie ein echter Mensch geworden, seitdem er abends nach Hause kommt und wir nach der Arbeit zusammen Sachen machen. Ich möchte nicht, dass das aufhört."

Whiskey nickte, lächelte und lachte dann.

„Was?"

Whiskey schüttelte den Kopf. „Ich bin zu Hause, das ist alles."

Und das stimmte. Das Hausboot würde kommen, ihr Platz in der schmalen Koje würde kommen. Whiskey würde die Gelegenheit bekommen, Patricks Renovierungsarbeiten zu sehen, die fleckigen Stellen in der Farbe, wo Patrick abgelenkt worden war und erst einmal etwas anderes gemacht hatte, bevor er mit einem anderen Farbton weitergemacht hatte. Whiskey würde dabei helfen, die Heizung zu installieren, den Teppich mit den drei verschiedenen (und trotzdem zueinander passenden) Schattierungen von blau, grün und gold zu verlegen. Er würde sowohl das Bett aufbauen, das fast größer als die ganze Kabine war, als auch die andere Kabine einrichten, die zurzeit nur aus ihren Klamotten und ihrem Zeug bestand. Whiskey würde die neue Ledercouch sehen (wieder in einer dieser hellen, erstaunlich passenden Farben) sowie die Holzverkleidung, die Küche mit der netten Arbeitsplatte, die passenden Teller, die frische Farbschicht und die polierten Messingarmaturen. Er würde den fantasievollen Namen auf dem Bug sehen, „Ochsenfrosch", und er würde lachen.

Aber das Boot war das Letzte, über das Whiskey an seinem ersten Tag in Patricks Bett reden wollte. Er redete stattdessen über alles andere – Fly Bait und Loretta, Weihnachten, Besuche bei dem Vater, damit Patrick sich besser fühlte – Menschen. Menschen, ein Zuhause und Zugehörigkeit.

Und vor allem Patrick, der einen Platz in Whiskeys Herz gefunden hatte. Ganz egal, wo sie auch landen würden: Solange sie zusammen waren, war er zu Hause.

Die preisgekrönte Autorin AMY LANE lebt mit einigen Teenagern, einer Schar von Fellknäueln und einem verwirrten Ehemann in einer Bruchbude. Sie hat viel zu viele wilde Geschichten im Kopf, steht auf Abenteuerfilme mit jeder Menge Action und hat den Drang, zu erfahren, dass sich irgendwo unter all der Qual eine Geschichte von echter wahrer Liebe verbirgt, an die sie bis zum heutigen Tag glaubt. Sie schreibt zeitgenössische und paranormale Liebesromane, Urban Fantasy und Romantic Suspense, gibt gelegentlich Schreibkurse und tut gerne so, als sei ihr einfaches Leben genauso spannend wie das der Personen in ihrem Kopf. Außerdem ist sie der Überzeugung, dass kleine und große Opfer den Drang zum Schreiben wert sind.

Website: www.greenshill.com
Blog: www.writerslane.blogspot.com
Email: amylane@greenshill.com
Facebook: www.facebook.com/amy.lane.167
Twitter: @amymaclane

Von AMY LANE

Aufs Spiel gesetzt
Klar wie Kloßbrühe
Klares Wasser
Wenn Du meinst…

EIN ABENTEUER DER MEISTERBETRÜGER
Das Genie

FISCHE AUF DEM TROCKENEN
Fische auf dem Trockenen

KEEPING PROMISE ROCK
Unvergessene Versprechen
Erhoffte Versprechen

TALKER
Talker
Am Ende einer langen Nacht
Talkers Reifeprüfung

Veröffentlicht von DREAMSPINNER PRESS
www.dreamspinner-de.com

EIN ABENTEUER DER MEISTERBETRÜGER

Das Genie

AMY LANE

Ein Abenteuer der Meisterbetrüger

Vor langer, langer Zeit wurde Felix Salinger bei seinem ersten Taschendiebstahl erwischt, und Danny Mitchell half ihm zu entkommen. Die beiden waren unzertrennlich … bis sie sich trennten.

Zwanzig Jahre nach dieser ersten Begegnung kehrt Danny nach Chicago zurück, in die Stadt, in der er mit Felix und ihrer perfekten Familie gelebt hat, um ihn erneut zu retten. Felix' Nachrichtensender – der schuld an ihrer Trennung war – steht durch eine skrupellose Mitarbeiterin, die schwere Anschuldigungen gegen Felix erhebt, unter Beschuss. Eine offizielle Untersuchung könnte ihr Kartenhaus zum Einsturz bringen. Der einzige Weg, Felix' Unschuld zu beweisen, besteht darin, ihren bisher größten Betrug durchzuführen.

Doch obwohl Felix sein Talent für Gaunereien nicht verloren hat, ist das Wiedersehen mit Danny bittersüß. Ihre zehnjährige Trennung hat in beiden Herzen Löcher hinterlassen, die keine noch so große Diebesbeute füllen kann. Eine Gruppe junger, unerfahrener Diebe steht ihnen zur Seite, während sie mit alten Juwelen handeln und gegen neue Bedrohungen kämpfen, um den perfekten Raub durchzuziehen. Die schwierigste Aufgabe wird allerdings sein, zu beweisen, dass die Liebe das einzig Wertvolle ist, das sie je besessen haben.

www.dreamspinner-de.com

*Ratet mal, wer im selben
Teich schwimmt*

FISCHE
AUF DEM
TROCKENEN
Amy Lane

Fische auf dem Trockenen: Buch 1

Privatdetektiv Jackson Rivers wuchs auf den rauen Straßen von Del Paso Heights auf und traut Polizisten nicht – obwohl er einer war. Als der Mann, den er als seinen Bruder betrachtet, des Mordes an einem Polizisten beschuldigt wird, bei dem es eindeutig nicht mit rechten Dingen zuging, setzt er Himmel und Hölle in Bewegung, um Kaden und seiner Familie zu helfen.

Strafverteidiger Ellery Cramer stammt aus einer reichen Familie, was ihn nicht daran hindert, sich bereits seit sechs Jahren zum straßenerfahrenen, selbstbewussten Detektiv Jackson Rivers hingezogen zu fühlen. Doch als Jackson ihn um Hilfe bei der Verteidigung von Kaden Cameron bittet, ist er bald überfordert – und das nicht nur in Bezug auf den verschlossenen, unwirschen Detektiv. Kaden wurde nicht nur ein Mord angehängt, sondern er wurde ihm von korrupten Polizisten angehängt, wobei die Verschwörung weiter reicht, als Ellery sich vorwagt – und bis in Jacksons unschöne Vergangenheit.

Bald sind beide Männer tief in das Rätsel um den in der Tankstelle ermordeten Polizisten verstrickt und befinden sich in einem Wettlauf gegen die Zeit, um Kadens Unschuld zu beweisen. Doch abseits der Ermittlungen und der fliegenden Kugeln müssen sie mit persönlichen Komplikationen umgehen … und einer gegenseitigen Anziehungskraft, die außer Kontrolle geraten ist.

www.dreamspinner-de.com

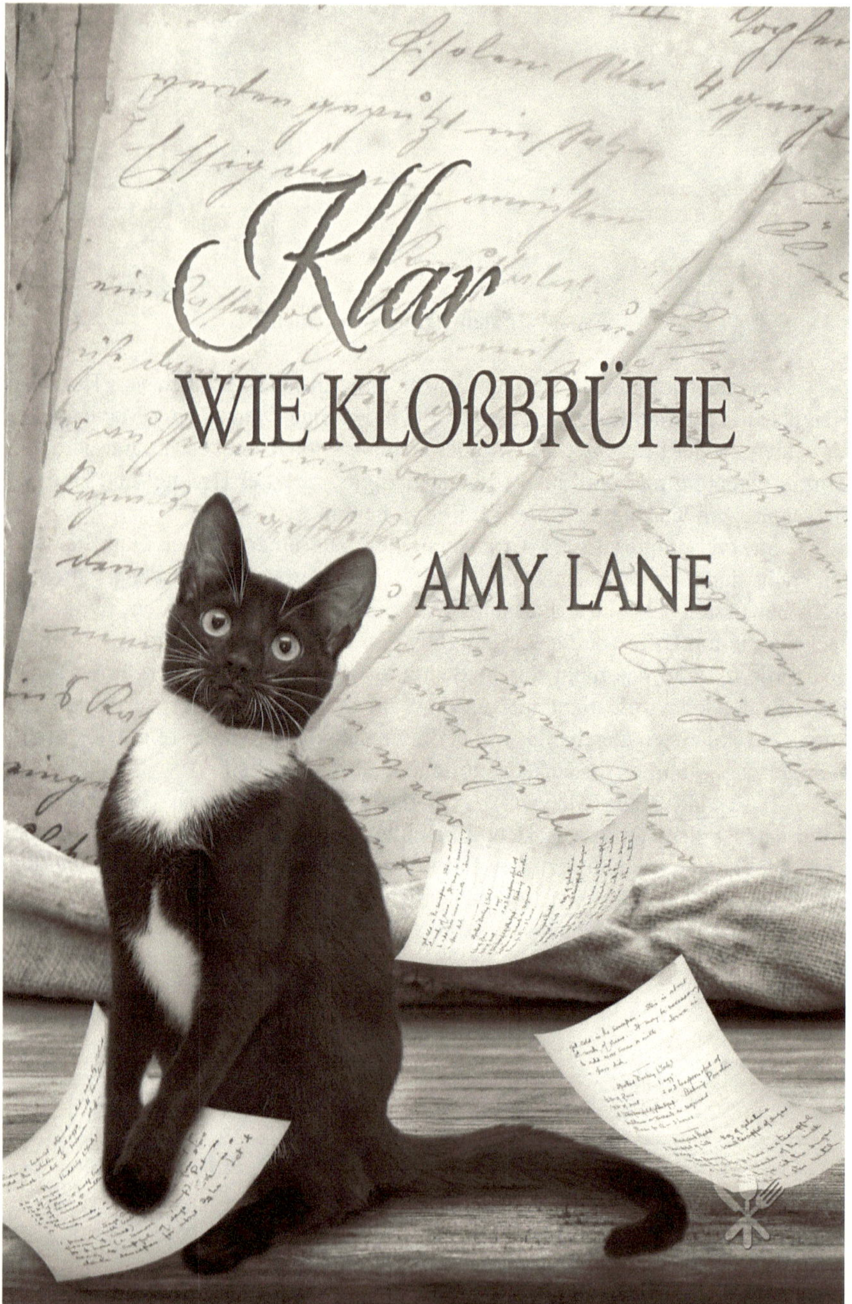
Klar
WIE KLOẞBRÜHE
AMY LANE

Eine Geschichte aus dem Kuriosen Kochbuch

Emmett Gant hatte sich fest vorgenommen, seinem Vater eines Sonntags etwas sehr Wichtiges zu erzählen – doch sein Vater war gestorben, ehe er dazu kam. Jetzt, drei Jahre später, kann Emmett sich einfach nicht darüber klar werden, mit wem er zusammen sein soll – mit dem Mädchen mit den Apfelbäckchen und der wunderbaren Familie? Oder mit Keegan, seinem scharfzüngigen Nachbarn, der seine Familie nie besucht, aber Emmett sehr glücklich macht, wenn er nur auf einen Schwatz rüberkommt?

Emmett braucht Klarheit.

Zu Emmetts Glück hat die Mutter seines besten Freundes ein Kochbuch, das ihm Erkenntnis und gutes Essen verspricht. Emmett ist fasziniert. Und als ihm das Kochbuch nach Hause folgt, beschließen Emmett und Keegan, das Rezept „Für Klarheit" nachzukochen. Was sich daraus ergibt, ist einerseits völlig klar, aber andererseits auch ein bisschen überraschend – vor allem für Emmetts Freundin. Emmett wird ganz scharf über seine Vergangenheit und die wichtigen Dinge, die er seinem Vater zu sagen versäumt hat, nachdenken müssen, wenn er das Rezept für Liebe jemals richtig hinkriegen will.

www.dreamspinner-de.com

Unvergessene Versprechen

Amy Lane

Buch 1 in der Serie – Keeping Promise Rock

Carrick Francis besaß schon immer die zweifelhafte Gabe, Ärger und Probleme jeder Art wie ein Magnet anzuziehen. Das einzige, was ihn vor Haftstrafen oder Schlimmerem bewahrte, ist seine unverbrüchliche Freundschaft zu Deacon Winters. Deacon war seine Rettung und half ihm, seine unglückliche Kindheit und die Misshandlungen durch seinen Vater zu überstehen. Crick würde alles tun, um für immer bei Deacon bleiben zu können. Deshalb schiebt er seine Studienpläne auf als Deacons Vater stirbt. Er springt ein und hilft seinem Freund, so wie der ihm geholfen hat.

Deacon wünscht sich nichts mehr, als dass Crick seinen schlechten Erinnerungen und ihrer kleinen Stadt entflieht und eine strahlende Zukunft findet. Aber nach zwei Jahren, in denen seine Gefühle für seinen Freund immer tiefer werden, kann er der Versuchung nicht mehr widerstehen und gibt Cricks Annäherungsversuchen nach. Der schüchterne Deacon gibt endlich zu, dass er ein Teil von Cricks Leben werden möchte.

Aber Crick wartet nur darauf, von Deacon wieder verstoßen zu werden – so wie er in der Vergangenheit von seiner Familie verstoßen wurde. Eine seiner typischen, spontanen Fehlentscheidungen lässt ihn weit weg von zuhause enden. Deacon bleibt allein zurück. Er ist am Boden zerstört und muss hart kämpfen, bis er sein gebrochenes Herz wieder heilen und er in einer Welt überleben kann, in der Cricks Liebe ein ewiges Versprechen ist, das vielleicht niemals in Erfüllung gehen wird.

www.dreamspinner-de.com

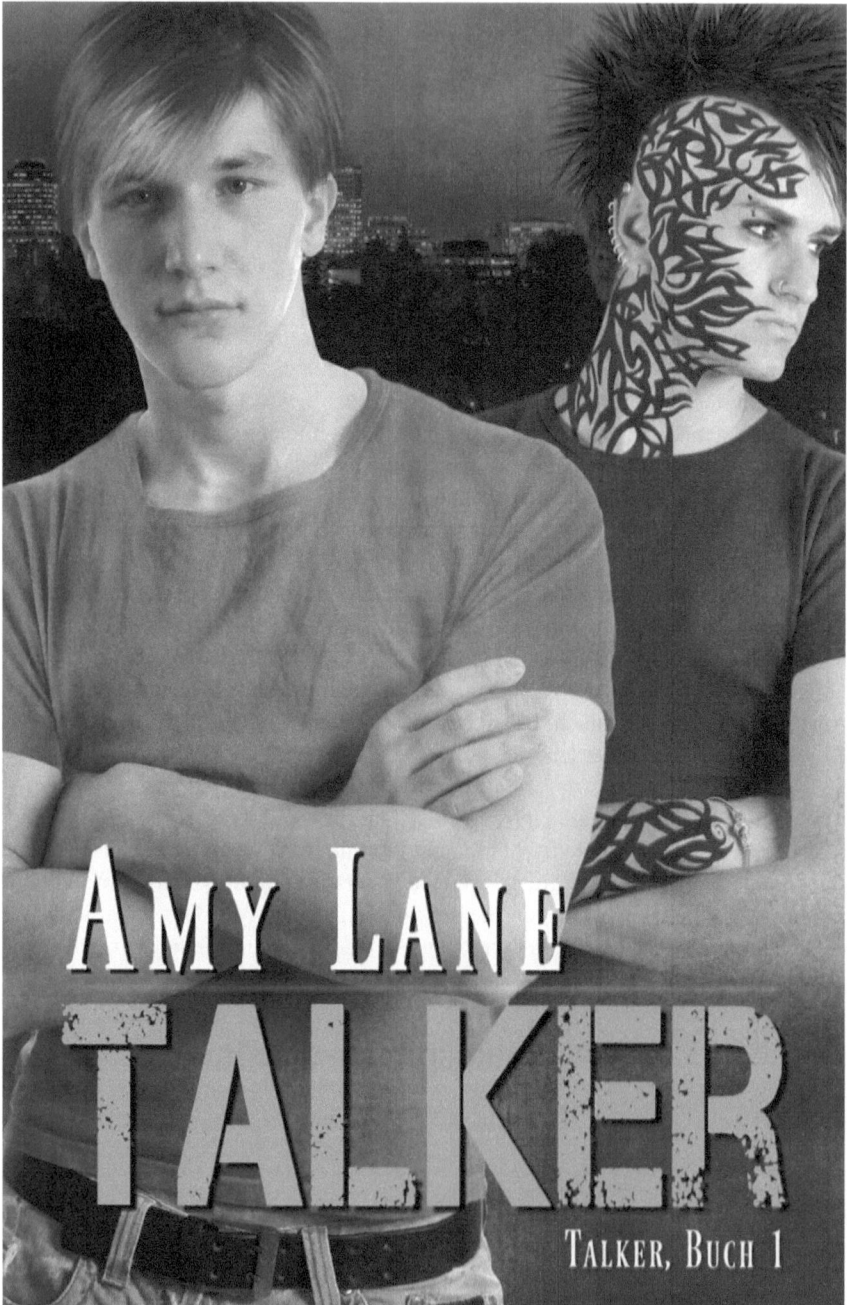

Amy Lane

TALKER

Talker, Buch 1

Buch 1 in der Serie – Talker

Tate „Talker" Walker hat den größten Teil seines Lebens damit verbracht, seine Narben unter der grellen Fassade eines Punks zu verstecken und bis er sich das erste Mal neben Brian Cooper in den Bus setzte hat es auch funktioniert. Aber Brian hat sein ganzes Leben als unsichtbarer Zuschauer verbracht und ist daran gewöhnt hinter die Fassade zu schauen. Was er in Talker sieht ist ein sehr zerbrechlicher und liebenswerter Mensch.

Brian ist vermeintlich heterosexuell aber Tate sehnt sich so verzweifelt nach Liebe, und als sein Verhalten einige schmerzhafte Konsequenzen nach sich zieht muss Brian sich outen – auf dramatische Art und Weise. Er würde alles tun um sicherzustellen dass Tate diesmal erkennt dass er der Prince Charming ist den Talker immer gebraucht hat.

www.dreamspinner-de.com

www.ingramcontent.com/pod-product-compliance
Lightning Source LLC
Chambersburg PA
CBHW031233260626
47169CB00007B/2268